西南联大文学课

典藏纪念版

朱自清 等/著

U0955566

天地出版社 | TIANDI PRESS

国立西南联合大学纪念碑文

中华民国三十四年九月九日，我国家受日本之降于南京。上距二十六年七月七日卢沟桥之变，为时八年；再上距二十年九月十八日沈阳之变，为时十四年；再上距清甲午之役，为时五十一年。举凡五十年间，日本所鲸吞蚕食于我国家者，至是悉备图籍献还。全胜之局，秦汉以来所未有也。国立北京大学、国立清华大学原设北平；私立南开大学原设天津。自沈阳之变，我国家之威权逐渐南移，惟以文化力量与日本争持于平津，此三校实为其中坚。二十六年平津失守，三校奉命迁于湖南，合组为国立长沙临时大学，以三校校长蒋梦麟、梅贻琦、张伯苓为常务委员，主持校务。设法、理、工学院于长沙，文学院于南岳，于十一月一日开始上课。迨京沪失守，武汉震动，临时大学又奉命迁云南。师生徒步经贵州，于二十七年四月二十六日抵昆明。旋奉命改名为国立西南联合大学，设理、工学院于昆明，文、法学院于蒙自，于五月四日开始上课。一学期后，文、法学院亦迁昆明。二十七年，增设师范学院。二十九季，设分校于四川叙永，一学年后，并于本校。昆明本为后方名城，自日军入安南、陷缅甸，乃成后方重镇。联合大学支持其间，先后毕业学生二千余人，从军旅者八百余人。河山既复，日月重光，联合大学之战时使命既成，奉命于三十五年五月四日结束。原有三校即将返故居，复旧业。缅维八年支持之苦辛，与夫三校合作之协和，可纪念者，盖有四焉。我国家以世界之古国，居东亚之天府，本应绍汉唐之遗烈，作并世之先进。将来建国完成，必于世界历史居独特之地位。盖并世列强，虽新而不古；希腊、罗马，有古而无今。惟我国家，亘古亘今，亦新亦旧，斯所谓『周虽旧邦，其命维新』者也。旷代之伟业，八年之抗战，已开其规模，立其基础。今日之胜利，于我国家有旋乾转坤之功，而联合大学之使命与抗战相终始。此其可纪念者一也。文人相轻，自古而然，昔人所言，今有同慨。三校有不同之历史、各异之学风，八年之久，合作无间，同无妨异，异不害同，五色交辉，相得益彰；八音合奏，终和且平。此其可纪念者二也。万物并育而不相害，道并行而不相悖，小德川流，大德敦化，此天地之所以为大。斯虽先民之恒言，实为民主之真谛。联合大学以其兼容并包之精神，转移社会一时之风气，内树学术自由之规模，外来『民主堡垒』之称号，违千夫之诺诺，作一士之谔谔，此其可纪念者三也。稽之往史，我民族若不能立足于中原，偏安江表，称曰『南渡』。南渡之人，未有能北返者：晋人南渡，其例一也；宋人南渡，其例二也；明人南渡，其例三也。『风景不殊』，晋人之深悲；『还我河山』，宋人之虚愿。吾人为第四次之南渡，乃能于不十年间，收恢复之全功。庾信不哀江南，杜甫喜收蓟北。此其可纪念者四也。联合大学初定校歌。其辞始叹南迁流离之苦辛，中颂师生不屈之壮志，终寄最后胜利之期望。校以今日之成功，历历不爽，若合符契。联合大学之终始，岂非一代之盛事，旷百世而难遇者哉！爰就歌辞，勒为碑铭，铭曰：

痛南渡，辞宫阙。驻衡湘，又离别。更长征，经峣嵲。望中原，遍洒血。抵绝徼，继讲说。诗书丧，犹有舌。尽笳吹，情弥切。千秋耻，终已雪。见仇寇，如烟灭。起朔北，迄南越。视金瓯，已无缺。大一统，无倾折。中兴业，继往烈。维三校，兄弟列。为一体，如胶结。同艰难，共欢悦。联合竟，使命彻。神京复，还燕碣。以此石，象坚节，纪嘉庆，告来哲。

冯友兰　撰文

财富，也是我们应该一直继承下去的文化宝藏。

为此，编者特别策划这套丛书，从文学、国史、哲学、诗词、文化、古文、国学等七个方面来展现西南联大的教育精神和大师风貌，以及中华民族的文化与思想特点。

本书讲“文学课”。所选的各篇文章，在内容的侧重和表述方式上有很大的不同，这是各位先生在教学和写作风格上各有千秋的结果。这一点，不仅体现了先生们各自的写作特点，更体现了西南联大学术上的“自由”，以及教学上的“百花齐放”。

在整理文章时，编者秉持既忠实于西南联大课堂，又不拘泥于课堂的原则。有课堂讲义留存的，悉心收录；未留存有在西南联大任教时的讲义，而先生们在某一方面的研究卓有成就的亦予以收录；还有一部分文章是先生们在西南联大教授过的课程，只是内容不一定为在西南联大期间所写，如“浦江清讲宋元文学”一章，是由浦江清先生在北京大学任教时的讲义整理而来的，因先生在西南联大时也教授过宋、元时期的文学，故予以收录。又如本书第一、二章游国恩先生与萧涤非先生的文章，整理自1963年人民文学出版社出版、由两位先生参与编写的《中国文学史》。两位先生在西南联大任教期间，游国恩先生教授“中国文学史”一课，萧涤非先生教授“乐府”等课，因未有讲稿留存，故本书收录上述《中国文学史》中两位先生编写并与他们在西南联大期间所讲内容相符的篇目。

按照上述选篇原则，编者在任教于西南联大的诸位先生中，选择了朱自清、游国恩、罗庸、萧涤非、闻一多、浦江清等六位先生，以他们现存作品中较为完整的全集类作品或较为权威的单本作品作为

编者的话

西南联大只存在了八年时间，却培育了两位诺贝尔奖得主、五位中国国家最高科技奖得主、八位“两弹一星”功勋奖章得主、一百七十多位中国科学院院士和中国工程院院士。这是教育史上的传奇。传奇的缔造并非偶然，而是源于强大的师资力量和自由的教学风气。

西南联大成立之时，虽然物资短缺，没有教室、宿舍、办公楼，但是有大师云集。闻一多、朱自清、陈寅恪、张荫麟、冯友兰等大师用他们富足的精神、自由的灵魂、独特的人格魅力以及深厚的学识修养，为富有求知欲、好奇心的莘莘学子奉上了凝聚着自己心血的课程。

闻一多的唐诗课、陈寅恪的历史课、冯友兰的哲学课……无一不在民族危难的关头闪耀着智慧的光芒，照亮了求知学子前行的道路，为文化的继承保存下了一颗颗小小的种子，也为民族的复兴带来了希望。

时代远去，我们无能为力；大师远去，我们却可以把他们留下的精神和文化财富以文字的形式永久留存。这既是大师们留下的宝贵

闻一多

浦江清

西南联大临时校舍

朱自清

游国恩

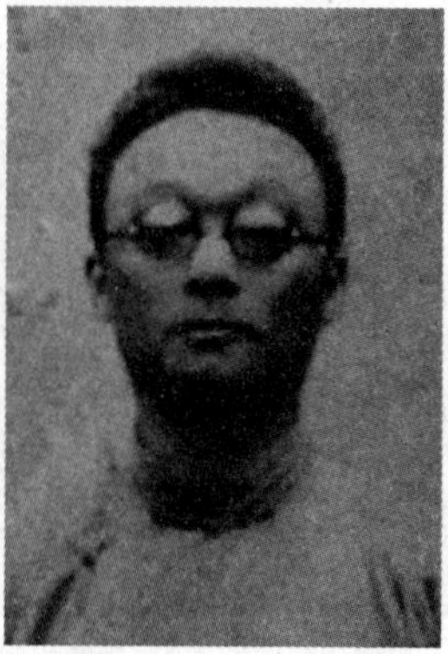

罗　庸

萧涤非

西南联大文学系部分教授合影

（左起：朱自清、罗庸、罗常培、闻一多、王力）

西南联大中国文学系全体师生合影

底本。这些底本不但能保证本书的权威性，也能将先生们的作品风貌原汁原味地呈现出来。同时按照先生们所授课程涉及的年代从古至今进行排序，以便读者了解中国文学的发展与变化，对每个朝代的文学都能有所思、有所得。

因时代不同，有些提法或者观点虽然现今多已不再使用，我们还是予以保留；同时，每个人的写作习惯以及每篇文章的体例、格式等亦有不同，为保证内容的可读性、连续性以及文字使用的规范性，我们在尊重并保持原著风格与面貌的基础上，进行了仔细编校，纠正讹误，编者已尽可能编校、纠正一些细节、出处、笔误等问题，但能力有限，如有遗漏，还请理解。此外，编者还对原文进行了统一体例的处理，仅保留少数异体字。具体如下：

1. 原文中作者自注均统一为随文注，以小字号进行区分；文中脚注均为编者所加注释，并以“编者注”加以区分。

2. 因篇幅限制，部分文章只能节选，对这些节选的内容，编者皆在标题下以“（节选）”加以说明。

3. 为便于读者理解，编者对部分原文标题进行重拟标题的处理，以起到确切表达、简明提示每一章节内容的作用。如本书第一章第二小节原文标题为“《左传》《国语》”，编者加“新型历史著作”以起到确切表达《左传》《国语》史书类型、简明提示《左传》《国语》历史地位的作用。

4. 文中表示时间的数字皆改为阿拉伯数字。为保持全书体例一致，编者将朱自清先生原文正文中表示公元纪年的名称“西元”皆统一为“公元”。同时，编者对随文注中表示公元纪年的方法也进行了统一处理，皆以“公元×××年”表示，正文则保留作者原文原貌。此外，为与文中表示时间段的数字保持一致，编者将文中唯一一处“献帝以前（约公元140—190）”改为“献帝以前（约140—190）”。

5. 有部分文章原文存在“昭八年”“襄二十五年”等表述方式，鉴于《左传》为编年体史书，以鲁国十二公为次序，因此均统一为现今通行表述，如“昭八年”统一为“昭公八年”。此外，对于文章中“《吕氏春秋·侈乐篇》”“《吕氏春秋·古乐》篇”等篇名形式不统一现象，为保持原文风貌，编者未做统一处理。

6. 因时代语言习惯不同造成的差异，编者对引文外的文字做了统一，如浦江清先生著作中多用“惟”字，编者均改为现今通用的“唯”字，“想像”“影象”“叫做”“人材”“轶闻”“召致”等词皆改为现今通用的“想象”“影像”“叫作”“人才”“逸闻”“招致”等词。另外，编者按现今语法规范，修订了“的”“地”“得”的用法。

7. 为保障现代读者的阅读体验，本系列丛书根据2012年开始实施的《标点符号用法》，对部分原文标点符号略作改动，以统一体例，如“《左传》、《国语》”，改为“《左传》《国语》”。

8. 原文中难以辨认之处以“□”表示。

希望本书有助于读者们了解中国文学和领略几位先生在文学领域的学术风采；同时，更希望本书能够唤起读者对西南联大的兴趣，更多地去了解这所在民族危亡之际仍然坚守教育、传播优秀文化思想的大学，将西南联大对中国传统文化的坚持与希望传承下去。

目 录

/ 第二章 /

罗庸、萧涤非讲魏晋南北朝文学

/ 第三章 /

罗庸、闻一多讲隋唐五代文学

/ 第四章 /

浦江清讲宋元文学

/ 第五章 /

浦江清讲明清文学

第一章

朱自清、游国恩讲先秦两汉文学

中国古代诗歌的开端——《诗经》

/ 朱 自 清 /

诗的源头是歌谣。上古时候，没有文字，只有唱的歌谣，没有写的诗。一个人高兴的时候或悲哀的时候，常愿意将自己的心情诉说出来，给别人或自己听。日常的言语不够劲儿，便用歌唱，一唱三叹得叫别人回肠荡气。唱叹再不够的话，便手也舞起来了，脚也蹈起来了，反正要将劲儿使到了家。碰到节日，大家聚在一起酬神作乐，唱歌的机会更多。或一唱众和，或彼此竞胜。传说葛天氏的乐八章，三个人唱，拿着牛尾，踏着脚（《吕氏春秋·古乐》篇），似乎就是描写这种光景的。歌谣越唱越多，虽没有书，却存在人的记忆里。有了现成的歌儿，就可借他人酒杯，浇自己块垒；随时拣一支合式的唱唱，也足可消愁解闷。若没有完全合式的，尽可删一些、改一些，到称意为止。流行的歌谣中往往不同的词句并行不悖，就是为此。可也有经过众人修饰，成为定本的。歌谣真可说是“一人的机锋，多人的智慧”

了（英美吉特生《英国民歌论说》[1]。译文据周作人《自己的园地·歌谣》章）。

歌谣可分为徒歌和乐歌。徒歌是随口唱，乐歌是随着乐器唱。徒歌也有节奏，手舞脚蹈便是帮助节奏的；可是乐歌的节奏更规律化些。乐器在中国似乎早就有了，《礼记》里说的土鼓、土槌儿、芦管儿（“土鼓”“蕢桴”见《礼运》和《明堂位》，“苇签”见《明堂位》），也许是我们乐器的老祖宗。到了《诗经》时代，有了琴瑟钟鼓，已是洋洋大观了。歌谣的节奏，最主要的靠重叠或叫复沓；本来歌谣以表情为主，只要翻来覆去将情表到了家就成，用不着费话。重叠可以说原是歌谣的生命，节奏也便建立在这上头。字数的均齐，韵脚的调协，似乎是后来发展出来的。有了这些，重叠才在诗歌里失去主要的地位。

有了文字以后，才有人将那些歌谣记录下来，便是最初的写的诗了。但记录的人似乎并不是因为欣赏的缘故，更不是因为研究的缘故。他们大概是些乐工，乐工的职务是奏乐和唱歌；唱歌得有词儿，一面是口头传授，一面也就有了唱本儿。歌谣便是这么写下来的。我们知道春秋时的乐工就和后世阔人家的戏班子一样，老板叫作太师。那时各国都养着一班乐工，各国使臣来往，宴会时都得奏乐唱歌。太师们不但得搜集本国乐歌，还得搜集别国乐歌；不但搜集乐词，还得搜集乐谱。那时的社会有贵族与平民两级。太师们是伺候贵族的，所搜集的歌儿自然得合贵族们的口味，平民的作品是不会入选的。他

[1] 应为英国吉特生（Frank Kidson）《英国民歌论》（*English Polk-Song*）。——编者注

们搜得的歌谣，有些是乐歌，有些是徒歌。徒歌得合乐才好用。合乐的时候，往往得增加重叠的字句或章节，便不能保存歌词的原来样子。除了这种搜集的歌谣以外，太师们所保存的还有贵族们为了特种事情，如祭祖、宴客、房屋落成、出兵、打猎等等作的诗。这些可以说是典礼的诗。又有讽谏、颂美等等的献诗，献诗是臣下作了献给君上，准备让乐工唱给君上听的，可以说是政治的诗。太师们保存下这些唱本儿，带着乐谱；唱词儿共有三百多篇，当时通称作“诗三百”。到了战国时代，贵族渐渐衰落，平民渐渐抬头，新乐代替了古乐，职业的乐工纷纷散走。乐谱就此亡失，但是还有三百来篇唱词儿流传下来，便是后来的《诗经》了（今《诗经》共三百十一篇，其中六篇有目无诗，实存三百零五篇）。

“诗言志”是一句古话，“诗”（訨）这个字就是“言”“志”两个字合成的。但古代所谓“言志”和现在所谓“抒情”并不一样，那“志”总是关联着政治或教化的。春秋时通行赋诗。在外交的宴会里，各国使臣往往得点一篇诗或几篇诗叫乐工唱。这很像现在的请客点戏，不同处是所点的诗句必加上政治的意味。这可以表示这国对那国或这人对那人的愿望、感谢、责难等等，都从诗篇里断章取义。断章取义是不管上下文的意义，只将一章中一两句拉出来，就当前的环境，作政治的暗示。如《左传》襄公二十七年，郑伯宴晋使赵孟于垂陇，赵孟请大家赋诗，他想看看大家的“志”。子太叔赋的是《野有蔓草》。原诗首章云：“野有蔓草，零露漙兮。有美一人，清扬婉兮。邂逅相遇，适我愿兮。”子太叔只取末两句，借以表示郑国欢迎赵孟的意思；上文他就不管。全诗原是男女私情之作，他更不管了。

可是这样办正是“诗言志”，在那回宴会里，赵孟就和子太叔说了“诗以言志”这句话。

到了孔子时代，赋诗的事已经不行了，孔子却采取了断章取义的办法，用诗来讨论做学问、做人的道理。“如切如磋，如琢如磨”（《卫风·淇澳》的句子），本来说的是治玉，他却将玉比人，用来教训学生做学问的工夫（《论语·学而》）。“巧笑倩兮，美目盼兮，素以为绚兮”（“巧笑倩兮，美目盼兮。”《卫风·硕人》的句子；“素以为绚兮”一句今已佚），本来说的是美人，所谓天生丽质。他却拉出末句来比方作画，说先有白底子，才会有画，是一步步进展的；作画还是比方，他说的是文化，人先是朴野的，后来才进展了文化——文化必须修养而得，并不是与生俱来的（《论语·八佾》）。他如此解诗，所以说“思无邪”一句话可以包括“诗三百”的道理（“思无邪”，《鲁颂·駉》的句子；“思”是语词，无义）；又说诗可以鼓舞人，联合人，增加阅历，发泄牢骚，事父事君的道理都在里面（《论语·阳货》）。孔子以后，“诗三百”成为儒家的“六经”之一，《庄子》和《荀子》里都说到“诗言志”，那个“志”便指教化而言。

但春秋时列国的赋诗只是用诗，并非解诗；那时诗的主要作用还在乐歌，因乐歌而加以借用，不过是一种方便罢了。至于诗篇本来的意义，那时原很明白，用不着讨论。到了孔子时代，诗已经不常歌唱了，诗篇本来的意义，经过了多年的借用，也渐渐含糊了。他就按着借用的办法，根据他教授学生的需要，断章取义地来解释那些诗篇。后来解释《诗经》的儒生都跟着他的脚步走。最有权威的毛氏《诗传》和郑玄《诗笺》，差不多全是断章取义，甚至断句取义——

断句取义是在一句两句里拉出一个两个字来发挥，比起断章取义，真是变本加厉了。

毛氏有两个人：一个毛亨，汉时鲁国人，人称为大毛公；一个毛苌，赵国人，人称为小毛公。是大毛公创始《诗经》的注解，传给小毛公，在小毛公手里完成的。郑玄是东汉人，他是专给《毛传》作《笺》的，有时也采取别家的解说；不过别家的解说在原则上也还和毛氏一鼻孔出气，他们都是以史证诗。他们接受了孔子"无邪"的见解，又摘取了孟子的"知人论世"（见《孟子·万章》）的见解，以为用孔子的诗的哲学，别裁古代的史说，拿来证明那些诗篇是什么时代作的，为什么事作的，便是孟子所谓"以意逆志"（见《孟子·万章》）。其实孟子所谓"以意逆志"倒是说要看全篇大意，不可拘泥在字句上，与他们不同。他们这样猜出来的作诗人的志，自然不会与作诗人相合，但那种志倒是关联着政治教化而与"诗言志"一语相合的。这样的以史证诗的思想，最先具体地表现在《诗序》里。

《诗序》有《大序》《小序》。《大序》好像总论，托名子夏，说不定是谁作的。《小序》每篇一条，大约是大、小毛公作的。以史证诗，似乎是《小序》的专门任务；传里虽也偶然提及，却总以训诂为主，不过所选取的字义，意在助成序说，无形中有个一定方向罢了。可是《小序》也还是泛说的多，确指的少。到了郑玄，才更详密地发展了这个条理。他按着《诗经》中的国别和篇次，系统地附和史料，编成了《诗谱》，差不多给每篇诗确定了时代；《笺》中也更多地发挥了作为各篇诗的背景的历史。以史证诗，在他手里算是集大成了。

《大序》说明诗的教化作用，这种作用似乎建立在风、雅、颂、赋、比、兴所谓“六义”上。《大序》只解释了风、雅、颂。说风是风化（感化）、讽刺的意思，雅是正的意思，颂是形容盛德的意思。这都是按着教化作用解释的。照近人的研究，这三个字大概都从音乐得名。风是各地方的乐调，《国风》便是各国土乐的意思。雅就是“乌”字，似乎描写这种乐的呜呜之音。雅也就是“夏”字，古代乐章叫作“夏”的很多，也许原是地名或族名。雅又分《大雅》《小雅》，大约也是乐调不同的缘故。颂就是“容”字，容就是“样子”；这种乐连歌带舞，舞就有种种样子了。风、雅、颂之外，其实还该有个“南”。南是南音或南调，《诗经》中《周南》《召南》的诗，原是相当于现在河南、湖北一带地方的歌谣。《国风》旧有十五，分出二南，还剩十三；而其中邶、鄘两国的诗，现经考定，都是卫诗，那么只有十一《国风》（卫、王、郑、齐、魏、唐、秦、陈、桧、曹、豳）了。颂有《周颂》《鲁颂》《商颂》，《商颂》经考定实是《宋颂》。至于搜集的歌谣，大概是在二南、《国风》和《小雅》里。

赋、比、兴的意义，说法最多。大约这三个名字原都含有政治和教化的意味。赋本是唱诗给人听，但在《大序》里，也许是“直铺陈今之政教善恶”（《周礼·大师》郑玄注）的意思。比、兴都是《大序》所谓“主文而谲谏”，不直陈而用譬喻叫“主文”，委婉讽刺叫“谲谏”。说的人无罪，听的人却可警诫自己。《诗经》里许多譬喻就在比、兴的看法下，断章断句地硬派作政教的意义了。

比、兴都是政教的譬喻，但在诗篇发端的叫作兴。《毛传》只在有兴的地方标出，不标赋、比；想来赋义是易见的，比、兴虽都是曲折成义，但兴在发端，往往关系全诗，比较更重要些，所以便特别标出了。《毛传》标出的兴诗，共一百十六篇，《国风》中最多，《小雅》第二；按现在说，这两部分搜集的歌谣多，所以譬喻的句子也便多了。

新型历史著作《左传》《国语》

/ 游 国 恩 /

周平王东迁以后，至于春秋战国之际，社会急遽变化，阶级斗争复杂激烈，奴隶主贵族日趋没落，地主阶级逐渐兴起。为了维护各自的利益，他们都必须汲取历史的经验教训，国有大事，互相赴告；会盟朝聘，史不绝书；褒善贬恶，直笔不隐。因此各国史官便自觉地积累了大量的档案资料，以备编纂之用。这时候，从前专门记载王朝、诸侯的诰命和大事记如《尚书》《春秋》之类，已不能满足新时代的需要，于是产生了以记载各国卿大夫和新兴阶级的士的言论以及诸侯各国的政治、外交和军事活动为主要内容的历史，这就是《左传》《国语》《战国策》等新型历史著作。

《左传》是《春秋左氏传》的简称，又名《左氏春秋》，是配合《春秋》的编年史，记事至鲁哀公二十七年，比《春秋》多十三年。《春秋》仅仅是最简括的历史大事记，《左传》则详载其本末及有关佚闻琐事。如隐公元年《春秋》书“郑伯克段于鄢”，只用六个字，《左传》则叙述郑庄公家庭间的矛盾、群臣的警告以及颍考叔调和庄公母子关系，极其委曲详尽。前人多说《左传》不传《春秋》，《左传》固然和《公羊》《穀梁》不同，但其中往往发凡起例，解释《春秋》书法，不能说同《春秋》完全无关。

《左传》的作者，从来说法分歧。司马迁、班固都说是左丘明，班固并说左丘明为鲁太史。唐以后学者多有异议。《左传》记事到智伯灭亡为止，它的作者显然是战国初年或稍后的人。至于这位作者是否鲁国太史，别无可考。但必然是一个充分掌握春秋时代诸侯各国史料的学者则毫无疑问。

《左传》一书，丰富多彩。其主要内容不外春秋列国的政治、外交、军事各方面的活动及有关言论。其次则天道、鬼神、灾祥、卜筮、占梦之事，作者认为可资劝诫者，无不记载。由于春秋战国间社会变革的影响，《左传》通过人物言行所表现的进步思想是很显著的。首先是民本思想，例如卫人逐其君，晋侯以为太甚。师旷说：“或者其君实甚。……夫君，神之主也，民之望也。若困民之主，匮神乏祀，百姓绝望，社稷无主，将安用之？弗去何为？”又说：“天之爱民甚矣！岂其使一人肆于民上，以从（纵）其淫，而弃天地之性？必不然矣。”（襄公十四年）师旷这番议论，在从前是不可想象的。他表面上似乎没有摆脱天道鬼神的观念，但实际上却是根据人民利害来发表他的政见的。这正如他论石言一样（昭公八年），都是借题发挥，给统治者敲了一下警钟。然明对子产问为政说：“视民如子，见不仁者诛之，如鹰鹯之逐鸟雀也。”（襄公二十五年）逢滑对陈怀公说："臣闻国之兴也，视民如伤，是其福也。其亡也，以民为土芥，是其祸也。"（哀公元年）这一系列的民本思想是怎样发展起来的呢？大概从殷末到周厉王时，奴隶暴动经常发生。春秋以来，阶级斗争尤为剧烈。在统治阶级里，逐渐有人在实际斗争中接受经验教训，认识到人民力量的强大。如果想要维持自己的统治，就必须争取人民。这就是民本思想产生的主要原因。其次是爱国思想。弦高遇秦兵侵郑，机智地以犒师为名，因而保全了郑国（僖公三十三年）。吴师入郢，昭王奔随。申包胥如秦乞师，七日夜哭不绝声，勺饮不入口。秦竟出兵，败吴而复楚（定公四年）。作者记载这些动人的历史事件，就是有意表扬他们崇高的爱国精神。因此，作者还通过羊斟的"残民以逞"加以严厉的谴责："君之谓羊斟非人也！以其私憾，败国殄民。"（宣公二年）其次是揭露统治者的残暴和荒淫无耻。例如宣公二年载晋灵公不君，"宰夫胹熊蹯不熟，杀之，置诸畚，使妇人载以过朝"。宣公九年载，"陈灵公与孔宁、仪行父通于夏姬，皆衷其衵服以戏于朝"。十年，又载陈灵公与孔宁、仪行父饮于夏氏。公谓行父曰："征舒似女。"对曰："亦似君。"如此之类，《左传》记载不少。体现了历史家"不隐恶"的思想原则。其次是反对用人祭祀和殉葬的暴行。例如宋襄公用鄫子于次睢之社。司马子鱼说："祭祀以为人也。民，神之主也。用人，其谁飨之？……得死为幸！"（僖公十九年）秦穆公以子车氏之三子为殉。作者即借"君子"之言来批评他"死而弃民"，"难以在上"（文公六年）。可见作者对野蛮残忍、灭绝人道的行为是深恶痛绝的。这些在当时也是对人民极为有益的言论。但我们还应该看到另一面，那就是书中对于宗法伦理思想、正统等级观念以及宗教迷信的宣扬，都是《左传》严重的缺点。

《左传》虽是历史著作，从文学角度看，是有显著的特点的：

第一是叙事富于故事性、戏剧性，有紧张动人的情节。它总是抓住故事的重要环节或有典型意义的部分来着重地叙述或描写，而不是毫无选择、平铺直叙。特别是一些内容复杂的事件，好像广厦千间，各成片段，而又四通八达，互有关联。例如僖公二十三、二十四年写晋公子重耳出亡及返国的经过，时间既长，故事情节又非常复杂，而选材布局均极恰当。其中别隗、过卫、醉遣、窥浴等段，无不富于戏剧意味，寺人披告密和竖头须请见的穿插，又使人感到离奇变幻，突然紧张。作者从正面侧面，或明或暗地描绘了许多人物形象，特别是故事中的主角重耳的形象，从一个不谙世事、只图享乐的贵介公子，逐渐锻炼得成为有志气、有胆识、有机智、有度量的英雄人物。这个人物性格的前后不同是显然可见的。他如从亡诸臣，曹伯、楚子、寺人披、头须、介之推以及七个女性，无论正面反面等人物的形象，通过对话和行动一一生动地表现出来，最后又一一收束进去，成为一篇首尾完整、结构严密、条理井然、脉络贯通的叙记文。又如写晋灵公与赵盾的斗争，其中钼麑行刺、提弥搏獒两个片断都异常紧张，变化莫测（宣公二年）。类似这种戏剧性的故事描写《左传》中是很多的。

第二是善于写战事，特别是几次大规模的战事写得最出色。它们的特点首先是对战争的看法有一定的思想原则。因此写战争并不单写军事行动，常常着眼政治问题，把军事和政治结合起来。例如长勺之战（庄公十年），鲁弱齐强，曹刿一开口就问凭什么去同齐国作战。直到听见庄公察狱以情的话，才说“可以一战”。城濮之战（僖公二十七、二十八年），事先着重叙述晋侯种种教育人民的措施；邲之战（宣公十二年），也是先从晋人眼中看出楚国“德立刑行，政成事时，典从礼顺”，不可与敌。这些问题作者认为是战胜敌人的关键，所以书中几乎每一次大战，总是一开篇就暗示出双方胜败的结果，表现作者进步的见解和敏锐的观察力。春秋时的大战，常常有许多小国参加，构成交战国两大阵营。其中关系复杂，变化莫测。能否正确运用外交策略争取与国帮助，是双方胜负的又一关键。城濮之战，晋国就是利用破曹伐卫、激怒齐秦的办法来孤立楚国，取得决定性的胜利。此外《左传》还注意到战争的性质，即抵抗的与侵略的，如“师直为壮，曲为老”之类。通过这些叙述，可见作者对战争的胜负并不看作是单纯的军事问题。其次是在叙述战斗的过程中，情节曲折细致，生动逼真。例如鞌之战（成公二年）一段：

> 齐高固入晋师，桀石以投人，禽之而乘其车，系桑本焉，以徇齐垒。曰：“欲勇者，贾余余勇！”……齐侯曰：“余姑翦灭此而朝食！”不介马而驰之。郤克伤于矢，血流及屦，未绝鼓音，曰：“余病矣！”张侯曰：“自始合，而矢贯余手及肘，余折以御，左轮朱殷。岂敢言病？吾子忍之！”（郑丘）缓曰：“自始合，苟有险，余必下推车，子岂识之？然子病矣！”张侯曰：“师之耳目，在吾旗鼓，进退从之，此车一人殿之，可以集事；若之何其以病败君之大事也？擐甲执兵，固即使也；病未及死，吾子勉之！”左并辔，右援枹而鼓。马逸不能止，师从之，齐师败绩。

这写齐军以骄狂轻敌致败，晋军以沉着顽强获胜，是一段有声有色的文章。原来郤克使齐，为妇女所笑，发誓说："所不报此，无能涉河！"他是抱着愤激报复的心情来作战的。所以血流到脚跟还不肯停止鼓声，显得那么坚强。但他身受重伤，实在支持不住了。当此一发千钧之际，由于张侯、郑丘缓的鼓励，特别是张侯的勇敢顽强，并辔助鼓，终于冲入敌阵，打败了齐军。一场惊心动魄、令人兴奋紧张的战斗到此告一段落，以下便是齐军败退、晋军追击、逢丑父被俘几个片段，中间穿插齐侯如何脱险逃走，韩厥故意放走齐侯等情节，都是细大不捐、曲折生动地描绘出来。《左传》中大小战役不计其数，这样动人的描写还是很多的。

第三是行人辞令之美。辞令之美就是语言之美。不过辞令虽靠语言来表现，而更重要的是有充分的理由，出使专对才有说服力。例如烛之武对秦伯说："越国以鄙远，君知其难也。焉用亡郑以陪邻？邻之厚，君之薄也。"（僖公三十年）用事势必然之理来耸动秦伯，秦兵就非撤退不可。又如郑子家以书告赵宣子说："传曰：'鹿死不择音。'小国之事大国也，德则其人也；不德则其鹿也。铤而走险，急何能择？"（文公十七年）也是真情至理，委婉中含有巨大威力，使晋人不得不屈服。他如屈完对齐侯（僖公四年），知罃对楚子（成公三年），都有异曲同工之妙。前人说，这是当时国史成文，作者不过编次而已，这种情况可能会有，但未必尽然，而且加工剪裁更是必然的。至于寻常记言叙事，如叔时谏县陈（宣公十一年），子罕辞玉（襄公十五年），以及"邢迁如归，卫国忘亡"（闵公二年）、"室如悬磬，野无青草"（僖公二十六年）、"师人多寒，王巡三军，拊而勉之。三军之士皆如挟纩”（宣公十二年）、“中军下军争舟，舟中之指可掬”（同上）、“鲍庄子之智不如葵，葵犹能卫其足”（成公十七年）等语，无不简而精，曲而达，婉而有致，罕譬而喻，富于形象性。这在全书中更是随处可见。

《国语》是一种国别史，分别记载周王朝及诸侯各国之事，而主要在记言，故名为《国语》。起于周穆王，终于鲁悼公（前1000—前440）。司马迁说：“左丘失明，厥有《国语》。”从此一般都认为《国语》乃左丘明所作。后人以《左传》《国语》既同一作者，而《左传》是传《春秋》的书，故又称《国语》为“春秋外传”。其实《国语》记事虽亦终于智伯，而所起则远自周初，显然各自为书，与《春秋》不是一个系统，号为“春秋外传”很不恰当。而且书中所记，多与《左传》重复、抵触，又彼此之间往往详略互异，这都说明《国语》和《左传》的编纂并非出于一手。但它的作者和《左传》一样，也是战国初期一个熟悉历史掌故的人则无问题。

《国语》所反映的进步思想虽不如《左传》鲜明，然如祭公谏穆王征犬戎说：“先王耀德不观兵。”又说：“无勤民于远。”邵公谏厉王弭谤说：“防民之口，甚于防川。川壅而溃，伤人必多，民亦如之。是故为川者决之使导，为民者宣之使言。”都是很有意义的文章。从文学上的成就说，《国语》远不如《左传》。这从长勺之战可以看出。两书所记，意同而辞不同，一则简练而姿态有神，一则平庸而枯槁乏味。试一比较，优劣自见。但《国语》记言之文亦有风趣绝佳者，如《晋语》记姜氏与子犯谋醉重耳一段，重耳和子犯二人对话，幽默生动，当时情景如在目前；而《左传》于此过于求简，反觉有所不足。此外《晋语》八记叔向谏晋平公事，滑稽讽刺有似《晏子春秋》；《越语》下载越王勾践与范蠡的问答多用韵语，也各具特色。

先秦诸子

/ 朱　自　清 /

春秋末年，封建制度开始崩坏，贵族的统治权，渐渐维持不住。社会上的阶级，有了紊乱的现象。到了战国，更看见农奴解放，商人抬头。这时候一切政治的、社会的、经济的制度，都起了根本的变化。大家平等自由，形成了一个大解放的时代。在这个大变动当中，一些才智之士，对于当前的情势，有种种的看法，有种种的主张；他们都想收拾那动乱的局面，让它稳定下来。有些倾向于守旧的，便起来拥护旧文化、旧制度，向当世的君主和一般人申述他们拥护的理由，给旧文化、旧制度找出理论上的根据。也有些人起来批评或反对旧文化、旧制度；又有些人要修正那些。还有人要建立新文化、新制度来代替旧的；还有人压根儿反对一切文化和制度。这些人也都根据他们自己的见解各说各的，都“持之有故，言之成理”。这便是诸子之学，大部分可以称为哲学。这是一个思想解放的时代，也是一个思想发达的时代，在中国学术史里是稀有的。

诸子都出于职业的“士”。“士”本是封建制度里贵族的末一级，但到了春秋、战国之际，“士”成了有才能的人的通称。在贵族政治未崩坏的时候，所有的知识、礼、乐等等，都在贵族手里，平民是没份的。那时有知识技能的专家，都由贵族专养专用，都是在官的。到了贵族政治崩坏以后，贵族有的失了势，穷了，养不起自用的专家。这些专家失了业，流落到民间，便卖他们的知识技能为生。凡有权有钱的都可以临时雇用他们，他们起初还是伺候贵族的时候多，不过不限于一家贵族罢了。这样发展了一些自由职业，靠这些自由职业为生的，渐渐形成了一个特殊阶级，便是“士农工商”的“士”。这些“士”，这些专家，后来居然开门授徒起来。徒弟多了，声势就大了，地位也高了。他们除掉执行自己的职业之外，不免根据他们专门的知识技能，研究起当时的文化和制度来了。这就有了种种看法和主张，各“思以其道易天下”（语见章学诚《文史通义·言公》上）。诸子百家便是这样兴起的。

第一个开门授徒发扬光大那非农、非工、非商、非官的“士”的阶级的，是孔子。孔子名丘，他家原是宋国的贵族，贫寒失势，才流落到鲁国去。他自己做了一个儒士，儒士是以教书和相礼为职业的，他却只是一个“老教书匠”。他的教书有一个特别的地方，就是“有教无类”（《论语·卫灵公》）。他大招学生，不问身家，只要缴相当的学费就收，收来的学生，一律教他们读《诗》《书》等名贵的古籍，并教他们《礼》《乐》等功课。这些从前是只有贵族才能够享受的，孔子是第一个将学术民众化的人。他又带着学生，周游列国，说当世的君主，这也是从前没有的。他一个人开了讲学和游说的风气，是“士”阶级的老祖宗。他是旧文化、旧制度的辩护人，以这种姿态创始了所谓儒家。所谓旧文化、旧制度，主要的是西周的文化和制度，孔子相信是文王、周公创造的。继续文王、周公的事业，便是他给他自己的使命。他自己说，“述而不作，信而好古”（《论语·述而》）；所述的，所信所好的，都是周代的文化和制度。《诗》《书》《礼》《乐》等是周文化的代表，所以他拿来作学生的必修科目。这些原是共同的遗产，但后来各家都讲自己的新学说，不讲这些，讲这些的始终只有“述而不作”的儒家。因此《诗》《书》《礼》《乐》等便成为儒家的专有品了。

孔子是个博学多能的人，他的讲学是多方面的。他讲学的目的在于养成“人”，养成为国家服务的人，并不在于养成某一家的学者。他教学生读各种书，学各种功课之外，更注重人格的修养。他说为人要有真性情，要有同情心，能够推己及人，这所谓“直”“仁”“忠”“恕”；一面还得合乎礼，就是遵守社会的规范。凡事只问该做不该做，不必问有用无用；只重义，不计利。这样人才配去干政治，为国家服务。孔子的政治学说，是“正名主义”。他想着当时制度的崩坏，阶级的紊乱，都是名不正的缘故。君没有君道，臣没有臣道，父没有父道，子没有子道，实和名不能符合起来，天下自然乱了。救时之道，便是“君君，臣臣，父父，子子”（《论语·颜渊》）；正名定分，社会的秩序，封建的阶级便会恢复的，他是给封建制度找了一个理论的根据。这个正名主义，又是从《春秋》和古史官的种种书法归纳得来的。他所谓“述而不作”，其实是以述为作，就是理论化旧文化、旧制度，要将那些维持下去。他对于中国文化的贡献，便在这里。

孔子以后，儒家还出了两位大师，孟子和荀子。孟子名轲，邹人；荀子名况，赵人。这两位大师代表儒家的两派。他们也都拥护周代的文化和制度，但更进一步地加以理论化和理想化。孟子说人性是善的。人都有恻隐心、羞恶心、辞让心、是非心，这便是仁、义、礼、智等善端，只要能够加以扩充，便成善人。这些善端，又总称为“不忍人之心”。圣王本于“不忍人之心”，发为“不忍人之政”（《孟子·公孙丑》），便是“仁政”“王政”。一切政治的、经济的制度都是为民设的，君也是为民设的——这却已经不是封建制度的精神了。和王政相对的是霸政。霸主的种种制作设施，有时也似乎为民，其实不过是达到好名、好利、好尊荣的手段罢了。荀子说人性是恶的。性是生之本然，里面不但没有善端，还有争夺放纵等恶端。但是人有相当聪明才力，可以渐渐改善学好；积久了，习惯自然，再加上专一的工夫，可以到圣人的地步。所以善是人为的。孟子反对功利，他却注重它。他论王霸的分别，也从功利着眼。孟子注重圣王的道德，他却注重圣王的威权。他说生民之初，纵欲相争，乱得一团糟，圣王建立社会国家，是为明分、息争的。礼是社会的秩序和规范，作用便在明分；乐是调和情感的，作用便在息争。他这样从功利主义出发，给一切文化和制度找到了理论的根据。

儒士多半是上层社会的失业流民，儒家所拥护的制度，所讲、所行的道德，也是上层社会所讲、所行的。还有原业农工的下层失业流民，却多半成为武士。武士是以帮人打仗为职业的专家。墨翟便出于武士。墨家的创始者墨翟，鲁国人，后来做到宋国的大夫，但出身大概是很微贱的。“墨”原是做苦工的犯人的意思，大概是个浑名；“翟”是名字。墨家本是贱者，也就不辞用那个浑名自称他们的学派。墨家是有团体组织的，他们的首领叫作“巨子”，墨子大约就是第一任“巨子”。他们不但是打仗的专家，并且是制造战争器械的专家。

但墨家和别的武士不同，他们是有主义的。他们虽以帮人打仗为生，却反对侵略的打仗，他们只帮被侵略的弱小国家做防卫的工作。《墨子》里只讲守的器械和方法，攻的方面，特意不讲。这是他们的“非攻”主义。他们说天下大害，在于人的互争；天下人都该视人如己，互相帮助，不但利他，而且利己。这是“兼爱”主义。墨家注重功利，凡与国家人民有利的事物，才认为有价值。国家人民，利在富庶，凡能使人民富庶的事物是有用的，别的都是无益或有害。他们是平民的代言人，所以反对贵族的周代的文化和制度。他们主张“节葬”“短丧”“节用”“非乐”，都和儒家相反。他们说他们是以节俭勤苦的夏禹为法的。他们又相信有上帝和鬼神，能够赏善罚恶，这也是下层社会的旧信仰。儒家和墨家其实都是守旧的，不过一个守原来上层社会的旧，一个守原来下层社会的旧罢了。

压根儿反对一切文化和制度的是道家。道家出于隐士。孔子一生曾遇到好些“避世”之士，他们着实讥评孔子。这些人都是有知识学问的。他们看见时世太乱，难以挽救，便消极起来，对于世事，取一种不闻不问的态度。他们讥评孔子“知其不可而为之”（《论语·宪问》），费力不讨好；他们自己便是知其不可而不为的、独善其身的聪明人。后来有个杨朱，也是这一流人，他却将这种态度理论化了，建立“为我”的学说。他主张“全生保真，不以物累形”（《淮南子·氾论训》）；将天下给他，换他小腿上一根汗毛，他是不干的。天下虽大，是外物；一根毛虽小，却是自己的一部分。所谓“真”，便是自然。杨朱所说的只是教人因生命的自然，不加伤害；“避世”便是“全生保真”的路。不过世事变化无穷，避世未必就能避害，杨朱的教义到这里却穷了。老子、庄子的学说似乎便是从这里出发，加以扩充的。杨朱实在是道家的先锋。

老子，相传姓李名耳，楚国隐士。楚人是南方新兴的民族，受周文化的影响很少，他们往往有极新的思想。孔子遇到那些隐士，也都在楚国，这似乎不是偶然的。庄子名周，宋国人，他的思想却接近楚人。老学以为宇宙间事物的变化，都遵循一定的公律，在天然界如此，在人事界也如此。这叫作“常”。顺应这些公律，便不须避害，自然能避害。所以说，“知常曰明”（《老子》十六章）。事物变化的最大公律是物极则反。处世接物，最好先从反面下手。“将欲翕之，必固张之；将欲弱之，必固强之；将欲废之，必固兴之；将欲夺之，必固与之。”（《老子》三十六章）“大直若屈，大巧若拙，大辩若讷。”（《老子》四十五章）这样以退为进，便不至于有什么冲突了。因为物极则反，所以社会上政治上种种制度，推行起来，结果往往和原来目的相反。“法令滋彰，盗贼多有。”（《老子》五十七章）治天下本求有所作为，但这是费力不讨好的，不如排除一切制度，顺应自然，无为而为，不治而治。那就无不为，无不治了。自然就是“道”，就是天地万物所以生的总原理。物得道而生，是道的具体表现。一物所以生的原理叫作“德”，“德”是“得”的意思。所以宇宙万物都是自然的。这是老学的根本思想，也是庄学的根本思想。但庄学比老学更进一步。他们主张绝对的自由，绝对的平等。天地万物，无时不在变化之中，不齐是自然的。一切但须顺其自然，所有的分别，所有的标准，都是不必要的。社会上、政治上的制度，硬教不齐的齐起来，只徒然伤害人性罢了。所以圣人是要不得的，儒、墨是“不知耻”的（《庄子·在宥》《天运》）。按庄学说，凡天下之物都无不好，凡天下的意见，都无不对；无所谓物我，无所谓是非。甚至死和生也都是自然的变化，都是可喜的。明白这些个，便能与自然打成一片，成为“无入而不自得”的至人了。老、庄两派，汉代总称为道家。

庄学排除是非，是当时“辩者”的影响。“辩者”汉代称为名家，出于讼师。辩者的一个首领郑国邓析，便是春秋末年著名的讼师。另一个首领梁相惠施，也是法律行家。邓析的本事在对于法令能够咬文嚼字地取巧，“以是为非，以非为是”（《吕氏春秋·审应览·离谓》篇）。语言文字往往是多义的；他能够分析语言文字的意义，利用来作种种不同甚至相反的解释。这样发展了辩者的学说。当时的辩者有惠施和公孙龙两派。惠施派说，世间各个体的物，各有许多性质，但这些性质，都因比较而显，所以不是绝对的。各物都有相同之处，也都有相异之处。从同的一方面看，可以说万物无不相同；从异的一方面看，可以说万物无不相异。同异都是相对的，这叫作“合同异”（语见《庄子·秋水》）。

公孙龙，赵人。他这一派不重个体而重根本，他说概念有独立分离的存在。譬如一块坚而白的石头，看的时候只见白，没有坚；摸的时候只觉坚，不见白。所以白性与坚性两者是分离的。况且天下白的东西很多，坚的东西也很多，有白而不坚的，也有坚而不白的。也可见白性与坚性是分离的，白性使物白，坚性使物坚；这些虽然必须因具体的物而见，但实在有着独立的存在，不过是潜存罢了。这叫作“离坚白”（《荀子·非十二子》篇）。这种讨论与一般人感觉和常识相反，所以当时以为“怪说”“琦辞”，“辩而无用”（语见《韩非子·孤愤》）。但这种纯理论的兴趣，在哲学上是有它的价值的。至于辩者对于社会政治的主张，却近于墨家。

儒、墨、道各家有一个共通的态度，就是托古立言，他们都假托古圣贤之言以自重。孔子托于文王、周公，墨子托于禹，孟子托于尧、舜，老、庄托于传说中尧、舜以前的人物；一个比一个古，一个压一个。不托古而变古的只有法家。法家出于“法术之士”（《韩非子·定法》），法术之士是以政治为职业的专家。贵族政治崩坏的结果，一方面是平民的解放，一方面是君主的集权。这时候国家的范围，一天一天扩大，社会的组织也一天一天复杂。人治、礼治，都不适用了。法术之士便创一种新的政治方法帮助当时的君主整理国政，做他们的参谋。这就是法治。当时现实政治和各方面的趋势是变古——尊君权、禁私学、重富豪。法术之士便拥护这种趋势，加以理论化。

他们中间有重势、重术、重法三派，而韩非子集其大成。他本是韩国的贵族，学于荀子。他采取荀学、老学和辩者的理论，创立他的一家言；他说势、术、法三者都是“帝王之具”（《韩非子·定法》），缺一不可。势的表现是赏罚，赏罚严，才可以推行法和术。因为人性究竟是恶的。术是君主驾御臣下的技巧。综核名实是一个例。譬如教人做某官，按那官的名位，该能做出某些成绩来；君主就可以照着去考核，看他名实能相副否。又如臣下有所建议，君主便叫他去做，看他能照所说的做到否。名实相副的赏，否则罚。法是规矩准绳，明主制下了法，庸主只要守着，也就可以治了。君主能够兼用法、术、势，就可以一驭万，以静制动，无为而治。诸子都讲政治，但都是非职业的，多偏于理想。只有法家的学说，从实际政治出来，切于实用。中国后来的政治，大部分是受法家的学说支配的。

古代贵族养着礼、乐专家，也养着巫祝、术数专家。礼、乐原来的最大的用处在丧、祭。丧、祭用礼、乐专家，也用巫祝，这两种人是常在一处的同事。巫祝固然是迷信的，礼、乐里原先也是有迷信成分的。礼、乐专家后来沦为儒士；巫祝、术数专家便沦为方士。他们关系极密切，所注意的事有些是相同的。汉代所称的阴阳家便出于方士。古代术数注意于所谓“天人之际”，以为天道人事互相影响。战国末年有些人更将这种思想推行起来，并加以理论化，使它成为一贯的学说。这就是阴阳家。

当时阴阳家的首领是齐人驺衍。他研究“阴阳消息”（《史记·孟子荀卿列传》），创为“五德终始”说（《吕氏春秋·有始览·名类》篇及《文选》左思《魏都赋》李善注引《七略》）。“五德”就是五行之德。五行是古代的信仰。驺衍以为五行是五种天然势力，所谓“德”。每一德，各有盛衰的循环。在它当运的时候，天道人事，都受它支配。等到它运尽而衰，为别一德所胜、所克，别一德就继起当运。木胜土，金胜木，火胜金，水胜火，土胜水，这样“终始”不息。历史上的事变都是这些天然势力的表现。每一朝代，代表一德；朝代是常变的，不是一家一姓可以永保的。阴阳家也讲仁义名分，却是受儒家的影响。那时候儒家也在开始受他们的影响，讲《周易》，作《易传》。到了秦、汉间，儒家更几乎与他们混合为一，西汉今文家的经学大部便建立在阴阳家的基础上。后来“古文经学”虽然扫除了一些“非常”“可怪”之论（何休《春秋公羊经传解诂序》说《春秋》中“多非常异议可怪之论”），但阴阳家的思想已深入人心，牢不可拔了。

战国末期，一般人渐渐感着统一思想的需要，秦相吕不韦便是做这种尝试的第一个人。他教许多门客合撰了一部《吕氏春秋》。现在所传的诸子书，大概都是汉人整理编定的，他们大概是将同一学派的各篇编辑起来，题为某子。所以都不是有系统的著作。《吕氏春秋》却不然，它是第一部完整的书。吕不韦所以编这部书，就是想化零为整，集合众长，统一思想。他的基调却是道家。秦始皇统一天下，李斯为相，实行统一思想。他烧书，禁天下藏“《诗》《书》百家语”（《史记·秦始皇本纪》）。但时机到底还未成熟，而秦不久也就亡了，李斯是失败了。所以汉初诸子学依然很盛。

到了汉武帝的时候，淮南王刘安仿效吕不韦的故智，教门客编了一部《淮南子》，也以道家为基调，也想来统一思想。但成功的不是他，是董仲舒。董仲舒向武帝建议：“‘六经’和孔子的学说以外，各家一概禁止。邪说息了，秩序才可统一，标准才可分明，人民才知道他们应走的路。”（原文见《汉书·董仲舒传》）武帝采纳了他的话。从此，帝王用功名利禄提倡他们所定的儒学，儒学统于一尊，春秋、战国时代言论思想极端自由的空气便消灭了。这时候政治上既开了从来未有的大局面，社会和经济各方面的变动也渐渐凝成了新秩序，思想渐归于统一，也是自然的趋势。在这新秩序里，农民还占着大多数，宗法社会还保留着，旧时的礼教与制度一部分还可适用，不过民众化了罢了。另一方面，要创立政治上、社会上各种新制度，也得参考旧的。这里便非用儒者不可了。儒者通晓以前的典籍，熟悉以前的制度，而又能够加以理想化、理论化，使那些东西秩然有序，粲然可观。别家虽也有政治社会学说，却无具体的办法，就是有，也不完备，赶不上儒家；在这建设时代，自然不能和儒学争胜。儒学的独尊，也是当然的。

屈原和“楚辞”

/ 游 国 恩 /

“楚辞”的名称和来源

“楚辞”是战国时代以屈原为代表的楚国人创作的诗歌，它是《诗经》三百篇以后的一种新诗体。

“楚辞”这一名词不知起于何时。《史记》在张汤的传中已经提到它，可能至晚也是汉初就有的。至汉成帝时，刘向整理古籍，把屈原、宋玉等人的作品编辑成书，定名为《楚辞》，从此以后，“楚辞”就成为一部总集的名称。

汉代一般称“楚辞”为赋，这是不十分恰当的。“楚辞”和汉赋，体裁截然不同，前者是诗歌，后者是押韵的散文，它们的句法形式、结构组织、押韵规律都是两种不同的范畴。再从音乐的关系上看，虽然都是不歌而诵，但汉赋同音乐的距离比“楚辞”更远些。所以司马迁说："屈原既死之后，楚有宋玉、唐勒、景差之徒者，皆好辞而以赋见称。"（《史记·屈原列传》）可见辞与赋本来是有区别的。由于汉赋是直接受"楚辞"的影响发展起来的文体，在习惯上汉代人多以辞赋并称，把屈、宋之辞与枚乘、司马相如的赋等同起来。于是辞与赋的概念混淆了，从此以后，屈原的作品甚至全部楚辞都称为赋了。其实它们是两种不同的文体，不应混为一谈。至于后人以《离骚》代表《楚辞》而称之为"骚"，如《文心》[1]有《辨骚》篇，《文选》有"骚"类等。这和后人称《诗经》为"风"一样，虽然名实不符，都是有意把"楚辞"和汉赋两种文体区别开来。

"楚辞"的产生有其复杂的因素，决不是偶然的。春秋以来，楚国在长期独立的发展过程中，形成了独特的楚国地方文化。宗教、艺术、风俗、习惯等都有自己的特点。与此同时，楚国又与北方各国频繁接触，吸收了中原文化，也发展了它固有的文化。这一南北合流的文化传统就是"楚辞"产生和发展的重要基础。

远在周初，江汉汝水间的民歌如《诗经》中的《汉广》《江有汜》等篇都产生在楚国境内。其他文献也保存了不少的楚国民歌，如《子文歌》《楚人歌》《越人歌》《沧浪歌》（见《说苑》中《至公》《正谏》《善说》三篇）等都是楚国较早的民间文学，有的歌词每隔一句的末尾用一个语助词，如"兮""思"之类。后来便成为《楚辞》的主要形式。更重要的还是楚国民间的巫歌。楚国巫风盛行，民间祭祀之时，必使巫觋"作歌乐鼓舞以乐诸神"，充满了原始的宗教气氛。

[1] 即《文心雕龙》。后文中《文心》皆指《文心雕龙》，不再一一注明。——编者注

《楚辞》中的《九歌》，其前身就是当时楚国各地包括沅湘一带的民间祭神的歌曲，祭坛上女巫装扮诸神，衣服鲜丽，佩饰庄严，配合音乐的节奏载歌载舞，很像戏剧场面。这就是那时巫风的具体表现。这种原始宗教的巫风对屈原的作品有直接影响。《离骚》的巫咸降神，《招魂》的巫阳下招，以及《楚辞》中凡诗人自我形象的塑造和高贵品德的象征，如高冠长佩、荷衣蕙纕，乃至丰富的神话故事的运用等，都是最好的说明。所以《吕氏春秋·侈乐篇》说："楚之衰也，作为巫音。""楚辞"就是这种带有巫音色彩的诗歌。

还有楚国的地方音乐对"楚辞"也有一定的影响。春秋时，乐歌已有"南风""北风"之称。钟仪在晋鼓琴而"操南音"，被誉为"乐操土风，不忘旧也"（师旷曰："吾骤歌北风，又歌南风。南风不竞，多死声，楚必无功。"见《左传》襄公十八年。钟仪事见《左传》成公九年）。从此以后，楚歌、楚声和楚舞一直为楚人所喜爱，见于文献记载者不少。这是很自然的。战国时楚国地方音乐极为发达，其歌曲如《涉江》《采菱》《劳商》《薤露》《阳春》《白雪》等，"楚辞"的作者都已提及。"楚辞"虽非乐章，未必可歌（《九歌》经屈原改写后，是否用原来乐调歌唱，不能知道）。但它的许多诗篇中都有"乱"辞，有的还有"倡"和"少歌"，这些都是乐曲的组成部分。《楚辞》中保存这些乐曲的形式，就说明它同音乐的关系非常接近。当然由于作者是楚人，他们所接受的音乐的影响也多半是属于楚国地方的。同时，与此有关而影响于"楚辞"的那就是楚国的方言。楚国的方言有特殊的意义，也有特殊的音调。《楚辞》中的方言极多，如"凥""汩""凭""羌""侘傺""婵媛"之类，参考古注及其他文献还可以理解。至于当时音调的读法早已失传。汉宣帝时，九江（今安徽寿县，楚最后国都）被公能诵读《楚辞》，至隋代，还有释道骞也善读《楚辞》，“能为楚声，音韵清切”（《汉书·王褒传》及《隋书·经籍志》）。后来唐人还继承他的读法。可见懂得《楚辞》中楚声的人隋唐间还有。不过这对《楚辞》的影响是次要的，主要还是民间文学和地方音乐的关系。

总之，楚国本有自己的文化传统，后来又接受北方文化的影响，二者融合为一，汇为文化的巨流，在长期发展中积累了丰富的文学艺术的素材，为文学创作提供充分的有利条件。就在这个优越的文化基础上孕育了屈原这样伟大的诗人，产生了《楚辞》这样光辉灿烂、千古不朽的诗篇。

屈原的生平及其作品

伟大的爱国诗人屈原（约前340—前277）[1]，名平，是楚国一个没落的贵族。“博闻强记”，熟悉政治情况，善于外交辞令。为楚怀王左徒，对内同楚王商议国事，发布命令；对外接待宾客，应对诸侯。怀王起初很信任他。但那时楚国内外都有尖锐的斗争：在内政上保守派与改革派的斗争，也表现为外交上亲秦与亲齐两派的斗争。前者以怀王稚子子兰等楚国的贵族集团为代表，后者以屈原为代表。怀王使屈原造为宪令，正在起草之际，上官大夫为了探听宪令内容，就想夺过去看，屈原不与，上官大夫反诬蔑屈原泄露机密，恃才矜功。怀王不

[1] 现多认为屈原在世时间为约前340—约前278年。——编者注

察，遂疏屈原。秦惠王见有隙可乘，就派张仪至楚，进行阴谋诡计。张仪许怀王商于之地六百里，使绝齐交。怀王既绝齐，又不得地，大怒，发兵攻秦，先后皆大败，丧师失地。齐既不来救，韩魏复出兵攻楚，怀王不得已，乃使屈原使齐，恢复邦交。局势暂时稳定下来。诗人洞察形势，认为非联齐不能抗秦。在政治上与腐朽的旧贵族集团相对立，坚决同他们作斗争。而怀王昏庸懦怯，为群小所包围，终于走亲秦道路，放逐了屈原。这时楚国内政腐败，外交失策，又连年为秦所战败，怀王遂再度受欺，入秦而不返。顷襄王继立，以弟子兰为令尹，对秦完全采取妥协投降政策。诗人痛恨子兰劝怀王入秦，子兰复谮毁屈原，襄王怒而迁之于江南。诗人在长期流放中忧心国事，没有一刻忘了回去。他写下了许多不朽的诗篇，抒发忧愤的感情，并揭露、指斥群小违法乱纪、壅君误国之罪，乃自投汨罗江而死。

诗人有高贵的品质和干练的才能。他生活在社会变革、阶级斗争复杂激烈的时代，抱有进步的政治思想，十分自负地想为楚王做一个政治上的带路人。他的政治理想是要使祖国独立富强，以至统一长期分裂的中国，达到所谓唐虞三代之治。其具体主张不外举贤授能和修明法度。诗人在他的诗篇中都曾一再郑重地表明，而且称之为“美政”。但这些并不是空话，诗人曾按照自己的理想去做，在任左徒时实践了自己的主张。比如《离骚》说：“余既滋兰之九畹兮，又树蕙之百亩。……冀枝叶之峻茂兮，愿俟时乎吾将刈。”可见屈原为了治理国事，确实培养了一批人才，希望将来有用。当他奉命草拟宪令，而反对派的保守贵族就千方百计来破坏它。只这两件事就足以说明诗人所谓“美政”的基本内容和它的中心思想。而这种思想的本质是反对贵族的传统特权，符合历史发展的趋势的，所以在国内必然会引起斗争。

诗人一生为了祖国，为了实现政治理想，不惜奔走先后，企图“及前王之踵武”。当他看见“党人”把祖国引上“幽昧”“险隘”的道路，就大声疾呼地说：“岂余身之殚殃兮？恐皇舆之败绩。”当他一再受到群小的排挤和迫害时，就奋不顾身地同他们斗争到底，九死不悔。诗人一生的历史就是同旧贵族腐朽势力作斗争的历史。他的悲愤的歌唱，一字一句都倾泻了深沉的爱国的思想感情，成为千古传诵的杰作。

屈原的作品，据《汉书·艺文志》是二十五篇，这可能是刘向校定的篇数。它的具体篇目，据王逸《楚辞章句》为《离骚》、《九歌》（十一篇）、《天问》、《九章》（九篇）、《远游》、《卜居》、《渔父》二十五篇。《大招》的作者，王逸疑不能明。《招魂》一篇司马迁认为屈原所作，而王逸却定为宋玉。可见屈原的作品汉代人的看法已不一致。至于后人为了加入《招魂》《大招》等篇，而把《九歌》任意删并，以求合于二十五篇之数，那是极不妥当的。

关于屈原作品中的真伪问题，后人纷纷讨论，各执一说。现在看来，《大招》一篇显然是模仿《招魂》写的，而词采远远不及，可以肯定不是屈原所作。《渔父》一篇司马迁在屈原传中本是作为一个有关屈原的故事来叙述，并不把它看作屈原的作品。所以王逸说：“楚人思念屈原，因叙其辞以相传焉。”这个推测是有道理的。因此《渔父》不应算在屈原作品二十五篇之内也是可以肯定的。至于《远游》《卜居》以及《九章》中的《惜往日》《悲回风》等篇，也有人认为后人所依托，但缺乏充分根据。由于年代久远，后人对于作品的理解不同，看法不同，众说分歧是不足怪的。

离 骚

《离骚》（《离骚》篇名的意义，司马迁引淮南王说："离骚者，犹离忧也。"班固解为遭忧，王逸解为别愁，二说虽不同，但都可以讲通。）是屈原的代表作品，我国古典文学中最长的抒情诗，也是一篇光耀千古的浪漫主义杰作。

诗人写作《离骚》时已经度过了大半生。他为了实现政治理想，不断遭到腐朽的贵族集团的排挤和打击，这时已经再被放逐，到了救国无路的地步；而楚国也由一个颇有希望的国家，被弄到了濒临危亡的绝境。诗人瞻前顾后，感慨万分，他把坚持奋斗而不能实现爱国理想的沉痛感情，熔成了这篇激动人心的诗歌。

《离骚》对诗人的理想有清楚的完整的表现。在七雄纷争、各国存亡处于紧要关头的战国时代，诗人的理想就是把祖国推上富强的道路，甚至由它来统一中国。他列举历史上兴国的圣君和乱亡的昏君，希望楚王以"遵道得路"的尧舜为榜样，以"捷径窘步"的桀纣为戒鉴，把楚国建设成为强大的国家。不仅如此。处于当时奴隶社会向封建社会转化的大变革时期，诗人为了真正达到这一目的，还突破了贵族阶级的局限，反映了新兴阶级的政治要求，提出了革新政治的主张："举贤而授能兮，循绳墨而不颇。"所谓"举贤而授能"，即不分贵贱选用贤能来治理国家；所谓"循绳墨而不颇"，即修明法度，严格按法度办事。这是与维护贵族特权的世袭制度和"背法度而心治"的原则针锋相对的。可以说，祖国的富强是诗人理想的目标，进行政治革新则是达到这一目标的手段。他的爱国主义精神是与追求进步政治的精神紧紧结合在一起的。这既说明了诗人思想的进步性，也说明了他的爱国理想的深刻性与人民性。

《离骚》的基本内容就是表现诗人对实现这一崇高理想的热烈追求和不懈的斗争。全诗可分为前后两部分。从篇首到“岂余心之可惩”为前一部分；从“女嬃之婵媛兮”到篇末为后一部分。前一部分是诗人对已往历史的回溯。他叙述了家世出身、生辰名字，以及辅助楚王进行政治改革的斗争。诗人从早年起就汲汲自修，锻炼品质和才能，并决心把这一切献给祖国的富强事业。他对楚王说：“不抚壮而弃秽兮，何不改乎此度也？乘骐骥以驰骋兮，来吾导夫先路！”但是诗人这一热爱祖国和人民的愿望，却因为触犯了贵族集团的利益，招来了重重的迫害和打击。贵族群小向他围攻，极尽诬蔑诽谤之能事；楚王听信谗言，不仅不信任他，反而放逐了他；他为实现理想而苦心培植的人才也变质了。当诗人回顾到这些，想到自己的理想遭到破坏，祖国的命运岌岌可危，便抑止不住满腔愤怒的感情，向腐朽反动势力进行了猛烈的抨击。他痛斥贵族群小“竞进以贪婪”，“兴心而嫉妒”，“偭规矩而改错，背绳墨以追曲”。指出他们蝇营狗苟，把祖国引向危亡的绝境：“惟夫党人之偷乐兮，路幽昧以险隘。”他怨恨楚王的昏庸，不辨忠邪：“荃不察余之中情兮，反信谗而齌怒。”他还大胆地指责楚王反复无常：“初既与余成言兮，后悔遁而有他。余既不难夫离别兮，伤灵修之数化。”对人才的变质，诗人也表示了深深的惋叹：“虽萎绝其亦何伤兮，哀众芳之芜秽！”但是诗人并没有被这种沉重的感情压倒，也决不向反动势力屈服，他宁肯承担迫害，也不变志从俗："宁溘死以流亡兮，余不忍为此态也！"他深信自己的正确，要永远坚持自己的道路，忠于理想："民生各有所乐兮，余独好修以为常。虽体解吾犹未变兮，岂余心之可惩？"

《离骚》后一部分是描写诗人对未来道路的探索："路曼曼其修远兮，吾将上下而求索。"诗人被腐朽的贵族集团排斥在现实的政治生活之外，他苦闷彷徨地面对着未来，究竟选择什么样的道路呢？首先，女媭劝他不要"博謇好修"，应该明哲保身。但诗人通过向重华陈辞，分析了往古兴亡的历史，证明了自己态度的正确，否定了这种消极逃避的道路。于是，追求实现理想的强烈愿望，使他升腾到了天上。他去叩帝阍，阍者却闭门不理；他又下求佚女以通天帝，也终无所遇。这天上实际是人间的象征，说明再度争取楚王的信任也是不可能的。接着诗人去找灵氛占卜，巫咸降神，请他们指示出路。灵氛劝他去国远游，另寻施展抱负的处所，巫咸则劝他暂留楚国，等待时机。诗人感到时不待人，留在黑暗的楚国也不会有什么希望，于是决心出走。但是这一行动又与他的爱国感情产生了尖锐的矛盾，正当他升腾远逝的时候，却看见了祖国的大地："陟升皇之赫戏兮，忽临睨夫旧乡。仆夫悲余马怀兮，蜷局顾而不行"，他终于留下来了。诗人通过这一系列虚构的境界，否定了与他爱国感情和实现理想的愿望背道而驰的各种道路，最后决心一死以殉自己的理想："既莫足与为美政兮，吾将从彭咸之所居。"这是诗人当时所可能选择的一条道路，以死来坚持理想、反抗黑暗的政治现实的道路。

《离骚》通过诗人一生不懈的斗争和身殉理想的坚贞行动，表现了诗人为崇高理想而献身祖国的战斗精神；表现了与祖国同休戚、共存亡的深挚的爱国主义感情；也表现了他的热爱进步、憎恶黑暗的光辉峻洁的人格。同时通过诗人战斗的历程和悲剧的结局，反映了楚国政治舞台上进步与反动两种势力的尖锐斗争，暴露了楚国政治的黑暗腐朽和反动势力的嚣张跋扈。它虽是一首抒情诗，却反映了丰富的社会现实内容；它虽是一首浪漫主义作品，却具有深刻的现实性。不愧为我国文学史上伟大的诗篇。

《离骚》在艺术上也有极高的造诣和独特的风格。

《离骚》是一篇具有深刻现实性的积极浪漫主义作品。它发展了我国古代人民口头创作——神话的浪漫主义，成为我国文学浪漫主义的直接源头。《离骚》塑造了一个纯洁高大的抒情主人公的形象，由于理想的崇高，人格的峻洁，感情的强烈，这个形象就远远地超出于流俗和现实之上。《离骚》又自始至终贯穿着诗人以理想改造现实的顽强斗争精神，当残酷的现实终于使理想破灭时，他更表示了以身殉理想的坚决意志。这些都表现了《离骚》这首长诗的浪漫主义的精神实质。同时，《离骚》又大量地采用了浪漫主义的表现手法。这突出地表现在诗人驰骋想象，糅合神话传说、历史人物和自然现象编织幻想的境界。如关于神游一段的描写，诗人朝发苍梧，夕至县圃，他以望舒、飞廉、鸾皇、凤鸟、飘风、云霓为侍从仪仗，上叩天阍，下求佚女，想象丰富奇特，境界仿佛迷离，场面宏伟壮丽，有力地表现了诗人追求理想的精神。此外，诗人也常常用夸张的手法突出事物的特征。如关于诗人品格的描写："擥木根以结茝兮，贯薜荔之落蕊。矫菌桂以纫蕙兮，索胡绳之纚纚。""高余冠之岌岌兮，长余佩之陆离。芳与泽其杂糅兮，惟昭质其犹未亏。"诗人以花草冠佩象征品德，已富有优美的想象，而这种集中的夸张的描写，就把诗人的品格刻画得异常地崇高，具有了浪漫主义的特质。

《离骚》的另一艺术特色是比兴手法的广泛运用。它“依诗取兴，引类比喻”（王逸《楚辞章句·离骚序》），继承了《诗经》的比兴传统，而又进一步发展了它。《诗经》的比兴大都比较单纯，用以起兴和比喻的事物还是独立存在的客体；《离骚》的比兴却与所表现的内容合而为一，具有象征的性质。如上述以香草象征诗人的高洁便是。其次，《诗经》中的比兴往往只是一首诗中的片断，《离骚》则在长篇巨制中以系统的一个接一个的比兴表现了它的内容。如诗人自比为女子，由此出发，他以男女关系比君臣关系；以众女妒美比群小嫉贤；以求媒比求通楚王的人；以婚约比君臣遇合。其他方面亦多用比喻，如以驾车马比治理国家，以规矩绳墨比国家法度等。比兴手法的运用，使全诗显得生动形象，丰富多彩。

抒情诗一般篇幅短小，没有故事情节。《离骚》不只篇幅宏伟，而且由于前一部分是在诗人大半生历史发展的广阔背景上展开抒情，后一部分又编造了女媭劝告、陈辞重华、灵氛占卜、巫咸降神、神游天上等一系列幻境，便使它具有了故事情节的成分。这种内容和结构上的特点，就是波澜起伏，百转千回，看看似乎到了山穷水尽的地步，转眼却又出现一个新的境界。这样就把诗人长期的斗争经历和复杂的思想感情表现得淋漓尽致。

《离骚》的形式来自民间，但在诗人手中有了很大发展。他一面采用民歌的形式，一面又汲取了散文的笔法，把诗句加长，构成巨篇，既有利于包纳丰富的内容，又有力地表现了奔腾澎湃的感情。

《离骚》基本上是四句为一章，字数不等，亦多偶句，形成了错落中见整齐，整齐中又富有变化的特点。《离骚》的语言十分精练，并大量地吸收了楚国的方言，虚字也运用得十分灵活，又常以状词冠于句首，造句也颇有特点。此外，《离骚》除了诗人内心独白外，还设为主客问答，又有大段的铺张描写，绘声绘色，对后来辞赋有很大影响。所有这些也都表现了《离骚》的艺术特点与成就。

司马迁与《史记》

（节选）

/ 朱　自　清 /

《史记》，汉司马迁著。司马迁，字子长，左冯翊夏阳（今陕西韩城）人。景帝中元五年（公元前145年）生，卒年不详。他是太史令司马谈的儿子。小时候在本乡只帮人家耕耕田、放放牛玩儿。司马谈做了太史令，才将他带到京师（今西安）读书。他十岁的时候，便认识"古文"的书了。二十岁以后，到处游历，真是足迹遍天下。他东边到过现在的河北、山东及江、浙沿海，南边到过湖南、江西、云南、贵州，西边到过陕、甘、西康等处，北边到过长城等处；当时的"大汉帝国"，除了朝鲜、河西（今宁夏一带）、岭南几个新开郡外，他都走到了。他的出游，相传是父亲命他搜求史料去的，但也有些处是因公去的。他搜得了多少写的史料，没有明文，不能知道。可是他却看到了好些古代的遗迹，听到了好些古代的逸闻，这些都是活史料，他用来印证并补充他所读的书。他作《史记》，叙述和描写往往特别亲切有味，便是为此。他的游历不但增扩了他的见闻，也增扩了他的胸襟；他能够综括三千多年的事，写成一部大书，而行文又极其抑扬变化之致，可见出他的胸襟是如何地阔大。

他二十几岁的时候，应试得高第，做了郎中。武帝元封元年（公元前110年），大行封禅典礼，步骑十八万，旌旗千余里。司马谈是史官，本该从行，但是病得很重，留在洛阳不能去。司马迁却跟去了。回来见父亲，父亲已经快死了，拉着他的手呜咽着道："我们先人从虞、夏以来，世代做史官；周末弃职他去，从此我家便衰微了。我虽然恢复了世传的职务，可是不成；你看这回封禅大典，我竟不能从行，真是命该如此！再说孔子因为眼见王道缺、礼乐衰，才整理文献，论《诗》《书》，作《春秋》，他的功绩是不朽的。孔子到现在又四百多年了，各国只管争战，史籍都散失了，这得搜求整理；汉朝一统天下，明主、贤君、忠臣、死义之士，也得记载表彰。我做了太史令，却没能尽职，无所论著，真是惶恐万分。你若能继承先业，再做太史令，成就我的未竟之志，扬名于后世，那就是大孝了。你想着我的话罢。"（原文见《史记·自序》）司马迁听了父亲这番遗命，低头流泪答道："儿子虽然不肖，定当将你老人家所搜集的材料，小心整理起来，不敢有所遗失。"（原文见《史记·自序》）司马谈便在这年死了；司马迁这年三十六岁。父亲的遗命指示了他一条伟大的路。

父亲死的第三年，司马迁果然做了太史令。他有机会看到许多史籍和别的藏书，便开始做整理的工夫。那时史料都集中在太史令手里，特别是汉代各地方行政报告，他那里都有。他一面整理史料，一面却忙着改历的工作；直到太初元年（公元前104年），太初历完成，才动手著他的书。天汉二年（公元前99年），李陵奉了贰师将军李广利的命，领了五千兵，出塞打匈奴。匈奴八万人围着他们，他们杀伤了匈奴一万多，可是自己的人也死了一大半。箭完了，又没吃的，耗了八天，等贰师将军派救兵。救兵竟没有影子。匈奴却派人来招降。李陵想着回去也没有脸，就降了。武帝听了这个消息，又急又气。朝廷里纷纷说李陵的坏话。武帝问司马迁，李陵到底是个怎样的人。李陵也做过郎中，和司马迁同过事，司马迁是知道他的。

他说李陵这个人秉性忠义，常想牺牲自己，报效国家。这回以少敌众，兵尽路穷，但还杀伤那么些人，功劳其实也不算小。他决不是怕死的人，他的降大概是假意的，也许在等机会给汉朝出力呢。武帝听了他的话，想着贰师将军是自己派的元帅，司马迁却将功劳归在投降的李陵身上，真是大不敬；便教将他抓起来，下在狱里。第二年，武帝杀了李陵全家，处司马迁宫刑。宫刑是个大辱，污及先人，见笑亲友，他灰心失望已极，只能发愤努力，在狱中专心致志写他的书，希图留个后世名。过了两年，武帝改元太始，大赦天下。他出了狱，不久却又做了宦者做的官——中书令，重被宠信。但他还继续写他的书。直到征和二年（公元前91年），全书才得完成，共一百三十篇，五十二万六千五百字。他死后，这部书部分地流传；到宣帝时，他的外孙杨恽才将全书献上朝廷去，并传写公行于世。汉人称为《太史公书》《太史公》《太史公记》《太史记》。魏晋间才简称为《史记》，《史记》便成了定名。这部书流传时颇有缺佚，经后人补续改窜了不少；只有元帝、成帝间褚少孙补的有主名，其余都不容易考了。

司马迁是窃比孔子的。孔子是在周末官守散失时代第一个保存文献的人；司马迁是秦火以后第一个保存文献的人。他们保存的方法不同，但是用心一样。《史记·自序》里记着司马迁和上大夫壶遂讨论作史的一番话。司马迁引述他的父亲称扬孔子整理“六经”的丰功伟业，而特别着重《春秋》的著作。他们父子都是相信孔子作《春秋》的。他又引董仲舒所述孔子的话：“我有种种觉民救世的理想，凭空发议论，恐怕人不理会；不如借历史上现成的事实来表现，可以深切著明些。”（原文见《史记·自序》）这便是孔子作《春秋》的趣旨：他是要明王道，辨人事，分明是非、善恶、贤不肖，存亡继绝，补敝起废，作后世君臣龟鉴。《春秋》实在是礼义的大宗，司马迁相信礼治是胜于法治的。他相信《春秋》包罗万象，采善贬恶，并非以刺讥为主。像他父亲遗命所说的，汉兴以来，人主明圣盛德，和功臣、世家、贤大夫之业，是他父子职守所在，正该记载表彰。他的书记汉事较详，固然是史料多，也是他意主尊汉的缘故。他排斥暴秦，要将汉远承三代。这正和今文家说的《春秋》尊鲁一样，他的书实在是窃比《春秋》的。他虽自称只是“厥协‘六经’异传，整齐百家杂语”（原文见《史记·自序》），述而不作，不敢与《春秋》比，那不过是谦词罢了。

他在《报任安书》里说他的书“欲以究天人之际，通古今之变，成一家之言”。《史记·自序》里说：“罔（网）罗天下放佚旧闻，王迹所兴，原始察终，见盛观衰，论考之行事。”“王迹所兴”，始终盛衰，便是“古今之变”，也便是“天人之际”。“天人之际”只是天道对于人事的影响，这和所谓“始终盛衰”都是阴阳家言。阴阳家倡“五德终始说”，以为金、木、水、火、土五行之德，互相克胜，终始运行，循环不息。当运者盛，王迹所兴；运去则衰。西汉此说大行，与“今文经学”合而为一。司马迁是请教过董仲舒的，董就是今文派的大师，他也许受了董的影响。“五德终始说”原是一种历史哲学，实际的教训只是让人君顺时修德。

《史记》虽然窃比《春秋》，却并不用那咬文嚼字的书法，只据事实录，使善恶自见。书里也有议论，那不过是著者牢骚之辞，与大体是无关的。原来司马迁自遭李陵之祸，更加努力著书。他觉得自己已经身废名裂，要发抒意中的郁结，只有这一条通路。他在《报任安书》和《史记·自序》里引了文王以下到韩非诸贤圣，都是发愤才著书的。他自己也是个发愤著书的人。天道的无常，世变的无常，引起了他的慨叹，他悲天悯人，发为牢骚抑扬之辞。这增加了他的书的情韵。后世论文的人推尊《史记》，一个原因便在这里。

班彪论前史得失，却说他“论议浅而不笃。其论述学，则崇黄、老而薄‘五经’；序货殖，则轻仁义而羞贫穷；道游侠，则贱守节而贵俗功”，以为“大敝伤道”（《后汉书·班彪传》）。班固也说他“是非颇谬于圣人”（《汉书·司马迁传赞》）。其实推崇道家的是司马谈；司马迁时，儒学已成独尊之势，他也成了一个推崇的人了。至于《游侠》《货殖》两传，确有他的身世之感。那时候有钱可以赎罪，他遭了李陵之祸，刑重家贫，不能自赎，所以才有“羞贫穷”的话；他在穷窘之中，交游竟没有一个抱不平来救他的，所以才有称扬游侠的话。这和《伯夷传》里天道无常的疑问，都只是偶一借题发挥，无关全书大旨。东汉王允死看“发愤”著书一语，加上咬文嚼字的成见，便说《史记》是“佞臣”的“谤书”（《后汉书·蔡邕传》），那不但误解了《史记》，也太小看了司马迁了。

《史记》体例有五：十二本纪，记帝王政迹，是编年的；十表，以分年略记世代为主；八书，记典章制度的沿革；三十世家，记侯国世代存亡；七十列传，类记各方面人物。史家称为“纪传体”，因为“纪传”是最重要的部分。古史不是断片的杂记，便是顺案年月的纂录；自出机杼，创立规模，以驾驭去取各种史料的，从《史记》起始。司马迁的确能够贯穿经传，整齐百家杂语，成一家言。他明白“整齐”的必要，并知道怎样去“整齐”，这实在是创作，是以述为作。他这样将自有文化以来三千年间君臣士庶的行事，“合一炉而冶之”，却反映着秦汉大一统的局势。《春秋左氏传》虽也可算通史，但是规模完具的通史，还得推《史记》为第一部书。班固根据他父亲班彪的意见，说司马迁“善叙事理，辩而不华，质而不俚；其文直，其事核，不虚美，不隐恶，故谓之实录”（《汉书·司马迁传赞》）。“直”是“简省”的意思，简省而能明确，便见本领。《史记》共一百三十篇，列传占了全书的过半数，司马迁的史观是以人物为中心的。他最长于描写；靠了他的笔，古代许多重要人物的面形，至今还活现在纸上。

西汉后期的散文和辞赋

/ 游 国 恩 /

西汉后期的散文，首先值得一提的，是桓宽的《盐铁论》。这是一种政论文。公元前81年，汉昭帝召集全国文学、贤良六十余人与御史大夫桑弘羊、丞相田千秋讨论盐铁国营和酒类专卖等问题。桓宽根据这一次会议的文献进行了加工和概括，成《盐铁论》六十篇。它保存了许多西汉中叶的经济思想史料，也反映了当时一定的社会面貌。在形式上它是散文的新发展，以“文学”“贤良”为一方，以“丞相”“御史”为另一方，进行辩论。在论辩过程中，双方互相诘难，使论点不断深化。他们有时是从容不迫地说理，如《取下》篇作者连用了十几个“不知”把统治者和广大阶层人民的生活作了鲜明对比，行文整齐而有变化，疏朗中又见细密，具有一定的表现力量。有时则是紧紧抓住对方论证的弱点，或以尖锐精密的语言猛击对方，或用生动的比喻以突出对方论证的鄙陋，都给人以较深刻的印象。《盐铁论》是西汉后期政论文的代表作品，它从现实问题出发，针砭时弊，颇中要害，并保持了前期政论文浑朴质实的特点。

宣帝好辞赋，他仿效汉武帝故事，招致了不少辞赋家，有王褒、张子侨、刘向、华龙等。他们的作品大都为歌颂帝王的田猎、游乐和宫馆而作的，现在大都失传。这时，除歌功颂德的大赋外，一种“辩丽可喜”，“虞说（娱悦）耳目”的咏物小赋大量出现，作品现亦大都不存，《文选》中保存的王褒《洞箫赋》，可见一斑。

和王褒、张子侨等一起向宣帝献赋的刘向也是西汉后期著名的散文家和今文派经学家。向字子政（初名更生），汉高祖同父少弟楚元王交的玄孙。他在元帝时代，眼见外戚宦官弄权，皇室衰微，国政日非。因此，他曾数次以今文派的“经术”，解释灾异和当时现实政治的关系，上书皇帝弹劾外戚宦官，曾两次入狱，被废多年。成帝即位，又被起用，并受诏校五经秘书、诸子诗赋。“每一书已，向辄条其篇目，撮其指意，录而奏之”（《汉书·艺文志》）。刘向散文保存下来的主要就是这些奏疏和校书的叙录。他的散文用意深切，但辞浅理畅，平易近人，在舒缓的叙述中流露了作者匡救时弊的热情。

刘向编著的《新序》《说苑》，引用了大量先秦的经传子史中以及流行于民间的故事、传说和寓言，基本上是旧文，有些经过了加工剪裁。其目的是为了利用这些进行封建伦理的说教，但其中有不少意味深长的寓言故事，如《新序》中载的叶公好龙：

> 叶公子高好龙，钩以写龙，凿以写龙，屋室雕文以写龙。于是天龙闻而下之，窥头于牖，施尾于堂。叶公见之，弃而还走，失其魂魄，五色无主。是叶公非好龙也，好夫似而非龙

者也。

这个故事生动地刻画了喜尚空谈，不务实际的封建地主阶级士大夫的虚伪面貌。毛主席在《湖南农民运动考察报告》中引了这个故事，用以比喻反动派口谈革命，实际上则是畏惧革命、反对革命。这个比喻是亲切的，有说服力的。此外如孙叔敖、丑女无盐（见《新序》）等故事也都耐人寻味，是魏晋小说的先声。

扬雄（前53—18），是西汉末年最著名的辞赋家。雄字子云，蜀郡成都人。他年轻时极好司马相如的赋，“每作赋，常拟之以为式”。后有人称颂雄文似司马相如，被成帝召入宫廷。他侍从成帝祭祀游猎，作了《甘泉赋》《羽猎赋》《长杨赋》《河东赋》。四赋都歌颂汉朝的声威和皇帝的功德，又处处仿效司马相如，使辞赋创作走上了模拟因袭的道路。但他的赋还是有自己的特点的，如《羽猎赋》《长杨赋》都还写得比较流畅，有气魄。扬马并称，说明了在辞赋发展中扬雄还有一定地位。他无心仕进，在成、哀、平三世始终是一个黄门郎，生活比较穷苦。但他不慕荣利，自甘淡泊，埋头著述，仿《周易》作《太玄》，仿《论语》作《法言》。又作《解嘲》一文，指出统治者用刑罚、诗书礼乐、举士制度来束缚士人，而士人只图仕进，依然“雷动云合，鱼鳞杂袭，咸营于八方”。结果是庸夫充斥，奇异之士不见容，“言奇者见疑，行殊者得辞：是以欲谈者卷舌而同步，欲步者拟足而投迹”。因此他采取了“默默者存”“自守者身全”的处世态度。《解嘲》纵横驰说，善为排比，辩锋颇锐利，虽受东方朔《答客难》的影响，但在思想和艺术上仍有自己的特点。

扬雄晚年认为辞赋是“童子雕虫篆刻”，无补于规谏，又“非法度所存”，这正是从自己的切身体会中指出汉赋的根本弱点，并由此提出“诗人之赋丽以则，辞人之赋丽以淫”（《法言·吾子》）的看法。他看到了诗赋“丽”的特点，但他反对“极丽靡之辞，闳侈巨衍”（《汉书·扬雄传》），失去讽谕的作用，而要求辞赋合于讽谕的正道，即所谓“则”。这样的文学观点在当时是较有进步意义的。

班固与《汉书》

（节选）

/ 朱 自 清 /

《汉书》，汉班固著。班固，字孟坚，扶风安陵（今陕西咸阳）人，光武帝建武八年（公元32年）生，和帝永元四年（公元92年）卒。他家和司马氏一样，也是个世家；《汉书》是子继父业，也和司马迁差不多。但班固的凭借，比司马迁好多了。他曾祖班斿，博学有才气，成帝时，和刘向同校皇家藏书。成帝赐了他全套藏书的副本，《史记》也在其中。当时书籍流传很少，得来不易；班家得了这批赐书，真像大图书馆似的。他家又有钱，能够招待客人。后来有好些学者，老远地跑到他家来看书，扬雄便是一个。班斿的次孙班彪，既有书看，又得接触许多学者，于是尽心儒术，成了一个史学家。《史记》以后，续作很多，但不是偏私，就是鄙俗；班彪加以整理补充，著了六十五篇《后传》。他详论《史记》的得失，大体确当不移。他的书似乎只有本纪和列传，世家是并在列传里。这部书没有流传下来，但他的儿子班固的《汉书》是用它做底本的。

班固生在河西，那时班彪避乱在那里。班固有弟班超，妹班昭，后来都有功于《汉书》。他五岁时随父亲到那时的京师洛阳。九岁时能作文章，读诗赋。大概是十六岁罢，他入了洛阳的大学，博览群书。他治学不专守一家，只重大义，不沾沾在章句上。又善作辞赋。为人宽和容众，不以才能骄人。在大学里读了七年书，二十三岁上，父亲死了，他回到安陵去。明帝永平元年（公元58年），他二十八岁，开始改撰父亲的书。他觉得《后传》不够详明，自己专心精究，想完成一部大书。过了三年，有人上书给明帝，告他私自改作旧史。当时天下新定，常有人假造预言，摇惑民心；私改旧史，更有机会造谣，罪名可以很大。

明帝当即诏令扶风郡逮捕班固，解到洛阳狱中，并调看他的稿子。他兄弟班超怕闹出大乱子，永平五年（公元62年），带了全家赶到洛阳；他上书给明帝，陈明原委，请求召见。明帝果然召见。他陈明班固不敢私改旧史，只是续父所作。那时扶风郡也已将班固稿子送呈。明帝却很赏识那稿子，便命班固做校书郎，兰台令史，跟别的几个人同修世祖（光武帝）本纪。班家这时候很穷。班超也做了一名书记，帮助哥哥养家。后来班固等又述诸功臣的事迹，作列传载记二十八篇奏上。这些后来都成了刘珍等所撰的《东观汉记》的一部分，与《汉书》是无关的。

明帝这时候才命班固续完前稿。永平七年（公元64年），班固三十三岁，在兰台重行写他的大著。兰台是皇家藏书之处，他取精用弘，比家中自然更好。次年，班超也做了兰台令史。虽然在官不久，就从军去了，但一定给班固帮助很多。章帝即位，好辞赋，更赏识班固了。他因此得常到宫中读书，往往连日带夜地读下去。大概在建初七年（公元82年），他的书才大致完成。那年他是五十一岁了。和帝永元元年（公元89年），车骑将军窦宪出征匈奴，用他做中护军，参议军机大事。这一回匈奴大败，逃得不知去向。窦宪在出塞三千多里外的燕然山上刻石纪功，教班固作铭。这是著名的大手笔。

次年他回到京师，就做窦宪的秘书。当时窦宪威势极盛；班固倒没有仗窦家的势欺压人，但他的儿子和奴仆却都无法无天的。这就得罪了许多地面上的官儿，他们都敢怒而不敢言。有一回他的奴子喝醉了，在街上骂了洛阳令种兢，种兢气恨极了，但也只能记在心里。永元四年（公元92年），窦宪阴谋弑和帝，事败，自杀。他的党羽，或诛死，或免官。班固先只免了官，种兢却饶不过他，逮捕了他，下在狱里。他已经六十一岁了，受不得那种苦，便在狱里死了。和帝得知，很觉可惜，特地下诏申斥种兢，命他将主办的官员抵罪。班固死后，《汉书》的稿子很散乱。他的妹子班昭也是高才博学，嫁给曹世叔，世叔早死，她的节行并为人所重，当时称为曹大家。这时候她奉诏整理哥哥的书，并有高才郎官十人，从她研究这部书——经学大师扶风马融，就在这十人里。书中的八表和天文志那时还未完成，她和马融的哥哥马续参考皇家藏书，将这些篇写定，这也是奉诏办的。

《汉书》的名称从《尚书》来，是班固定的。他说唐、虞、三代当时都有记载，颂述功德；汉朝却到了第六代才有司马迁的《史记》。而《史记》是通史，将汉朝皇帝的本纪放在尽后头，并且将尧的后裔的汉和秦、项放在相等的地位，这实在不足以推尊本朝。况

《史记》只到武帝而止，也没有成段落似的。他所以断代述史，起于高祖，终于平帝时王莽之诛，共十二世，二百三十年，作纪、表、志、传凡百篇，称为《汉书》（《汉书·叙传》）。班固著《汉书》，虽然根据父亲的评论，修正了《史记》的缺失，但断代的主张，却是他的创见。他这样一面保存了文献，一面贯彻了发扬本朝功德的趣旨。所以后来的正史都以他的书为范本，名称也多叫作“书”。他这个创见，影响是极大的。他的书所包举的，比《史记》更为广大：天地、鬼神、人事、政治、道德、艺术、文章，尽在其中。

书里没有世家一体，本于班彪《后传》。汉代封建制度，实际上已不存在；无所谓侯国，也就无所谓世家。这一体的并入列传，也是自然之势。至于改“书”为“志”，只是避免与《汉书》的“书”字相重，无关得失。但增加了《艺文志》，叙述古代学术源流，记载皇家藏书目录，所关却就大了。《艺文志》的底本是刘歆的《七略》。刘向、刘歆父子都曾奉诏校读皇家藏书，他们开始分别源流，编订目录（刘向著有《别录》），使那些“中秘书”渐得流传于世，功劳是很大的。他们的原著都已不存，但《艺文志》还保留着刘歆《七略》的大部分。这是后来目录学家的宝典。原来秦火之后，直到成帝时，书籍才渐渐出现；成帝诏求遗书于天下，这些书便多聚在皇家。刘氏父子所以能有那样大的贡献，班固所以想到在《汉书》里增立《艺文志》，都是时代使然。司马迁便没有这样好运气。

《史记》成于一人之手，《汉书》成于四人之手。表、志由曹大家和马续补成；纪、传从昭帝至平帝有班彪的《后传》做底本。而从高祖至武帝，更多用《史记》的文字。这样一看，班固自己作的似乎太少。因此有人说他的书是“剽窃”而成（《通志·总序》），算不得著作。但那时的著作权的观念还不甚分明，不以抄袭为嫌；而史书也不能凭虚别构。班固删润旧文，正是所谓“述而不作”。他删润的地方，却颇有别裁，绝非率尔下笔。史书叙汉事，有阙略的，有隐晦的，经他润色，便变得详明，这是他的独到处。汉代“明主、贤君、忠臣、死义之士”，他实在表彰得更为到家。书中收载别人整篇的文章甚多，有人因此说他是“浮华”之士（《通志·总序》）。这些文章大抵关系政治学术，多是经世有用之作。那时还没有文集，史书加以搜罗，不失保存文献之旨。至于收录辞赋，却是当时的风气和他个人的嗜好；不过从现在看来，这些也正是文学史料，不能抹杀的。

东汉文人的五言诗

/ 游 国 恩 /

现存有主名的东汉文人五言诗，数量虽然不多，但大体上可以看出文人五言诗的形成和发展的过程。从文献记载看，东汉时代的早期作家班固写的一首《咏史》诗，内容是咏缇萦救父，汉文帝除肉刑的事，可能是他被逮洛阳狱中所作。虽“有感叹之词”，但“质木无文”，缺乏形象性。这说明文人初学五言新体诗，技巧还很不熟练。其后张衡作《同声歌》，用新婚女子自述语气，可能有所寄托。这首诗感情真挚，词采绮丽，表达技巧已有一定的进步。如“思为莞蒻席，在下蔽匡床；愿为罗衾帱，在上卫风霜”数句，颇有乐府民歌情调，后来陶渊明《闲情赋》中“愿在衣而为领”一段，便是受了它的启发。东汉末，桓、灵之际，五言诗作者有秦嘉、蔡邕、郦炎、赵壹、辛延年、宋子侯等。秦嘉既作《述昏》等四言诗，又作《留郡赠妇诗》三首五言诗，说明诗人已不满于四言的旧形式，而在试探五言新体诗的创作。《赠妇诗》叙述作者奉役离家，不得与其妻面别的惆怅情绪，如云："长夜不能眠，伏枕独辗转。忧来如寻环，匪席不可卷。"又云："河广无舟梁，道近隔丘陆。临路怀惆怅，中驾正踯躅。浮云起高山，悲风激深谷。良马不回鞍，轻车不转毂。"以整齐排偶的语言，写真挚深厚的感情，朴素自然中表明了文人学习五言诗的技巧已渐趋熟练。蔡邕的《翠鸟》以鸟自比，反映了作者遭遇迫害，幸脱世网的心情。郦炎的《见志诗》二首（郦诗第二首《艺文类聚》题作《兰诗》，玩其词意，恐非）表示作者不信宿命的思想、超迈绝尘的雄心壮志和贤才被抑不用的感慨。特别是赵壹的《刺世疾邪赋》篇末二诗，揭露东汉末年政治社会的黑暗，充满愤激情绪，其第一首有云："文籍虽满腹，不如一囊钱"，使人联想到李白的诗句："万言不值一杯水！"正是封建文人生不逢时的共同命运。

东汉的文人五言诗之所以日趋成熟，是和学习乐府民歌分不开的。上述几首诗，无论语言风格、比兴手法等方面，都可以看出乐府民歌的影响。但其影响最显著、艺术成就最出色的则为辛延年的《羽林郎》和宋子侯的《董娇饶》二篇。前者写胡姬的抗拒豪强，后者假设桃李和采桑女子互相问答，感叹盛年一去，即遭捐弃的不幸命运。风格逼近乐府民歌。不但表现技巧纯熟，而且深得乐府民歌的精神。现录《羽林郎》一篇如下：

> 昔有霍家奴，姓冯名子都。依倚将军势，调笑酒家胡。胡姬年十五，春日独当垆。长裾连理带，广袖合欢襦。头上蓝田玉，耳后大秦珠。两鬟何窈窕，一世良所无！一鬟五百万，两鬟千万余。不意金吾子，娉婷过我庐。银鞍何煜爚，翠盖空踟

蹰。就我求清酒，丝绳提玉壶；就我求珍肴，金盘脍鲤鱼。贻我青铜镜，结我红罗裾。不惜红罗裂，何论轻贱躯？男儿爱后妇，女子重前夫。人生有新故，贵贱不相渝。多谢金吾子，私爱徒区区。

辛延年、宋子侯，生平不可考，可能是熟悉乐府民歌的下层文人。《羽林郎》是乐府中的“杂曲歌辞”。它反映汉末官僚贵族、豪强恶霸对人民横加欺压的不法行为，故事情节颇与《陌上桑》相似。诗中极力描写胡姬服饰的豪华，有模拟《陌上桑》迹象。胡姬拒绝金吾子的调戏和引诱，显示了她的坚贞不屈的品格，这也和罗敷一样，都是民间女性中的光辉形象。诗中的故事、对话、结构和夸张的描写方法都具有乐府民歌的特色。

此外，东汉末年还有数量不少的无名氏“古诗”，其中一部分代表了那时文人五言诗的最高艺术成就，也标志着东汉文人五言诗成熟的新阶段。

《古诗十九首》及其他

/ 游 国 恩 /

前面提到的无名氏“古诗”，可以《古诗十九首》为代表。《古诗十九首》载于《文选》，因为作者姓名失传，时代不能确定，故《文选》的编者题为“古诗”。关于《古诗十九首》的作者和时代，历来有许多推测，或谓枚乘、傅毅，固不可靠；即曹植、王粲也是揣度之辞（《文心雕龙·明诗》：“古诗佳丽，或称枚叔，其‘孤竹’一篇，则傅毅之辞。”《诗品》：“‘去昔日以疏’四十五首，旧疑是建安中曹、王所制。”）。因为从诗歌发展上看，不但枚乘，即与班固同时，才名又相伯仲的傅毅也不可能对五言诗取得这样的成就。至汉末建安中，洛阳被董卓焚毁，早已化为灰烬。曹植《送应氏》诗就描写过它的萧条景象。而《十九首》的诗人眼中的洛阳还是两宫双阙、王侯第宅尚巍然无恙，冠带往来游宴如故。何况洛阳未遭破坏之前，王粲尚幼，曹植并未出世。后人又有据《明月皎夜光》的“玉衡指孟冬”一句断定这首诗为汉武帝太初改历以前的作品［《文选》李善注谓，太初以前，仍用秦历，以建亥月（夏历十月，即孟冬）为岁首，故诗写秋景而仍说孟冬］。其实这是误解。这里的孟冬不是指季节月份，而是斗星所指的时刻，不能作为西汉时已有五言诗之证。据我们看，这些古诗虽不是一人所作，但风格内容大体相同。其产生的时代，先后距离必不甚远。再从文人五言诗的兴起和发展以及有关历史事实综合考察，估计《古诗十九首》的时代大概不出于东汉后期数十年之间，即至早当在顺帝末年，至晚亦在献帝以前（约140—190）。

《古诗十九首》的作者既非一人，所以它们反映的思想内容是很复杂的。大体说来，其中有写热中仕宦的，如《今日良宴会》《西北有高楼》《回车驾言迈》三首。有写游子思归的，如《去者日以疏》《明月何皎皎》及《行行重行行》《青青河畔草》《冉冉孤生竹》《凛凛岁云暮》《孟冬寒气至》《客从远方来》八首。有写人生无常，及时行乐的，如《青青陵上柏》《东城高且长》《驱车上东门》《生年不满百》四首。有写朋友交情的凉薄的，如《明月皎夜光》一首。此外还有主题不明确的，如《涉江采芙蓉》和《庭中有奇树》二首，可能是指夫妇，也可能是指朋友。《冉冉孤生竹》一首，表面上是思妇之词，也可能别有寄托。《迢迢牵牛星》一首，表面上是咏物的诗，实际上也是借牛女双星比男女离别之情。《古诗十九首》的思想感情虽然复杂，但有一个共同的特征，就是对人生易逝、节序如流的感伤，大有汲汲皇皇如恐不及的忧虑。如《今日良宴会》云："人生寄一世，奄忽若飚尘；何不策高足，先据要路津？"《回车驾言迈》云："人生非金石，岂能长寿考？奄忽随物化，荣名以为宝。”《青青陵上柏》云：“人生天地间，忽如远行客。斗酒相娱乐，聊厚不为薄。”《生年不满百》云：“昼短苦夜长，何不秉烛游？为乐当及时，何能待来兹？”所有这些，都是失意士人正当社会大动乱的前夕，对于现实生活和内心要求的矛盾、苦闷的反映。

《古诗十九首》的作者通过闺人怨别、游子怀乡、游宦无成、追求享乐等等内容的描写，表现了浓厚的感伤情绪。他们和乐府民歌的作者不同，大都是属于中小地主阶级的文人，为了寻求出路，不得不远离乡里，奔走权门，或游京师，或谒州郡，以博一官半职。这些人就是诗中所谓“游子”和“荡子”。他们长期出外，家属不能同往，彼此之间就不能没有伤离怨别的情绪。这对思妇来说，就会有“浮云蔽白日，游子不顾反”“荡子行不归，空床难独守”的叹息；对游子自己来说，就会发生“思还故里闾，欲归道无因”和“客行虽云乐，不如早旋归”的感慨。前面提到秦嘉的《留郡赠妇诗》，正好说明这种情况。徐幹《中论·谴交》篇叙述汉末游宦风气之盛以及公卿大夫、州牧郡守，下及小司，莫不以接待宾客为务，“冠盖填门，儒服塞道，饥不暇餐，倦不获已”，“送往迎来，亭传常满”。于是士人“乃离其父兄，去其邑里”，“窃选举，盗荣宠者，不可胜数”，“桓灵之世，其甚者也”。最后他对这一社会病态提出批评道：“且夫交游者出也，或身殁于他邦，或长幼而不归，父母怀茕独之思，思人抱东山之哀，亲戚隔绝，闺门分离。无罪无辜，而亡命是效。……非仁人之情也。”由此可见，那时候为什么“游子”“荡子”会这样多；《古诗十九首》中所流露的游子思妇的感伤，正是东汉末年政治社会的真实的反映；其中浓厚的消极情绪更是封建统治阶级走向没落时期的反映。至于那些“游子”和“荡子”或出身于太学，或起家于征辟，大都是有较好的文学素养之士。他们的遭际是不同的，其中有遇时得意的，有不遇时不得意的，失意的人羡慕得意的人。当他们游宦四方，想着策高足，据要津，却得不到帮助时，就不免愤愤不平地慨叹：“昔我同门友，高举振六翮，不念携手好，弃我如遗迹。南箕北有斗，牵牛不负轭，良无盘石固，虚名复何益！”失意者的牢骚就是这样来的。试看那时陈重、雷义互相推荐的友谊被人称为比胶漆还坚固，就可以了解诗人的心情了。他们既然落拓失意，自然容易感到寂寞、苦闷，所以一当听到动人的“慷慨有余哀”的清商曲调随风传出楼外时，不禁触物兴感，自然而然地沉吟：“不惜歌者苦，但伤知音稀。”而由此出发的消极情绪也会油然而生，于是“人生非金石”“人生忽如寄”“人生天地间，忽如远行客”等等想法都来了。加以东汉末年已是大乱将临的时候，到处农民起义，严重地威胁着剥削阶级的每一个人。在此危机四伏、朝不保夕的环境中，那些感到人生短促、没有出路的游子，眼前看到京洛等地的繁华，又不禁发生一连串的纵情享乐思想：“荡涤放情志，何为自结束”“不如饮美酒，被服纨与素”，甚至秉烛夜游的想法也都一齐来了。这就是《古诗十九首》的全部思想内容，也就是东汉末年现实生活的一个侧面镜头。它们的思想价值虽不高，却也有一定的历史认识意义。

《古诗十九首》的艺术成就是很突出的，在我国早期的五言抒情诗中，这样优秀的作品也是比较少见的。因此，自魏晋以来一直受到作家们的重视（拟《古诗十九首》者虽始于陆机，但魏文帝曹丕的《杂诗》似乎已经有模仿《十九首》迹象），历来批评家对它的评价都极高，甚至有过誉为“惊心动魄”“一字千金”的。《古诗十九首》所以能取得这样卓越的艺术成就，主要是作者从学习乐府民歌的基础上汲取营养的结果。由于作者都是中下层文人，没有能够接受民歌的战斗精神，只在艺术方面接受了它的影响。他们有着较高的文化素养，在某些表现方法上，同时也接受了《诗经》《楚辞》的优良传统，因而造成一种独特的艺术风格，成为我国文学史上早期抒情诗的典范。

《古诗十九首》的主要艺术特色是长于抒情，其抒情方法往往是用事物来烘托，融情入景，寓景于情，二者密切结合，达到天衣无缝、水乳交融的境界。例如《迢迢牵牛星》一首：

> 迢迢牵牛星，皎皎河汉女。纤纤擢素手，札札弄机杼。终日不成章，泣涕零如雨。河汉清且浅，相去复几许。盈盈一水间，脉脉不得语。

作者通过假想的牛女形象的描绘，抒写男女离别之情，通篇全是写景，而情在其中。这关键就在“终日不成章，泣涕零如雨”及“盈盈一水间，脉脉不得语”等句。因为这几句仍然是扣紧织女的形象和现实的景物来描写的，所以读者只觉得是泛泛写景，而织女的离愁却轻轻地点了出来。这首诗虽从《诗经·大东》化出，而写天上无情的双星，居然像人间绸缪的夫妇，情景相生，真有化工之妙。又如《明月何皎皎》一首：

明月何皎皎，照我罗床帏。忧愁不能寐，揽衣起徘徊。客行虽云乐，不如早旋归。出户独彷徨，愁思当告谁？引领还入房，泪下沾裳衣。

这首诗写一个久客思家不能成寐的游子，对着照射罗帏的皎皎月光，愈加触动了乡愁。自然愁思是压不下去的，只得揽衣而起，徘徊空房之中，不觉自言自语："客行虽云乐，不如早旋归。"这时明月满地，夜凉如水。索性打开门来走出去望一望千里相共的明月吧。他踌躇四顾一下，除了一片茫茫的月光什么也看不到，满怀愁绪，向谁去倾诉呢？不得已回到房中，不觉落下泪来。通篇只起头二句是写景，以下全是写情，而月明如昼的景色悉在其中，那个"忧愁不能寐"的主人公的全部形象都被浸在月光之中照得格外鲜明。

《古诗十九首》的另一显著的艺术特点是善于通过某种生活情节抒写作者的内心活动，抒情中带有叙事意味，使诗中主人公的形象更鲜明突出。例如《西北有高楼》一首写一个追求名利的失意者的心情，并不抽象地写他如何怀才不遇、失路彷徨，却通过高楼听曲这一具体事件的描绘，无意中流露了对那位歌者的同情："不惜歌者苦，但伤知音稀"，从而表明了主人公对那个闻声而未见面的人是一个旷世知音；也表明了自己生不逢时的侘傺无聊；最后希望化为双鸿鹄同她一起奋翅高飞，更表明了主人公是个如何奋发有为，而又四顾无侣的形象。又如《凛凛岁云暮》一首描写一个思妇怀念良人，梦醒后惆怅感伤的情绪。这是一个蝼蛄悲鸣、凉风凄厉的冬夜，诗中的女主人思念着她的丈夫睡不着觉。她想到天气已寒，而游子还没有寒衣，想到寄锦衾，路途又是如此遥远。想来想去，忽然笃念旧好的良人枉驾来迎，她喜出望外地想，从此携手同归，长相亲爱，这是多么快乐呀！谁料那良人“既来不须臾，又不处重闱”，竟自无情地走了。心里十分懊恼，原来却是一梦。她当时恨不得飞到良人那边。引领遥望，好像良人还走得不远。此时这位女主人似梦非梦，似醒非醒，只觉得凉风拂面，蝼蛄满耳，潮水般的眼泪直涌出来，沾湿了双扉。写到这里，一个孤独无聊的思妇形象就如在目前。这样抒情叙事双管齐下的写法还很多，《孟冬寒气至》《客从远方来》等篇都是如此。

《古诗十九首》还有一个特点，就是善于运用比兴手法，衬映烘托，着墨不多，而言近旨远，语短情长，含蓄蕴藉，余味无穷。例如“胡马依北风，越鸟巢南枝”，“浮云蔽白日，游子不顾反”（《行行重行行》），“南箕北有斗，牵牛不负轭”（《明月皎夜光》）等句都是。尤其温丽清新、自然贴切，富于“风”“骚”意味的莫过于《涉江采芙蓉》《冉冉孤生竹》《庭中有奇树》等首。《冉冉孤生竹》既以孤竹结根于泰山起兴，又以兔丝附于女萝为比，下面“伤彼蕙兰花，含英扬光辉；过时而不采，将随秋草萎”四句，则是比中之比，层出不穷，既有新婚少妇光华艳丽的形象，又有草木零落、美人迟暮的感慨，深沉含蓄，而不尽之情自在言外。

《古诗十九首》的语言不假雕琢，浅近自然，但又异常精练，含义丰富，十分耐人寻味：这也是一个特点。例如说：“相去日已远，衣带日已缓”（《行行重行行》），“同心而离居，忧伤以终老”（《涉江采芙蓉》），“置书怀袖中，三岁字不灭。一心抱区区，惧君不识察”（《孟冬寒气至》），一种真挚深厚的感情可以想见。“洛中何郁郁，冠带自相索”（《青青陵上柏》），官僚们钻营驰逐的情况可以想见。“不念携手好，弃我如遗迹”（《明月皎夜光》），失望的心情可以想见。写景如“四顾何茫茫，东风摇百草”（《回车驾言迈》），“回风动地起，秋草萋已绿”（《东城高且长》），叠字如“青青河畔草”和“迢迢牵牛星”，双关如《客从远方来》的“著以长相思，缘以结不解”，都是语言方面的特点。

《古诗十九首》的高度艺术成就是五言诗已经达到成熟阶段的标志。

《古诗十九首》以外的无名氏“古诗”散见于《文选》《玉台新咏》等书的还不少。《兰若生春阳》《新树兰蕙葩》《步出城东门》等首是游子思妇之词；《悲与亲友别》一首则是送别亲友之作；《橘柚垂华实》一首借咏物以寓人才被弃之感。以上诸诗的思想内容和艺术风格基本上与《古诗十九首》一致，而《新树兰蕙葩》的韵调尤其相似，可以认定都是同时代的作品。

还有《文选》中题为苏武、李陵的五言诗共七首，一般称为“苏李诗”。这几首诗不是苏武、李陵所作，前人早有定论。但有人认为出于齐梁时代，未免估计太晚。因为颜延之的《庭诰》早已谈到李陵诗的真伪问题（见《太平御览》五八六），裴子野《雕虫论》也有“五言为家，则苏李自出”之语。我们根据诗的内容、风格和词句来考察，大致可以肯定它们的时代与《古诗十九首》接近。

这批古诗的主题都是为送行赠别而作，有送朋友远游的，有送丈夫从军的，诗中或称“征夫”，或称“游子”，或称“行人”。大抵缠绵悱恻，表现了亲友深厚的感情，特别是《结发为夫妻》一首有云：“征夫怀往路，起视夜何其。参辰皆已没，去去从此辞。行役在战场。相见未有期。握手一长叹，泪为生别滋。”又云：“努力爱春华，莫忘欢乐时。生当复来归，死当长相思。”写夫妻离别之情非常令人感动。

刘勰曾说“古诗”是“五言之冠冕”，这话并不过分。就“古诗”所达到的成就及其在诗歌创作上所产生的影响来说，它在我国文学发展过程中，占有相当重要的地位。

第二章 罗庸、萧涤非讲魏晋南北朝文学

曹氏父子的“一家辞赋”

/ 罗 庸 /

东汉末以及三国时代之文风，并不能以曹氏父子为代表，其时隐逸者如管宁，他如吴蜀皆有文士，不必以曹氏父子概括尽之，所以然者，以《文选》之选文上溯建安故，而七子三曹之名特著焉（关于建安时代之文风，可参考《文心雕龙·时序篇》）。

魏武之为人，后世对之毁誉参半，按三国时足称人杰者凡三人：魏武帝、诸葛亮、司马懿。而裴松之注《三国志》时，曾多方毁谤魏武。其实魏武为人，乃东汉末一般士人之态度，时天下大乱，诸侯拥兵自雄，各以兴复汉室为口号，而成败各有不同。魏武以政治眼光招纳贤士，有三令可供参考：（1）求贤令；（2）敕有司取士勿废偏短令；（3）取贤勿拘品行令。其中“唯才是举”乃其取才之标准。又云：“凡负污辱之名，见笑之行，不仁不孝而负治国用兵之术者……”一反东汉士风之所趋。《魏志·丁谧传》注引《魏略》丁斐事，载斐不敦品，常盗取公物，如官牛、官印等，人告于武帝，帝笑而为之婉解，可见其所招致人才之方法，及其人才称盛之理由。

曹氏之搜罗人才，虽父子间亦有竞争，即当时各州牧亦好罗致人才，此事可见《魏志》廿一《邯郸淳传》注引《魏略》：淳原为刘表之门客，建安十三年，荆州内附，淳入魏，文帝求为门客，子建亦求之。武帝乃令淳见植，植初不与言，既歌且舞，又谈天地玄黄及其文学诸技，淳出而大赞之。后文帝嗣位，淳不得已而来归门下，作《投壶赋》献之，由是可知曹氏父子之所以讲究文学，在借此以招致文学之士。今读其父子之诗文，斐然可观，盖其用心苦矣。

武帝遗令之文而外，犹工五言乐府。其时五言乐府为新体诗，武帝竟敢尝试之，且每诗皆可播之管弦。迨乎子建之作，已成文人五言诗矣。魏文亦颇工诗，又思成一家之言，与《论衡》《中论》并驾，因成《典论》之制。有学者癖，犹是东汉风气，唯子建最重文学，为文尚藻饰，雕琢之言十占六七，足与七子比肩。又魏以前以文为游戏者甚少（如王褒《僮约》），至魏而命题作文之风起，如魏文伤阮瑀寡妻，召七子之徒作《寡妻赋》，又有《宫中槐树赋》，有竞赛意味，使文人用心更深，而远违个性，由此至唐弗衰。

所谓建安七子

/ 罗 庸 /

七子实不通之名词，源于《典论·论文》，列孔融等七人为一串，而子建《与杨德祖书》亦遍论当时文人而不及孔融，所见甚是。《文心雕龙·时序篇》之论七子，本自《典论》与子建之书。夫七子者，并非同时相友之人，且当时能文者亦不止七子，故谓之不通。由魏文《与吴季重》[1]二书及吴之《报魏太子书》观之，皆以七子为侍从之臣，论七子者不可不知。

七子中孔融不能入流，盖融长魏武二岁，以行辈论，当为文帝世伯，其文尤为文帝所好。建安十三年六月，融被杀时，王粲尚在荆州，二人并未谋面。后魏文下令求融遗文，强列入七子之中，实有不妥之处。说到孔融之文，可知东汉末及三国文学之转变。桓灵以上，

[1] 即《与吴质书》。——编者注

文人以经学为主。汉末两大作家，一为蔡邕（伯喈），一为孔融[1]，而文学史家每将此同时代之二作者分为两期人物，以蔡归之汉代，诚以其所着重在经学故也，逮至文举而辞赋之气加重，蔡犹有党锢诸贤清流之风，文举则为狷狂纵诞之士。自曹操由兖州牧兴起，朝廷中能评议时政者，唯文举一人而已，深为曹操所畏忌。后曹次第平袁绍、平陶谦，将伐荆州，过许昌，因借故诛杀之。

阮瑀为嗣宗之父，字元瑜，影响其子甚大。陈留阮氏在东汉时为旧族，瑀在家时颇有文名，魏武起自兖州，招纳贤士，而陈留适在其势力范围，世传瑀初不出，魏武以焚其村舍相挟，故不得已而出焉（此史实尚不能十分可靠）。瑀尝作《首阳山赋》（王粲及嗣宗皆有此作），作于建安十七年（荀彧死年，为反对魏武篡汉而自杀者），此作就其所作之年月观之，实有深意。瑀之死，亦在是年，而文帝所称“书记翩翩，自足乐也”，盖赞其在征刘表前后所作，而咏怀之制，当推《首阳》一赋，有不得已事魏之隐痛在焉。

刘桢，字公幹，东平人，为七子中最平凡者，亦魏武门下最不得意之人，除文集外，尚有《毛诗义问》，可知其在家时仍以治经为主。因平视甄后为武帝所怒，罚令磨石，终身不复重用，后死于时疫。文帝称其“五言诗之善者，妙绝时人”。七子中最善徐幹，盖同乡故也。

陈琳，字孔璋，广陵人，七子中生年较久，生年不可考，死时当在六十岁左右，初为何进记室，后为袁绍作讨曹之檄。建安八年为

[1] 孔融字文举，后文多用“文举”二字。——编者注

操所执，惧甚，然曹氏竟不问前情，故终身顺服，为真正文学侍从之臣，无甚怀抱可言，遗文颇多，亦死于建安二十二年时疫。

应玚，字德琏，与其弟璩（休琏）为曹氏门下最委屈之人。黄巾乱时，曹嵩位于三公，后迁于琅邪，及操为兖州牧，令应劭为保护之责，后嵩为徐州牧陶谦部下所杀。操怒，乃讨伐徐州，屠城廿五万人，劭惧，乃携二侄投北海袁绍，著《汉官仪》以试操，操不咎既往。劭未及出，于成书之次年卒。二侄居冀州，及绍死，二子争锋，为曹所破，二应俱为所得，故居门下，不敢有所作为，盖身世使之然也。

徐幹，字伟长，北海人，魏文最称其《中论》，以为“议论典雅，足传于后”。实不应列入七子，而应入于仲长统等子家者流。幹如不为曹操所强征出仕，当如管幼安、庞士元、司马德操之以隐士终。所作《中论》，乃汉末士人对时局对症下药之作，无名氏《中论序》，表彰其建安十三年后，居邺下不食魏禄，茅檐衣结，生活极苦，不与曹氏合作，建安二十三年三月卒。

王粲，字仲宣，山阳人，祖四世为三公，为七子中最光彩之人物，故陈寿特为立传，实际仍为魏文士传，粲其尤著而已。十二三岁时入长安，见知于蔡邕。建安之乱，南窜荆州（十五岁前）居十二年而赋《登楼》，第十三年劝刘琮降操，最为魏武所重，位列军谋祭酒，每有征伐，必参佐戎署，未尝以困顿终其身。建安十七年、二十年伐吴皆从，卒于建安二十二年。地位在徐、陈、应、刘之前，而书记之作，不若陈、阮之多，可想见其致力多在政治方面，只《首阳山赋》一首为同赋，仍有东汉末之文风，抱兴复汉室之志，非乘时窃位之徒也。

七子外，值得提及者尚有下列数人。

杨修，字德祖，为子建唯一畏友，文学之气味也极相投。今存与子建来往之书简若干首，后为武帝所杀。

丁仪、丁廙，亦子建至友，子建尝自谦以为弗如。

吴质，字季重，盖善于自处者也。始终不为内官，常外宦以避祸。风格近于七子。

诸人文学风格，《文心》评之为“慷慨而多气”，虽辞赋气重，而不至于冗弱者，以诸子不徒为文士，盖各有其怀抱故也。

王充《论衡》尝分人之才为若干类，但未以某人工某体文为评论，至魏文著《典论·论文》及《与吴质书》，皆各于其所长之文体而称道之，如仲宣娴于辞，阮、陈长于书，伟长长于论，德琏著《文质论》，但无甚发挥。刘桢，魏文称其五言，但今所传者，罔见佳构。自此，“文非一体，鲜能备善”一语，成空论矣。

左思、刘琨、郭璞

/ 萧 涤 非 /

在形式主义诗风盛行的太康时期，能继承和发扬“建安风骨”的传统，写出了有充实内容的作品的作家，是杰出的诗人左思。思字太冲，齐国临淄（今山东临淄附近）人。大约生于魏废帝时代，卒于西晋末年。左思出身寒微，晋武帝时，妹棻以才名被选入宫，全家迁居京师。思官秘书郎，以《三都赋》显名当时。惠帝时，预贾谧二十四友之列，并曾为贾谧讲《汉书》。永康元年，谧被诛，乃退居宜春里。后齐王冏命为记室，辞不就。太安中，张方纵暴京师，遂全家去冀州，数岁而死。

左思现存诗十四首。《文心雕龙》说他“尽锐于《三都》，拔萃于《咏史》”。《咏史》八首是他的代表作。这些诗并非一时写的，它反映了诗人由积极而消极的过程。

晋自武帝即位以来，东南吴国和西北羌胡不断犯扰边境，《咏史》第一首说："铅刀贵一割，梦想骋良图。左眄澄江湘，右盼定羌胡"，表现他要为国立功的雄伟抱负。在第三首中，诗人歌颂段干木、鲁仲连"遭难能解纷，功成耻受赏"，实际也是表现他"功成不受爵，长揖归田庐"的高尚品格。

左思在《杂诗》中写道："高志局四海，块然守空堂。壮齿不恒居，岁暮常慨慷。"左思妹棻为贵嫔，他一生仍不得志，这主要由于出身寒微而得不到门阀社会的重视。正是这样，诗人把笔锋转向了对门阀制度的揭露和抨击。如《咏史》第二首：

郁郁涧底松，离离山上苗，以彼径寸茎，荫此百尺条。世胄蹑高位，英俊沉下僚。地势使之然，由来非一朝。金张藉旧业，七叶珥汉貂。冯公岂不伟，白首不见招。

全诗前半以贴切而形象的比喻揭露了门阀社会的不合理。后半更指出这种现象的根深蒂固，连古人的牢骚都给发了。这就扩大了诗歌包含的内容，加强了诗的思想感染力量。

诗人不只揭露了门阀制度的腐朽，而且对门阀士族表现了强烈的反抗精神。第五首写道：

皓天舒白日，灵景耀神州。列宅紫宫里，飞宇若云浮。峨峨高门内，蔼蔼皆王侯。自非攀龙客，何为欻来游？被褐出阊阖，高步追许由；振衣千仞岗，濯足万里流。

表现了他对这个腐朽的门阀社会的决裂态度。在第六首里，他对那些豪门右族表现了极端的轻蔑："高眄邈四海，豪右何足陈。贵者虽自贵，视之若埃尘；贱者虽自贱，重之若千钧。"第四首则通过对扬雄的歌颂，为寂寞的寒士张目吐气："悠悠百世后，英名擅八区。"

从东汉班固以来的《咏史》诗大抵是“檃栝本传，不加藻饰”，一诗咏一事，在史事的客观复述中略见作者的意旨。左思的咏史“或先述己意，而以史事证之。或先述史事，而以己意断之。或止述己意，而史事暗合。或止述史事，而己意默寓”（张玉谷《古诗赏析》），又往往错综史实，连类引喻，名为咏史，实是咏怀。这是对咏史诗的创造性的发展，对后代产生了良好的影响。

左思志高才雄，胸怀旷迈，富有反抗精神，所以他的咏史诗笔力矫健，情调高亢，气势充沛，具有积极浪漫主义的特色。《诗品》称之为“左思风力”，这显然是“建安风骨”的继承与发扬。《诗品》又说他“文典以怨”，很清楚也是指咏史诗而言。这些诗里多引史事，所以“典”；他用史事发泄对现实的不满，所以“怨”。从他的诗里还可以看到建安以来文学技巧的发展。诗中使用对偶，也讲求词藻，但由于剪裁得当，严格地为表现内容服务，使得风力内充，一点没有冗沓平弱的毛病。他的诗不只丰富了五言诗的风格，艺术表现也更为圆熟了。

此外，他的《娇女诗》以现实主义的描写手法，使用俚语，生动地描绘了两个小女孩的天真情态，后来陶渊明的《责子》诗，杜甫《北征》中的片断，李商隐的《骄儿诗》都显然受了它的影响。他的《三都赋》虽是精心覃思之作，并曾名动一时，但基本上是走汉代大赋的老路，只是更求实一些，文学价值不大。

刘琨（270—317）[1]是略后于左思的有成就的作家。琨字越石，中山魏昌（今河北东南部）人。他是贵公子，早年生活浮华放荡，西晋末年，在尖锐的民族矛盾中成为爱国志士。他和祖逖闻鸡起舞的故事更经常为后来一些富有事业心的学者、诗人所称道。关于他前后思想的转变，他在《答卢谌书》中自叙得很清楚："昔在少壮，未尝检括。远慕老庄之齐物，近嘉阮生之放旷。……自顷辀张，困于逆乱，国破家亡，亲友凋残。负杖行吟，则百忧俱至；块然独坐，则哀愤两集。……然后知聃周之为虚诞，嗣宗之为妄作也。"他在外族入侵的情况下，历任刺史、大将军等职，在北方辗转抗敌，后因军事失利，投幽州刺史段匹磾，竟为段所害。

刘琨现存诗歌虽只有三首，但都是后期保卫中原的战斗生活的产物，有丰富的现实内容和深厚的爱国感情。永嘉元年九月，诗人赴并州刺史任，这时北方"胡寇塞路"，他"以少击众，冒险而进，顿伏艰危，辛苦备尝"，写下了有名的《扶风歌》：

朝发广莫门，暮宿丹水山。左手弯繁弱，右手挥龙渊。顾瞻望宫阙，俯仰御飞轩。据鞍长太息，泪下如流泉。系马长松下，发鞍高岳头。烈烈悲风起，泠泠涧水流。挥手长相谢，哽咽不能言。浮云为我结，归鸟为我旋。去家日已远，安知存与亡。慷慨穷林中，抱膝独摧藏。麋鹿游我前，猿猴戏我侧。资粮既乏尽，薇蕨安可食？揽辔命徒侣，吟啸绝岩中。君子道微矣，夫子固有穷。惟昔李骞期，寄在匈奴庭。忠信反获罪，

[1] 刘琨在世时间应为公元271—318年。——编者注

汉武不见明。我欲竟此曲，此曲悲且长。弃置勿重陈，重陈令心伤。

诗的前半表现了对故国的深沉眷恋。接着描写赴任途中的困苦情况，从不畏艰难的前进中披露了诗人爱国的至诚。篇末用李陵的典故揭露了抗敌斗争中来自统治阶级内部的困难，透露了晋政权的腐朽。刘琨于并州失利，投奔段匹磾，与段相约共辅王室，不料因儿子刘群得罪段匹磾，遂陷缧绁。这时又写了《重赠卢谌》一诗。诗的前半列举史事，一方面表现自己扶助晋室的怀抱，表示如果段能为王室出力，可以不计较私怨，“苟能隆二伯，安问党与仇？”是大义感人的诗句；另一方面激励卢谌为国立功，并援救自己。诗的后半则表现了“英雄失路，万绪悲凉”的感慨：“功业未及建，夕阳忽西流。时哉不我与，去乎若云浮。朱实陨劲风，繁英落素秋。狭路倾华盖，骇驷摧双辀。何意百炼钢，化为绕指柔！”

刘琨的诗清刚悲壮。《诗品》说它“善为凄戾之词，自有清拔之气”，《文心雕龙》说它“雅壮而多风”，都很能说明刘诗的特色。

刘琨的爱国行为和爱国诗歌给后世留下了深刻的印象。宋代爱国诗人陆游在《夜归偶怀故人独孤景略》中说：“刘琨死后无奇士，独听荒鸡泪满衣。”可以看到诗人对他的赞扬。元好问《论诗绝句》说：“曹刘坐啸虎生风，四海无人角两雄。可惜并州刘越石，不教横槊建安中。”把刘琨与曹操相比，感叹他未能实现雄心壮志。

魏正始时玄学兴起，阮籍、嵇康的作品已有浓厚的老庄思想。西晋时期，玄学有了进一步的发展，至西晋末年遂兴起了玄言诗。《诗品》说："永嘉时，贵黄老，稍尚虚谈，于时篇什，理过其辞，淡乎寡味。"在这种文学风气里，能够"变创其体"，而获得一定成就的，是诗人郭璞。

郭璞（276—324），字景纯，河东闻喜（今山西绛县附近）人。他好经术，博学有高才，通古文奇字，又善五行天文卜筮之术，因反对王敦谋反而被害。

郭璞的《答贾九州愁诗》说："顾瞻中宇，一朝分崩。天纲既紊，浮鲵横腾。"对西晋灭亡，中原沦于外族表示了深沉的感慨。又说："运首北眷，邈哉华恒。虽欲凌翥，矫翮靡登。……庶睎（希）河清，混焉未澄"，表现出恢复中原和澄清时局的愿望。这些说明了他有自己的理想和爱国的感情。但他处于政治黑暗的乱世，也有惧祸避世的消极思想，所以诗末说："无贵香明，终自瀸渴。未若遗荣，闷情丘壑。逍遥永年，抽簪收发。"

郭璞的代表作是《游仙诗》十四首。游仙诗的来源很早，秦博士有《仙真人诗》，汉乐府中也有这类作品，建安、正始时期更不断有人继作。游仙诗中明显地有两种倾向，一种是所谓正格的游仙诗，它们"滓秽尘网，锱铢缨绂，餐霞倒景，饵玉玄都"（《文选》李善注）；一种是借游仙以表示对现实的不满与反抗，如曹植、阮籍的某些作品。郭璞显然是继承了后一种传统。他的游仙诗借游仙以咏怀，有一定的现实内容。如第一首说："京华游侠窟，山林隐遁栖。朱门何足荣，未若托蓬莱"，表示了对朱门的轻蔑与否定。第五首说：

“清源无增澜，安得运吞舟。珪璋虽特达，明月难暗投”，表现了才志之士生不逢时的感慨。第四首则表现了求仙的渺茫和伤时叹逝的感情。郭璞游仙诗的另一特色是富于形象性，和一般游仙诗往往写得过于抽象不同。如第三首说：“翡翠戏兰苕，容色更相鲜，绿萝结高林，蒙笼盖一山。……赤松临上游，驾鸿乘紫烟，左挹浮丘袖，右拍洪崖肩”，写想象中的神仙居处的生活情态，形象鲜明而生动。《诗品》说他的诗“彪炳可玩”，正是指出了这种特色。不过《游仙诗》的主旨毕竟在歌咏高蹈遗世，不是积极的人生态度。

陶渊明及其作品

（节选）

/ 萧　涤　非 /

东晋时期，士族清谈玄理的风气更盛，对文学的影响也更大，出现了孙绰、许询等一系列作家，他们“诗必柱下之旨归，赋乃漆园之义疏”，玄言文学占了文坛的统治地位。这种文学在内容上是“世极迍邅而辞意夷泰”，严重地脱离现实。在艺术上则“理过其辞，淡乎寡味”，失去了艺术的形象性和生动性。直到东晋末的陶渊明，才给文坛带来了富于现实内容、具有独特风格的创作。

陶渊明的时代与生平

陶渊明（365—427）[1]，一名潜，字元亮，浔阳柴桑（今江西九江西南）人。曾祖陶侃曾官至大司马，祖父和父亲也做过太守、县令一类

[1] 陶渊明生年除公元365年，尚有公元372年、公元376年两种说法。——编者注

的官，不过到了他，家境已经没落。

陶渊明少年时代由于家庭和儒经的影响，对统治阶级抱着幻想，有“大济苍生”的壮志。但他的家世出身和所处的时代却是对他十分不利的。这时，腐朽的门阀制度发展到了顶点，门阀士族垄断了高官要职，出身于庶族寒门的人则遭到无理的压抑。陶渊明的曾祖陶侃虽以军功取得晋朝的高官，但本身并非门阀士族，在当时就已被讥骂为“小人”和“溪狗”，到了陶渊明时代，连这样的家世也没落了，他自然得不到社会的重视。这时东晋政治又极端腐败，统治阶级内部矛盾十分尖锐。以陶渊明生活的主要时期来说，便经历了司马道子、元显的专权，王国宝的乱政，王恭、殷仲堪的起兵，桓玄的夺位，以及后来终于夺取了晋政权的刘裕势力的兴起。左右政局的士族和军阀所热衷的是争权夺利，他们既不想整顿政治，也无意收复失地。在这样的政治局面下，想实现进步的政治理想是不可能的。这种客观现实对陶渊明的生活道路以及思想变化有着深刻的影响。

陶渊明直到二十九岁才出仕，以后十多年里，他几次做官，都不过是祭酒、参军等职，不仅济世的抱负无由施展，而且必须降志辱身和一些官场人物周旋。这一切只使他感到“志意多所耻”和“违己交病”。在老庄思想和隐逸风气盛行的影响下，陶渊明早年便有爱慕自然、企羡隐逸的思想，所谓“闲居三十载，遂与尘事冥。诗书敦夙好，园林无世情”。当他仕途不得志时，就更怀恋这种生活，“静念园林好，人间良可辞”。所以，这十多年里他一直“一心处两端”，行动上也是仕隐无常。三十九岁时，他的思想有了更大的变化，他说：“先师有遗训，忧道不忧贫。瞻望邈难逮，转欲志长勤。”就是说本应该是忧道的，可是道不可行，那就只好躬耕自给了。就在这一年他亲自参加了劳动。此后，他又做过镇军、建威参军，因为“耕植不足以自给”，又一度为彭泽令，在官八十余日，逢郡督邮来县，属吏告诉他应束带接见，他叹道：“我不能为五斗米折腰向乡里小儿。”即日解职而归。从此，他结束了仕隐不定的生活，坚决走上了归田的道路。

在陶渊明归田以后的二十多年中，以镇压孙恩起义和桓玄叛乱而起家的刘裕独揽了东晋的军政大权，又在北伐南燕后秦中壮大了声势，终于代晋称帝。但是门阀世族的势力依然存在，黑暗腐败的社会并未改变。看惯了战乱、篡夺、阴谋、危机的陶渊明，为了避祸，就决心不再出仕。晋末征他为著作佐郎，辞不就。宋元嘉时，他“偃卧瘠馁有日”，江州刺史檀道济劝他出仕，他也拒绝了。道济赠给他粱肉，他“麾而去之”，表现了他与统治阶级决裂的坚定态度。

“世与我而相违，复驾言兮焉求？”陶渊明的归田，是在对污浊的现实完全绝望之后，采取的一条洁身守志的道路。这时儒家的“独善其身”的思想占了主导的地位。从他放弃了实现济苍生的理想来说，具有一定的消极性，但从他坚持高尚的志趣，决不和统治阶级同流合污来说，仍有一定的进步意义。正因为他把壮志埋藏在心里，所以一直没有忘却现实，常常流露对腐朽的现实的不满和壮志不得施展的焦灼和悲愤。同时，道家思想对他也有很大的影响。他吸收了道家思想中的朴素唯物论成分，认为万物都是按照自然规律而生灭变化，否定道教的长生永视之说和佛教的神不灭的思想，这是他进步的方面。但他由此出发而采取的“委运乘化”的人生态度，却是具有消极作用的。“聊乘化以归尽，乐夫天命复奚疑”，说明他处在极端不合理的现实中，想用这种态度消除思想矛盾，完全超脱于现实之外。

陶渊明的后期最值得重视的是他亲自参加了劳动。这就当时文人说是一件了不起的大事。封建社会和儒家思想本是鄙视劳动的，两晋南北朝士族尤甚。颜之推《颜氏家训》说：“多见士大夫耻涉农务。”《南史·到溉传》载：到溉先祖曾担粪自给，别人骂他“尚有余臭”。陶渊明却冲破了这种剥削阶级的意识，坚决地走上了躬耕自给的道路。这样他的思想就引起了一系列的变化。他改变了剥削阶级鄙视劳动的态度，在一定程度上认识了劳动的价值；也在与农民共同劳动、平等交往的生活中，对农民产生了亲切的感情，培植了倾向于平等的思想。他本来认为劳动可以自养，所谓“力耕不吾欺”的，但是他的生活，却和一般农民一样，不断地走着下坡路，经常受到饥寒的威胁，有时甚至不得不出去乞食，这也促使他不能不从别的方面去寻求贫困的原因了。上述这些思想的发展，推动诗人提出了没有剥削和压迫的桃花源的社会理想，对不合理的封建社会表示了抗议。

陶渊明作品的思想内容与艺术特色

陶渊明的作品，现存诗一百二十多首，散文六篇，辞赋三篇，还有《读史述九章》和《扇上画赞》两篇接近四言诗的韵文。

诗歌是诗人成就最突出的方面，一百多首诗，具有丰富的内容。

诗人生活在极端黑暗的社会里，却坚持高远的理想和志趣，一部分作品表现出守志不阿的耿介品格。《和郭主簿》诗说：“芳菊开林耀，青松冠岩列；怀此贞秀姿，卓为霜下杰。”《饮酒》第八首说：“青松在东园，众草没其姿；凝霜殄异类，卓然见高枝。”霜威下盛开的菊花和不凋的青松，正是诗人挺立不屈的性格的象征。诗人在《咏贫士七首》和《扇上画赞》中还歌颂了不少固穷守志的人物。

正是由于有着这样的品格，诗人一方面对腐朽的统治阶级表现了一种孤高的态度。《咏贫士》第一首说：“万族各有托，孤云独无依；暧暧空中灭，何时见余辉？”这朵晴空飘浮的孤云，象征诗人的处境和命运，它孤独无依，会无声无息地消灭，但也表现了诗人的态度，它要远去尘埃，永远保持自由和高洁。另一方面，也对污浊的现实表现了强烈的不满。在《饮酒》二十首里，他借着“醉人”的语言，或是指责社会上是非颠倒，毁誉雷同（第六首），或是揭露政治的陷阱危机（第十七首），或是鄙弃世俗的虚伪和欺诈（第十二、十九首），在最末一首里，他说：“如何绝世下，六籍无一亲！终日驰车走，不见所问津？”虽然是美化了孔子，但他更主要的是对驰逐名利的颓败士风感到无比的愤激和沉痛。

陶渊明的志趣与性格，终于使他同统治阶级上层社会完全决裂，回到田园中来。他写下了大量的田园诗。他的田园诗充满对污浊的社会的憎恶和对纯洁的田园的热爱。如《归园田居》第一首：

> 少无适俗韵，性本爱丘山。误落尘网中，一去三十年。羁鸟恋旧林，池鱼思故渊。开荒南野际，守拙归园田。方宅十余亩，草屋八九间。榆柳荫后檐，桃李罗堂前。暧暧远人村，依依墟里烟。狗吠深巷中，鸡鸣桑树颠。户庭无尘杂，虚室有余闲。久在樊笼里，复得返自然。

诗人把统治阶级的上层社会斥为“尘网”，把投身其中看成是做了“羁鸟”“池鱼”，把退处田园说成是冲出“樊笼”、重返“自然”，表现了他对丑恶的社会的鄙视。诗人着重地细致地描写了纯洁、幽美的田园风光，字里行间流露了作者由衷的喜爱。在这里，淳朴、宁静的田园生活与虚伪、欺诈、互相倾轧的上层社会形成了鲜明的对比，具有格外吸引人的力量。

当诗人尚未离开宦途时，总有一种“暂为人所羁”的感觉，心情无法平静下来，他“望云惭高鸟，临水愧游鱼”。但当他远离了污浊的现实，回到田园中来，却感到获得了归宿。《饮酒》第五首：

> 结庐在人境，而无车马喧。问君何能尔？心远地自偏。采菊东篱下，悠然见南山；山气日夕佳，飞鸟相与还。此中有真意，欲辨已忘言。

诗人避开了达官贵人的车马的喧扰，在悠然自得的生活中，获得了自由而恬静的心境。

诗人的田园生活虽然是远离统治阶级，却更接近了下层文人和农民。这里有志同道合的朋友谈心赏文：“邻曲时时来，抗言谈在昔；奇文共欣赏，疑义相与析”；有朴实的农民共话桑麻：“时复墟曲中，披草共来往；相见无杂言，但道桑麻长”；有邻里的相与宴饮：“漉我新熟酒，只鸡邀近局”；也有天伦之乐：“亲戚共一处，子孙还相保”。所以，他的田园诗是有着丰富的现实生活内容的，这也是他的田园诗动人的原因之一。

尤其可贵的是他的田园诗还反映了劳动生活的内容。如《归园田居》第三首：

种豆南山下，草盛豆苗稀。晨兴理荒秽，带月荷锄归。道狭草木长，夕露沾我衣。衣沾不足惜，但使愿无违。

我们可以清楚地看到一个带着月色，从草木丛生的小径上荷锄归来的劳动者的形象。《怀古田舍》诗说："平畴交远风，良苗亦怀新；虽未量岁功，即事多所欣。"在田野风景和农事活动的描写中洋溢着一种喜悦之情。由于诗人亲自参加了农业劳动，并由衷地喜爱它，劳动，第一次在文人创作中得到充分的歌颂。他的一些田园诗还表现了只有一个劳动者才可能体会的思想感情。如《归园田居》第二首说："桑麻日已长，我土日以广。常恐霜霰至，零落同草莽。"表现了他对农作物收成的密切关怀。《于西田获早稻》诗说："人生归有道，衣食固其端。孰是都不营，而以求自安？开春理常业，岁功聊可观。晨出肆微勤，日入负耒还。山中饶霜露，风气亦先寒。田家岂不苦，弗获辞此难。"不仅表现了与剥削阶级寄生观点鲜明对立的依靠劳动生活的思想，而且表现了不辞辛苦、坚持躬耕的顽强态度。这些都超出了一般士大夫的思想意识，使他的田园诗闪烁着进步的思想光辉。

陶渊明还有一些田园诗描写了他的田园生活的贫困状况。《示庞主簿邓治中》说："夏日长抱饥，寒夜无被眠；造夕思鸡鸣，及晨愿乌迁。"《有会而作》说："弱年逢家乏，老至更长饥；菽麦实所羡，孰敢慕甘肥！"这些诗虽然只是描述他自己晚年每逢天灾不免屡受饥寒的境遇，但是我们也可以从中想见当时农民们的更加悲惨的生活情景。

陶渊明在田园生活中的思想感情是极其复杂的。《读史述·屈贾》中说："进修德业，将以及时；如彼稷契，孰不愿之！"他也是希望能做稷、契一类的人物的。当他壮志不得伸展而转托田园之后，虽然努力使自己满足于田园生活的乐趣，有时甚至企图以醉酒忘世，"泛此忘忧物，远我遗世情"，或者用道家顺应自然的态度对待人生，"纵浪大化中，不喜亦不惧"，但这些都不能完全消除他壮志未遂的苦闷。《杂诗》第二首说："气变悟时易，不眠知夕永。欲言无予和，挥杯劝孤影。日月掷人去，有志不获骋；念此怀悲凄，终晓不能静。"可以看到诗人在光阴虚掷中极度矛盾不安的心境。诗人也一直没有丢掉疾恶与除暴之心。在《读山海经》第十一首中，诗人大呼"明明上天鉴，为恶不可履"，用《山海经》中所记载的神话传说指出"肆威暴"的人，必然会遭到悲惨的结局。在《咏荆轲》一诗中，诗人热情地歌颂不惜牺牲生命而勇于除暴的壮士荆轲说："其人虽已没，千载有余情"。《读山海经》第十首还歌颂了精卫和刑天虽死不屈的精神：

精卫衔微木，将以填沧海。刑天舞干戚，猛志故常在。同物既无虑，化去不复悔。徒设在昔心，良辰讵可待！

这无疑是诗人不屈的意志的表现。"猛志故常在"，说明诗人心中永远燃烧着一股不熄的火。上述这"金刚怒目式"（鲁迅《"题未定"草六》）的一面是诗人性格和创作不可分割的一个重要部分。除此以外，从《拟古》的"少时壮且厉，抚剑独行游。谁云行游近？张掖至幽州"和他听见关中收复以后在《赠羊长史》诗中写的"九域甫已一，逝将理舟舆"等诗句，我们还可以看到他关怀收复中原的爱国热情。

诗人较晚时期所写的《桃花源记并诗》标志了诗人思想发展的高度。诗人在这里提出了“桃花源”的社会思想。这是怎样的一个社会呢？这里的生活是富裕、和乐而安宁的：“土地平旷，屋舍俨然，有良田美池桑竹之属；阡陌交通，鸡犬相闻……黄发垂髫，并怡然自乐。”这里人人参加劳动：“相命肆农耕，日入从所憩。”劳动所得也全归自己所有，没有封建的剥削：“春蚕收长丝，秋熟靡王税。”诗人指出这是一个“与外人间隔”的“绝境”，是桃花源中人们的先世为逃避嬴秦暴政而开辟起来的一个新世界。他们“不知有汉”，更“无论魏晋”，这实际表明是一个与秦汉魏晋等封建主义社会相对立的理想世界。

陶渊明不满黑暗的现实，很早就追求理想的社会。但由于生活经历的限制，那时他还只能从传说中的古代寻求理想社会的图案，他在诗中流露“黄唐莫逮”的慨叹。这样，他的社会理想不能不是朦胧抽象而又具有浓厚的复古主义倾向。可是经过田园生活实践之后所提出的桃花源理想便大大不同了。随着他的思想的发展，对劳动认识的提高，对封建社会认识的加深，提出了上述一些具体的生活原则。这是诗人田园生活中理想因素的集中和概括，是代表小私有生产者对造成战乱和贫困的封建社会所提出的抗议，它反映了广大农民希望用自己的劳动创造和平幸福生活的强烈的愿望。它虽然仍是一个不可能实现的幻想，却启发人们认识封建社会的黑暗，鼓舞人们反抗不合理现实的斗争。

陶渊明的消极思想在他的诗歌中也不时流露。“穷通靡所虑，憔悴由化迁”，表现了他的委运乘化、乐天知命的消极的人生观。

“今我不为乐，知有来岁不？”“人生似幻化，终当归空无”，显然是一种及时行乐和虚无幻灭的思想。“何以称我情，浊酒且自陶。千载非所知，聊以永今朝”，也流露了颓唐情绪。

陶渊明的诗在艺术上具有独特的风格和极高的造诣。他的诗给人的突出印象是平淡自然。这是和他的诗歌内容以及表现上的特点分不开的。他的诗的主要内容是平淡的田园风光，农村的日常生活，以及处于这种生活中的恬静心境；而又是通过朴素的语言，白描的手法，真率自然地抒写出来，使人感到真好像是从“胸中自然流出”，没有一点斧凿痕迹。如《读山海经》第一首：

> 孟夏草木长，绕屋树扶疏。众鸟欣有托，吾亦爱吾庐。既耕亦已种，时还读我书。穷巷隔深辙，颇回故人车。欢言酌春酒，摘我园中蔬。微雨从东来，好风与之俱。泛览周王传，流观山海图。俯仰终宇宙，不乐复何如？

完全是白描的手法，语言十分平淡，使人读来毫不吃力，只觉得接触到一片生活情景，而这些情景、生活，以及诗人的志趣和心情，无一不是诗人真实的感受，所以写来十分亲切。

陶渊明的诗歌虽然平淡，却不浅薄，相反只使人感到淳厚有味。他的诗歌语言虽然只是极普通的“田家语”，却是经过高度艺术提炼的。而在这十分精粹的语言中又都含有丰富的形象，这些形象无论是自然风光，或是社会生活，都有着深厚的现实生活基础。如“蔼蔼堂前林，中夏贮清荫”，这是写诗人的生活环境。“贮”字虽只是一个平常的字眼，但用到这里却很形象很新鲜，中夏清幽凉爽的林荫好像是可以贮存、可以掬取的一瓮清泉。“有风自南，翼彼新苗”，一个普通的“翼”字，同样使我们清晰地看到那和煦的南风温存抚爱着欣欣向荣的禾苗的景象，生意盎然。这是只有经过亲身体验与深切感受之后才能写出的诗句。又如“春秋多佳日，登高赋新诗；过门更相呼，有酒斟酌之。农务各自归，闲暇则相思；相思则披衣，言笑无厌时”，平常无奇的八句诗却写出一片生动的田园生活气氛。苏轼说陶诗“似癯实腴”[1]，正好说明了这个特点。

陶渊明的一些诗歌还富有意境。这在他的田园诗中表现得最为突出。他的田园诗和谢灵运的山水诗很不相同。谢诗往往只给人一幅幅客观的山水画面，陶诗却在使人接触到田园生活画面的同时，而引入到一种境界中去。如前引的《归园田居》第一首，我们不只看到榆柳桃李中的几间草房、村落中的几缕炊烟，听见深巷的犬吠、树头的鸡啼：所有这一切还构成一种境界，它宁静安谧、淳朴自然。这种特点的形成与诗人的创作方法密切相关。诗人写作田园诗，目的并不在于客观地描摹田园生活，而是要强调和表现这种生活中的情趣。因此，他在创作时并不是随意摄取田园生活的影像，而是把那些最能引起自己思想感情共鸣的东西摄取到诗中来，在平凡的生活素材中含有极不平凡的思想意境，它潜移默化，使人们感到亲切，又感到崇高。苏轼说：“观陶彭泽诗，初若散缓不收；反复不已，乃识其奇趣。”所谓“奇趣”正是从意境中产生的。由于他的诗有意境，因而也就全篇浑然一体。这在艺术上又与汉魏诗的“气象混沌，难以句摘”不谋而合。

---

[1] 应为“癯而实腴”。——编者注

陶渊明的诗歌由于内容不同，风格也不完全一样。比如他的田园诗多半萧散冲澹，而《咏荆轲》等诗却豪放有力。但后者虽然豪放，却又“豪放得来不觉”（朱熹语），和他的田园诗的平淡自然仍有相通之处。

他的诗歌虽然在晋宋之间自成一格，自然流露，不假雕饰，但是细心的读者，仍然可以看出古诗、曹植、阮籍、左思对他的潜在影响。像《拟古》的“日暮天无云”等“风华绮靡”的诗中，显然融合了曹植的辞采。“语时事则指而可想”的《饮酒》诗，精神面目和阮籍《咏怀》非常接近，而他的《咏贫士》《咏荆轲》等诗，又显然是受了左思《咏史》的启发。钟嵘《诗品》说他的诗“又协左思风力”，是十分正确的。

陶渊明的辞赋和散文，虽然篇数不多，但也都写得很好。他的散文都是用朴素简洁的文笔描写真实的思想感情，真切而且传神。《五柳先生传》是诗人自撰的小传。在不到二百字的篇幅中，以精粹的笔墨描写他的爱好、生活态度以及思想性情等各个方面，把诗人的性格形象地勾画了出来。《桃花源记》也不过三百多字，却生动地展现了理想社会的生活图景，令人悠然神往。此外，《与子俨等疏》追叙生平的思想与经历，笔端饱含感情；《自祭文》对自己一生的大事，毫无悔恨之意，表现了诗人的骨气；《祭程氏妹文》也写得凄恻感人。

陶渊明的辞赋继承了抒情小赋的传统，但能洗净铅华，与他的诗、散文在风格上有其一致之处。《归去来兮辞》是历来为人称颂的名篇。这是诗人归田时的作品。文中有力描写了他由迷途折回的喜悦以及对田园生活的热爱，从中表现了他的高洁志趣。篇中如“舟遥遥以轻飏，风飘飘而吹衣，问征夫以前路，恨晨光之熹微。乃瞻衡宇，载欣载奔”一段，那诗人从远道归来时的愉快心情，好像让我们亲眼看到了一般。又如“云无心以出岫，鸟倦飞而知还”，“木欣欣以向荣，泉涓涓而始流；善万物之得时，感吾生之行休”，托意深远，表现又极自然。他的《感士不遇赋》抒发了诗人对士不遇的感慨，也揭露了士不遇的原因。赋中说：“宁固穷以济意，不委曲而累己。”表现了他的耿介不阿的品格。他的《闲情赋》则用铺排的写法表现了男女之间深挚的感情，从序文来看，它也是有寄托的。

山水文学之肇始

/ 罗 庸 /

此题主旨在说明谢灵运诗风格之来源，盖其影响隋唐文学至大。试读《诗经》，北方文士对客观风景之描写使独立成一单元者实不多见，乃附于事中杂言之，故《诗经》终不能发展成赋。而“楚辞”则重大量描写，此是南方文学之特点，因变而为汉赋，形成字典式的赋体，而客观描写又绝。唯地志书记山川，迄西晋而无正式山川文学产生，即此之故。

在谢灵运以前完全写山川之诗极少，文章更少，欲求此类材料，东晋之前唯二路可循，其一观记述山川之书，其二观描写山川之文体。《隋书·经籍志》记地理之书凡百三十余种，可分为十类：（1）记山水虽加入故事，然少描写风景，如《水经注》。（2）记都邑，如陆机《洛阳记》、盛洪《荆州记》[1]。（3）述行，为后

[1] 另有古籍中称《荆州记》作者为盛弘之、盛宏之。今以盛弘之为作者。——编者注

世游记之始，如戴延之《西征记》。（4）记风土，如周处《风土记》。（5）记域外，如法显《佛国记》。（6）神异记，如《十洲记》（托为东方朔撰）。（7）总集，如陆澄《地理书》，乃集他人关于地理之记载而成之抄本。（8）记寺塔，如杨衒之《洛阳伽蓝记》。（9）图经，如无名氏《周地图记》。（10）记物产，如许善心《方物志》。由以上十类可得一结论，即其著书目的在于实用而不在欣赏景物，近于历史者多。再自三国迄西晋之末，观其文人单篇之山川描写多用赋体，用散文描写者绝少，唯用赋之弊在观察不深，喜叠用前人旧句，其欣赏风物之程度实甚肤浅。至东晋而散文之记以出，如王羲之《游四郡记》、慧远《庐山记》，但仍自地理书蜕化而来。再有一种不是单独成篇，而是在诗序中夹入描写，将诗可能之情韵移入文章，而终未能独立，如王羲之《兰亭集序》是也。

南方山川远胜朔方，故自晋室南迁，北人乍见此景，不知不觉自口头加以描写，后移入文字，然用韵文良多拘束，不足以容其新创之词汇，故有散文记之产生。至谢灵运乃回头将山川之描写入于韵文，故能卓然成家，然犹时见其笨重处。迄惠连、玄晖而日有进步，工而弥巧矣。其后有鲍照《芜城赋》、江淹《江上之山赋》《哀千里赋》，又将山川情趣移之于赋，然已非西晋之旧格。其始山川之散文描写多夹入当时文人之书简中，始鲍照《登大雷岸与妹书》、吴均《与朱元思书》，至齐梁而山川之描写文大备，《文心雕龙》有《物色篇》，即论此问题者。唯极盛之后，终以衰落，盖文人专事物色之描写，徒托空言，毫无情韵，深为简文帝所嗟叹。故就发展大势而观，有情有韵、文质相称者，唯灵运一人而已，其势迨唐世而不衰。

钟嵘《诗品》及萧统《文选》

/ 萧 涤 非 /

钟嵘《诗品》是在刘勰《文心雕龙》以后出现的一部品评诗歌的文学批评名著。这两部著作相继出现在齐梁时代不是偶然的，因为它们都是在反对齐梁形式主义文风的斗争中的产物。

钟嵘，字仲伟，颍川长社（今河南长葛）人，生卒年不详。他在齐梁时代曾做过参军、记室等小官。他的《诗品》是梁武帝天监十二年（公元513年）以后写成的。

钟嵘的时代，诗风的衰落已经相当严重。据《诗品序》描写，当时士族社会已经形成一种以写诗为时髦的风气，甚至那些“才能胜衣，甫就小学”的士族子弟也都在忙着写诗，因而造成了“庸音杂体，人各为容”的诗坛混乱情况。王公搢绅之士谈论诗歌，更是“随其嗜欲，商榷不同。淄渑并泛，朱紫相夺。喧议并起，准的无依”。所以钟嵘就仿汉代“九品论人，七略裁士”的著作先例写成这部品评诗人的著作，想借此纠正当时诗坛的混乱局面。

《诗品》所论的范围主要是五言诗。全书共品评了两汉至梁代的诗人一百二十二人，计上品十一人，中品三十九人，下品七十二人。在《诗品序》里，他谈到自己对诗的一般看法："故诗有三义焉，一曰兴，二曰比，三曰赋。文已尽而意有余，兴也；因物喻志，比也；直书其事，寓言写物，赋也。宏斯三义，酌而用之，干之以风力，润之以丹采，使味之者无极，闻之者动心，是诗之至也。若专用比兴，患在意深，意深则词踬。若但用赋体，患在意浮，意浮则文散，嬉成流移，文无止泊，有芜漫之累矣。"从这一段话来看，他对诗的看法一是强调赋和比兴的相济为用，一是强调内在的风力与外在的丹采应同等重视。这和刘勰的看法大体接近，仅仅在对比兴的解释和重视程度上略有不同。

钟嵘论诗还坚决反对用典。他在序里说："若乃经国文符，应资博古；撰德驳奏，宜穷往烈。至乎吟咏情性，亦何贵于用事？"并举出许多诗歌的名句说明"古今胜语，多非补假，皆由直寻"。他并尖锐地斥责了宋末诗坛受颜延年、谢庄影响而形成的"文章殆同书抄"的风气。刘勰并不一般地反对用典，在《事类篇》中他只是主张创作应该以"才为盟主，学为辅佐"，典故要用得准确扼要。不过钟嵘是论诗，刘勰是兼论文笔，包括钟嵘所说的"经国文符""撰德驳奏"各种文体，因此很难说刘、钟两人在用典上看法有很大的出入。

钟嵘论诗还坚决反对沈约等人四声八病的主张。他说："余谓文制，本须讽读。不可蹇碍。但令清浊通流，口吻调利，斯为足矣。至平上去入，余病未能；蜂腰鹤膝，闾里已具。"沈约等提出的四声八病的诗律，人为的限制过于严格，连他们自己也无法遵守，钟嵘批评他们“襞积细微，专相陵架。故使文多拘忌，伤其真美”。这是完全正确的。但是，钟嵘看到这种过分拘忌声病的害处就笼统地反对讲四声、讲格律，就未免有点“因噎废食”了。刘勰在《声律篇》里是积极主张文章要讲究声律的，他并且对应用声律的一些基本原则和难易的关键作了扼要的分析。

钟嵘论诗有一个重大特色，这就是他善于概括诗人独特的艺术风格。他概括诗歌风格主要是从以下几方面着眼：一是论赋比兴，例如说阮籍的诗“言在耳目之内，情寄八荒之表”；说左思诗“得讽谕之致”；说张华诗“兴托不奇”，都是着眼于比兴寄托的。二是论风骨和词采，例如说曹植诗“骨气奇高，词采华茂”；说刘桢诗“真骨凌霜，高风跨俗，但气过其文，雕润恨少”；说张协诗“雄于潘岳，靡于太冲”“词采葱倩，音韵铿锵”；都是风骨和词采相提并论。三是重视诗味，在序里他已经说五言诗“是众作之有滋味者也”，又说诗应该使人“味之者无极，闻之者动心”，反对东晋玄言诗的“淡乎寡味”。论诗人的时候，他又说张协诗“使人味之亹亹不倦”；应璩诗“华靡可味”。四是注意摘引和称道诗中佳句，在序里他曾经摘引“思君如流水”“高台多悲风”等名句，称为“胜语”；论谢灵运诗，称其“名章迥句，处处间起”；论谢朓诗，称其“奇章秀句，往往警遒”；论曹操诗也说他“甚有悲凉之句”：都是注意奇警秀拔的诗句的例子。除以上四点以外，他还善于运用形容比喻的词语来描绘诗歌的风格特征，例如评范云、丘迟诗说：“范诗清便宛转，如流风回雪；丘诗点缀映媚，如落花依草。”用语非常新鲜贴切。

钟嵘论诗也有一定的历史观念。他的序里对五言诗的产生和发展也有概括的论述，这也可以说是他心目中的诗史的提纲，不过他着重叙述各代诗人的阵容，与刘勰《明诗篇》着重论述各代诗歌的共同风貌及时代背景有所不同。钟嵘论每个诗人风格，总是指出其“源出”某人，虽然有认流为源的原则错误，但前人的影响也不容否认。在这方面，他提出了一些很值得注意的论点。例如他认为陆机、谢灵运“其源出于陈思”，颜延年“其源出于陆机”；认为左思诗出于刘桢，陶潜诗“又协左思风力”等等，不仅抓住了这些诗人在风格上继承前人的某些比较重要的特点，而且也在一定程度上启示了我们划分诗歌流派的线索。但是，诗人在风格上继承前代作家，关系是比较错综复杂的。钟嵘却常常把这个问题简单化。他说曹植诗出于国风，阮籍诗出于小雅，就是很显明的例子。他说王粲、曹丕诗出于李陵，嵇康诗出于曹丕，陶潜诗出于应璩，我们几乎看不出有什么根据。至于说“仗清刚之气”的刘琨的诗出于“文秀而质羸”的王粲，更显然有些自相矛盾。他论诗抹杀两汉南北朝乐府民歌，更是存在明显的偏见。他对建安诗人所继承的传统缺乏正确判断，正和这一点有密切关系。

钟嵘论诗一方面是反对某些形式主义的现象，另一方面也受到南朝形式主义风气的影响。他品评诗人，往往把词采放在第一位，很少涉及他们作品的思想成就。所以，他就把“才高词赡，举体华美”的陆机称为“太康之英”，放在左思之上；把“才高词盛，富艳难踪”的谢灵运称为“元嘉之雄”，放在陶潜、鲍照之上。在划分等级的时候，甚至把开建安诗风的曹操列为下品，把陶潜、鲍照列为中品。这些地方，显然和他序中所说的风力与丹采并重的观点并不符合。他摘句论诗的批评方式，虽然反映了当时创作上“争价一句之奇”的倾向，也开了后代摘句批评的风气。

钟嵘《诗品》是第一部论诗的著作，对后代诗歌的批评有很大的影响。唐司空图，宋严羽、敖陶孙，明胡应麟，清王士祯、袁枚、洪亮吉等人论诗都在观点上、方法上、或词句形式上受到他不同程度的启发和影响。

魏晋以后，由于文学创作的发展，文人们也开始注意文章总集的编选，这些选家往往通过文体源流和作家作品的论述，通过文章的去取体现他们的文学观点，因此这些总集同样具有文学批评著作的价值。现在已经佚失的西晋挚虞的《文章流别集》和东晋初李充的《翰林论》就是魏晋南北朝时期著名的总集。

现存的文章总集，以萧统的《文选》为最早。这部总集是梁昭明太子萧统（501—531）在东宫时延集文人们共同编订的。萧统在文学上主张文质并重，认为文章应该“丽而不浮，典而不野”（《答湘东王求文集及诗苑英华书》）。他曾经为陶渊明作传和编集，可见他的观点和萧纲等人的形式主义观点并不一致。他在《文选序》里谈到他选文的标准，认为经史诸子等都以立意纪事为本，不属于词章之作；只有符合“事出于沈思，义归乎翰藻”的标准的文章，才能入选，这也就是说只有善用典故成辞，善用形容比喻，辞采精巧华丽的文章，才合乎他的标准。可见他编《文选》正是企图用南朝文笔之辨的理论来划分文学与非文学的界限。尽管他立的标准并不符合我们的关于文学的科学概念，但也可以说是一个很有积极意义的尝试。《文选》中选录了自先秦到齐梁时期的许多诗文作品，所包括的时代虽然很长，但是由于他选文的标准着重辞采，所以选录的文章仍然是略古详近，很重视南朝作品的。可见萧统虽然也主张文质并重，但他对文质观念的理解以及对文章的实际看法，和刘勰不满南朝文风浮诡、讹滥的观点是颇有差别的。此外，我们也应该看到，萧统所选的文章如孔安国《尚书序》、杜预《春秋左氏传序》及范晔《后汉书》中的一些序论等，也不尽符合他自订的体例。他分析文体过于烦琐，也有形式主义的倾向。

萧统选文时，选入了《饮马长城窟行》等汉代乐府民歌，是值得肯定的，但是所选的篇章毕竟太少，南北朝乐府民歌更一首也没有选。有一些优秀的文人作品也有所遗漏，如陶渊明的诗只选录了八首，这不能不说是缺憾。但是，他选入的多数作品仍然是经过精挑细拣的佳作，因此，他这部书不失为一部代表当时文学观点的好文学选本。

此书自唐初李善加以注释后，就得到广泛的流传，唐以后的文人们往往把它当作学习文学的教科书。杜甫教育他的儿子要“熟精文选理”（《宗武生日》）；宋人谚语也说：“文选烂，秀才半”（陆游《老学庵笔记》），可以看出它在后代的广泛影响。后代文人研究《文选》及李善等人的注释，形成“选学”，也不是偶然的。

徐陵在梁朝编成的《玉台新咏》，是一部现存的较早的诗歌总集。虽然所收的诗只限于“艳歌”，有明显的局限性，但其中保存了《古诗为焦仲卿妻作》（即《孔雀东南飞》）及其他的一些民歌，还是值得我们重视的。

/第三章/ 罗庸、闻一多讲隋唐五代文学

隋唐统一与文学之变古

/ 罗 庸 /

南北朝文学之回溯

欲明隋唐文学之来源，及其与前代不同处，则南北朝大势不可不知。吾人可自三方面着眼：（1）中国史上地理之变迁。国史上地理有两天然之界线，一以潼关为中心分为东西，一以长江为中心分为南北。周代即东西对峙局面，迄秦统一皆以西方统治东方；楚之兴也，文化逐渐发展，又与汉成南北对峙之局面。东西对峙，皆在北方，故文化无多差别，而南北则迥然不同矣。三国时，历史上纵横对立皆有之，晋统一东西界限破灭，而南北文化对立生极大之差别。北方为五胡所蹂躏，文化丧零殆尽。南朝文化承东吴东晋不断之风气，无须重新整理，故蔚为大观，论文学史者亦多着眼于南朝。自东晋以来，南北交通隔绝，政治上截然两道，迄梁及齐周时代，始渐有往来，然此交通对文化滋长仍无多效用，北方皆生吞活剥以吸收南方文化者。迄隋唐统一，始见融化，故言隋唐文学实六朝文学之末段，下逮南宋，又与东晋、北朝形势同。（2）文人出身不同，于文风亦极有关。汉代文人出身多系平民，盖由郡守举察而出者也。故两汉文人参政、读书、得名之机会，犹甚平等。三国之乱，政治沦于武人之手，文人非投武人幕府不足以成名。西晋亦贵族政治，故东晋过江名士皆名门也，以致下品无士族，上品无寒门，政治文化咸为贵族（门阀）所包办，直维持至梁代而不衰。由此文学来源日减，技巧日细，下笔风云月露而已。齐梁初，有平民文人之产生，梁中世以后，世家多所没落，而平民文人出身机会遂多，不能不产生科举制以应付之，此为新的变化。而北方华夷杂处，文化何由保存？魏未分时，有在野遗民为之撑持局面，齐周之际，既无士族，则文人多重师承，迄唐初弗绝。科举制兴，此师承制又告破坏，于是士子多以主考官为师，而避免说及其原有师承，故韩愈有《师说》，柳宗元有论师道之文，皆因时而发者也。（3）欣赏文学与应用文学为两不同之道路，在隋唐为一大变。骈文实六朝所养成，声律辞藻，均极考究，此风北朝接受甚晚，迨庾王北渡，乃传播之。夫骈文之成立，原偏于欣赏方面，自建安已开其端；晋世少衰，宋齐又重其风，作为大规模之应用文字，故北朝承受此种文体，亦但用于应用方面而已（如书札、奏记）。迄唐初四杰为一回旋时期，后此骈文乃专作章奏书札之用，应用范围日狭，遂成定型，此唐四六之所由发生也。再变而为宋四六体。文学方面缺一大片，有待别立文体以为补充，此韩柳古文运动发生必然之势也。复次，唐宋有远谪之风，文人描写范围扩大，此地理之影响文学者。又唐宋文人既多来自民间，故多描写平民生活，较六朝贵族华贵生活之描述，别开生面。又以骈文之衰歇，隐而未现之古文遂成唐宋文学之主流。

《北史·文苑传序》，为整个北朝文学史之叙述。在魏收未成名之前，往往温（子升）邢（劭）并称，温卒，人称大邢小魏云。此三人者为北朝文学之主干，影响后世亦大。《文苑传》称：北朝因牵于战阵，多章奏杂文，无缘情之作。自温子升起，乃有文学新潮出现，然多少仍受南朝之影响，故邢劭尝云："不能作赋者，不能作文人。"又邢魏互讥，邢讥魏窃文于沈约，魏讥邢窃文于彦升，由此可见北人对南朝文风仰慕之盛。而一部分在野之士，仍承东汉余风，主文必出于六经之说。而南朝文士久离此道，读读类书，有典可用足矣。传至朔北，遂有反动风气兴起，苏绰之拟《大诰》是也。至徐陵去齐，庾信、王褒留周，徐庾为六朝文学最末之新体（徐父摛，庾父肩吾，皆六朝宫体诗健将，其子传其风），既入北，遂成非南非北之变质文学，初唐四杰之面目盖由此而出。

而当时南朝人见北朝文，亦具恐慌之感，《魏书·温子升传》《南史·文苑传》有故事云，张皋使北，挈温子升文归，梁武帝见而叹曰："曹植、陆机复生北土，嗟我词人，数穷百六。"可见南方之文胜质，偶见北方有骨气之作，自然惊赞不置，而北人亦慕南风，遂成交流状态。隋文统一，乃以北方政治统治南方，而文风则南方柔化北方矣。唐之统一，仍沿此大势，古文虽代骈文而兴，然唐以诗为主潮，仍是南方文学之余裔也。至于文坛之主持者，则多系北人，南人之入仕者多遭歧视，如贺知章即是明例。

隋唐的科举与士风

就文化史言，科举制实为一大分水岭。自隋唐迄今，莫不如此。虽考试科目不同，然其为目的则一，盖令士人有读书上进之机会也。先秦子家以著书干王侯，末流所趋，成为清客之流。汉文则创孝悌力田以培养礼重士人之风。有此四百年之培养，遂有东汉党锢清流诸公，然其病又在矫情，国势隳败，复成战国局面，文人再度沦为幕客，此建安七子之所由产生也。西晋为贵族政治，文人仍过依附生活，陆机、潘岳等靡不如此。其后一变而为东晋门阀把持之政局，盖魏文创九品中正之制，末流所至，上品无寒门，下品无士族，故此制终告破坏。隋大业二年（公元606年），建明经、进士二科，明经为国子生，进士为外县考生。唐复创制举，即由天子御试而举擢者也。士风因之改变。

隋代考试，不考诗赋杂文，仅考时务策而已（可参考《唐书·杨绾传》[1]）。唐举制较隋为完备，京师有六学，计为国子生三百人、太学生五百人、四门学生一千三百人、律学生五十人、书学生三十人、算学生三十人。国子生多贵族子弟，不愿他去而入太学，在京师号曰国子生。六学之学生通号生徒，除算、书、律三科为专科外，余皆为普通科，可考明经。唐考进士，谓之乡贡郡举。明经考试凡二：（1）帖经（相当于默书），凡五，又帖大经。（2）策论。进士则考时务策，常人以为唐以诗赋取士而诗特盛，其实不然。高宗之前，考试全

[1] 本篇中《唐书》《新唐书》《旧唐书》皆有出现，有些部分无法确切地知道作者所用《唐书》是指《新唐书》还是《旧唐书》，故保留原文面貌，不再加注释。——编者注

袭隋制，不考诗赋，玄宗时立杂文之科，因有诗赋之考科焉。玄宗又立制举，由帝亲试，科目名额皆不限定，且有在礼部范围之内，相当于清代之博学鸿词科，科举制之滥，实肇于此。王应麟《困学纪闻》载，唐代制举科目多至八十六种，每种以四字为科名，如“博通坟典”“洞晓玄经”等，乃学汉代之察举制。玄宗晚年笑话最多，如唐人笔记所载，尝有士人骑马来考“不求闻达”科，何其谐谑。中唐以后，尝一度停考诗赋，又凡来京应考者一例曰进士，及第者曰前进士。

自隋大业二年，迄唐高宗永隆二年（公元681年），科举行已七十余年，流弊盖已丛生。考功员外郎刘思立建言：“明经皆抄义条，进士惟诵旧策，皆无实学，有司以人数充第。乃诏自今明经试帖十粗得六以上，进士试杂文二篇，通文律者，然后策试。”此唐代考试第一次变迁，加试诗赋盖肇于此。高宗、武后两朝，宫廷文学特盛，士人欲进身不能不注重诗赋，此与唐诗发达略有关系。

开元廿四年，请托之风方盛，考功员外郎李昂持正不阿，欲矫此风，试前申令有来请托者，即予除名。有李权者，请昂岳父说情，昂果除其名，权乃纠合徒众大闹礼部，至难解决，以是考试改由礼部侍郎主持，而考生遂又包围礼部矣。代宗宝应二年（公元763年），礼部侍郎杨绾上书曰：“幼能就学，皆诵当代之诗；长而博文，不越诸家之集。递相党与，用致虚声，‘六经’则未尝开卷，‘三史’则几同挂壁……祖习既深，奔竞为务，矜能者曾无愧色，勇进者但欲凌人，以毁讟为常经，以向背为己任。校刺干谒，驱驰于要津；露才扬己，喧胜于当代。”此数语不但写尽玄宗一代考试情形及士风，即有唐一代之科举内幕亦可了然，为唐代文学史之重要材料。由是引起士人怕说师承之风气，韩愈之作《师说》实由此而生之反响也。唐诗之发达殆与此有密切关系。盖士未达时，先以书寄京师亲友，以示己意，既入京，投刺宰相之门，以诗呈上，谓之行卷，久不得报，又复呈之，谓之温卷，如仍不理，乃至于三、四呈诗，退之四上宰相书，实以士风所趋，不得不如是耳。开元天宝年间，行卷者虽不得第，亦可从宰相家领取路费，故士人专精于诗技。中唐以后，行卷之诗一变而为传奇，此又韩柳古文运动之所以促成也。

自科举制兴，六朝门阀气消，而寒门穷酸之气毕露，士人生活乃大改变。杨绾以后，又有贾至上书，将安史之乱全归罪于科举，言甚沉恸，因建议各道多立学校，以救士人之空疏，又设孝廉科，以砥砺士行，惜二事均未能实行。文宗大和七年（公元833年），李德裕为相，主张进士停试杂文，视选学如寇仇（按：前此士人多由选学进身，故老杜令其子精熟《文选》，盖以应试），然牛李党争极烈，及李罢相，复试杂文。文宗开成五年（公元840年）李复相，奏“禁进士期集参谒曲江题名”，情形较为好转，然此后藩镇渐强，文人多往依附，国定考试遂失其重要性，温庭筠数为考场枪手，即其例也。

当时士人无论考取与否均纪以诗，落第有哀愁诗，及第有欢快诗，兹以孟郊为例，《落第》诗云：“晓日难为光，愁人难为肠，谁言春物荣？独见叶上霜。雕鹗失势病，鷦鷯假翼翔。弃置复弃置，情如刀剑伤。”次年又下第云：“一夕九起嗟，短梦不到家。两度长安陌，空将泪溅花。”及第诗则态度语气迥异，如：“昔日龌龊不足嗟，今朝放荡思无涯。春风得意马蹄疾，一日看遍长安花[1]。”如

[1] 另有“一日看尽长安花”之说。——编者注

为制举及第，则更得意，如元稹制举及第自述诗云：“延英引对碧衣郎，江砚宣毫各别床。天子下帘亲考试，宫人手里过茶汤。”真可谓露才扬己之作，唐代考试制度于此可见。如久不及第，在初唐时则闹怪事以广声誉，陈子昂捶破百金胡琴即是一例；或献赋于大典礼之间，老杜献《三大礼赋》，即其例也；或跪天子车前献诗，而跻身侍驾之臣，所谓终南捷径是也；再则如温氏父子专作枪手，或落第题诗志哀，希图达官见而顾怜。种种怪事，不一而足，士人廉耻扫地，故宋代遂有理学兴起。（以上一段可考《新唐书·选举志》《唐书·杨绾传》《贾至传》[1]。）

唐初南北文风之残存

唐初文人多为北籍，而文风则南化矣。此与徐庾留北有关。

吾人可从两方面考察隋唐之际诸文人：其一为原生长北方者，其二为原是南人因统一而带来北方者，然后者仅居二十分之一而已。如隋炀帝平陈，携回文人有河东柳䛒、高阳许善心、会稽虞世基，皆有北方文学根底而具南方文风者。唐初十学士中南方仅三人，如虞世南、褚亮等是，然皆不常为文，世南固以书法名家也。

（一）唐初的子家和史家

子书以立言为主，以持论为本。持论在两晋已变为清谈，故不甚发达。若葛洪之撰《抱朴子》，乃超于时代风气之外者也。故终南朝之世，但有文人而无学术，而北朝为草莽时期，末年，颜之推自

[1] 杨绾、贾至在《新唐书》《旧唐书》中皆有传。——编者注

南返北，乃有《颜氏家训》之作，亦可归入子书范围。隋唐之际，子书可称道者唯王通（文中子）之《中说》。此人身世极为模糊，为隐君子，故《隋书》及新、旧两《唐书》皆无传。通尝讲学于龙门，唐初之文人学士，多自认出其门下。通之见于史传，盖附于其孙《王勃传》："初，祖通，隋末居白牛溪，教授门人甚众。尝起汉魏尽晋，作书百二十篇，以续古《尚书》。后亡其序，有录无书者十篇，勃补完缺逸，定著二十五篇。"此记述并未及文中子或《中说》。至开元天宝间，始有《中说》出世，阮逸为之作注，且为序曰："《中说》者，子之门人问对之书也。薛收、姚义集而名之……贞观二年，御史大夫杜淹始序《中说》及《文中子世家》，未及进用，为长孙无忌所抑，而淹等寻卒……二十三年，太宗殁，而子之门人尽矣。惟福畤兄弟传授《中说》于仲父凝，始为十篇。"《中说》来历，当以阮序记述为最早。今吾人所见《中说》面目仍是十篇，分上、下卷。上卷有王道、天地、事君、周公、问易五篇，下卷有礼乐、述史、魏相、立命、关朗五篇。由于史籍无记，此书遂为人所疑。近人有《文中子考信录》一书，可以参考。吾人叙此，不在考订此书之真伪，而在说明韩柳古文运动之前身。按六朝时，南方文学自成发展系统，而北方有二力量阻止文学发展，其一为怀念西晋文风之旧，其二为北方文学无系统发展，不得不受南方影响，而另一辈人反对之，乃提倡绝对复古，一字一句，咸模拟之，如苏绰之《大诰》是也。然徐庾北去，北人争效其体，故隋时北方文体已归南化，故有李谔上书请正文体之事（参考《隋书·李谔传》）。此代表北方文人之保守性，既不能新创风格，又不甘同化于南方文学潮流。王通《中说》之作，即此种性格之具体表现，书仿《论语》，自成一家之言，一似扬子云之仿《论语》《易经》而作《法言》《太玄》也。唯此种复古倾向，极为笨拙，迨开元天宝间，乃渐不振，然文人复古心理，仍未尝泯灭，遂有李华、独孤及、韩愈、柳宗元古文运动之勃兴。王通另一著述，按《王勃传》记述推之，当亦模仿《尚书》而成，同是代表北方复古心理之作。

南朝既倡骈文，兹体不宜于传记，故终南朝之世，可传之史书，唯范晔之《后汉书》、沈约之《宋书》与萧子显之《南齐书》耳，余皆亡佚。《晋书》至唐初始告完成。北朝有郦道元之《水经注》及杨衒之《洛阳伽蓝记》，皆以散行文书之，虽非史籍，其为记述则一也。

唐初史家有李百药，字重规，定州安平人，隋内史德林子，撰《北齐书》五十卷。姚思廉，雍州万年人，陈吏部尚书姚察子，撰《梁书》五十六卷、《陈书》三十六卷。令狐德棻，宜州华原人，撰《周书》五十卷。魏徵，字玄成，魏州曲城人，撰《隋书》八十五卷。李延寿，相州人，撰《南史》八十卷、《北史》一百卷。温大雅，字彦弘，太原祁人，撰《大唐创业起居注》三卷。《晋书》号为太宗御撰，盖其中《陆机传》与《王羲之传》太宗尝为题赞故也，此皆北方文人之作。故北朝之复古成绩，子书方面有《文中子》，史书方面有上述诸史籍，二者合流，即北朝文学之所以影响唐代古文运动者也。

（二）初唐四杰

四杰中，唯骆宾王为义乌人（南人），然四人所代表者皆为南方文学系统，为徐、庾北去后北方文风南化所成文体之继起人。《新唐书·文艺传序》："唐有天下三百年，文章无虑三变：高祖太宗，大难始夷，沿江左余风，缔句绘章，揣合低昂，故王、杨为之伯。"四杰连称始见于《唐书·文苑传·杨炯传》："炯与王卢宾王以文词齐名，炯尝谓人曰：'吾愧在卢前，耻居王后。'当时议者，亦以为然。"又曰："此后崔融、李峤、张说俱重四杰之文，崔融曰：'王勃文章弘远，有绝尘之迹，固非常流所及，炯及照邻可以企之，盈川之言信矣。'"又曰："盈川文思若悬河注水，酌之不竭，既优于卢，亦不减王，耻居王后，信然；愧在卢前，谦也。"又《文苑传·王勃传》："初吏部尚书裴行俭有知人之鉴，曰：'士之致远，先器识而后文艺，勃等虽有文才，而浮躁浅露，岂享爵禄之器也？杨子沉静，应至令长，余得令终为幸。'果如其言。"四杰之称，当时已有之，与李杜为后世所合称者不同。裴氏之言亦代表北方风气，后古文家必讲道德以此。

王勃，字子安，绛州龙门人，文中子王通孙，诗人王绩侄孙，据《旧唐书》本传，勃生太宗贞观二十二年戊申（公元648年），卒高宗上元二年乙亥（公元675年），年二十八。《新唐书》称卒年二十九，两书所载不合。近有主张新旧《唐书》皆误，据王勃《春思赋序》考之，咸亨二年勃年二十二，则当生于高宗永徽元年（公元650年），卒于上元二年，毕生年龄当为二十六。勃六岁能文，九岁读《汉书》颜注，著《指瑕》以难之。十七岁上书刘祥道，得荐于朝，应幽素举。十九至长安献颂，居沛王贤府修撰，以草《斗鸡檄》婴高宗怒，贬虢州。杀官奴曹达，事觉当诛，会大赦得免。父坐勃故贬交趾令，上元二年，勃往省父，过九江，成《滕王阁序》名作，溺死去交途中。

杨炯，华阴人。高宗仪凤二年（公元677年）献公卿冕服议，武后天授元年（公元690年）左转梓州司法参军，迁盈川令。吾人假定其生年为高宗显庆元年（公元656年），卒武后天册万岁元年（公元695年），约四十五岁[1]。炯以为官时间较久，故制诰为多，而诗则为四杰之殿。

卢照邻，字升之，范阳人（范阳卢氏原为北朝望族）。《唐书》载其十余岁从曹宪、王义方受《苍》《雅》及经史，曹为选学大家，故卢之文风仍承南朝之旧。尝官蜀之新都尉，以风疾去官。后作《五悲文》自悼，投颍水死。吾人假定卢生于高宗龙朔初年（公元661年），卒武后久视元年（公元700年），年亦四十左右。其文多写个人怀抱，近乎子书，与余三杰不同，盖与陈子昂差近；诗则与王相抗，多五七言长篇。

骆宾王为四杰中唯一之南人，浙江义乌人。两《唐书》载其事甚少，欲知其详，可参考其自作之《畴昔篇》。在四杰中游踪最广。生贞观十年（公元636年）。裴行俭征西域，骆尝掌书奏。既归，又奉使入蜀，为四杰之最后入蜀者，年四十六，将归浙，作《畴昔篇》，至扬州逢徐敬业申讨武氏之役，为作檄文，后亦叹服，七十余日而败。《新唐书》载与敬业同时被杀，传首至洛阳。《旧唐书》载亡命不知所终，因有与宋之问联句之逸事流传，如其然，此时当七十三岁矣。但此事仅可存疑，聊备一说耳。四杰中当以骆才气为最大。

四杰余风，至玄宗朝而衰谢，故老杜有“轻薄为文哂未休”之

[1] 应为三十九岁。底稿如此，姑依之。——编者注

句，可见当时少数人对四杰诗文讥评反感之甚，与前此张说、李峤诸公之推崇语不同，于此可瞻初唐风格之转变。

四杰与当时（武后朝）其余文人作风不同之点在少奉和应制之体。盖自梁末陈初以来，文人被蓄为帝王卿客，陪宴时必有制作承欢，此风至唐初弗坠，沈宋即其代表。由是言之，四杰虽为南朝文风，而做人态度似又为北朝之遗。

唐代文学主潮之萌芽

所谓唐代文学主潮，一为唐诗，一为古文，二者均萌芽于初唐，吾人可举四人代表其开山祖。

（一）沈佺期与宋之问

《旧唐书·文苑传》："沈佺期与宋之问齐名，时人称为沈宋。"

《新唐书·文苑传》[1]："魏自建安以后迄江左，诗律屡变，至沈约、庾信，以音韵相婉附，属对精密。及之问、佺期，又加靡丽，回忌声病，约句准篇，如锦绣成文，学者宗之，号为沈宋。"

沈佺期，字云卿，相州内黄人，约生高宗咸亨二年（公元671年），卒玄宗开元元年（公元713年），约年四十余。

宋之问，字延清，一字少连，汾州人（一云虢州弘农人）。约生

[1] 应为《新唐书·文艺列传》。——编者注

高宗咸亨元年（公元670年），卒睿宗先天元年（公元712年）[1]，约年四十余。

二人者最多奉和应制诗，此沿乎南朝末流之风气。唐重节令，帝王尤喜点缀令节，如上巳必修禊曲江、端阳赐樱桃、九月九日登慈恩寺塔、十月幸华清宫，为一年四大节令，每行必有诗作。沈宋为武后侍从之属，以媚附二张得名，后亦坐是赐死。二人品格一仍陈、隋文人之旧，故作风亦如之。五七律近体诗格，即完成于二人之手。

通常咸以绝句成于律诗之后，故宋人有截句之说，实不尽然。吾人能明乎律诗之来历，则可决定沈宋之地位。五古转变在谢灵运手中为一大关键，东晋之诗与魏晋相去不远，多保留散行风格，至谢一转而为对起对结，往往奇突而起，奇突而绝。至小谢而注意结句，当时诗无一定句数，迄竟陵王子良门下一辈人乃注意音节、平仄矣。沈氏八病四声之说，对律诗完成仅为间接影响，直接影响为徐摛、庾肩吾二人，徐庾宫体诗自此而成，无形中形成十二句体，最多不能超过十六句，最少不过十句，为前古所未有之形式，至沈宋遂完成八句之律诗定体。按十二句为三节四句体所合成，四句体来自《子夜吴歌》，为避免过分板滞，梁陈人往往将两组四句外加二句，成为十句体，为对起单结。十句中易于抽出四句独立体，至四杰已成功矣，是为绝句。后感觉最后二句不称，截而去之，遂成八句，依绝句四句之起承转合，遂成律诗定体。此发展之新体，最初用于宫廷应制诗，以其堂皇靡丽故也。盛唐绝句发达，律诗多变，古诗与唐诗间之桥梁，

[1] 先天应为唐玄宗年号。——编者注

自非沈宋莫属也。

（二）陈子昂与张九龄

陈张以前，亦有数人为复古运动者，然非陈张面目。略述于下：

富嘉谟，雍州武功人。吴少微，新安人。《唐书·富嘉谟传》："先是文士撰碑颂，皆以徐庾为宗，气调渐劣，富嘉谟与新安吴少微属词，皆以经典为本，时人钦慕之，文体一变，称吴富体。"此较苏绰之生吞活剥之仿古体已进一步。陈张之起，以个人性灵入文词中，遂开韩柳古文风气之先。

此外，当时尚有所谓燕许大手笔，苏颋、张说是也。颋，字廷硕，苏瓌子，封许国公；说，字道济，洛阳人，封益国公。皆掌制诰，时谓之燕许大手笔，然仍多承先之风气，启后之功，不能不让诸陈张也。

陈子昂，字伯玉，梓州射洪人，入《新唐书·文艺传》。唐有二文人身世特殊，子昂与太白是也，皆蜀人。蜀在三国时文学发展情形极明，自六朝迄唐代则甚模糊，子昂即在此时诞生，为文超然于时代风气之外。据其所撰乃祖父乃父之碑铭记述，其先在梁，为蜀官，世居于蜀，又与其他数姓合成二郡，俨然封建诸侯。其祖好道。子昂年十八尚任侠，不知书，闻人读书声，乃发愤，攻三年，二十一岁乃入朝，而人莫知其名，乃借碎胡琴事噪誉当世。武后闻之，召为从事。其为文章，既不似南朝之靡丽，又不似北朝之特古，盖蜀与南北朝交通阻绝故也。尝一度出征关外，既归，郁郁不得志。家富，为射洪县令段简所诟，诬下狱，以二十万贻之，仍不得出，乃忧愤卒，年四十三。《新唐书》载王适见陈咏怀诗，叹曰：“此子必为天下文宗矣。”遂订交。按《感遇诗》出自阮嗣宗《咏怀》，又出自曹子建《杂诗》，皆无题，随兴陆续写成，故内容不专一事，体裁不专一体，不必为一时之作也。学阮诗者，前有士衡、渊明，整个南朝无只字可言，此可证明作者个性之泯灭，此体遂中断若干年。子昂初至长安为人所赏以此，《旧唐书》不载此诗之数，最早见于白乐天《与元九书》中，云是二十首，后人以其他无题诗凑成今见之篇幅，此诗在当代已为人所推崇，昌黎诗云：“国初重文章，子昂始高蹈。”《感遇诗》人多以一组目之，实误。愚尝详考其本事，知其诗不虚作，乃作者对时代有个人之看法与批评，此为南朝士大夫所不能仰止也。直抒胸臆，不假雕饰，此唐人五古之创格，故南朝五古不能化作散文，唐五古则稍加增削便成散文，此风自子昂始。子昂诗之做法，个人并无系统之理论，有之，则仅见于《与东方左史虬书》数语耳，另见《修竹篇序》：“文章道弊，五百年矣。汉魏风骨，晋宋莫传（中略），仆尝暇时观齐梁间诗，彩丽竞繁，而兴寄都绝，每以永叹。”此数语中提出“风骨”与“兴寄”两重点，信为南朝文士所未尝梦见，而作者之诗确能实践其个人所提倡之理论，故能卓然成家也。

九龄成就在其相业，而不在诗，诗固与子昂同一格调。字子寿，韶州曲江人。十三岁见广州刺史，上书言国政，张说贬岭南，见而大悦，特引荐之，至于拜相。后告归，再出为荆州令。其后以疾卒于家，封伯爵。其《感遇诗》十二首，与子昂诗同为开时代风气者。

此段自高祖开国迄开元之初，凡五十年，为八代余风之所及，盛唐面目盖胎孕于此。

唐诗及盛唐诗人

/ 罗　庸 /

总论唐诗

研究一代文学，凡以作家为主，以文体为范围时有二路可循：（1）叙述作家之来源与成就。（2）不管作家，仅就诗之内容求其表现情绪之主潮。今吾人论唐诗，即用此二种办法。

国人所著文学史，其态度与正史作家无异，均以作家为主，重视其社会背景，此法易流于呆板，本课针对此弊而矫正之，但于某一时代中找其共通性，至于作家之分述，可略则略之，盖某一作家之成功，其本身力量仅占十分之一二也。

文学史范围至广，吾人欲治文学史，必先说明作家之来踪去迹，考其同于前人者若干，异于前人者若干，能如此或可勉成精心之作，诸生其留意焉。凡优良之文学史，不仅为文体变迁史，亦应为作家情感之变迁史，前史所作皆偏于前而略于后，近代学者间亦有重视之者，唯多非客观之归纳，而有偏于主观之嫌，不可不察也。

全唐诗之内容，大别不出于十二大类，前人初、盛、中、晚之分期，亦可与此并行不悖。

（1）宫廷诗——由南朝而来。齐梁以后，文人生活变为帝王卿客，故宫廷诗特盛。唐初诗人犹存此风气。自安史之乱后则此调不复弹矣。其中又可分为四类：① 游宴——自建安开其风，至南朝益盛，初唐高宗、武后、中宗三朝达于极点。② 令节——即帝王于令节时作诗，令群臣和之。③ 同赋——帝王高兴时，令群臣同题赋诗是也，亦发端于建安、梁陈之际，诗歌日益琐碎，玄宗以后，则少作矣。④ 分赋——此与考试有关。唐诗中题为“奉和”之作者必为同赋，题为“应制”者则为分赋，此风亦绝于玄宗以后，盖自天宝以后，文人社会意识发达，南朝以来之卿客作风遂渐绝迹。

（2）赠答诗——始于汉末秦嘉夫妇之赠答诗，至建安时作者日多，两晋以后渐少。大凡应答诗多产时，则必其时书札应用甚少之故。两晋以后，抒情小札发达，可以代诗，故赠答诗极少。唐代由帝王之提倡，兼以版图扩大，人们常因阔别而写诗寄意，故此类题材占全唐诗分量将近二分之一，初唐犹不甚显著，盛、中、晚蔚为大观，至宋又少绝矣。又可分为五类：① 下第——大抵为士子在长安应试落第，同辈对之惜别，相聚吟诗送之，往往汇成一集，以序冠之，为古文中赠序文之来源。② 贬官——南朝地域较小，且多门阀士族，故贬官时惜别之意较少；唐为大帝国，且帝王权重，喜怒无常，大臣一贬数千里外，故送行者情深而多佳句矣。③ 出使——为出使时送别而作。④ 还山——为大臣归隐时同辈送行之作。⑤ 投赠——内容较为复杂。大抵士子来长安进考，欲结交达官先为揄扬，因而以诗投赠；另一情况乃名士借此化缘为生，如太白天宝三年被放以迄于死，全赖投赠而度命。此风下至武宗、文宗时代为最盛，藩镇兴起之后，文人有所投靠，便不复打秋风矣。

（3）园林诗——古代园林发展之情况，汉至三国私家园林极少，西晋以后渐多，石崇即金谷园之主人也。经北朝而不辍。南渡以后，山水方滋，贵族之私园益多，谢安之东山，康乐之西堂皆是也。唐人承接此风，贵族往往于其园林招宴文士，集而赋诗，以为文雅之事。最佳之地，莫若公主之赐第，与夫名宦达士之山庄，如宋之问陆浑山庄、王摩诘辋川别业是也。山庄草莽气多，别业则接近都市，故山庄仅少数朋友集会之地，而别业则为大宴会所也。安史乱后，社会经济一变，此风遂息。其次为僧房佛寺，以其多在名山大川，故诗人喜歌咏之。

（4）行旅诗——此受国家疆域广大影响之所致也。诗人每经一地，有若干名胜可供游览与流连，遂多取为诗材。南朝多行旅赋，盛唐不用赋体而代之以诗，故称极盛。

（5）征戍诗——此与南朝之风大异。南朝征戍诗为文人想象之作，故内容多雷同，唐代疆域辽阔，征戍事繁，文人参加实际军旅生活，故吐属极为精彩，此类诗以盛、中二期最盛。大抵唐初征戍诗题材偏东北，而盛、中二代则偏重于西北。以数量言，此类诗占《全唐诗》十分之一弱，亦为空前绝后之作，此类诗如为乐府体，则系文人想象之作，如用近体或五古，则以写实为多（老杜《三吏》《三别》盖属此类）。

（6）声伎诗——古代咏声伎者多用赋体，傅毅、张衡之《舞赋》是也。至梁陈始渐有以诗咏声伎者。唐代因胡乐、胡舞之输入，而声伎之诗转盛。

（7）杂戏诗——此亦受国外文化影响，而形成以新题材写诗者也。

（8）僧道诗——唐诗人喜与僧道结交，故赠答时诗中必带宗教之意味，诗人不必对其经书有若干研究与了解，此殆与宋人作风不同，然亦前代未有之作。唐代僧道亦甚风雅，又多女道士，轻薄文人多取材焉。

（9）异俗诗——即歌咏外国风俗之作，唐代长安为国际都市，异国风俗杂乎其间，予文人以若干新刺激，遂取为新诗之材料。西市多胡姬酒肆，文人常狭游其间，诗材更有所增益。

（10）书画诗——中国古代艺术，如书、画、音乐、观赏风景等，均与文学有密切关系，其中以音乐为最早。南朝人渡江，见山川之美从而观赏之，自然景物遂与文学关连，而东晋以来，字艺亦渐为世所重。中国画在古代不出故事画范围，此未受外来影响前之情况。北朝受佛教影响，乃有画佛之风。唐人作画，或在壁，或在屏，文人往往因之作诗，唯壁画虽占唐画十分之七，但无题画之作。

（11）田园诗——为唐人诗中最少者。

（12）类书诗——中晚唐以来，诗之内容无多发展，文人乃自类书中搜寻僻典，拼凑成章。

盛唐诗人

除李杜另立专节外，略述重要诗人如下：王维、孟浩然、储光羲、高适、岑参、王昌龄、王之涣、綦毋潜、刘长卿。

凡诗中称大家者必具以下之特点：① 笔调不限于一方面，能变化其笔调而写各种形式与题材；② 大家诗风格有矛盾时，原因有二可能，其一为自身未能融会成纯一风格，其二为自身经验丰富，境遇变迁极多，因而能臻于上乘。

王、孟、储三家通称之为田园诗人，高、岑为边塞诗人，二王为绝句能手，綦毋潜长写寺庙，刘长卿善状行旅。由以上标准评之，唯王维足称大家。

摩诘之诗凡三变：《桃源行》为十九岁之作，属早年作品，与后期《终南别业》诸作大不相类，可见其入手时仍沿四杰余风，又其写长安早朝及大明宫诸诗七律作品，亦与晚唐作异趣，乃时势所趋，可归入一类。尚无独创之特点。第二期用《终南别业》诸作，间及佛理，东坡所谓“诗中有画”者，此类属焉。第三期乃暮年与佛教徒倡和之诗，乃见独特风格。由是可知，凡大家必先学习同时代之各种诗体，然后独立成家。

孟、储为在野之人，故少入世之感，此二家之同点。唯孟诗较为华贵，可上攀高、岑；储诗为纯田舍翁语，可下流为范石湖之风格。孟行旷达，修养无独特表现，笔力较健，唯内容较为单调，方面不多；储诗出于王无功，多写农家生计问题，笔多黏滞，但对农人生活描写较为深刻，其弊在多土气。

高、岑为盛唐笔力之最健者。岑以全力作诗，成就有所偏，七古七律成功较多，尝两度至新疆，故写边塞较为亲切。七古自初唐迄此时代，仍缘南朝之旧，但流美而已，至岑而改为壮美。其弊在偏，优在高俊。高适四十始学为诗，有意走岑一派，故古诗成功较多，亦尝从军，故其边塞诗亦如岑之多亲切感，而流转地区极广，故写行役诗又似孟浩然，为介乎岑、孟间之诗人。盛唐诗人仕宦之达者，盖以此公为最云。

王昌龄擅长音律，故优于绝句，为盛唐绝句冠冕，乐工多所传唱，声极高亢。王之涣为昌龄之嗣响。盛唐诸家绝句均为一代绝唱，后世难以为继。

綦毋潜长于五言，笔调工于收敛，诗量较多，开香山一派，常以一题而用若干做法。刘长卿当时称“五言长城”，行旅诗一似孟浩然，但无孟之阔大而较琐碎，盛唐、中唐分野在此。

李白与杜甫

太白籍贯之为胡为汉，今犹未有定论，人多目之为西域人，故其生活行止多与当代诸家不同。今读其诗，其人如在目前，唯生前同时人于其身世多迷离不清耳。据唐人记载，谓李为陇西人（唐代李氏之郡望），先世以罪谪碎叶，五岁随父潜归，家于蜀之绵竹。十五岁任侠，尝手刃数人，二十与东岩子隐峨眉学道，后入广陵，散家财二十余万，同游者（吴指南）道死，负其尸以归。后入赘安陆许氏家，一住十年。其后以道士吴筠故入长安，为玄宗所知，复以讽贵妃而放还。与杜甫、高适辈游于梁宋，旋入鲁另娶，鲁夫人生男曰明月奴，生女曰玻璃。后适金陵，娶歌妓金陵子，安史之乱中，遇永王璘之变，乱平被放夜郎，抵巫山遇赦放还，至当涂而卒。其一生行迹，多与国人伦理观念不甚一致，故身世极为可疑。前此相类者有陈子昂，二人生活习俗均不受中原传统之束缚，故能任使其气而独步一代。五言诸作多得力于建安之曹、阮二家，笔力才气亦足相匹。当世人作诗多来自四杰，而太白独取原于汉魏，所以独高。又以其流转各地，怀古钦贤，故爱二谢，然大谢之典重、小谢之空灵，又不合其口味，故青出于蓝，戛然独造。复次，太白不受当时试帖之影响，故不精律诗。七古完全脱离初唐作风而出于鲍明远，成熟后再加上汉乐府成分，乃知其诗实根深源长，非仅恃才分而已也。太白不同于少陵者凡二端：① 少陵不作当时流行之古题乐府，而太白专作此类；② 太白善音律，故长绝句，少陵则适相反。以生活态度言，近道而不近儒，故诗中多神仙思想，眼中毫无民众疾苦。天宝之乱，适在南方，未睹北土战乱现象，故诗之内容与民众及时代脱节，成为盛唐之尾声，能承先而不能启后，有以也。

老杜祖父乃诗人杜审言，官于河南，因家于巩，故诗人为纯粹中原文化之产儿。父闲，官于鲁，父死，甫已二十三矣。终其身为衣食奔走，不若太白之悠游闲放，豪情奔注。所受传统文化既深，故诗之内容与时代紧密结合。早年之作，仍沿袭初唐，盖欲因之以求仕进也。晚年仍教儿熟读《文选》，其为传统文化所范囿之迹甚明，用大力始能脱其桎梏，与太白行迹自由者绝异，而思想怀抱一以儒家为宗，故念念不忘君国。在长安十余年即努力作五律，欲因以出人头地，题材之多，方面之广，语言变化，全唐诗人无与伦比。四十岁迄天宝之乱，始放弃原作形式而试作七言诗，全盘失败，然绝不作当时之乐府调。安史之乱后，见民生疾苦甚多，非旧作体裁所能包容，过去亦少范作可资参考，有之则唯汉乐府一体，故此段时期，乃模仿汉乐府以命篇，诗境至此得一开展。后到外移居，暂定居于成都浣花溪上。此段时间生活极苦，工部乃极力练习五古，至成都而大功告成，其间行旅纪事之五古，已与初唐诗异趣，创造出独特风格。居蜀六年间，努力完成其七律及不合乐之五绝，迨夔府而臻成熟，每首各有文法，绝不雷同，又故意避熟就生，遂以登峰造极焉。此后则为强弩之末，无甚可观。晚年病肺，右手不能弹动，故流浪湖南一带，多用左手写作，为打秋风计而多写排律。论杜诗可划分为五时期，以三、四期作品最佳。

孟浩然及其作品

/ 闻 一 多 /

当年孙润夫家所藏王维画的孟浩然像，据《韵语阳秋》的作者葛立方说，是个很不高明的摹本，连所附的王维自己和陆羽、张洎等三篇题识，据他看，也是一手摹出的。葛氏的鉴定大概是对的，但他并没有否认那“俗工”所据的底本——即张洎亲眼见到的孟浩然像，确是王维的真迹。这幅画，据张洎的题识说：

> 虽轴尘缣古，尚可窥览。观右丞笔迹，穷极神妙。襄阳之状颀而长，峭而瘦，衣白袍，靴帽重戴，乘款段马——一童总角，提书笈负琴而从——风仪落落，凛然如生。

这在今天，差不多不用证明，就可以相信是逼真的孟浩然。并不是说我们知道浩然多病，就可以断定他当瘦。实在经验告诉我们，什九人是当如其诗的。你在孟浩然诗中所意识到的诗人那身影，能不是“颀而长，峭而瘦”的吗？连那件白袍，恐怕都是天造地设，丝毫不可移动的成分。白袍靴帽固然是“布衣”孟浩然分内的装束，尤其是诗人孟浩然必然的扮相。编《孟浩然集》的王士源应是和浩然很熟的人，不错，他在序文里用来开始介绍这位诗人的“骨貌淑清，风神散朗”八字，与夫陶翰《送孟六入蜀序》所谓“精朗奇素”，无一不与画像的精神相合，也无一不与孟浩然的诗境一致。总之，诗如其人，或人就是诗，再没有比孟浩然更具体的例证了。

张祜曾有过“襄阳属浩然”之句，我们却要说：浩然也属于襄阳。也许正唯浩然是属于襄阳的，所以襄阳也属于他。大半辈子岁月在这里度过，大多数诗章是在这地方、因这地方、为这地方而写的。没有第二个襄阳人比孟浩然更忠于襄阳、更爱襄阳的。晚年漫游南北，看过多少名胜，到头还是：

山水观形胜，襄阳美会稽。

实在襄阳的人杰地灵，恐怕比它的山水形胜更值得人赞美。从汉阴丈人到庞德公，多少令人神往的风流人物，我们简直不能想象一部《襄阳耆旧传》，对于少年的孟浩然是何等深厚的一个影响。了解了这一层，我们才可以认识孟浩然的人、孟浩然的诗。

隐居本是那时代普遍的倾向，但在旁人仅仅是一个期望，至多也只是点暂时的调剂，或过期的赔偿，在孟浩然却是一个完完整整的事实。在构成这事实的复杂因素中，家乡的历史地理背景，我想，是很重要的一点。

在一个乱世，例如庞德公的时代，对于某种特别性格的人，入山采药，一去不返，本是唯一的出路。但生在“开元全盛日”的孟浩然，有那必要吗？然则为什么三番两次朋友伸过援引的手来，都被拒绝，甚至最后和本州采访使韩朝宗约好了一同入京，到头还是喝得酩酊大醉，让韩公等烦了，一赌气独自先走了呢？正如当时许多有隐士倾向的读书人，孟浩然原来是为隐居而隐居，为着一个浪漫的理想，为着对古人的一个神圣的默契而隐居。在他这回，无疑的那成立默契的对象便是庞德公。孟浩然当然不能为韩朝宗背弃庞公。鹿门山不许他，他自己家园所在，也就是“庞公栖隐处”的鹿门山，决不许他那样做。

> 鹿门月照开烟树，忽到庞公栖隐处。岩扉松径长寂寥，惟有幽人自来去。

这幽人究竟是谁？庞公的精灵，还是诗人自己？恐怕那时他自己也分辨不出，因为心理上他早与那位先贤同体化了。历史的庞德公给了他启示，地理的鹿门山给了他方便，这两项重要条件具备了，隐居的事实便容易完成得多了。实在，鹿门山的家园早已使隐居成为既成事实，只要念头一转，承认自己是庞公的继承人，此身便俨然是《高士传》中的人物了。总之，是襄阳的历史地理环境促成孟浩然一生老于布衣的。孟浩然毕竟是襄阳的孟浩然。

我们似乎为奖励人性中的矛盾，以保证生活的丰富，几千年来一直让儒道两派思想维持着均势，于是读书人便永远在一种心灵的僵局中折磨自己，巢、由与伊、皋，江湖与魏阙，永远矛盾着、冲突着，于是生活便永远不谐调，而文艺也便永远不缺少题材。矛盾是常态，愈矛盾则愈常态。今天是伊、皋，明天是巢、由，后天又是伊、皋，这是行为的矛盾。当巢、由时向往着伊、皋，当了伊、皋，又不能忘怀于巢、由，这是行为与感情间的矛盾。在这双重矛盾的夹缠中打转，是当时一般的现象。反正用诗一发泄，任何矛盾都注销了。诗是唐人排解感情纠葛的特效剂，说不定他们正因有诗作保障，才敢于放心大胆地制造矛盾，因而那时代的矛盾人格才特别多。自然，反过来说，矛盾愈深愈多，诗的产量也愈大了。孟浩然一生没有功名，除在张九龄的荆州幕中当过一度清客外，也没有半个官职，自然不会发生第一项矛盾问题。但这似乎就是他的一贯性的最高限度。因为虽然身在江湖，他的心并没有完全忘记魏阙。下面不过是许多显明例证中之一：

欲济无舟楫，端居耻圣明。坐观垂钓者，徒有羡鱼情。

然而“羡鱼”毕竟是人情所难免的，能始终仅仅“临渊羡鱼”，而并不“退而结网”，实在已经是难得的一贯了。听李白这番热情的赞叹，便知道孟浩然超出他的时代多么远：

吾爱孟夫子，风流天下闻。红颜弃轩冕，白首卧松云。醉月频中圣，迷花不事君。高山安可仰，徒此挹清芬。

可是我们不要忘记矛盾与诗的因果关系，许多诗是为给生活的矛盾求统一、求调和而产生的。孟浩然既免除了一部分矛盾，对于他，诗的需要便当减少了。果然，他的诗是不多，量不多，质也不多。量不多，有他的同时人做见证，杜甫讲过的：“吾怜孟浩然……赋诗虽不多，往往凌鲍谢。”质不多，前人似乎也早已见到。苏轼曾经批评他“韵高而才短，如造内法酒手，而无材料”。这话诚如张戒在《岁寒堂诗话》里所承认的，是说尽了孟浩然，但也要看才字如何解释。才如果是指才情与才学二者而言，那就对了，如果专指才学，还算没有说尽。情当然比学重要得多。说一个人的诗缺少情的深度和厚度，等于说他的诗的质不够高。孟浩然诗中质高的有是有些，数量总是太少。“气蒸云梦泽，波撼岳阳城”式的和“微云淡河汉，疏雨滴梧桐”式的句子，在集中几乎都找不出第二个例子。论前者，质和量当然都不如杜甫，论后者，至少在量上不如王维。甚至“不材明主弃，多病故人疏”，质量都不如刘长卿和十才子。这些都不是真正的孟浩然。真孟浩然不是将诗紧紧地筑在一联或一句里，而是将它冲淡了，平均地分散在全篇中，

> 出谷未停午，到家日已曛。回瞻下山路，但见牛羊群。樵子暗相失，草虫寒不闻。衡门犹未掩，伫立望夫君。

甚至淡到令你疑心到底有诗没有。

> 垂钓坐盘石，水清心亦闲。鱼行潭树下，猿挂岛藤间。游女昔解佩，传闻于此山。求之不可得，沿月棹歌还。

淡到看不见诗了，才是真正孟浩然的诗，不，说是孟浩然的诗，倒不如说是诗的孟浩然，更为准确。在许多旁人，诗是人的精华，在孟浩然，诗纵非人的糟粕，也是人的剩余。在最后这首诗里，孟浩然几曾作过诗？他只是谈话而已。甚至要紧的还不是那些话，而是谈话人的那副“风神散朗”的姿态。读到“求之不可得，沿月棹歌还”，我们得到一如张洎从画像所得到的印象，“风仪落落，凛然如生”。得到了象，便可以忘言，得到了“诗的孟浩然”便可以忘掉“孟浩然的诗”了。

超过了诗也好，够不上诗也好，任凭你从环子的哪一点看起。反正除了孟浩然，古今并没有第二个诗人到过这境界。东坡说他没有才，东坡自己的毛病，就在才太多。

庄子笑曰："周将处乎材与不材之间。材与不材之间，似之而非也，故未免乎累。"

谁能了解庄子的道理，就能了解孟浩然的诗，当然也得承认那点"累"。至于"似之而非"，而又能"免乎累"，那除陶渊明，还有谁呢？

杜甫及其作品

/ 闻 一 多 /

引 言

明吕坤曰“史在天地，如形之景。人皆思其高曾也，皆愿睹其景。至于文儒之士，其思书契以降之古人，尽若是已矣”。数千年来的祖宗，我们听见过他们的名字，他们生平的梗概，我们仿佛也知道一点，但是他们的容貌、声音，他们的性情、思想，他们心灵中的种种隐秘——欢乐和悲哀、神圣的企望、庄严的愤慨，以及可笑亦复可爱的弱点或怪癖……我们全是茫然。我们要追念，追念的对象在哪里？要仰慕，仰慕的目标是什么？要崇拜，向谁施礼？假如我们是肖子肖孙，我们该怎样地悲恸、怎样地心焦！

看不见祖宗的肖像，便将梦魂中迷离恍惚的，捕风捉影，摹拟出来，聊当瞻拜的对象——那也是没有办法的慰情的办法。我给诗人杜甫绘这幅小照，是不自量，是渎亵神圣，我都承认。因此工作开始了，马上又搁下了。一搁搁了三年，依然死不下心去，还要赓续，不为别的，只还是不奈何那一点“思其高曾，愿睹其景”的苦衷罢了。

像我这回揹起的工作，本来应该包括两层步骤，第一是分析，第二是综合。近来某某考证，某某研究、分析的工作做得不少了；关于杜甫，这类的工作，据我知道的却没有十分特出的成绩。我自己在这里偶尔虽有些零星的补充，但是，我承认，也不是什么大发现。我这次简直是跳过了第一步，来径直做第二步；这样做法，是不会有好结果的，自己也明白。好在这只是初稿，只要那“思其高曾，愿睹其景”的心情不变，永远那样地策励我，横竖以后还可以随时搜罗，随时拼补。目下我决不敢说，这是真正的杜甫，我只说是我个人想象中的“诗圣”。

我们的生活如今真是太放纵了、太夸妄了、太杳小了、太龌龊了。因此我不能忘记杜甫；有个时期，华茨华斯[1]也不能忘记弥尔敦[2]，他喊——

Milton! thou shouldst be living at this hour:
England hath need of thee: she is a fen
Of stagnant waters: alter, sword, and pen,
Fireside, the heroic wealth of hall and bower,
Have forfeited their ancient English dower
Of inward happiness, we are selfish men:

[1] 今译作华兹华斯。——编者注

[2] 今译作弥尔顿。——编者注

O raise us up, return to us again;

And give us manners, virtue, freedom, power.

一

当中一个雄壮的女子跳舞。四面围满了人山人海的看客。内中有一个四龄童子，许是骑在爸爸肩上，歪着小脖子，看那舞女的手脚和丈长的彩帛渐渐摇起花来了，看着，看着，他也不觉眉飞目舞，仿佛很能领略其间的妙绪。他是从巩县特地赶到郾城来看跳舞的。这一回经验定给了他很深的印象。下面一段是他几十年后的回忆：

> 㸌如羿射九日落，矫如群帝骖龙翔。来如雷霆收震怒，罢如江海凝清光。

舞女是当代名满天下的公孙大娘。四岁的看客后来便成为中国有史以来第一个大诗人，四千年文化中最庄严、最瑰丽、最永久的一道光彩。四岁时看的东西，过了五十多年，还能留下那样活跃的印象，公孙大娘的艺术之神妙，可以想见，然而小看客的感受力，也就非凡了。

杜甫，字子美；生于唐睿宗先天元年（公元712年）；原籍襄阳，曾祖依艺做河南巩县县令，便在巩县住家了。子美幼时的事迹，我们不大知道。我们知道的，是他母亲死得早，他小时是寄养在姑母家里。他自小就多病。有一天可叫姑母为难了。儿子和侄儿都病着，据女巫说，要病好，病人非睡在东南角的床上不可；但是东南角的床铺只有一张，病人却有两个。老太太居然下了决心，把侄儿安顿在吉利的地方，叫自家的儿子填了侄儿的空子。想不到决心下了，结果就来了。子美长大了，听见老人家讲姑母如何让表兄给他替了死，他一辈子觉得对不起姑母。

早慧不算稀奇，早慧的诗人尤其多着。只怕很少的诗人开笔开得像我们诗人那样有重大的意义。子美第一次破口歌颂的，不是什么凡物。这“七龄思即壮，开口咏凤凰”的小诗人，可以说，咏的便是他自己。禽族里再没有比凤凰善鸣的，诗国里也没有比杜甫更会唱的。凤凰是禽中之王，杜甫是诗中之圣，咏凤凰简直是诗人自占的预言。从此以后，他便常常以凤凰自比（《凤凰台》《赤凤行》便是最明白的表示）；这种比拟，从现今这开明的时代看去，倒有一种特别恰当的地方。因为谈论到这伟大的人格、伟大的天才，谁不感觉寻常文字的无效？不，无效的还不只文字，你只顾呕尽心血来悬拟、揣测，总归是隔膜，那超人的灵府中的秘密，他的心情，他的思路，像宇宙的谜语一样，决不是寻常的脑筋所能猜透的。你只懂得你能懂的东西；因此，谈到杜甫，只好拿不可思议的比不可思议的。凤凰你知道是神话，是子虚，是不可能的。可是杜甫那伟大的人格、伟大的天才，你定神一想，可不是太伟大了，伟大得可疑吗？上下数千年没有第二个杜甫（李白有他的天才，没有他的人格），你敢信杜甫的存在绝对可靠吗？一切的神灵和类似神灵的人物都有人疑过，荷马有人疑过，莎士比亚有人疑过，杜甫失了被疑的资格，只因文献、史迹，种种不容抵赖的铁证，一五一十，都在我们手里。

子美自弱冠以后，直到老死，在四方奔波的时候多，安心求学的机会很少。若不是从小用过一番苦功，这诗人的学力哪得如此的雄厚？生在书香门第，家境即使贫寒，祖藏的书籍总还够他餍饫的。从七八岁到弱冠的期间中，我们想象子美的生活，最主要的，不外作诗、作赋、读书、写擘窠大字……，无论如何，闲游的日子总占少数（从七岁以后，据他自称，四十年中作了一千多首诗文；一千多首作品是要时候作的）。并且多病的身体当不起剧烈的户外生活，读书学文便自然成了唯一的消遣。他的思想成熟得特别早，一半固由于天赋，一半大概也是孤僻的书斋生活酿成的。在书斋里，他自有他的世界。他的世界是时间构成的；沿着时间的航线，上下三四千年，来往的飞翔，他沿路看见的都是圣贤、豪杰、忠臣、孝子、骚人、逸士——都是魁梧奇伟、温馨凄艳的灵魂。久而久之，他定觉得那些庄严灿烂的姓名，和生人一般的实在，而且渐渐活现起来了，于是他看得见古人行动的姿态，听得到古人歌哭的声音。甚至他们还和他揖让周旋，上下议论；他成了他们其间的一员。于是他只觉得自己和寻常的少年不同，他几乎是历史中的人物，他和古人的关系比和今人的关系密切多了。他是在时间里、不是在空间里活着。他为什么不那样想呢？这些古人不是在他心灵里活动、血脉里运行吗？他的身体不是从这些古人的身体分泌出来的吗？是的，那政事、武功、学术震耀一时的儒将杜预便是他的十三世祖；那宣言"吾文章当得屈宋作衙官，吾笔当得王羲之北面"的著名诗人杜审言，便是他的祖父；他的叔父杜升是个为报父仇而杀身的十三岁的孝子；他的外祖母便是张说所称的那为监牢中的父亲"菲屦布衣，往来供馈，徒行悴色，伤动人伦"的孝女；他外祖母的兄弟，崔行芳，曾经要求给二哥代死，没有诏准，就同哥哥一起就刑了，当时称为"死悌"。你看他自己家里，同外家里，事业、文章、孝行、友爱——立德、立功、立言的人物这样多；他翻开近代的史乘，等于翻开自己的家谱。这样读书，对于一个青年的身心，潜移默化的影响，定是不可限量的。难怪一般的少年，他瞧不上眼。他是一个贵族，不但在族望上，便论德行和智慧，他知道，也应该高人一等。所以他的朋友，除了书本里的古人，就是几个有文名的老前辈。要他同一般行辈相等的庸夫俗子混在一起，是办不到的。看看这一段文字，便可想见当时那不可一世的气概：

性豪业嗜酒，嫉恶怀刚肠。脱略小时辈，结交皆老苍。饮酣视八极，俗物皆茫茫。

子美所以有这种抱负，不但因为他的血缘足以使他自豪，也不仅仅是他不甘自暴自弃；这些都是片面的、次要的理由。最要紧的，是他对于自己的成功，如今确有把握了。崔尚、魏启心一般的老前辈都比他作班固、扬雄；他自己仿佛也觉得受之无愧。十四五岁的杜二，在翰墨场中，已经是一个角色了。

这时还有一件事也可以增长一个人的兴致。从小摆不脱病魔的纠缠，如今摆脱了。这件事竟许是最足令人开心的。因为毕竟从前那种幽闭的书斋生活不大自然；只因一个人缺欠了健康，身体失了自由，什么都没有办法。如今健康恢复了，有了办法，便尽量地追回以前的积欠，当然是不妨的，简直是应该的。譬如院子里那几棵枣树，长得比什么树都古怪，都有精神，枝子都那样剑拔弩张地挺着，仿佛全身都是劲。一个人如今身体强了，早起在院子里走走，往往也觉得浑身是劲，忽然看见它们那挑衅的样子，恨不得拣一棵抱上去，和它摔一跤，决个雌雄。但是想想那举动又未免太可笑了。最好是等八月来，枣子熟了，弟妹们只顾要枣子吃；枣子诚然好吃，但是当哥哥的，尤其筋强力壮的哥哥，最得意的，不是吃枣子，是在那给弟妹们不断地供应枣子的任务。用竹篙子打枣子还不算本领。哥哥有本领上树，不信他可以试给他们看看。上树要上到最高的枝子，又得不让枣刺扎伤了手，脚得站稳了，还不许踩断了树枝；然后躲在绿叶里，一把把地撒下来；金黄色的、朱砂色的、红黄参半的枣子，花花剌剌地洒将下来，得让孩子们抢都抢不赢。上树的技术练高了，一天可以上十来次，棵棵树都要上到。最有趣的，是在树顶上站直了，往下一望，离天近，离地远，一切都在脚下，呼吸也轻快了，他忍不住大笑一声；那笑里有妙不可言的胜利的庄严和愉快。便是游戏，一个人的地位也要站得超越一点，才不愧是杜甫。

健康既经恢复了，年龄也渐渐大了，一个人不能老在家乡守着。他得看看世界。并且单为自己创作的前途打算，多少通都广邑、名山大川，也不得不瞻仰瞻仰。

二

大约在二十岁左右，诗人便开始了他的飘流的生活。三十五以前，是快意的游览（仍旧用他自己的比喻），便像羽翮初满的雏凤，乘着灵风，踏着彩云，往濛濛的长空飞去，他胁下只觉得一股轻松，到处有竹实、有醴泉，他的世界是清鲜，是自由，是无垠的希望，和薛雷[1]的云雀一般，他是

An unbodied joy whose race is just begun.

三十五岁以后，风渐渐尖峭了，云渐渐恶毒了，铅铁的穹窿在他背上

[1] 今译作雪莱。——编者注

逼压着，太阳也不见了，他在风雨雷电中挣扎，血污的翎羽在空中缤纷地旋舞，他长号，他哀呼，唱得越急切，节奏越神奇，最后声嘶力竭，他卸下了生命，他的挫败是胜利的挫败、神圣的挫败。他死了，他在人类的记忆里永远留下了一道不可逼视的白光；他的音乐，或沉雄，或悲壮，或凄凉，或激越，永远、永远是在时间里颤动着。

子美第一次出游是到晋地的郇瑕（今山西猗氏县[1]），在那边结交的人物，我们知道的，有韦之晋。此后，在三十五岁以前，曾有过两次大举的游历：第一次到吴越，第二次到齐赵。两度的游历，是诗人创作生活上最需要的两种精粹而丰富的滋养。在家乡，一切都是单调、平凡，青的天笼盖着黄的地，每隔几里路，绿杨藏着人家，白杨翳着坟地，分布得驿站似的呆板。土人的生活也和他们的背景一样的单调。我们到过中州的人都知道那是个什么样的去处；大概从唐朝到现在是不会有多少进步的。从那样的环境，一旦踏进山明水秀的江南，风流儒雅的江南，你可以想象他是怎样地惊喜。我们还记得当时和六朝，好比今天和昨日；南朝的金粉，王谢的风流，在那里当然还留着够鲜明的痕迹。江南本是六朝文学总汇的中枢，他读过鲍、谢、江、沈、阴、何的诗，如今竟亲历他们歌哭的场所，他能不感动吗？何况重重叠叠的历史的舞台又在他眼前，剑池、虎丘、姑苏台、长洲苑、太伯的遗庙、阖闾的荒冢，以及钱塘、剡溪、鉴湖、天姥——处处都是陈迹、名胜，处处都足以促醒他的回忆，触发他的诗怀。我们虽没有他当时纪游的作品，但是诗人的得意是可以猜到的。美中不足的只

[1] 1954年，原临晋县、猗氏县合并为临猗县。——编者注

是到了姑苏，船也办好了，都没有浮着海。仿佛命数注定了今番只许他看到自然的秀丽，清新的面相；长洲的荷香，镜湖的凉意，和明眸皓齿的耶溪女……都是他今回的眼福；但是那瑰奇雄健的自然，须得等四五年后游齐赵时，才许他见面。

在叙述子美第二次出游以前，有一件事颇有可纪念的价值，虽则诗人自己并不介意。

唐代取士的方法分三种——生徒、贡举、制举。已经在京师各学馆，或州县各学校成业的诸生，送来尚书省受试的，名曰生徒；不从学校出身，而先在州县受试，及第了，到尚书省应试的，名曰贡举。以上两种是选士的常法。此外，每多少年，天子诏行一次，以举非常之士，便是制举。开元二十三年（公元736年）[1]子美游吴越回来，挟着那“气劘屈贾垒，目短曹刘墙”的气焰应贡举，县试成功了，在京兆尚书省一试，却失败了。结果没有别的，只是在够高的气焰上又加了一层气焰。功名的纸老虎如今被他戳穿了。果然，他想，真正的学问，真正的人才，是功名所不容的。也许这次下第，不但不能损毁，反足以抬高他的身价。可恨的许只是落第落在名职卑微的考功郎手里，未免叫人丧气。当时士林反对考功郎主试的风潮酝酿得一天比一天紧，在子美“忤下考功第”的明年，果然考功郎吃了举人的辱骂，朝廷从此便改用侍郎主试。

子美下第后八九年之间，是他平生最快意的一个时期，游历了许多名胜，结交了许多名流。可惜那期间是他命运中的朝曦，也是夕照，那

[1] 开元二十三年应为公元735年。——编者注

几年的经历是射到他生命上的最始和最末的一道金辉；因为从那以后，世乱一天天地纷纭，诗人的生活一天天地潦倒，直到老死，永远闯不出悲哀、恐怖和绝望的环攻。但是末路的悲剧不忙提起，我们的笔墨不妨先在欢笑的时期多留连一会儿，虽则悲惨的下文早晚是要来的。

开元二十四五年之间，子美的父亲——闲——在兖州司马任上，子美去省亲，乘便游历了兖州、齐州一带的名胜，诗人的眼界于是更加开阔了。这地方和家乡平原既不同，和秀丽的吴越也两样。根据书卷里的知识，他常常想见泰山的伟大和庄严，但是真正的岱岳，那“造化钟灵秀，阴阳割昏晓”的奇观，他没有见过。这边的湍流、峻岭、丰草、长林都另有一种他最能了解、却不曾认识过的气魄。在这里看到的，是自然的最庄严的色相。唯有这边自然的气势和风度最合我们诗人的脾胃，因为所有磅礴郁结在他胸中的，自然已经在这景物中说出了；这里一丘一壑、一株树、一朵云，都能引起诗人的共鸣。他在这里句留了多年，直变成了一个燕赵的健儿；慷慨悲歌、沉郁顿挫的杜甫，如今发现了他的自我。过路的人往往看见一行人马，带着弓箭旗枪，驾着雕鹰，牵着猎狗，望郊野奔去。内中头戴一顶银盔，脑后斗大一颗红缨，全身铠甲，跨在马上的，便是监门胄曹苏预（后来避讳改名源明）。在他左首并辔而行的，装束略微平常，双手横按着长槊，却也是英风爽爽的一个丈夫，便是诗人杜甫。两个少年后来成了极要好的朋友。这回同着打猎的经验，子美永远不能忘记，后来还供给了《壮游》诗一段有声有色的文字：

春歌丛台上，冬猎青丘旁。呼鹰皂枥林，逐兽云雪岗。射飞曾纵鞚，引臂落鹙鸧。苏侯据鞍喜，忽如携葛强。

原来诗人也学得了一手好武艺！

这时的子美，是生命的焦点、正午的日曜，是力，是热，是锋棱，是夺目的光芒。他这时所咏的《房兵曹胡马》和《画鹰》恰好都是自身的写照。我们不能不腾出篇幅，把两首诗的全文录下。

胡马大宛名，锋棱瘦骨成。竹批双耳峻，风入四蹄轻。所向无空阔，真堪托死生。骁腾有如此，万里可横行。——（《房兵曹胡马》）

素练风霜起，苍鹰画作殊。㩳身思狡兔，侧目似愁胡。绦镟光堪摘，轩楹势可呼。何当系凡鸟，毛血洒平芜！——（《画鹰》）

这两首和稍早的一首《望岳》，都是那时期里最重要的代表作品，实在也奠定了诗人全部创作的基础。诗人作风的倾向，似乎是专等这次游历来发现的；齐赵的山水，齐赵的生活，是几天的骄阳接二连三地逼成了诗人天才的成熟。

灵机既经触发了，弦音也已校准了，从此轻拢慢捻，或重挑急抹，信手弹去，都是绝调。艺术一天进步一天，名声也一天大一天。从齐赵回来，在东都（今洛阳）住了两三年，城南首阳山下的一座庄子，排场虽是简陋，门前却常留着达官贵人的车辙马迹。最有趣的是，那一天门前一阵车马的喧声，顿时老苍头跑进来报道贵人来了。子美倒屣出迎；一位道貌盎然的斑白老人向他深深一揖，自道是北海太守李邕久慕诗人的大名，特地来登门求见。北海太守登门求见，与诗人相干吗？世俗的眼光看来，一个乡贡落第的穷书生家里来了这样一位阔客人，确乎是荣誉，是发迹的吉兆。但是诗人的眼光不同。他知道的李邕，是为追谥韦巨源事、两次驳议太常博士李处，和声援宋璟、弹劾谋反的张昌宗弟兄的名御史李邕——是碑版文字散满天下，并且为要压倒燕国公的“大手笔”，几乎牺牲了性命的李邕——是重义轻财、卑躬下士的李邕。这样一位客人来登门求见，当然是诗人的荣誉；所以“李邕求识面”可以说是他生平最得意的一句诗。结识李邕在诗人生活中确乎要算一件有关系的事。李邕的交游极广，声名又大，说不定子美后来的许多朋友，例如李白、高适诸人，许是由李邕介绍的。

三

写到这里，我们该当品三通画角，发三通擂鼓，然后提起笔来蘸饱了金墨，大书而特书。因为我们四千年的历史里，除了孔子见老子（假如他们是见过面的），没有比这两人的会面，更重大、更神圣、更可纪念的。我们再逼紧我们的想象，譬如说，青天里太阳和月亮走碰了头，那么，尘世上不知要焚起多少香案，不知有多少人要望天遥拜，说是皇天的祥瑞。如今李白和杜甫——诗中的两曜，劈面走来了，我们看去，不比那天空的异瑞一样的神奇、一样的有重大的意义吗？所以假如我们有法子追究，我们定要把两人行踪的线索，如何拐弯抹角、时合时离，如何越走越近，终于两条路线会合交叉了——统统都记录下来。假如关于这件事，我们能发现到一些翔实的材料，那该是文学史里多么浪漫的一段掌故！可惜关于李、杜初次的邂逅，我们知道的一成，不知道的九成。我们知道天宝三载三月，太白得罪了高力士，放出翰林院之后，到过洛阳一次，当时子美也在洛阳。两位诗人初次见面，至迟是在这个当儿，至于见面时的情形，在什么时候，什么地方，也许是李邕的筵席上，也许是洛阳城内一家酒店里，也许……但这都是可能范围里的猜想，真确的情形，恐怕是永远的秘密。

有一件事我们却拿得稳是可靠的。子美初见太白所得的印象，和当时一般人得的，正相吻合。司马子微一见他，称他“有仙风道骨，可与神游八极之表”；贺知章一见，便呼他作“天上谪仙人”，子美集中第一首《赠李白》诗，满纸都是企羡登真度此的话，假定那是第一次的邂逅，第一次的赠诗，那么，当时子美眼中的李十二，不过一个神采趣味与常人不同、有“仙风道骨”的人，一个可与“相期拾瑶草”的侣伴，诗人的李白没有在他脑中镌上什么印象。到第二次赠诗，说“未就丹砂愧葛洪”，回头就带着讥讽的语气问：

痛饮狂歌空度日，飞扬跋扈为谁雄？

依然没有谈到文字。约莫一年以后，第三次赠诗，文字谈到了，也只轻轻的两句“李侯有佳句，往往似阴铿”，不是什么了不得的恭维，可是学仙的话一概不提了。或许他们初见时，子美本就对于学仙有了兴味，所以一见了“谪仙人”，便引为同调；或许子美的学仙的观念完全是太白的影响。无论如何，子美当时确是做过那一段梦——虽则是很短的一段；说“苦无大药资，山林迹如埽”；说“未就丹砂愧葛洪”，起码是半真半假的心话。东都本是商贾贵族蜂集的大城，廛市的繁华、人心的机巧、种种城市生活的罪恶，我们明明知道，已经叫子美腻烦、厌恨了；再加上当时炼药求仙的风气正盛，诗人自己又正在富于理想的、如火如荼的浪漫的年华中——在这种情势之下，萌生了出世的观念，是必然的结果。只是杜甫和李白的秉性根本不同：李白的出世，是属于天性的，出世的根性深藏在他骨子里，出世的风神披露在他容貌上；杜甫的出世是环境机会造成的念头，是一时的愤慨。两人的性格根本是冲突的。太白笑“尧舜之事不足惊”，子美始终要“致君尧舜上”。因此两人起先虽觉得志同道合，后来子美的热狂冷了，便渐渐觉得不独自己起先的念头可笑，连太白的那种态度也可笑了；临了，念头完全抛弃，从此绝口不提了。到不提学仙的时候，才提到文字，也可见当初太白的诗不是不足以引起子美的倾心，实在是诗人的李白被仙人的李白掩盖了。

东都的生活果然是不能容忍了，天宝四载夏天，诗人便取道如今开封归德一带，来到济南。在这边，他的东道主，便是北海太守李邕。他们常时集会、宴饮、赋诗；集会的地点往往在历下亭和鹊湖边上的新亭。在座的都是本地的或外来的名士；内中我们知道的还有李邕的从孙李之芳员外，和邑人蹇处士。竟许还有高适，有李白。

是年秋天太白确乎是在济南。当初他们两人是否同来的，我们不晓得；我们晓得他们此刻交情确是很亲密了，所谓“醉眠秋共被，携手日同行”便是此时的情况。太白有一个朋友范十，是位隐士，住在城北的一个村子上。门前满是酸枣树，架上吊着碧绿的寒瓜，滃滃的白云镇天在古城上闲卧着——俨然是一个世外的桃源；主人又殷勤；太白常常带子美到这里喝酒谈天。星光隐约的瓜棚底下，他们往往谈到夜深人静，太白忽然对着星空出神，忽然谈起从前陈留采访使李彦如何答应他介绍给北海高天师学道箓，话说过了许久，如今李彦许早忘记了，他可是等得不耐烦了。子美听到那类的话，只是唯唯否否；直等话头转到时事上来，例如贵妃的骄奢、明皇的昏聩，以及朝里朝外的种种险象，他的感慨才潮水般地涌来。两位诗人谈着话，叹着气，主人只顾忙着筛酒，或许他有意见不肯说出来，或许压根儿没有意见。

中唐文学之创新与复古

（节选）

/ 罗 庸 /

中唐的三种新文体

（一）传奇文

“传奇”一名，起于唐人裴铏之小说集。“传”读去声，盖以传记体文字而记述异怪之事者也。在书写工具未发达时，有些材料多凭口传，文字工具既已发达，则可书之竹帛矣。然民间仍有不靠看书而愿听书者，故战国之世常多说书之士，韩非有《说林》，《晏子春秋》保留若干小故事，《庄子》更集寓言之大成，此即古代之“话本”也。后人乐读书矣，则有为看书者而写作之长篇出现。两晋南北朝有一般风气，即看书多而说书少，亦即琐碎材料少而系统材料多，小说文体遂衰，以小说为业之人日减。北宋、南宋产生若干“话本”，为小说文体之复兴，其间回旋即传奇文。然唐之传奇家实为看书人而写作者，后半期乃走向说书方面，与宋代话本相接。

唐末裴铏作《传奇》一书，后人因取其名而用以概括唐代之一切传奇文。《新唐书·艺文志》称子书小说家凡三十九家，中包括笔记、诗话、考据诸项，与今日所指小说范围不类。

吾人所读先秦诸子中，各种小故事多系统传说材料，而游说之士遂取以为说理之例证。东汉以来，佛、道二教兴起，民间遂有神怪之谈，文人多所取材，此与先秦小说有别。六朝小说大抵不出三类：（1）言鬼神者，如干宝《搜神记》，均与佛道有关。（2）博闻之书，如张华《博物志》。（3）逸闻，如临川王刘义庆之《世说新语》。此数书共同点即为当代士绅茶余饭后资谈助者也。唐传奇即脱胎于此，然已由鬼神进到人事，会六朝小说三派潮流为一而以人事为中心，以自成一体，至中唐而极盛。自隋迄天宝百五十年中为第一期，可见之传奇凡三部：① 王度《古镜记》；②《补江总白猿传》；③ 张鷟《游仙窟》为长篇，国内失传已久，清末始得自日本，重新印行之。推其失传原因，一为道学家为维持风纪而有意抑藏之，二为不明白文学史之发展情形。按张文成尝官五花判事于武后朝，另撰《龙筋凤髓判》，最为流行，收入《四库全书》。《游仙窟》所记为刘阮天台一类故事，容诗甚多，且多隐语，盖为唐人行酒令所用者也。此种材料甚少，《全唐诗》末所存《酒令》《谜语》一卷，极为宝贵，《游仙窟》所载，更较全备。第二期自肃宗至代宗大历年间，凡二十年，适王室中衰，无甚名作。第三期自大历至文宗太和中，凡六十年，为唐传奇之极盛期，就其体裁可别为两大类：① 单篇——有李公佐《南柯太守传》《谢小娥传》《冯媪传》，此三篇代表六朝初唐谈神怪之风转为写人事之过渡作品，篇幅较长，文亦较工。另有陈玄祐之《离魂记》，沈既济之《枕中记》《任氏记》，犹为半人半神之故事。其他如白行简之《李娃传》《三梦记》，元稹之《莺莺传》，陈鸿之《长恨传》《东城父老传》，沈亚之之《湘中怨》《异梦录》，李朝威之《柳毅传》，蒋防之《霍小玉传》，许尧佐之《柳氏传》，李景亮之《李章武传》，薛调之《无双传》，无名氏之《冥音录》《灵应传》，杜光庭之《虬髯客传》等，此皆名作，传至今日弗衰者也。总观其特色，在文学技巧上努力想把传记文作好；内容则将主人公人格化、人情化，并包括当时之社会背景，如《冥音录》等则受佛教影响甚明。此后则有总集发生，小说变成笔记，故唐末五代产生若干笔记小说焉。② 总集有牛僧孺之《玄怪录》，李复言之《续玄怪录》，牛肃之《纪闻》，薛用弱之《集异记》，袁郊之《甘泽谣》，裴铏之《传奇》，苏鹗之《杜阳杂编》，高彦休之《唐阙史》，康骈之《剧谈录》，孙棨之《北里志》，范摅之《云溪友议》，段成式之《酉阳杂俎》，温庭筠之《干䙴子》等，均为长篇之笔，一部书中包括若干长短篇小说故事。唐小说赖《太平广记》之收辑而传者甚多，惜其将整书打散，按类分编，不易以一目而见全璧耳。又一部分存原本《说郛》中，又存于《顾氏文房小说》《唐人说荟》诸书中。近人汪辟疆编《唐人小说》出版于神州国光社，鲁迅先生亦有《唐宋传奇集》之编印，均可参读。关于叙述考订者有日人盐谷温之《中国文学概论讲话》第六章第三节（开明译本），中多谬误，不及鲁迅先生《中国小说史略》第八—十章之论述精到。

传奇小说与唐乐府关系极密切。明乎此，则元白何以要作《新乐府》，白诗何以为老妪所能了解可以知之矣。盖唐代寺庙讲经，每有七字句长篇唱词，吾人可以想象当时必有以唱词为业之人，元、白特取此体裁而作乐府诗也。民众听惯七字句歌词，故于元、白诗多所了解。又如白氏作《长恨歌》，陈鸿为之作传，元氏有《莺莺传》而并有《会真诗》，即使听书与看书之材料并备，任听众随个人爱好而自由选择之也。沈亚之《湘中怨·序》云："从生韦敖，善撰乐府，故牵而广之，以应其咏。"又作《冯燕传》，司空图因有《冯燕歌》，此发生传奇原因之一。其次原因，为进士以此作行卷工具，宋赵彦卫《云麓漫钞》云："唐世举人，先藉当世显人，以姓名达之主司，然后以所业投献，谓之行卷；逾数日又投，谓之温卷。如《幽怪录》《传奇》等，皆是也。盖此等文备众体，可以见史才、诗笔、议论，至进士则多以诗为贽，今有唐诗数百种行于世者也。"以上为传奇小说发达之主要之两种原因，附带原因又有文人失志，借此以发牢骚，兼之长安地方复杂，材料丰富，足够传奇之取材。

传奇影响最大者第一为戏剧，至今犹活在民间，为宋元以来杂剧、传奇之蓝本。第二为古文家受传奇文之影响，乃产生韩柳大量小篇纪传文，此前世作家所未有者；又骈文不长于作传记，韩柳上取左史，近采传奇，合之而自成新兴文体，古文家与小说家从此不可分矣。近代翻译小说自林琴南始，此文学史背景造成者也。退之好听传奇文，张籍尝驰书相劝，凡二次，韩并有裁答，足征韩文与传奇文关系之深。第三为影响宋以后话本，传奇文之口语化，观韦瓘《周秦行纪》《无双传》，柳埕之《上清传》，往往有近于当时口语之文句，后代白话小说盖自此而扎根。第四为影响小说与戏剧形成不可分之局势。

（二）俗讲及其他俗文学

此为近四十年敦煌材料发现后产生之问题，以湘人向达研究为最精，本人所见，略有异议。

甘肃敦煌县东南三十里三危山下有莫高窟者，旧称千佛寺，光绪二十六年（公元1900年），石窟墙塌，发现抄本若干卷，道士以为可治百病而卖诸乡民，后为匈牙利人斯坦因所发现，知为唐代抄本，乃大量收买而去，今存伦敦博物馆中。后法人伯希和又收买一批，时张之洞为学部大臣，始以政府之力购买余卷，即今存于北平图书馆中之卷帙是也。

在山西、陕西、甘肃边境地区，石壁甚多，人因壁刻佛经以立庙，此印度之风尚也。今考古学家所注意者唯大同石窟寺、洛阳龙门及敦煌莫高窟等寺，实则似此佛寺，北鄙不知若干。清政府所收买号称八千卷，然多为当地人所分裂者，至抗日战争前始完成其目录。日本亦尝收购若干卷。此项文物尚有待全世界学者合作研究，方能得出系统与完整之结论。

各国学者研究卷子目的各有不同，斯坦因注意其中美术部分，伯希和注意其中佛教材料，罗振玉、王国维始注意其他问题，近人郑振铎氏对敦煌学曾极力鼓吹，然论述多粗糙，不足以为定论。向达氏游欧，对此一问题进行专攻，故俗文学至现在为止，以向氏研究为较完备而精审。现存敦煌文卷计有：（1）英人斯坦因1907年购三千至六千卷；1914年，购六百卷。（2）法人伯希和1909年购一千五百卷，数字较为可靠。（3）日人橘瑞超有《敦煌将来目录》卷帙未详；大谷光瑞所藏存旅顺关东厅博物馆，据云有八百至一千二百卷。（4）中国北平图书馆共九千八百七十一卷。此外国内私家所藏以李盛铎（木斋）、罗振玉（叔言）为有名，前者已卖与日人，后者入于伪满，北平图书馆所藏则又沦于香港矣。

写本内容可分为四类：① 80%以上为佛经，多《法华经》与《维摩诘经》；② 杂文占十分之一，俗文学即属此类；写本所标年代最早为北魏道武帝天赐三年（当晋安帝义熙二年，公元406年），正在陶渊明时代，最晚者在宋太宗至道元年（公元995年），前后将近六百年。不仅为写本，又有刻本，此中不仅有宋刻，且有唐咸通五年刻本，据此可打破中国刻本始于五代之说法。

此类写本胡为乎来？吾人推测当是北宋初，西夏元昊时为边患，陕甘边境常遭蹂躏，兵祸最烈者在宋真宗咸平五年（公元1002年），西夏入寇灵州（今灵武），乱兵直捣凉州，疑当时私人或佛院书籍因避乱而封存于此。乱定后，人多流亡，无复知者，遂逾九百年始重见天日（迄今年止发现已四十三年矣），从此国内学术界乃有所谓“敦煌学”之出现。其贡献甚伟，盖可借以校正今日佛经之误，保存残碎之残经，以及其他当时流行之文体，词之发生，亦可于此中窥见消息，前途未可量也（向达译斯坦因《西域考古记》第十三、十四章可供参考——中华版）。

文卷目录最早者有罗福苌（振玉长子）之《伦敦博物馆敦煌书目》（《国学季刊》一卷四号），较晚者有陈垣之《敦煌劫余录》（宣统二年），次有罗振玉之《敦煌零拾》七卷。今所论俗讲，吾名之曰“佛曲”（日人朝鲜史专家羽田亨作《敦煌遗书》第一集），次有刘半农之《敦煌掇琐》（木刻三卷），为专集俗文学材料者，然并不完备。最后有向达之《敦煌丛抄》（《北平图书馆刊》五卷六号、六卷二号），又有许国霖撰《敦煌石室写经题纪》及《敦煌杂录》二册（商务出版），又向达之《唐代俗讲考》（《燕京学报》第十六号），郑振铎编《世界文库》第六册有关部分，《中国文学史》上册第五、六章，向之《唐代俗讲考》又见于《北大文科研究讲演录》。

文卷中与本段文学史有关者凡二种材料：一为俗讲，一为当时小曲。

按印度僧院规矩，寺中有所谓唱赞，传至中国而有“倡导”与“转读”（可参考《高僧传》）。唐在长安及其他大都市之佛寺均有俗讲，乃为一般平民不识字者说法，插入佛教故事，又从而唱之，如今日之宣讲者然，当时谓之俗讲。此等材料，国史中较少，日僧园仁所著《入唐求法巡礼行记》（会昌初年，公元841年）说俗讲情形较详。大抵白日讲经，夜间有番赞，人来听之如今之听戏说书也。按唐人笔记考之，知俗讲极盛于唐文宗时，以此而著名者有文溆。赵璘《因话录》、段安节《乐府杂录》、卢氏《杂说》（《太平广记》卷二〇四引）均如此记载。文溆出名于长庆年间，长安士女倾动一时，每说经万人空巷，其唱调亦极动人。文宗之乐工黄米饭以文溆之唱调谱之为曲，号曰“文溆子”，今词调中犹存之。帝以其招摇，发配甚远，去而复回者三四次，居长安者凡三十余年。其后逐渐演变，俗讲不一定在寺院，主讲者亦不一定为僧徒，为后世说书弹词之起源。

以今日材料考之，知俗讲之来源甚早，开元、天宝时即有之，每篇讲文下面有“变文”字样，此“变”字遂成诉讼。向达以为乃音乐名词，余以为即“地狱变相”之“变”字，胡适有《降魔变文》藏本，其叙有云“伏维我大唐汉朝圣主开元、天宝文神武应道皇帝陛下，化越千古，圣超百王”，据此可断为天宝时之写本，时去文溆讲经尚早七十年也。最晚为《目连救母变文》（杂叙本），尾题“太平兴国二年岁在丁丑，六月五日在显德寺学士郎杨愿受一人恩，微（维）发愿作福，写尽此《目连变文》一卷”。故就题签所记变文年月考之，最早为开元天宝年间，最迟为宋太宗时代，其间相去约三百年。

俗讲常讲者有《维摩诘经》（便于居士听）、《佛本经》、《阿弥陀经》、《目连救母》。开始时，当是找带故事之经而讲之，并加渲染，其后，肃、代以还，则于中国故事中找材料作成变文，最早者为《昭君变文》，以下有《伍子胥变文》《舜子至孝变文》等，以此推之，则文溆所讲当不止于经典，必夹有中国故事于其间。文溆后五十年，俗讲不仅取中国故事说之，且说当时时事，如《张义潮变文》，此变文即歌颂张氏平定灵州之乱之功德也（僖宗时）。由此可知，变文已渐由佛经变成国货，职业说书人亦可赖此以为生，然甚为当世文人所鄙薄。王定保《唐摭言》记诗人张祜与白乐天之对话，张谓白《长恨歌》为近于《目连变》，盖寓有嘲讽之意，亦可据以解释白诗所以盛传民间之根本原因。《太平广记》引此故事均作《目连变》，下无“文”字，又唐张彦远《名画记》记“吴道子善绘地狱变”，故知“变”为神通变化之义，讲神通变化故事之底本即是“变文”。又从而绘画其形，即谓之“变相”。今小说犹称绣像全图，亦自变文、变相而来，再进一步即为连环画矣。吉师老（唐末五代时人）有《看蜀女转昭君变》诗云："妖姬未着石榴裙，自道家连锦水渍。檀口解知千载事，清词堪叹九秋文。翠眉颦处楚边月，画卷开时塞外云。说尽绮罗当日恨，昭君传意向文君。"佛家言变相不止于坏的方面，佛世界亦有变相之画，石室本画卷中复有佛故事画，经向达至伦敦考察结果，知相与文原相附和（吉诗可证），并知唐五代之际变文演变之三阶段：① 由庙寺移至街头；② 叙佛以外故事；③ 画事相应，后世章回小说之附绣像全图即变文之遗也。传奇中赵五娘画公婆相沿路弹唱作为敛资，亦有变文痕迹。向又引明人《游暹罗记》云："有持竹竿，举画幅于街头，按图而说故事。"可见在其余佛国亦有同样风尚。

变文流传既广，有学识较高之僧徒将变文写成卷数，普遍讲诵之用，向达游巴黎见一敦煌抄本为两面写者，一面为变文，另一面为俗讲仪式，附虔斋及讲《维摩诘经》仪式，大致情况如下：说俗讲时先作梵（皆四句偈，有若干种类），次念菩萨两声，再说押座（短文，即说经之源流及提纲），再为唱释经题。念佛一声，说开经（宣布开经），说庄严（形容佛堂盛况），又念佛一声，然后一一说以题字，再说经本义，说十婆罗密，念佛赞，发愿又念佛，回向发愿，取散（以此仪式为说《温室经》用者）。说完后，然后行讲《维摩诘经》仪式：先作梵，次念观音菩萨三两声，说押座，素唱经文，说经题，说开赞庄严，念佛一两声，法师科三分经文，念佛一两声，一一说其经题名字，入经说缘喻，说念佛赞，施主各发愿、回向发愿、取散。后世"三言二拍"之类小说，先说小故事一段引入正文，完全自俗讲仪式中发展而来，元曲"楔子"亦同此例。又俗讲时和尚手执戒尺，于是后世说书人遂有醒木，官厅亦有所谓惊堂木，均承乎俗讲之影响者也。

俗讲之章法，兹以《维摩诘经之押座文》为例说明如下："顶礼上方香积世，如喜如来化相身……火宅茫茫何日休，五欲终拓死生苦，不似听经求解脱。佛修行，能不能？能者虔恭合掌着，经题名目唱将来。"《押座》一名《缘起》，《缘起》长时则第一日不能讲正经，故末云"今日为君宣此事，明朝早来听真经"，即后章回小说"且听下回分解"之作用也。《维摩诘经》所说《经变文》（《敦煌杂录》本）开始作经云"时摩王波旬……""是时也"（讲文）所用为骈文、散文交错成篇，说时是否动听则恃说者之文学本领。后有吟唱"摩王仗队离天宫，欲恼圣人来下界……"为廿四句之七言无韵诗，后又有韵句"波旬是日出天来，乐乱清霄碧落排……"有韵而供唱者以管和之，再下又作经文，如此相同，讲完一经。后世章回小说与弹词之格式，盖全脱胎于此。

北宋时，街头说书者多将俗讲分成若干类，孟元老《东京梦华录》卷五记汴梁城东之桑家瓦子云："且小说名银字儿，如烟粉灵怪，传奇公案，扑刀赶棒，发迹变态（泰）之事，谈古论今，如水之流。"银字儿即高管，唐已有之，必是未说书前吹管以召听众，唐代小说至此遂变为话本矣。"变态"当即指变文而言，另一种名曰"谈经"，即演说佛书，此为俗讲之嫡派。另一种名"说参讲"，讲宾主参禅悟道之事，此与俗讲禅宗有关，为对佛经之问难，由法师解答，由是演变而成者也；再变为"说相声"，内容多笑话，又有"说诨经"者，亦多幽默之谈，由是失其本义，变成流行之小说、弹词，遂自佛家分离而成独立之艺术。

梵赞及其他俗文学，有《开元皇帝赞》（《掇琐》本）、《太子赞》、《董永行孝赞》、《季布骂阵》等。《开元皇帝赞》为说玄宗之御注《孝经》，《太子赞》为说佛为太子时故事，《季布骂阵》为七言赞之始，《好住娘》与《辞娘赞》皆和声赞。又有长短句如《十恩德》为词之一种，又有《五更转》《十二时》，前者南朝梁代即已有之，均七言整齐句，篇幅不长。此外，又有散文卷子《晏子赋》《燕子赋》《开元歌》《茶酒论》等，亦传说于街头者也。

俗讲俗文学对后世文体之影响有：① 俗讲本子至北宋而变为话本，又演成词话（带说带唱）、平话（有说无唱）、弹词（唱多说少）；② 七言赞为元白“新乐府”之来源；③ 和声赞与当时《竹枝》有关；④《五更转》《十二时》演为后世词调俗曲；⑤《茶酒论》演为后世“合生话本”；⑥“老少问答”影响中晚唐诗体裁甚大，如卢仝《萧氏二三子赠答》是民间风格为诗人所借用者，香山亦有《池鹤》八绝句，晚唐皮、陆集中此体益多矣。

（三）曲子词

今说“词”，实不甚通。从其调说为“曲子”，就其本身说为“曲子词”，现分三节述之于下。

1. 关于词的起源诸旧说

词谱南宋以来逐渐亡佚，北宋慢词诸谱宋末元初亦已漫灭，为曲之势力所扫荡，故对词发生之推测颇有异说：① 以为六朝时即有之，杨升庵《词品》主此说，如梁武帝《江南弄》、僧法云《三洲歌》、隋炀帝《朝眠曲》是也。毛西河《词话》亦主此说，谓鲍明远《梅花落》、简文帝《春情》皆可为例。徐釚《词苑丛谈》亦举《江南弄》及沈约《六忆诗》为证。此派推测最靠不住，盖词发源于胡乐之后，而前此诸作与胡乐渺不相涉也。② 以为出自唐人绝句，主此说者有王灼《碧鸡漫志》、朱熹《语类》、胡仔《苕溪渔隐丛话》后集卷三十九、沈括《梦溪笔谈》、方成培《香研居词麈》、徐养源《律吕臆说》、宋翔凤《乐府余编》等。自南宋以来即有人如此主张，盖南宋时唐代大曲蜕变之小令，曲子已亡，故王灼以为可于绝句中求其痕迹，朱子则以为词句长短肇自曲子中之泛声，如南唐中主作《摊破浣溪沙》，于《浣溪沙》本词外在上、下阕各填三字以实泛声云云，此说惜不能以一人概全耳。沈括以为词发生于和声，与朱子说法相近。胡仔与王灼说相同，举《瑞鹧鸪》《渭城曲》为例，其由七言变来甚为明显。③ 近人胡适作《词的起源》（载《清华学报》二期），为近代关于词源问题态度较严整者，以为自白、刘诸作而下，迄温词以前之一段时期，词仅六七调而已，颇近绝句类型，而飞卿新创之调，只十六调传于今，故知中晚唐之间出现各词，实发源于绝句。

2. 关于词的起源的新推测

凡探求一切文学之起源有二原则可循：其一，凡文体发展自音乐出来的，探源时当自音乐入手；其二，凡文体成功一新形式时，颇难观其本来面目，吾人探源时必追寻其未完整时之旧面目而得结论，因知文体之起是多元而非单纯的。今吾人将唐到五代之词整个分析，观其不同而求其源，约可分为四类：① 本身为五七言诗，如《回波乐》《踏歌辞》《舞马辞》皆六言也；《阿那曲》本为仄声七绝，《柳枝》与《清平调》三章全为七绝；《谪仙怨》为六言双叠；

《浪淘沙》《抛球乐》亦皆七言。此一批词时代较早，远至高宗、武后、玄宗之时，晚则不过于元和、长庆年代。此为早期五、六、七言诗之入乐而变为词者也。② 将五、六、七言诗略事破体，如《调笑》《渔父》《章台柳》《忆江南》诸调是也。③ 敦煌抄本有《云谣杂曲子》，分置巴黎、伦敦二处，朱彊村去其重合而得三十首（见《彊村遗书》），持以与温词合读，可发见词调名目增多，又同一调名而字数、格式各有不同，此中自有因缘在焉。④ 疑伪之作，如玄宗《好时光》，李白《桂殿秋》《清平乐》《菩萨蛮》《忆秦娥》，吕岩《水龙吟》《沁园春》，以上数调皆超出中唐到晚唐时代一般形式之外（《好时光》例外，或为玄宗之作）。《桂殿秋》，刘禹锡之后易名为《潇湘神》，不应为太白时所有；《菩萨蛮》则太白时尚未入中国，《忆秦娥》为双叠，其事甚晚，绝不能出于开元、天宝之间，《沁园春》《水龙吟》发生于宋代，吕作当为神仙家所托言。

3. 由近人眼中所见词体的形成

对于词之文体，首先须有音乐之概念。大曲乐谱皆相连成套者也，余外有若干小曲与之平行发展，不全有套数。将唐宋人乐府调统计，知有若干有调无词之曲名。飞卿前流行小曲有廿一调，吾人可泛名之曰杂曲子，后来一部分杂曲子成为大曲之一遍，据材料统计，原为杂曲、后入大曲而有独立性者凡八调，如《抛球乐》《忆江南》等是也；一部分始终未入大曲者如《踏歌词》《花非花》《怨回纥》等是，皆独立发展者也。其雅正者为文人所利用，因得传于后世；非雅正者但流行于教坊，不登大雅之堂，遂随时代以湮没。唐开元、天宝间，大曲正式成立，多采文人已成之绝句配乐，为大曲作词者盖寡；

另一方面则有文人为杂曲子填词，当时人惯作五、六、七言诗，故适于五、六、七之调则为之填词，而不适合者则任其流行于民间，故有曲而无词。后大曲发生摘遍之习气，故一部分词名乃出自大曲之摘遍中，崔令钦《教坊记》记大曲之名三百余，今而仍为词调者凡七十余，故词调之发生若干种类，一面与大曲发生有关，另一面为民间流行之小曲衍而为词者，其数凡七八十云。此转变在元和、长庆间。然白、刘当时何以只填数调而止，盖与文人身份问题有关，不屑为歌伎填词耳。迨飞卿出，始大胆流连教坊，不顾身份，遂有若干新调之增加，实则为大胆利用民间小曲而制新词者也。此一现象之形成，不在词调之转变，而在文人身份之转变。

敦煌材料可供词发源问题之参考者凡三种：①《云谣集杂曲子》；②《舞谱》；③《曲谱》。在《云谣集杂曲子》未出现以前，人读唐五代词有一问题不得解决，即杜牧之《八六子》，钟辐子《卜算子慢》，二人皆晚唐人，形式为长调，内容为记事，似与词之由小令逐渐向长调发展之规律不合。及上书一出，总全书凡十三调，极似杜、钟之作，启示吾人在唐五代时之词体，除小令外实另有一种小曲子自成一格，兹举《云谣集》中《凤归云》为例，词云："征夫数载，远寄他邦，去便无消息，累换星霜，月下愁听砧杵，拟塞雁成行。张眠鸾帐，枉劳梦魂夜夜飞扬。想君薄幸，更不思量。谁为传书，以表衷肠？倚牖无言，垂血泪，暗祝三光，万般无奈处，一炉香尽，又更添香。"此词不如小令精练，又不如长调之周转，当为长调早期之形式也。十三调中，有与今调相同者，唯形式则有异同，如《倾杯乐》《破阵子》《拜新月》等是，有见于大曲者，有不见于大曲者，其与词调又有异处，如《倾杯乐》柳词凡七种格式，与《云谣集》者又各不同。故温词、柳词之来源背景均可于此无文字之史料中推测得之。此类民间流行曲子，自飞卿出而有第一度之发展，耆卿出而有第二度之发展。

《舞谱》为刘半农所题名，载《敦煌掇琐》第一集，凡六调，即《浣溪沙》《遐方怨》《南方子》《南乡子》《凤归云》《双燕子》是也，一调不止一曲，当为当时舞谱。朱子《语类》云："唐人俗舞，谓之打令。余幼时闻父老言，诸老犹及见其王父辈舞俗，舞有歌词，人误以为瓦窑。"持与《舞谱》对勘，颇能相符。故知小令与杂曲或摘遍无关，唯小令之"令"字今犹不得甚解，疑为小乐器。唐代宴会，例有妓女作乐侑酒，妓从而歌之，以酒令为节奏，酒令中有谐音令，说令者曰起令，应者曰接令，如"远望渔舟不过尺八"接曰"凭栏一吐便已空喉"。尺八即箫，空喉谐为"箜篌"，后渐衍为歌词之令，打令时歌伎必为歌之，不必太长，今日本犹存此风。飞卿诸词皆酒筵间所适用者也，故为小令。五代以来，最初失传者为舞，次为曲子，北宋而小令舞亡，南宋而曲子亡，故朱子时人不得解焉。愚以为舞亡殆与棹椅有关。

《曲谱》为向达自欧洲摄影带回者，存九调二十五谱，即《西江月》《倾杯乐》《伊州》《心事子》《水鼓子》《急胡相问》《长沙女引》《撒金沙》《营富》（瀛府）是也。前三调为唐大曲，后六调不见于晚唐小令，疑晚出于北宋初年，每调有数谱，谱下注有急曲子、慢曲子之字样，皆简谱。唐以前之乐谱皆用五音十二律（朱子所传《风雅十二诗谱》为瑟谱，为中国乐谱之最古者），简谱之制当在唐以后，与胡乐同时传入，姜白石《旁谱》及张玉田《词谱》并记此事，但至今不甚了解，唯王骥德《曲律》一书较姜、张之作略近，尚有头绪可寻。自《敦煌曲谱》之出，计所用凡二十一字，可识者唯七字而已，字为：ス、七、ㄣ、一、⊥、八、V、之、几、乙、彡、十、丨、ヒ、工、ㄐ、フ、ム……[1]，可识者为：ス（六）、彡（上）、レ（句）、几（凡）、フ（工）、ム（合）、一（乙）。“句”为上车间之一音。曲旁又有板眼记号，日本宫内省中有《左舞谱》，用字颇与《曲谱》相近，然材料不易得，故仍无法解释。

玄宗时乐工之传习无谱，但靠耳之听习，由南卓《羯鼓录》（唐）记故事可以推知。其一记玄宗好羯鼓，当时名手曰黄幡绰，帝问有谱否，绰画二手以对，意为唯二手可靠，无谱可言。又记渔阳琵琶名手入长安寻长安名手，长安名手令其女以小豆记对方节拍，然后令其女复弹而正其失处，故知曲谱在玄宗时尚未发生。自《曲谱》迄白石《旁谱》、玉田《词源》，此期中音乐殆有大变，《旁谱》之前，《曲谱》之用不限于乐器，而其后则限于琵琶与笛而已，今日本、高丽所传之《曲谱》为箓谱，亦简字也，与琵琶谱有别。燕乐究竟为二十八调或二十五调颇有问题，宋仅用十七宫调，元用十三宫调，明南曲所用更少，今皮簧戏但用一商调，故自唐迄今，音乐变迁自复杂退至简单，可谓达乎极矣。二十八调云者，乃唐琵琶四弦，每弦翻七调者也，然唐又有五弦琵琶，则又有三十五调之可能。故日本久木尚雄以敦煌曲谱为五弦琵琶谱，极为有见。关于词之起源所知材料尽此矣。

---

[1] 此处不足二十一之数，因底稿如此，姑依旧录之。——编者注

韩愈、柳宗元及其古文

（一）韩柳前文风之演变概况

单就文章来说，《新唐书》所记文风之变凡三期，今而言之，可分四期：① 高祖武德初迄太宗贞观末，凡三十余年，为北朝文风之结束。② 高宗永徽初迄玄宗开元末，凡九十余年，为齐梁派之结束，古文初次抬头，四杰与吴、富均在此时期中，陈子昂、卢藏用之出，可为韩柳之先驱。③ 自天宝初迄元和、长庆间，凡八十年，自萧颖士、李华下迄韩柳，为古文之完成时期。④ 自武宗大和、开成迄唐末，凡八十年，骈文、古文两衰，杂体文及公文四六流行，故五代及北宋初文体大衰，迨欧苏振起，古文又复中兴。

古文运动本身又可分为三段落：① 萧颖士、李华迄柳冕。② 柳冕迄韩愈。③韩愈迄李翱、张籍。今分别论之于后。下先论韩柳前之古文家。

（1）萧颖士：字茂挺，南陵人，开元二十三年进士，天宝后卒，年五十二（《旧唐书》九〇、《新唐书》二〇二本传）。如更上推，当及陈子昂（伯玉），然陈之成就在诗，且无具体理论，故论唐代古文自萧始，萧出于南朝南陵萧氏，为南方人，与李华友善。

（2）李华：字遐叔，赵州赞皇人，开元二十三年进士，肃宗立，贬官，卒于家（《旧唐书》一九〇、《新唐书》二〇三本传）。为萧同年（开元二十三年及第），二人为莫逆交。就造诣言，萧实较高于李。李尝作《吊古战场文》，杂诸古文以示萧。萧谓李如用力，亦可有此作，李大叹服其眼力。

（3）独孤及：字至之，洛阳人，开元十三年（公元725年）生，大历十二年（公元777年）卒，年五十三（《新唐书》一九三本传）。为李华私淑弟子。

以上三人，彼此之间无系统之理论或主张，今但由各人集中披选出之。李华《萧颖士集序》："君谓六经之后，屈原、宋玉文甚雄健而不能经世。厥后贾谊文甚详正，近于理体……近日陈拾遗子昂文体最正……"此谓萧之提倡文体，主张实用，便于政治，古文运动盖自此发轫。独孤及《赵郡李华集序》："志非言亦不行，言非声不彰，三者相为用……自典谟缺，雅颂寝……作者往往先文字，后比兴……其结果……枝叶对比，文不足言，言不足志……公之体本于王道，大抵以五经为泉源。"此遐叔之主张文学当有内容也。梁肃《毗陵集后序》："初公视肃以友，肃仰公犹师，每申话言，必先道德而后文学，且曰后世虽有作者，六籍其不可几矣。"此论较萧、李更进一层，由文学之内容说到作家之修养矣，是为古文运动之萌芽，迄乎元结、柳冕，此风益张，而风靡于当代也。

（4）元结：字次山，河南人，天宝十三年进士（公元754年），生大历七年（公元772年）卒（《新唐书》一四三本传）[1]。此公亦无具体理论，然尝作《舂陵行》，少陵之《三吏》《三别》盖受其启示者也。唐诗之社会描写，此风自次山开之。又尝作《贼退后示官吏》、《五规》（出、处、对、心、时）、《二恶》（圆、曲）。有次山而后有少陵之社会诗，有少陵而后有香山之《新乐府》，次山无师承，无弟子，然

[1] 《新唐书》此处记载有误，已据今人考订成果修改。——编者注

其影响则有不可阻者焉。

（5）梁肃：字敬之，一字宽之，世居陆浑，贞元末卒，年四十一（《新唐书》二二二本传）。崔恭《唐右补阙梁肃文集序》：“大约公之习尚敦古风，阅传记，硁硁然导于人以为常。”古文运动之于“阅传记”极有关系，盖古文家重道德，必读古人传记以为养性之资，是以作传记为古文之长，其能制胜骈文者以此，后世古文家必作传记，其风自肃始。而大放厥词，立古文之主张者，当推柳冕。

（6）柳冕：字敬叔，蒲州河东人，约卒于贞元末（《旧唐书》四〇附《柳登传》、《新唐书》一三二附《柳芳传》）。与友人论文书最多，《与徐给事论文书》：“文章本于教化，形于治乱，系于国风，故在君子之心为志，形君子之言为文，论君子之道为教。”《答荆南裴尚书论文书》：“在心为志，发言为诗谓之文，兼三才而名之曰儒，儒之用文之谓也，言而不能为，君子耻之。夫君子之儒，必有其道，有其道必有其文，道不及文则德胜，文不知道则气衰，文多道寡，斯为艺矣。”其他论述见《与权德舆书》《答杨中丞论文书》《谢杜相公论房杜二相书》《与滑州卢大夫论文书》等篇。文以载道之说盖自冕始。《与滑州卢大夫论文书》：“夫文生于情，情生于哀乐，哀乐生于治乱。故君子感哀乐而为文章，以知治乱之本。屈宋以降，则感哀乐而亡雅正，魏晋以还，则感哀乐而无风教，宋齐以下，则感物色而亡兴致。”此论为较前此诸人进步多矣。退之以前，冕为大家，惜其作不及退之，故为世所忘忽耳，然冕实集前此文论之大成者也。故退之能“文起八代之衰”，诸公开路之功殆不可磨灭也。

（二）韩柳古文之理论与成就

（1）韩愈：生大历三年（公元768年），卒长庆四年（公元824年），年五十七（《旧唐书》一六〇、《新唐书》一七六本传）。其与前辈作家之师承关系，有以下脉络可寻：① 少为萧颖士子存所知；② 尝从独孤及、梁肃之门人游；③ 李华、宗子翰每称道之；④ 李观亦华族子，与愈同举进士，且相友善。

退之古文渊源，实自萧李而出，故立论犹有同乎诸前辈者，如《答李秀才书》："愈之所志于古者，不唯其辞之好，好其道焉耳。"《送孟东野序》："人之为言也亦然，有不得已而后言，其歌也有思，其哭也有怀。"皆是也。其独到之处，在论作家个人修养之言，真是前无古人，后无来者。如《答尉迟生书》："夫所谓文者，必有诸其中，是故君子慎其实。实之美恶，其发也不掩，本深而末茂，实大而声宏，行峻而言厉，心醇而气和，昭晰者无疑，优游者有余，体不备不可以为成人，辞不足不可以为成文。"此数语源于《大学》"诚中形外""君子慎独"之警句，及陆机《文赋》论体性之言，合而铸之，遂成笃论。《答李翊书》："始者非三代两汉之书不敢观，非圣人之志不敢存……如是者亦有年，犹不改，然后识古书之正伪，与虽正而不至焉者，昭昭然黑白分矣。""气，水也；言，浮物也，水大而物之浮者大小皆浮。气之与言犹是也。气盛则言之短长与声之高下者皆宜。"其论文以气为主，与魏文不同。魏文所谓气，乃作者之性灵，《文心雕龙》所谓体性是也；韩之谓气，即孟子所谓"浩然正气"。唐人作文好重言之短长、声之高下，退之欲破此拘束，乃主以气涵之，其源来自《孟子·养气》章。孟子以志、气、体三者并列，称“持其志勿暴其气”。以火车喻之，其全部为列车之体，其车头气也，犹今之言生命力，司机则志也。人能以心指挥其生命力，以作种种活动，故人须守其志，勿使生命力妄动也。此孟子二种修养功夫，不能使气本能地动，故须养其气，使之从志而塞乎天地之间。入手方法在“集义”，义源于是非之心，日行一义，渐减愧怍，至于理直，理直而气壮，气壮则生死利害在所不计，乃能“富贵不能淫，贫贱不能移，威武不能屈”也。能“集义”便能“知言”，此道自孟子而后不得其传，退之有志继之，遂创此“养气为文”之理论。由此而知言，而能辨古文之真伪与虽正而不至焉者，下开宋之理学，故古文家与理学家之相连，退之实开其宗，而后世之论道统者，亦必及之。韩氏若干笔札论议，多用两扇对举之法，此学自孟子者也。《答崔立之书》尤酷似孟子，所作《原道》《原毁》正属于此系统，此韩文之一面。

唐代因科举之故，人多不愿讲师承，韩为古文取法孔孟，故力倡师承，作《师说》以申之，此韩文之又一面。又古文家重视传记，故韩喜为人作墓志，亦偶作游戏文字以为应酬，退之《送穷文》《进学解》诸作，是渊源自两汉者也。此外，随当时求仕之风而有《上宰相书》，因持道统以卫道为己任而有《谏迎佛骨表》，子厚较之，相去远矣。

然韩之立身与文风亦颇为当时士子所非议，兹举其一二诤友之言论以为例。① 裴度《寄李翱书》：“文人之异在气格之高下，思致之浅深，不在磔裂章句、隳废声韵也。……（昌黎韩愈）恃其绝足，往往奔放，不以文立制，而以文为戏，可矣乎？可矣乎？今之作者，不及则已，及之者，当大为防焉耳。”此书可代表当时一般人对韩之评语。②张籍《上韩昌黎书》：“比见执事多尚驳杂无实之学，使人陈之于前以为观，此有以累于盛德。”“且执事言论文章不谬于古文，今之所为或有不出于世之守常者。此亦未为得。”又《与昌黎第二书》：“君子发言举足，不远于礼，未尝闻以驳杂无实之说为戏也。执事每见其说，亦拊抃呼笑，是挠气害性，不得其正矣。”由以上引文观之，可见当时人士亦有不甚以韩为然者，故退之人格不甚统一，态度较孟子为逊，其性格为多方面而不能调和，故研究之颇为困难。

（2）柳宗元：生大历八年（公元773年），卒元和四年（公元809年）[1]，年四十九（《旧唐书》一六〇、《新唐书》一六八本传）。

性格与行事均与韩愈不同。韩心灵幼稚，意志不坚。柳则反是，故对韩有轻视意。就文学成就言，韩自过之；而就文学功夫言，则又远过于韩，惜滞于萧李阶段而未进耳。《答崔黯秀才书》：“然圣人之言，期以明道，学者务求实道而遗其词。”《报袁君陈秀才避师名书》：“大都文以行为本，在先诚其中，其外者当先读六经，次《论语》，孟轲书皆经言，《左氏》《国语》；庄周、屈原之言，稍采取之，穀梁子、太史公甚峻洁，可以出入，其余书俟文成异日讨也，其归在不出孔子。”其自道写作之言有《答韦中立论师道书》：“故吾尝为文章，未尝敢以轻心掉之，惧其剽而不流也；未尝敢以怠心易之，惧其弛而不严也……此所以羽翼夫道也。”“本之《书》以求其质……此吾所以取道之原也。”“参之《穀梁》以厉其气……此

[1] 此处为“元和十四年”之误。下文“年四十九”亦误，应为“年四十六”。——编者注

吾所以旁推交通而为之文。”此明柳之功夫在外，非若韩之在内也。故柳文与性格可分为二，而韩则合而不可分，曾国藩尝以韩文为阳刚，柳文为阴柔。二人者尝有匹敌之意，势均力敌。韩文高于柳者在读书录与《原道》诸篇，而柳之高于韩者为永州山水诸记。柳用心极深，韩则重感情近于自然，乘兴而动。柳以神经衰弱而终，韩则以好酒血压高而卒。总论二人成就，韩固过于柳也。

（三）略论韩门诸弟子

（1）李翱：字习之，《旧唐书》一六〇、《新唐书》一七七本传。

李氏文学主张，见于《答王载言书》，较韩柳为琐碎，其最大成就，在《复性书》三篇，乃受韩《原道》之启示而作，其友陆参（公佐）极力鼓励之，以发扬韩文《原道》之系统，此北宋理学家之来源。盖李以孟子为主，加上《中庸》而论人之修养，以复其性，遂发展为周濂溪之《太极图说》及二程所倡之道学。

（2）皇甫湜：字持正，睦州新安人，《新唐书》一六〇[1]本传。有关著作有：《答李生第一书》《第二书》《第三书》《谕业》。

韩门中李习之为别派，盖韩之直接影响，在北宋欧、苏、曾、王诸人之古文运动，而习之则影响程朱之理学派矣。故其真正承古文衣钵者为皇甫氏，然较昌黎则远逊之，渠以为韩之作风奇特并非可诟病者（《答李生书》），聊以非奇特不足以惊世骇俗，是以愈奇愈可宝

[1] 应为《新唐书》一七六。——编者注

贵，《喻业》[1]一篇即其整个理论，然仍是昌黎一套法宝，无可珍视之创造。

（3）来择：字无择，为皇甫持正弟子，存文无多。其弟子为孙樵，字可之，著有《与友人论文书》《与贾希逸书》《与王霖秀才书》。韩文四传至孙樵而衰，盖已逮晚唐时期，时代风气已变故也。

（4）处韩柳之师友间者四人——① 李观，字元宾，李华从子，《新唐书》二〇二本传。韩尝为撰墓志，早死，成就小。② 李汉，字南纪，《旧唐书》二七本传，为退之同年进士，以兄子妻之，成就不大。③ 张籍，字文昌，《新唐书》一七〇本传，当时声名极大，然成就在新乐府。④ 沈亚之：字下贤，吴兴人，事见《唐才子传》，文有《送韩静略序》《答学文僧请益书》。与张文昌同隶元白旗帜下，后世多重其传奇之作，当时韩有《圬者王承福传》，柳有《种树郭橐驼传》，香山作《长恨歌》，陈鸿作《长恨传》，介乎其间者，即沈亚之传奇作也。

（5）樊宗师：字绍述，河中宝鼎人，《新唐书》一五九附《樊泽传》。所作有《绛守居园池记》（孙之騄注本），文曰："绛即东雍，为守理所，禀参实沉兮，气蓄两河润，有陶唐冀，遗风余思，晋韩魏之相剥剖，世说总其土田土人，令无硗杂扰，宜得地形胜，泻水施法，岂新田又丛猥不可居，州地或自有兴废，人因得附为奢俭，为守政致平理与，益侈心耗物害时与（下略）。"此为极怪之文字，古人罕有能解之者。清人孙之騄为之作注，其文故意不用通行之文法，

[1] 即上文的《谕业》。——编者注

如不标点，句法皆极成问题，而退之为作墓志，极称道之，亦专好险怪之同嗜者也。

（6）权德舆：字载之，为韩门中较守旧者，文颇典重，掌制诰。

（7）李德裕：字文饶，有《穷愁志》中之文章论，为古文家而有理论者之最后一人。其家三世不准置《文选》，可见壁垒之森严，为唐代古文家之殿军。

附：晚唐文作者

（1）令狐楚：字悫士，为走初盛唐制诰之路。

（2）皮日休与陆龟蒙：二人不应称古文家，乃写笔记式的散文，皮著《皮子文薮》（古文末路），陆有《天随子》。

（3）三十六体：温庭筠、李商隐、段成式均排行十六，同工四六文，故名“三十六体”。

（4）陆贽：字敬舆，撰有《宣公奏议》，为骈文不甚华丽，将个人政治主张全入文章之内，为经济之大文字，德宗之平内乱，人多归功于《宣公奏议》。盖其情韵深厚，足以动人，故章学诚氏谓：“有唐可读者凡三部：于典章有《通典》，于史学有《史通》，于文章有《宣公奏议》。”信然。

白居易、元微之及其新乐府

（一）中唐诗风之易辙

盛唐诗自下看为中、晚唐诗之泉源，自上看为南北朝初唐诗之总汇，盛唐诸公各有独到之处，至大历十才子为强弩之末，乃不能不有所变，其变凡三路可循：

1. 复古派：如元结《二风诗》《补乐府》，顾况《上古之什》等。《二风诗》为学《诗经》者，《补乐府》乃学汉乐府风格，工部“三吏”“三别”、《兵车行》即学此派。顾《上古之什》为全学《诗经》者，此风自宋下迄明代一系不断，时有拟作。

2. 险怪派：重要者凡三人，即卢仝（有《月蚀诗》）、李贺、马异是也。三人同学楚辞意境，故意迷离其词，富于辞藻，其中以李才气最大，似《九歌》《九辩》，卢、马则似《天问》，均不肯着实，不写现实生活，各骋其想象以相高。退之即属此派，然不能概其全。

3. 琐细派：有李益、司空曙、夏侯审、孟郊、贾岛诸人。此派愈作而愈琐细，愈不关大体矣。唯昌黎能包三派之长而自成风格，此所以为大家。其《元和圣德诗》（复古派）、《月蚀诗效玉川子》（险怪派）、《游城南诗》十六首（琐细派）为三派作风之突出表现，其独到之造诣，则见于《秋怀诗》《县斋有怀》《寄张籍》诸作。《秋怀诗》效陈子昂而用盛唐笔调，虽工部亦无此风格，影响宋人最大，盖已打破盛唐氛围，有散文之文法与气势，大为王荆公所推重。此派人亦无具体之理论。

（二）白居易与元稹

白居易、元稹、刘禹锡、李绅四人可列为一派，而以李之行辈较晚。四人共同努力于接近民间，而各人道路不同，如元、白找民间材料而以民间流行七言体写之，刘则自湘、桂诸地采“竹枝”而作诗。元、白理论，在白氏《与元九书》中，此为唐代诗歌理论之重要文献。前此虽有诗论，然多琐碎而无系统，其根本理论为：诗歌当有为而作，当为时代而歌唱。自二人同年登第后，即相约共同发扬此目的，至于终身而不懈，具有一贯之主张，此新乐府之所由产生也。似此以理论指导创作实践写作方法，诚前此大家所未有也。白成《新乐府》五十首，元亦以同样题材与形式写之。前此数年，乐天先发表其《长恨歌》，盛行一时，晚年悔之，后二年为拾遗，乃开始《新乐府》写作。此类诗篇为史诗性质，乃按实境描写，少写理想，技巧之进步较《长恨歌》未远，但描写现实则为内容之一大跃进，而唐代当时之社会背景遂因此而得较真实详细之记载。元白诗当时广播四宇，高丽、日本靡不有之。二人作风特点是理论与作风并重，且为有计划之写作也。

张、李亦有意走元白之路，然成就不及元白，殆为素养与天资所限耳。李有白之柔和而力不及，张笔虽刚而不开阔，故可传者少。刘禹锡根本不作新乐府，而自作《竹枝》，白亦尝效之，然卒不及。

此派趋向民间，无异走上复古之路，然绝不取险怪而集琐细派之大成，其成就凡四点：① 长篇诗，如《长恨歌》《连昌宫词》《琵琶行》《江南遇天宝叟》等。初唐七古多抒情作，至盛唐唯工部、嘉州、太白能之，然数量不多，元白可谓极其盛矣，影响后世之弹词。② 新乐府，此对古乐府和唐乐府而言，古乐府不能更动其调名，唐乐府为唐所新创调名，非诗名而为乐名，元白之乐府则由诗中取题，不守乐府规律，其弊在使后世作曲家忘却乐府诗之与音乐有关。③ 成数诗，即同时作若干首，一直连下，前此之成数诗乃陆续作成，集而题之，与元白所作不同，如白之《有乌二十章》，元之

《有酒十章》[1]，开晚唐、北宋极坏风气，以此为消遣斗胜之工具，注重技巧之花样，而内容不复问矣，晚唐诗人皮陆二家，即其代表。④ 小诗，如白之《昼卧》《夜坐》《村居》《晚寒》，元之《桐花》《雉媒》《苦雨》《说剑》，此由琐细派而来，然已有进步，盖琐细派之作意境，对象极小，而元白之作乃加入个人想象，其中即加入画景，为偶然兴到之作，篇幅似词而意境似小品文，离画近而离音乐远矣。

附：元白以后、杜李之前一段时间中之作者

（1）李德裕：为回忆派之代表。

（2）徐凝：自琐细派来，缺乏气象，盛唐诗可爱在此。

（3）施肩吾：在求清新，其弊在欠典重。以上三人均不成家。

（4）姚合：有志于诗，刻意学杜，诗之数量较多，工力亦盛，然诗题材为多方面，失之枯干不润。

此数人诗多，当时亦负盛名，然不能成派。此期间诗人共同毛病在缺乏感兴。唐诗人中重感兴者，唯陈子昂、杜子美、李太白三家。三家不作诗时似空空而无所思，一遇刺激，即援笔直书，不稍等待，故老杜尝称“清新”二字。而此期中之作者作诗，皆为回忆之作，自无清新可言，沉淀后捞回之物，其力固不足也。

[1] 《有乌二十章》为《有鸟二十章》之误。《有鸟二十章》与《有酒十章》皆为元稹之作。——编者注

晚唐五代文学及其文艺论

（节选）

/ 罗　庸 /

晚唐的诗人与词人

（一）杜牧与李商隐

晚唐诗为历史三种潮流之结果：① 盛唐完成之律诗，至晚唐花样业已变尽，无法翻新。而遵循旧套，故晚唐诗人律体极多，运用旧套词彩，摇笔即来，极少古诗，形成滥调，感人不深，律诗之五六一联皆千篇一律。② 词彩极美，此受词之影响者也。晚唐词在文人手中虽较少，而教坊中却极普遍。③ 元白之后，人多喜以俗语入诗，较近自然，而晚唐尤盛，故诗中多用白话土语，成为晚唐诗特色之一。后世戏台之压场词常用晚唐诗，盖取其通俗耳，然为趣味高雅者所不取。诗中大病，厥在缺乏感兴，此风至晚唐而益盛，故可观之作品甚少。能跳出此潮流者，当时便称大家。杜牧、李商隐、温庭筠即鹤立鸡群者也，然亦各有所本。

杜牧为纯白派，而加以张籍；李商隐为杜派，而加以韩愈。牧之与香山不同处在笔力刚健，绝律迥与香山不同，七古如《杜秋娘》《张好好》纯为元白笔调，加上张籍，别成一格。绝律有清刚蕴藉之致，白诗有老年人风流自赏之慨，而小杜之诗则具壮年人之情味。晚唐人诗意态之好，牧之应推独步。义山七律全学工部，晚年之作，变化极多（全唐诗人律诗变化最多者应推工部与义山二人），古诗则师退之，退之每以作文之法为古诗，喜发议论，义山《韩碑》之作即是昌黎面目。综其成就，以律为最工，故应属于杜派。樊川于晚唐无兴会中独具兴会，义山于圆熟之中而避熟就生，故均能卓然自立焉。

（二）温庭筠与韦庄

下举四人，身份与环境各有不同，故成就与作风亦殊异。樊川居微官无多委曲，故诗较清畅；义山居令狐绹门下，不得畅所欲言，乃不能不隐讳其词，作《无题》诗以喻意；飞卿为社会之流浪人，无身世之感慨与特殊之身价，故不得与李诗并论；韦庄则为亡国王孙，心多感喟，相蜀恒郁郁以没世，此与飞卿处境又自不同，故读其词不得以读温作之眼光剖析之。故就身份与作品关系言，杜温为一派，李韦又是一派；然杜李均以诗名，温韦则词名过于诗，此又不同。温诗出于施肩吾，盖师乎元白而加以流利轻巧，无樊川之清刚与蕴藉，轻巧玲珑而已，其词则独步晚唐矣。初，文人与教坊不甚沟通，不肯降低身份为教坊填词，而飞卿肯贸然为之，遂得意外成功，一如鲍明远之采用民间乐歌而卓然成家。从此，晚唐五代词乃投入文人怀抱。韦庄早年抱负极大，不肯降低身份，故早年所作诗词极为少见，其所作《秦妇吟》名噪一时，晚年悔之，不愿流传，禁写幛子，故遭遗佚，迨敦煌写本出现，又复流播人间。此作风格出自元白，然不复铺陈词彩，字字写实，上追老杜之“三吏”“三别”。盖寓蜀以后，王建自立，强藩跋扈，文人不敢声张，故隐讳其词以寓故国之思，而诗词风格遂与众迥异。综观四人中，以格调言之，韦最高，杜次之，义山又次之，飞卿最下，风云月露而已。

（三）其他诗人

皮日休与陆龟蒙为晚唐特殊人物。晚唐人诗文重形式，甚至连生活亦重形式，皮、陆二人其尤者也。元、白二人曾无意开倡和之路，皮、陆有意学之，而根本未能学像。盖元白之心重在生民社会，而皮陆则相约为江湖隐者，倡和之作不仿新乐府，但仿元白成套之小题诗作，故使人读其诗有无可如何之感，成不上不下之局面，二家终身致力于此，收获极少，至为可惜。其他可称者有司空图、杜荀鹤、罗隐、徐夤四家，可以“琐碎”二字概括其作风，无大题目与大感慨。司空图以《诗品》一作为最大成就。杜荀鹤当时影响甚大，作品数量亦多，然皆千篇一律，格式不出五六种，无甚可称。罗隐为江东三罗（虬、邺）之一，笔力甚弱。徐夤诗风格与荀鹤相近，以年高人从之学诗而有名。

研究晚唐诗人可走二新路：① 以五代词之内容与晚唐诗比较；② 晚唐多白话诗，遂为民间艺术所采用，可于北宋及金元话本中求其生命流传之所及。

五代词人

通常称五代词，概念极为笼统，实际言之，应以地理分之。自中唐而后，中央势衰，藩镇崛起，中央文化因而四溢，往往散裂于诸藩之幕府中，文学风格亦随环境而呈不同之面目。五代词以地区言可分为四区，即二蜀、南唐、晋与荆南是也。

（一）二蜀荆南与《花间集》

自隋以来，南北文化即有不同之色彩面目。经唐三百年之陶冶，长江下游以金陵为中心之文艺，仍未因统一而生显著之变化。唐代长安有变乱时，有二路可走，其一西走剑门以入蜀，其二南走荆州，绝不肯东下以至金陵，盖文化不同之故。及黄巢、朱温之乱，乃将整个文化中心打破，因而分存于各地。其一为二蜀，以成都为中心继续发展，其地去长安较近，故直承晚唐文化正统；其次为荆南，其地土风诗势力极大，避难者至此，与地方色彩相结合，形成长江上游之文学风格。至于以金陵为中心之文学面貌，自又与长江上游者异。北宋统一以后，文化承继乃取自金陵，如南唐澄心堂纸之移入开封，即是一例。

以词人之数量言，二蜀作家最多，前蜀八人，后蜀五人。前蜀计有韦庄（端己）、薛昭蕴、牛峤（松卿）、毛文锡、李珣（德润）、牛希济、尹鹗、魏承班。韦词存五十三首，内容可分三类：一为应酬之作，如《喜莺迁》之贺及第是；次为近于飞卿之教坊词；三为以诗之寓意寄托入词，用抒个人怀抱，此为特色，文人之大量填词虽始于飞卿，而境界增高则自韦发端，然韦仍属花间派之词人。薛词存十余阕，此时人填词，内容与词调相合，当为晚唐之一般格式。松卿存词二十七首，格近飞卿，而质较低。希济近薛，初官于蜀，后入仕南唐，并具两地风格。毛词较二牛教坊气少。李先世为波斯人，故当时称波斯胡，存词五十余首，近荆南风格，多写土风。魏、尹二家无甚可称。《花间集》选词以前蜀作家最多，乃代表以成都为中心之文学风格。后蜀词人计有：顾夐，鹿虔扆、欧阳炯、阎选、毛熙震。顾在后蜀为特殊作家，每思推陈出新，改良词体，自小巧处入，故二蜀词人以巧思见称者，当推顾为第一。鹿词存者不多。欧阳为蜀人，存词四十八首，内容甚杂。毛亦尝官于南唐，喜填大曲之摘遍。阎存词六首，无特点可言。

荆南词人足称者唯孙光宪（孟文）一人，晋则仅和凝（成绩）而已。孙为蜀人，官于荆南，北宋初犹在，其词风近刘梦得之诗，盖采土风"竹枝"以入词调，变教坊词为荆南之土风，开词之新境界。和凝，山东人，为五代元老，当仕时人号"曲子相公"，足见其好词之癖，今存词二十四首，专为教坊而作，词格极低，故可传者有限。

（二）冯延巳与南唐二主

冯延巳（音嗣），字正中，广陵人，为南唐太子（中主璟）太傅。南唐迄北宋初之小令，自冯开山。南唐词风不同于花间者，在完全脱离教坊成为文人抒情之工具，使词之重心全变；加之南唐文风极盛，使作者心情不致低落，故能超出晚唐风格。词至正中，遂由写事转到写情，由对外转到向内之局势，晚唐及二蜀词之渣滓，及此尽去，故正中之出，为词划一新的时代：由情浅而转深，内容由浊转清，由力弱转为强健。故云：自二蜀而上，唐也；南唐而下，宋也。正中实为唐宋词分野转捩之人。

南唐二主中，中主天才逊于后主，然工力极深。中主璟，字伯玉，年龄小正中十余岁，君臣相见，好谈文学，故人疑南唐词之风格主要受正中之影响。中主词向情深处发展，境界较为凄婉。有中主、正中之倡导培养，然后乃有后主在词方面之成就，此境遇与天才配合之所致也。后主字重光，其词之发展变迁凡三期，今流传极盛者为晚期作品，特分期论之如次：第一期为自学词迄与大小周后婚爱阶段，现阶段，此后主生活最优裕时期，本期词风，近于二蜀；第二期为宋太祖即位，开始压迫南唐，改帝为主，上表称臣阶段，其八弟重善朝宋被拘留，国势日蹙，后主悲哀自此始，词风深化，然犹未极其深广，造乎绝境；第三期自为囚于宋，至服药酒中毒死止，年四十二岁，今所传诵诸词，即此最后三四年中之作，风格最为成熟，乃完成正中、中主培养之词风，内容则推一己之悲哀及于大我人类，推一代之同情及于千古同情，又因笃信佛教之故，心胸自然开阔，加以亡国之悲运，遂成其造诣绝伦之独特风格。唯其人之风貌与词境不合。

晚唐五代的文艺论

欲以《文赋》或《文心雕龙》为标准求文艺论于唐代，则徒见其支离散落而已。关于诗论，以白氏《与元九书》、元氏《杜少陵先生墓志》（《唐检校工部员外郎杜君墓志铭》）二文为力作，余无足观。至宋乃有大量诗话之产生，代替诗的理论大宗，然均杂乱琐碎，此风实自唐人开之。唐人论诗较有系统者凡二书，一为释皎然之《杼山诗式》。皎然为诗人谢灵运十世孙，秉其家风而发扬之，为宋人诗话之来源，其书内容大致分为二部：一为作诗理论，论诗格、诗调及写作方法；一为批评前人作品，最重要者为以单字形容诗之格调，开司空图《诗品》之先河，后世以意境辩诗自此始。其辩诗体十九字为：高、逸、贞、忠、节、志、气、情、思、德、诫、闲、达、悲、怨、意、力、静、远。为唐诗发展三百年之总结，颇似《文心》之《体性篇》。主张人顺择其近于己意者而进行创作，至司空图乃完成此一理论。其次为《诗品》，此司空图（表圣，虞乡人）受《杼山诗式》影响而撰作者也，其书分二十四品，第一境界以二字标名，每首意境均以相近之笔调阐发之，此影响后人作诗论崇尚意境的风气。

附论一：刘知幾《史通》

刘子玄生高宗、武后之朝，其书成于景隆四年，组织之完整，可谓空前绝后，渊源来自范蔚宗《后汉书·自叙》与刘彦和《文心雕龙》。唐初大量修史之风气极盛，在此环境中，乃培养其终身致力于史论、史法方面的研究，自古文家作史之风起，其先决条件必须懂史法与史体，子玄之作，与有功焉。然此书在当时影响甚少，至北宋欧阳公与宋子京修史，相与论列，颇近《史通》风格，于以觇其对古文家修史之影响。此书前五卷于文章无甚相关，以下数卷则颇有帮助，在《内篇》中，如《言语》《浮词》《叙事》《直书》《曲笔》《模拟》诸篇，对宋以后古文影响极为重要，与韩柳之论异矣。《外篇》中有《占烦》篇，实来自《内篇·烦省》者，故欲看宋以后之文学理论，必自此入手。唐人不敢倡言《史通》者，盖其中有《疑古》《惑经》二篇，此学自《论衡》之《问孔》《非韩》《刺孟》者，其时定儒为一尊，故人不敢和之，亦理之宜；然宋人对古书之抱怀疑态度，似又不能与子玄之书无关也。

附论二：日本空海《文镜秘府论》

此书成于日本，在中国不甚流传，近代日本学者铃木虎雄作《中国文艺论》尝略引之，乃为国人所注意，乃有汉译本之出现。在唐武宗、文宗时代，日本曾派学问僧入唐，唐文化之输入日本，此辈实为功臣。空海卒于文宗大和九年，居唐者凡十余载。密宗盛行后，国人称之为遍照金刚，日本尊之为弘法大师。其对日本功绩凡三：（1）传密教入日本，至今不衰；（2）日本原无假名，读书全为汉文，无文字代表其本国语言，时印度梵文拼音传入中土，空海乃采汉字偏旁，以梵文拼音方法，参照日本方言而创造假名，为日本有文字之始；（3）采唐代种种文艺形式理论，集而成书，凡六卷，即《文镜秘府》是也。凡在历史潮流进行中所选择保存者，必为当时较高之成就，而一般流行于社会间价值不甚高之文物，往往遭受淘汰，而空海书中所收却属于后一类者，即保留了唐代一般通行之文籍，今中土欲知究竟，反不能不借光于东瀛矣。其书分天、地、东、西、南、北六卷，内容大要如次：（1）天卷有调四声谱、调声、用声法式、八种韵、四声论，在唐代流传之琐细文物，于此可见一斑。（2）地卷有《论体势》等，分十七势、十四例、十体、六义、八阶、六志、九章，内容较为琐碎。（3）东卷有《论对》，分二十九种，笔札七种，言例，我国后世声律启蒙书之所从来也。（4）西卷有《论病》，分文二十八种病，文笔十病，得失二部分，由此见出唐律诗及四六完成所受社会流行俗论之影响。（5）南卷有《论文》，意者为今诗韵卷中所列《词林典掖》之类所渊源。（6）北卷有《论对属》（指文章）、《句端》《帝德录》《叙功业》《叙礼乐》《叙政纪恩德》，均应酬文之格式，当是唐代士子应试之《兔园册子》之类。

治文学史须注意二事：（1）注意某时代中文人必读之书本；（2）注意某时代流行之陋书，如梁萧统之《十二锦》，即供案牍运词参考之用者也，连珠体即源于此。又如北魏好刻墓志，往往千篇一律，当时必有俗书墓志格式，人死后文人为之依样画葫芦而写成之耳。

附论三：唐代佛教在文学史上的影响

1. 译经、造论及纪行

中国佛教自东晋迄唐代有两大译经事件，一为姚秦之鸠摩罗什所主持，一为唐初玄奘所领导。就文体言，姚秦以前为另一风格，如《弘明集》诸作，乃尽力使佛经中国化，迁就国情，使国人读之不致刺目。鸠摩罗什来华后，则一反前此态度，力求合乎原义，不复迁就国人，观《高僧传》中记述译经之事，可知其谨严态度。至唐代，玄奘亲入印度者若许年，归而重译佛经，谓之新译，而称前者为旧译。新译经之妙，在一方面不失梵文原意，一方面又能合乎国情，译经至此，遂登峰造极矣。在姚秦李唐时代，均设有译经场，内分为若干组，每组多则七人，少则五人，其中一人为译主，其余各司一职，如证义、证文、笔受、润文等。姚秦时代译主多为外国人，润文者必为汉文名家。玄奘译经时，润文者即太宗十八学士。译经程序为：译主念一句，译术照原文直译（如梵文之动词在后，译时亦放动词于后），笔受直书之，证义乃按汉文调整之，再问译主，译主点头，然后交润文者进行加工。此种经文，按理当能影响中国人之持论谨严茂密，然当时所能接受者唯俗讲而已，能得其精华者亦仅玄奘弟子窥基与圆测二人耳。其未能发生普遍影响者，殆未能与儒家经典打成一片有关。计玄奘译经共七十五部，一千三百三十五卷，一千三百多万言。

中国古代人不多作游记，记行文每用赋体，晋法显入印度始有《佛国记》之作。玄奘西游归来，作《大唐西域记》，记述沿途地理、山川、风物、民情甚详，为中国游记开山之作。故在《徐霞客游记》出现以前，在家人所作游记，罕有超出于和尚者也。

2. 禅宗语录

此种文体，影响晚唐及宋代文学甚大。佛教入国，原走北路，至梁武帝时，菩提达摩乘舟至广州。后入金陵谒帝，为佛教之别派，重顿悟功夫，不甚投机，乃北走嵩山少林寺，面壁九年，后传至慧能而成佛教南宗。其宗风为打破一切束缚，为求传道普遍而用白话说法。记录时亦直书口语，遂成白话语录之新文体。今所见《景德传灯录》《五灯会元》诸书，即当时所流传者也。流播既广，遂影响文人写作，以白话记其理论，宋代理学家师弟问答实因袭此种新文体，而后代之白话小说，盖亦肇源于此。故禅宗对近代中国文学之贡献实有不可磨之功德焉。

3. 诗僧与僧诗

最早为王梵志，以白话说佛理，即偈是也。传至中晚唐而有寒山、拾得之诗，皆近于白话之韵语。晚唐会稽有二清（清江、清昼）者亦以诗名。五代有贯休、齐己，其诗面目与文人之作相等，已不同于佛家之偈。

/第四章/
浦江清讲宋元文学

宋初的诗文革新运动

在中唐时期，韩愈提倡古文，变革南北朝以来讲求声调对偶的近于俳谐的骈文，主张规模古代典籍，读先秦两汉之书，向儒家经典、先秦诸子、贾谊、司马迁、扬雄学习，树立起古文的旗帜。这一方面是复古主义，另一方面是文体的革新运动，所谓“文起八代之衰”。支持韩愈古文主张者，有柳宗元、李翱、张籍等。

骈文需要对偶，出言必双；又要辞藻华丽，援引典故，不易写作。我们并不否认写骈文的也有大作家，但是一般的骈文是庸俗的，有辞藻而无思想，堆砌典故，空洞无物，成为唯美主义的、形式主义的文体。安史之乱之后，中国社会各阶层发生了大波动，贵族门阀阶级渐趋没落，新兴的地主阶级起来。随着隋唐科举制度的推行，新兴的进士阶层出现，当时考中进士的人就有许多出自“寒门”。这些新兴人物，反对骈文，反对“连篇累牍，不出月露之形；积案盈箱，唯是风云之状”的文学，而主张服务于儒家的“道”的古文。散文、骈文的交替，显示了社会发展的变迁。这不单是文体上的变革，乃是文学内容和文学思想的变革。

与韩愈、柳宗元提倡古文的同时，白居易、元稹在诗歌的创作上也提出了主张。他们反对“嘲风月，弄花草”的无聊诗歌，主张作诗应该继承《诗经》三百篇有关于政治教化的传统，他们推崇杜甫诗歌的现实主义精神，那些能够针对社会现实、道出民生疾苦的诗。提出以情（感情）、义（意义）为根本，声（韵律）、言（语言）为枝叶，“为君为臣为民为物为事而作，不为文而作”的诗歌创作主张。韩柳的古文运动与元白的诗歌主张，是中唐时期新兴的文学思潮，同时是中唐社会的产物，是当时尖锐的阶级矛盾所激起的文学改革运动。

这个文学改革运动，在晚唐五代时期，可惜未能继续发展。在晚唐时期，藩镇节度使专权，地方势力大于中央，而五代十国时期，中国分裂成为各个独立的小国。文人多数依附主人，做幕府秘书，不能不学习骈文四六，作制诰、表奏、书启，谈不到有独立的思想，习惯于写骈四俪六的文章。李商隐、段成式、温庭筠辈的诗文，依旧是骈丽的，看重声律对偶的。在五代时期，与中原接壤的、比较安定的、社会经济繁荣的是南唐和西蜀。南唐和西蜀的文风是浮靡的，依旧崇尚骈文、宫体诗、艳体词。北宋初年，朝廷上所用的，好些是由南唐、西蜀转到北方的（随两国之亡，而降顺于新朝廷），如徐铉、张昭等。北方文人如陶谷，作风亦同于南方文人。

代表北宋初年的诗派是宋真宗朝（即11世纪初年）的西昆体。诗人如杨亿、刘筠、钱惟演等都是身居高位的官僚。他们的诗歌境界极其狭窄，彼此唱和一些空洞无物的诗歌，杨亿把他们酬唱的诗汇编成帙，“取玉山策府之名，命之曰《西昆酬唱集》”（《西昆酬唱集·序》）。此集皆近体诗，凡二百五十首（今佚二首），作者十七人，以此三人为首。以对仗工稳、用事新僻为贵，模仿李商隐的风格。题材很狭，以泪、柳絮等为题，各有所作，真是白居易所反对的“嘲风月，弄花草”一路。有辞藻而乏内容，使诗歌走入魔道。时人石介作《怪说》，极力攻击杨亿（杨大年）。石介是一位道学家，其文艺理论是主张恢弘圣人之大道的，谓：“杨亿之穷妍极态，缀风月，弄花草，淫巧侈丽，浮华纂组。其为怪大矣！”

西昆诗人，同时也是骈文作者。

与西昆体不同，用平淡朴素的语言，力求革新绮靡诗风的，最初是王禹偁。王禹偁（954—1001），字元之，济州巨野人，976年进士。出身寒苦，九岁能文。他遇事敢言，以直躬行道为己任，但虽有政治抱负而不得志（《宋史》卷二九三有传）。他有《小畜集》三十卷、《小畜外集》七卷。他的古文，骈散相杂。他主张“远师六经，近师吏部，使句之易道，义之易晓”（《答张扶书》）。他的《待漏院记》《黄岗竹楼记》是有名的文章。前者是骈文，写出他对于朝廷与国家的责任心；后者是古文，写他的流浪生活。他又能诗。《感流亡》写由于关辅旱灾，避地流亡的老翁与病妪，有“尔为流亡客，我为冗散官。左宦无俸禄，奉亲乏甘鲜。因思筮仕来，倏忽过十年。峨冠蠹黔首，旅进长素餐”之句，是感于乞妇的流浪，而自愧为官无助于人民，看出他的正义感与人道主义精神。诗近白居易风格，开宋诗先路。《赠（友）朱严》诗云：“谁怜所好还同我，韩柳文章李杜诗。”《示子》诗云：“本与乐天为后进，敢期子美是前身。”他的诗对以后欧阳修、梅尧臣的诗是有影响的。《宋诗钞·序》说：“元之独开有宋风气，于是欧阳文忠得承流接响。”

与王禹偁同时爱好韩愈文章的是柳开。柳开，字仲涂，大名人，开宝六年（公元973年）进士。追慕韩愈（曾以“肩愈”为名），亦以能开圣道自命，所以名开而字仲涂。有《河东集》十五卷。他与范杲、高锡、梁周锡齐名，一时有“高梁范柳”之目。

王禹偁、柳开，为宋初古文运动的前驱者。稍后于柳开的古文家是范仲淹（989—1052），作风接近王禹偁，其名篇《岳阳楼记》亦骈散夹杂之古文。范仲淹亦有词，虽寥寥数篇，思想性、艺术性皆高。此外还有古文家穆修（979—1032，字伯长，郓州人）、尹洙（1001—1046[1]，字师鲁，河南人）。

当时文学界之斗争阵线是，一面是骈文与温李诗相结合的西昆派，是富贵典丽的台阁体，非现实主义的文学，有颓废倾向的；一面是追慕圣贤、尊重儒学、尊经明道、奉韩柳为正宗的古文派，继承李杜元白现实主义传统的诗歌革新派。一直到宋仁宗时，晚唐五代文风的影响才差不多革洗净尽。这时期领导古文运动的是欧阳修。欧阳修是推进古文运动而完成古文运动的重要作家，以古文家而兼诗家。

欧阳修的朋友，以写诗著名、为欧阳修所极力推崇的是梅尧臣与苏舜钦。

---

[1] 尹洙在世时间应为公元1001—1047年。——编者注

欧阳修及其作品

欧阳修（1007—1072），字永叔，江西庐陵（今吉安）人。父亲是进士出身，做过小官，早卒。修四岁而孤，少年穷苦。母亲郑氏，亲诲之学，家贫至以荻画地为书。后随叔父在隋州，借李姓藏书抄诵。得《昌黎集》残书，读之，大好。敬佩韩愈，仿作古文。二十岁，进京赴考。二十四岁中进士，出为西京（洛阳）推官。与谢绛、尹洙、梅尧臣为友，时同游。

1034年入为秘阁校理。

1036年，年三十，范仲淹忤吕夷简罢出，修致书司谏高若讷，责其不言，骂他出入朝中不知人间有羞耻事。若讷出其书于朝，修被贬为夷陵（今宜昌）令。

1040年，入朝。

1043年，知谏院。

1044年，为龙图阁直学士。

1045年，为人所排挤诬陷，罢职，出为滁州（今属安徽滁州）知州。作《丰乐亭记》及《醉翁亭记》，年四十，即自号醉翁。

1048年，徙知扬州。

1049年，移知颍州，乐西湖之胜，将卜居。

1050年，改知应天府兼南京留守。

1052年，以母忧，归颍州。

1054年，为翰林学士，兼史馆修撰。

1057年，知礼部贡举。其后又入朝，为翰林学士，修纂《唐书》（与宋祁分任主编），知贡举。历官礼部侍郎、枢密副使、参知政事等。

1071年，告老，以太子少师致仕。

明年卒，年六十六。谥文忠。有《欧阳文忠公集》《六一词》。

欧阳修一生宗仰韩愈，又从尹师鲁游，学作古文，造诣极高。欧阳修是文学家，不是政治家。他在政治上近于元老派，很推崇杜衍、范仲淹、富弼、韩琦等有所作为的贤相。早年还比较激进，晚年当王安石执政时，就趋向保守了。

欧阳修的思想是儒家学说的正统思想，主张发扬孔孟之道。苏轼《六一居士集序》说：

> 自汉以来，道术不出于孔氏，而乱天下者多矣。晋以老庄亡，梁以佛亡，莫或正之。五百余年而后得韩愈。学者以愈配孔子，盖庶几焉。愈之后三百有余年而后得欧阳子，其学推韩愈、孟子以达于孔氏。……

宋兴七十余年，民不知兵，富而教之，至天圣、景祐极矣。而斯文终有愧于古，士亦因陋守旧，论卑而气弱。自欧阳子出，天下争自濯磨以通经学古为高，以救时行道为贤。

欧阳修要继承、发扬儒家道统，要“通经学古”“救时行道”。他继承韩愈“原道”思想，而作《本论》。韩愈排斥佛老，尊重儒教，以周公、孔子、孟子的道统自命，合道统与文统为一。古文运动不单是文体方面的改革，同时是思想方面的改革，内容和形式是统一的。写文章要根柢六经，发挥孔孟之道，作为巩固中央集权统治的上层建筑。欧阳修的中心思想也是如此，古文要表现的是儒家思想。《本论》之意谓中国不失教化，则夷狄之教无由入，故以固本为首要。固本包括农桑与仁义之教化。因为佛教的势力不如唐代的顽强，所以欧阳修的排佛也不像韩愈那样激切。比较《本论》和《原道》就可以明白。有佛教徒而能诗文的，他也加以奖掖，如对释秘演、释惟俨等，为之作诗文集序。

欧阳修绝不好道求仙，他没有神仙思想、求长生等一套观念。他认为人生飘忽，是短暂的，但是可以不朽于后世。那便是《左传》所提倡的立德、立功、立言，此为三不朽。作于嘉祐元年（公元1056年）的《鸣蝉赋》认为，鸣蝉喧聒一时，“有若争能”，但“忽时变以物改，咸漠然而无声”。而人则不同，“达士所齐，万物一类，人于其间，所以为贵，盖已巧其语言，又能传于文字”，故能“虽共尽于万物，乃长鸣于百世”。不过文章虽工，假定没有内容，那么等于“草木荣华之飘风，鸟兽好音之过耳”（《送徐无党南归序》）。美丽的文章与工巧的语言，不足以不朽。足以不朽的是立德、立功、立言之三不朽，而三者中又应以立德为首要。“自《诗》《书》《史记》所传其人，岂必皆能言之士哉！修于身矣，而不施于事、不见于言，亦可也。”（同上文）此为儒家正统思想，以蓄道德能文章为标准。劝人如此，自勉如此。

因此，欧阳修主张文章要发扬道统。在《答吴充秀才书》中他强调“道胜者文不难而自至”，反对文士自认为“职于文”而“弃百事不关于心”。在《与张秀才第二书》中，他再次发挥了文学必须明道的观念。张秀才请他看古今杂文十数篇，固为为学有志，然而述三皇太古之道，舍近取远，务高言而鲜事实。他认为是不切实的。他说：“君子之于学也，务为道。为道必求知古。知古明道而后履之以身，施之于事，而又见于文章而发之，以信后世。其道周公、孔子、孟轲之徒常履而行之者是也，其文章则六经所载至今而取信者是也。其道易知而可法，其言易明而可行。……今生于孔子之绝后，而反欲求尧舜之已前，世所谓务高言而鲜事实者也。”据此可知他所谓好古，是以恢复光大孔孟之道为职志。欧阳修揭起了正统文学的旗帜。人们也推崇他道德与文章不偏废。自欧阳修以后，道学、功业、文章离开。二程、周、张得道学，王安石得政治，苏轼得文章、文艺。

古文派都以根柢六经为标帜，经术与文学合一，这当然也是科举制度发展的结果。不过比较起来，韩、欧、曾、王是古文与经术合一的。柳、三苏的思想并不纯粹。柳宗元有庄子、屈子的思想，苏洵、苏辙有纵横家的思想，苏轼参以佛老。

欧阳修一生嫉恶如仇，爱贤若渴。在政治上钦佩杜衍、富弼、范仲淹、韩琦几位贤臣。作《朋党论》，认为君子有朋党，以义为结合，是真朋党；小人以利结合，利尽则散，只是伪朋党。国君应该近君子党，斥小人之伪党。“朋党”并非恶名。当时政治斗争激烈，宰相擅权，往往借朋党之名，以排挤君子，故发如此论。欧阳修既景仰先辈，同时又为援引后进，不遗余力。古文家曾巩，笃道君子，出欧门下。王安石为曾巩同乡，欧阳修亦屡热忱予以奖掖。知贡举时，得苏轼卷，大为激赏，举为进士。欧阳修谓“吾当放出一头地”，许为将来文学第一人，在他自己之上。三苏皆与欧公善。北宋古文大家，称欧曾王苏（三苏），而欧阳修实为领袖。

欧阳修是宋初古文运动的领导者。韩愈的古文主张和他首创的古文运动，直到欧阳修的大力提倡，而完成之。此后骈文只是成为通行之公文与应酬文字。欧阳修有深厚的思想感情，而出之以和婉流畅的散文风格。他比之韩愈，又自不同。韩愈深厚雄博，但尚喜用古字，造句奇崛，雄健有余而流畅不足；欧公虽写古文，而选用平易习用的词汇，更明白易懂。苏洵在其《上欧阳内翰第一书》一文作了比较：

> 韩子之文，如长江大河，浑浩流转，鱼鼋蛟龙，万怪惶惑，而抑遏蔽掩，不使自露；而人望见其渊然之光，苍然之色，亦自畏避，不敢迫视。执事[1]之文，纡余委备，往复百折，而条达舒畅，无所间断，气尽语极，急言竭论，而容与闲易，无艰难劳苦之态。

欧阳修的古文运动，经历了两条战线的斗争，一方面反对骈四俪六的浮华的骈文，一方面也反对钩章棘句、艰涩险怪的文章。其知

[1] 即欧阳修。——编者注

贡举时，痛抑钩章棘句派的士子。榜出，嚣薄之士，候修入朝，群聚诋斥之，街司逻卒不能止，至为发文投其家。但自是文风稍变。

欧阳修的山水文章，不单是纯粹的流连景物。有名的《醉翁亭记》，是一篇轻松愉快的抒情散文。全篇用“也”字为节奏，似乎是游戏之作，而非常自然，可代表欧阳修的散文风格。写了滁州山水，同时主要是写太守和人民“醉能同其乐”。《丰乐亭记》同为欧阳修做滁州太守时所作。两文内容并不徒流于风景之美，主题思想在于人民安乐（负者歌于途，行者休于树），能享小康的丰乐，然后刑省政闲，太守得以宴乐而享山水清福。与他主张的贤能政治有关，不失为贤太守的风度。《泷冈阡表》是他晚年在故乡泷冈为表父亲之墓而作的。主要以母亲平时所说他的父亲平素的为人，表扬父德。他的父亲是一位进士，历任州县判官、推官，宽厚有仁德；认真处理公事，决死囚狱，反复考虑，不愿枉死一人，爱护人民。因而有遗泽，使欧阳修得以享高官厚禄。这篇文章，虽是封建正统思想的忠孝观念，而感情真挚，是应该肯定的。

欧阳修的古文，善于布局。虽平易实为经心之作。如《醉翁亭记》《丰乐亭记》《有美堂记》《相州画锦堂记》，艺术性都强。《醉翁亭记》由滁说到山，山到峰，到泉，到亭，由大及小，然后谈山林的晦明变化。谈人，谈到太守宴，太守之乐反映滁州的太平无事。《丰乐亭记》述由乱到治，遗老尽亡，时代推移，归结于王化。《有美堂记》说山水与都会兼胜，唯杭州与金陵，而金陵荒废，独杭兼美。凡此皆宋人理路清楚，短文中有曲折布局，如山水画之美。有艺术性。在开创时代是新鲜的，后人学之便成为“古文笔法”的滥调了。

欧公长于史学。修《唐书》（与宋祁合作），修《五代史》，追慕司马迁，颇得《史记》笔力。他为朋友作墓铭，文集、诗写序、跋甚多，以表扬贤者。又搜集金石、铭刻，作《集古录》开考古金石学之先风。其《集古录目序》及《六一居士传》（仿白乐天《醉吟先生传》）表现其晚年之志趣。

欧阳修除古文外，亦善诗赋。赋不多，有《鸣蝉赋》和《秋声赋》等，深于情，而风格流畅，亦间用散语，已开宋赋作风。诗反西昆体，学韩愈、白居易。其《水谷夜行寄子美圣俞》是一篇代表作。他在秋天，从汴京出发南行，开始十句描写秋日旅途风景，颇似陶谢。下面转到怀念朋友，对苏、梅诗分别致叹赏及评论语。有比喻有议论，清切不肤泛，新鲜，不袭唐人。《啼鸟》诗是他在夷陵所作。贬于僻地，见春鸟乱鸣，感兴而作。描写许多鸟鸣，参差错落，极有风趣。其思想感情近白乐天，而语言不同。《食糟民》反映人民困苦生活，酿酒的人不能饱腹，反用酒糟来充饥。近白居易新乐府。其《赠杜默》诗云："子盍引其吭，发声通下情。上闻天子聪，次使宰相听。"其作诗主张同白居易。

《明妃曲》二首与《庐山高》是欧阳修平生最得意之作。他醉后谓其子云："我诗《庐山高》，今人不能为，惟太白能之。《明妃曲》后篇太白不能，惟子美能之。至其前篇，则子美不能，惟吾能之也。"今观《庐山高》虽造句奇峭，意思不平，不及太白远矣。唯《明妃曲》二首确为佳作。现将《明妃曲》二首与李杜诗作一比较分析：

《明妃曲》和王介甫作

胡人以鞍马为家，射猎为俗。泉甘草美无常处，鸟惊兽骇争驰逐。谁将汉女嫁胡儿，风沙无情貌如玉。身行不遇中国人，马上自作思归曲。推乎为琵却手琶，胡人共听亦咨嗟。玉颜流落死天涯，琵琶却传来汉家。汉宫争按新声谱，遗恨已深声更苦。纤纤女手生洞房，学得琵琶不下堂。不识黄云出塞路，岂知此声能断肠?

再和《明妃曲》

汉宫有佳人，天子初未识。一朝随汉使，远嫁单于国。绝色天下无，一失难再得。虽能杀画工，于事竟何益?耳目所及尚如此，万里安能制夷狄。汉计诚已拙，女色难自夸。明妃去时泪，洒向枝上花。狂风日暮起，飘泊落谁家。红颜胜人多薄命，莫怨春风当自嗟。

第一首叙明妃远嫁，以“风沙无情貌如玉”句致惋惜同情的情感。在西汉时国力强盛，呼韩邪单于来向汉表示归顺之意，故汉元帝以宫女遣嫁，表示和亲政策，联络感情。王昭君有美色，其远嫁匈奴的故事，成为诗歌、小说的题材。汉人与匈奴人生活不同，远离中原，女性是被压迫者、牺牲品，所以博得人民的同情。首先作《昭君曲》或《明妃辞》者有石崇的乐府，此后南北朝、唐代都有乐府辞，述昭君事。唐时有《昭君变》说唱变文。李白有《王昭君》二首，其第一首末云：

燕支长寒雪作花，蛾眉憔悴没胡沙。

生乏黄金枉图画，死留青冢使人嗟。

第二首末云：

今日汉宫人，明朝胡地妾。

杜甫《咏怀古迹五首》（其三）云：

群山万壑赴荆门，生长明妃尚有村。

一去紫台连朔漠，独留青冢向黄昏。

前两句咏昭君故乡。后两句中以“青冢”对“紫台”，与李白诗以“青冢”对“黄金”略同。李杜诗均佳。因昭君既为众人作诗歌的通俗题材，写起来不易出色。而王安石、欧阳修咏昭君之诗，为宋诗中之杰作，均有深刻的说理与议论，为宋诗的特色。

欧阳修《明妃曲》第一首，多转折，愈转愈深。最后四句尤为创见。意思说，一般女子能弹昭君琵琶曲，而不能体会此曲悲哀情调。着重说明艺术是表现生活的，艺术不能脱离生活经验。唯有生活经验丰富，然后能体会艺术，表达出作者的感情来。第二首，初八句尚是泛写。“耳目所及”二句转入议论，议论精辟，亦是创造性见解。议论感慨，有老杜风格。批判汉元帝的糊涂，借以批判一般统治者的昏庸。后面再转入女色之不足恃，而慨叹于红颜薄命，立意均高。

此为和诗，故在此再与荆公原诗进行比较。王安石两首《明妃曲》意格高妙，更有创见：

一

明妃初出汉宫时，泪湿春风鬓脚垂。低回顾影无颜色，尚得君王不自持。归来却怪丹青手，入眼平生几曾有。意态由来画不成，当时枉杀毛延寿。一去心知更不归，可怜着尽汉宫衣。寄声欲问塞南事，只有年年鸿雁飞。家人万里传消息，好在毡城莫相忆。君不见咫尺长门闭阿娇，人生失意无南北。

二

明妃初嫁与胡儿，毡车百辆皆胡姬。含情欲语独无处，传与琵琶心自知。黄金捍拨春风手，弹看飞鸿劝胡酒。汉宫侍女暗垂泪，沙上行人却回首。汉恩自浅胡自深，人生乐在相知心。可怜青冢已芜没，尚有哀弦留至今。

“不自持”指禁不住见昭君之美而有所动于心（参看《后汉书·南匈奴传》）。意态画不成，枉杀毛延寿，比写人又深进一层，言女子之美在乎体态，非画工可以画出，毛延寿亦枉杀也。极写昭君之美，非画图可表。意思突出独立。最后君不见长门闭阿娇事，以慰昭君，亦慨叹于女性的一般薄命。女性为帝王所玩弄，即使长在宫中，也不免失宠。第二首中“黄金捍拨春风手，弹看飞鸿劝胡酒”，豪放。最后四句亦是介甫独发之议论，不同众人。谓汉帝既不能知昭君，薄待她，则恩情浅。昭君能见重于单于，则胡恩深。人心贵得知心，何分汉胡，远嫁也没有什么。人谓介甫，不近人情，发此类激烈的言论。这样说，在对祖国的感情上是说不过去的。不过后面“可怜青冢已芜没，尚有哀弦留至今”，以悲哀语作结，论昭君不幸之遭遇，并没有说昭君到匈奴后是得意的。此首大意同前首“人生失意无南北”语。

欧阳修诗近白居易，而开始变革，但不及梅圣俞、苏东坡之成熟。

欧阳修亦多作小词，与二晏并称欧晏。词集名《六一居士词》《醉翁琴趣外篇》。欧词继承花间一派婉丽作风，如《蝶恋花》数首。其中亦入《阳春集》，与冯延巳词混，不易辨明作者。欧词“六曲栏干偎碧树”（《蝶恋花》）、“庭院深深深几许”（《蝶恋花》）、

“独倚危楼风细细”（《蝶恋花》）诸章，皆为名篇，情致缠绵。“衣带渐宽终不悔，为伊消得人憔悴”“泪眼问花花不语，乱红飞过秋千去”皆深情语。

《踏莎行》结构极好。前半写行者，后半写居者。“离愁渐远渐无穷，迢迢不断如春水”“平芜尽处是春山，行人更在春山外”，即景抒情，都达到思想性与艺术性结合的高度。

《六一词》中的《采桑子》若干篇，咏颍州西湖景物。写十二节令、七夕、重阳等景物，为时序小曲体。《渔家傲》咏荷花“年年苦在中心里”有古乐府风味。《浪淘沙》“把酒祝东风”篇，《浣溪沙》“堤上游人逐画船”篇中之“绿杨楼外出秋千”句，皆为名篇名句。“绿杨楼外出秋千”，“出”字见精神。清代徐釚《词苑丛谈》卷四云：“李君实云曹无咎评欧阳永叔《浣溪沙》云，‘绿杨楼外出秋千’，只一出字自是后道不到处。予按王摩诘诗‘秋千竞出垂杨里’，欧阳公词总本此，晁偶忘之耶。”

总之，欧阳词高雅婉丽，出于花间南唐风格。欧晏词为北宋第一时期的词。欧公能自歌小曲，同时他的小词亦传唱于歌伎。

欧词一般写女性的多，较柔媚，似乎与“文以载道”的古文家身份相抵触。后来推崇他的人就辩解说这些词并非欧阳所作。曾慥《乐府雅词·序》云：

> 欧公一代儒宗，风流自命。词章窈眇，世所矜式。乃小人或作艳曲，谬为公词。

又蔡絛《西清诗话》云：

> 欧阳修之浅近者谓是刘煇伪作。

《名臣录》也说：

> 修知贡举，为下第刘煇等所忌，以《醉蓬莱》《望江南》诬之。

这样的辩护是不必的。陶渊明高洁，有些悠然世外，但他写有《闲情赋》。这些不是什么玉瑕珠颣。在欧阳修当时，晏殊以刚峻见称，但词极柔弱纤媚；司马光和寇准那么耿介，他们的词也婉约而澹远。欧阳修写作这样的词自是不足为怪的。

王安石及其作品

王安石（1021—1086），抚州临川（今江西临川）人，字介甫，晚年号半山，又封荆国公，学者称王荆公。政治改革家，亦是文学家。

父王益，在南北各地做州县官，官至都官员外郎。王安石在二十岁以前跟着父亲到过许多地方。

1042年，中进士。

1047年，任鄞县知县。（兴水利，贷谷于农民。）

1051年（？），任舒州通判。

1055—1056年，任群牧司判官。

1057年，任常州知州。（计划开浚一条运河，受阻未成。）

1058年，任江南东路提点刑狱。（建议罢除江南东路的榷茶法，为政府所采纳。）

1060年，任三司度支判官。上仁宗皇帝（赵祯）《万言书》，仁宗并没有十分理会他。以后他在神宗朝的政治措施，主要根据他《万言书》中的主张。宋仁宗朝，阶级矛盾和民族矛盾已经加深。庆历三年（公元1042年）[1]，沂州（山东临沂）军士王伦起事，宋王朝认为是心腹大患。七年（公元1047年）贝州军士王则利用宗教组织起义，和当地农民结合，声势浩大，都反映了阶级矛盾。同时对辽岁纳金帛，对西夏赵元昊常有战争（1034—1044），西夏疲惫，宋的损失更为惨重。王安石的改革政治经济政策是为了缓和这两个矛盾。

1063年，仁宗死。赵曙继位（英宗），受曹后牵制，不能有所作为。1067年宋神宗（赵顼）即位。赵顼还不满二十岁，有志改革，求富国强兵之道。他在东宫时即闻王安石之名，十分景仰。1069年请王安石入京，参知政事。这一年，王安石四十九岁。

1069年，富弼任相，王安石出任参知政事。实行均输法、青苗法。

1070年，王安石、韩绛为相。

1074年，王安石求去，罢相知江宁府。韩绛为相，吕惠卿参知政事。

1075年，王安石复相位，吕惠卿免职。

1076年，王安石免职，吴充、王珪任相。

王安石参政、执政（1069—1076）约计七八年，所行均输、青苗、农田水利、募役、市易、方田均税、保甲等一系列新法是为了解决当时尖锐的阶级矛盾，抑制兼并，抑制大地主、大商人的利益，保护中

[1] 庆历三年应为公元1043年。——编者注

小地主、农民的利益，增加国家收入，增强边防力量。新法虽行，但遭到代表大地主、大官僚利益的保守派元老们的攻击与不合作，而执行上也未尽善，不能达到预期效果，朝野提出非难。反对者有富弼、韩琦、文彦博、司马光等人。帮助执行新政的有吕惠卿、章惇、苏辙等，而吕惠卿暗中又排挤王安石，苏辙亦反复，转向反对党阵营中。

宋神宗任用王安石，但他本人也是代表大地主利益的，他主要关注的是朝廷多收入，与王安石的改革主张也有距离。所以王安石终于不安其位，1076年再次罢相，仍返江宁。

王安石罢居江宁城外，去钟山一半路途中，营建几间屋宇，成为小小家园，取名半山园，作经学著作及《字说》，写诗很多。

王安石罢相后，由王珪、吴充、章惇、蔡确、蒲宗孟、王安礼等人参政执政，继续推行新政，到1085年赵顼死。他的儿子赵煦继位，是为哲宗。赵煦还不满十岁，由母高氏临朝听政，起用反对新政最力的司马光、吕公著、文彦博，于是新政陆续罢却。

王安石在1084年曾得大病，（捐半山园作为寺，搬进江宁城内住）1085年神宗死，大为哀悼。听到司马光入相，担心新政的被罢，以手抚床，高声叹息。此后听到保甲、市易、方田均税法等一一罢免，尚默不作声。1086年春，募役法罢，差役法恢复，王安石十分愤恨，病体更受打击，忧愤而卒。

王安石是古文名家，他也佩服韩愈、欧阳修的文章。早年与曾巩交游甚密。曾巩常与欧阳修谈及，欧阳修深重其人，属为推奖。

王安石的思想是以孔孟为正统的儒家思想，不过并非一个迂儒。他早年及中进士后，常在外方州县，了解社会现实情况。一方面推崇《周礼》《孟子》，一方面结合当时社会经济的情况提出改革主张。王安石的学术著作和散文中都表示了他的儒家思想观念，并且对先秦诸子中的几家有所批评。他的文集里有《荀卿》《杨墨》《老子》《庄周》（上下二篇）诸篇。他批评荀子“载孔子之言，非孔子之言也”，认为荀卿不合圣人之道（与韩愈态度相同）。批评杨墨得圣人之一，而废其百者也。由杨子之道则不义，由墨子之道则不仁。其论老子曰：道有本有末。本者，万物之所以生，出之自然；末者，万物之所以成，涉乎形器，故待人力。老子以涉乎形器者皆不足言、不足为也，故抵去礼、乐、刑、政而唯道之称焉。是不察于理而务高之过矣。其论庄子曰：先王之泽至庄子时竭矣。庄子岂不知圣人哉，惟矫枉过正。

王安石愿做政治家与事业家，不愿做空泛的文学家。欧阳修有诗赠他，曰：“翰林风月三千首，吏部文章二百年。老去自怜心尚在，后来谁与子争先。”以李白、韩愈做终身楷模。而王安石在《奉酬永叔见赠》诗中答云：“欲传道义心犹在，强学文章力已穷。他日若能窥孟子，终身何敢望韩公。”言下似不以韩公为模范。他在《韩子》一诗里说韩愈“力去陈言夸末俗，可怜无补费精神”。对韩愈亦有微词，嫌其作空文太多。盖荆公一生以政治家自命，欲近孟子，不欲托空文以自见也。

王安石的古文，议论峭刻，根柢经术。风格如断岸千尺，绝无浮华。他说，作文有本意，如左右逢源（用孟子语），不必重文辞。“所谓文者，务为有补于世而已矣；所谓辞者，犹器之有刻镂绘画也。诚使巧且华，不必适用；诚使适用，亦不必巧且华。”“然容亦未可已也，勿先之其可也。”（《上人书》）大文章以《上仁宗皇帝言事书》为代表作，洋洋万言，提出了“改易更革”的主张。简短而又议论深刻的文章如《进说》和《材论》。前者攻击当时的科举制度重视诗赋，并不能得到才德之士，指出取士之法度与士之才德之间的矛盾。王安石主张用古道，重士之才德，主张废科举而兴学校教育；后者攻击统治者之不欲求人才，说明天下并非没有人才，在乎人君能求，能试用。文章层层深入，扫尽浮华，议论精到。

王安石的散文抒情意味少，即使如《游褒禅山记》这样的游记，也是借物言志，借物议论和说理，说明一种勇猛精进、百折不回的道理，以自警，同时希望此中道理有补于世也。可以喻学，可以喻政。短篇文如《伤仲永》着重言天才之不足恃，唯教育为重要。《读孟尝君传》评孟尝君不能得人才，只能得鸡鸣狗盗之徒。皆精辟，有独见。《答司马谏议书》，对司马光“侵官、生事、征利、拒谏”的指责，据理以答，说明道不同，所操之术异，故意见不合，短而有力。

王安石以古文的笔调来写诗，格调高古，接近韩愈和欧阳修。荆公亦为不满杨亿、刘筠的西昆体者。多写古诗，用古文笔调，风格甚高。他从韩愈入，亦同欧阳修一派，亦欣赏梅圣俞。集中有哭梅圣俞诗，而叹惜于圣俞之终于穷困。前引荆公《韩子》诗有“力去陈言夸末俗，可怜无补费精神”句，似是对韩有所不满。但“力去陈言”用退之《答李翊书》中语“惟陈言之务去”；“可怜”句即退之《赠崔立之》诗中“可怜无益费精神”一句，唯改“益”为“补”。而荆公之古文及诗，皆受韩愈影响，毋庸讳言。

《登飞来峰》云："飞来山上千寻塔，闻说鸡鸣见日升。不畏浮云遮望眼，只缘身在最高层。"可见其立身之高，见识之卓，不为他人所蔽。王安石还有直接议论的诗，如《兼并》，以诗申说自己的政治主张，指出阶级矛盾，感之"三代子百姓，公私无异财"，而归结"俗儒不知变，兼并可无摧"。他所主张的新法，即为抑制兼并而设，但因积重难返，还不能采取平均土地的措施。《省兵》一首也是在诗中发议论，而《拟寒山拾得》是在诗中讲佛理。这样的倾向在王安石诗中是较明显的，所以《宋诗钞》的编者说道："独是议论过多，亦是一病尔。"

王安石的诗有许多爱融改前人成句。如改苏子卿诗"只言花似雪，不悟有香来"（《梅》）为"遥知不是雪，为有暗香来"。改李白"白发三千丈"为"缫成白发三千丈"。改王籍"鸟鸣山更幽"为"一鸟不鸣山更幽"。改王维"轻阴阁小雨，深院昼慵开"（《书事》）为"山中十日雨，雨晴门始开"。改陆龟蒙的"殷勤与解丁香结，从放繁枝散诞香"为"殷勤为解丁香结，放出枝头自在香"等，有的改得好，有的改得差。

王安石喜欢唐诗，曾编选有《唐百家诗选》。他有许多集唐人句的诗。《梦溪笔谈》云："荆公始为集句诗，多者至百韵，皆集合前人之句，语意对偶，往往亲切过于本诗。"这本来是文字游戏。他作词也集句，如《菩萨蛮》：

数间茅屋闲临水，窄衫短帽垂杨里。花是去年红，吹开一夜风。　　娟娟新月偃，午醉醒来晚。何物最关情，黄鹂三两声。

王安石的古风，有名的如《桃源行》《明妃曲》。《桃源行》向往于劳动人民自由的、独立的、不受统治阶级剥削的社会。“虽有父子无君臣”，指出阶级社会为人类痛苦的根源，表现他的理想。王维的《桃源行》是杰作，但只是铺叙《桃花源记》，还杂有求仙思想。荆公此首从阶级矛盾方面着眼，更接触到本质问题。代表他在诗歌方面杰出成就的是《明妃曲》二首，议论独到，诗意不平凡，为大诗家手笔。为与欧阳修和诗作比较，在本章第二节已引用分析，此不赘述。

王安石的律诗，用字工稳。如“紫苋临风怯，青苔挟雨骄”“草长流翠碧，花远没黄鹂”。在五律里常常爱用叠字，如“天质自森森，孤高几百寻”“莽莽昔登临，秋风一散襟”。一般律诗的对偶都是很贴切的。叶梦得《石林诗话》曰：“荆公诗用法甚严，尤精于对偶。”如《九日登东山寄昌叔》中有“落木云连秋水渡，乱山烟入夕阳桥”；《次春节答平甫》中有“长树老阴欺夏日，晚花幽艳敌春阳”。

荆公绝句气韵佳绝。他晚年居金陵十年中，诗的风格趋于闲淡自然，有“舒闲容与之态”，音调自然，内容恬淡。那时他在金陵钟山谢公坡筑室而居，自号半山，写了很多优美的闲适诗。“备众体，精绝句。”（《寒厅诗话》）如《北山》中“细数落花因坐久，缓寻芳草得归迟”表达舒闲容与的心境。《书湖阴先生壁》中“一水护田将绿绕，两山排闼送青来”新奇而自然。《钟山即事》中“一鸟不鸣山更幽”，《梅花》中“墙角数枝梅，凌寒独自开。遥知不是雪，为有暗香来”，《南浦》“南浦随花去，回舟路已迷。暗香无觅处，日落画桥西”，《江上》“江水漾西风，江花脱晚红。离情被横笛，吹过乱山东”皆入唐人意境。所以，黄鲁直说：“荆公之诗，暮年方妙。”“荆公暮年作小诗，雅丽精绝，脱去流俗，每讽味之，便觉沆瀣生牙颊间。”（《后山诗话》）叶梦得说：“王荆公晚年诗律尤精严，造语用字，间不容发，然意与言会，言随意遣，浑然天成，殆不见有牵率排比处。”“晚年始尽深婉不迫之趣。”（《石林诗话》）

王安石也写词，以《桂枝香》最有名，系金陵怀古之作，颇肃练而有气魄。《词林记事》卷四引《古今诗话》：“金陵怀古，诸公寄调《桂枝香》者三十余家，独介甫为绝唱。东坡见之叹曰：此老乃野狐精也。”

王安石的词集叫《临川先生歌曲》，一卷，《补遗》一卷。

王安石有《临川集》一百卷，《宋史》卷三百二十七有传。

词曲的发展和词的概况

提要：

一、宋诗承唐诗而变其风格，用散文笔法，参以说理。但宋代的词，最为发达。以抒情为主，情感热烈。词是文人结合乐府歌曲而产生的，接近于俗文学，加以提高发展，在诗外另辟一个园地。

二、词的定义：配合音乐歌曲的、有一定格律的、用长短句形式的歌辞。

词=辞。曲与辞的名称，古已有之，均为乐曲。唯宋词，或称小词，或称小曲，是唐宋乐府歌曲。

三、小曲源于唐代。崔令钦《教坊记》，小曲已近三百。从中唐起，晚唐五代文人已发展词（小令）。

四、词曲为各地民歌，各民族的乐曲，经乐府机关为教坊收集，配合乐舞而发展的。与伎乐的关系，为侑觞之小曲。文人引为文艺作品。俚曲淘汰，见于敦煌手卷（晚唐至北宋）。

五、词的产生缘于都市繁华，商业化的都市。唐代的长安、洛阳、扬州，多歌伎。宋代的汴京、临安、扬州、成都等商业中心，奢华享乐的生活，太平景象。

六、唯唐代歌伎往往唱诗，如大曲中唱唐代诗人绝句，如《杨柳枝》等小曲也是七言绝句句法。到宋代大曲小曲均用长短句句法。

长短句是五七言的解放，同时词有格律，不但句法一定，平仄也讲究，又是一种束缚。在解放与规律中成为一个诗歌艺术的类型。

七、宋代歌伎的普遍。教坊伎：男乐工、女歌唱者。男伎，女伎。官伎：各州县的官伎。家伎：民间伎女，乐户，酒楼茶馆的卖唱者。俚曲必定很多，词牌亦必定很多。不过现在保存下来的词，都是文人高雅的作品而已。

八、文人为歌伎作小词风气的普遍。举苏轼、欧阳修、晏几道为例。

柳永的流连坊曲，专作词曲，为词曲专家。

九、词的体制。小令，中调，长调。

令，引，近，慢，犯（大曲摘遍，集曲）。

十、词的思想内容。词原来是俚俗小曲，最初抒写共同的感情，以相思、别离、四季景物、及时行乐为题材。后来才扩大它的内容，变成抒写个人感情的词，加入咏怀式的思想内容（主要是苏轼以后）。

十一、北宋文人词的分期与前期词人。

宋代文人在韵文方面，也可以说在诗歌方面，另外开辟了一个园地，就是词。词是以抒情为主的小曲。入乐歌唱的。歌曲是最能抒情的，无论合唱的歌、独唱的歌，强烈地抒发人的感情。合唱的抒发了集体的共同的感情，起共鸣作用。独唱的歌曲，倾诉内心的激动，类乎戏台上的独白。宋人的词，性质同于前代的乐府歌曲，不过体制短小，专以抒情为主，不像前代乐府歌曲有长篇叙事的。（连章应用词来叙事，也须夹杂散文。）

宋人称词为小词，也称小曲，也称曲子。就其文词而言，谓之词；就歌曲整体来称呼，称它为小曲，或曲子。属于乐歌的范围。宋人通称词曲，原无分别。在文学史上硬把金元以后的新生俗曲称曲，而把宋代的曲词称词。那是文学史上的名称。

曲的名称原来就有，例如汉代有相和曲、清商曲等。配合琴的称琴曲，配合琵琶的又有琵琶曲。那是指某一大类的歌曲。个别的歌曲如《襄阳曲》《乌栖曲》《明妃曲》等，或为歌曲或为诗篇的名称。至于词的名称也自古有之，例如配合《陇头歌》的称《陇头歌辞》，配合《折杨柳歌》的称《折杨柳歌辞》。歌咏木兰的，称《木兰辞》。词与辞同义，即歌曲的文辞部分，特称之为辞或词。

词起于唐代。唐明皇时代的教坊乐曲，有许多的小曲。这些小曲的来源是各地方的民歌小曲、各民族的音乐歌曲。音调曲折动听，所用的歌辞主要是长短句体，不是整齐的五七言诗体。文人开始替那些小曲作词，是白居易、刘禹锡、温庭筠、韦庄等。所以说这些小曲大量收罗采集到乐府机关里，是始于盛唐，而文人为这些小曲作词，是始于中晚唐时代。到宋代便普遍流行，成为文学体制的一个大类。

词是乐府歌曲，但是有它特殊的形式。假如我们要给词一个定义，便是词是配合音乐歌唱的、有一定格律的、长短句形式的歌词。歌词随每个乐调的声音曲折而变化其句法，获得一定的语文上的格律。单说词是长短句的诗是不够的，譬如汉乐府、李白的诗往往参差错落，可不是后来的词体，因为没有一定的格律。所谓词，每一调有一个词牌名称，如“菩萨蛮”“蝶恋花”等，都是乐曲的名称，有一定的句法和格律。不但管句法，并且管着平仄，不依它便不入乐，不好歌唱了。五七言诗，句法整齐，到词体发达，采用长短句的格式，并且能够运用新鲜活泼的语言，是一种解放，可是同时每个词牌又有一定的格律。一边是解放，一边又有束缚和规律，艺术性就在这里。本来诗歌是格律化的语言。没有音乐性的回旋曲折，就不成为诗歌了（古典的诗歌原理在此）。

唐代的教坊乐曲，有小曲、大曲。大曲如《甘州》《凉州》《伊州》《水调》《六幺》等。采用五七言绝句入内歌唱。小曲如《菩萨蛮》《调笑令》《抛球乐》等，都用长短句词。小曲也已到三百之数。到了宋代教坊曲，无论大曲小曲都用长短句形式的诗句，这类的歌词总称为词。

唐代文人的诗有采入歌曲的，如王昌龄、高适的绝句，白居易、元稹的诗。然而到了宋代，欧阳修、苏轼、黄山谷的诗都不可以入乐歌唱（部分的可以倚琴而歌）。他们另外写许多小词，同样地可以入乐歌唱。他们写诗是一个态度，写词又是一个态度，例如黄庭坚的诗是高古派，可是他的词却是非常俚俗，尽量用俗言俗语的。

词曲在当时是俗文学，大众化的文艺。上至王公大人下至市井小民，都喜欢作词唱曲。本来民歌杂曲，散在各地，那是人民的文艺。不过那些歌曲，少人注意，没有能收集起来。宋词之所以发达，是都市繁华，伎乐发达所致。伎包括男伎、女伎、乐工和歌唱者。合乐和歌唱的不分男女，不过基本上歌唱的以女性为主，而合乐的是男乐工。歌伎有教坊伎，承应宫廷宴会歌舞的；有家伎，豪门贵族的家伎；有官伎，各州县承应官场酒席宴会的伎女；有民间的伎女，在酒楼、茶馆、勾栏中卖唱的，而部分民间伎女也编入乐户，要承应官差的。所谓小令，多数是歌伎所唱的小调，劝酒的歌曲（所谓侑觞之曲），酒令之一种。喝酒时唱曲劝酒。当时士大夫酒席应酬往往为歌伎作小词。例如苏轼在杭州通判任上，有一次府僚湖亭高会，群伎皆集。独秀兰不来，营将督之再三乃来。府僚皆不悦。其时正值初夏，榴花盛开，秀兰以一枝献座上。东坡为作《贺新凉》一曲，使秀兰歌之，于是府僚大悦。即“乳燕飞华屋”一首名篇也（《古今词话》）。东坡有一习惯，如果遇到知己朋友来访，他接待清谈。假如不很知己的官僚来，往往设宴招待，请些歌伎来唱歌尽欢，敷衍一番，终席不大交谈。再例如欧阳修奉使契丹，回到北京。其时贾文元公守北都，设宴招待，使官伎办词以劝酒，伎唯唯。复使都厅召而嘱之，伎亦唯唯。公叹以为山野。既宴，伎奉觞以为寿，永叔把盏侧听，每为引满。公复怪之，召问所歌，皆欧词也（《后山丛谈》）。可见欧公之词，贾昌朝并未知道，而歌伎却很熟悉，亦可怪也。此虽出于小说，未必可信，但此事可能有的。足证当时士大夫设宴，伎乐普遍，而欧公词亦流传广远耳。又例如晏几道有《小山词》集，他自叙云：往时沈十二廉叔，陈十君龙家有莲鸿、苹云，工以清讴娱客，每得一解，即付之，吾三人听之为一笑乐（《碧鸡漫志》）。士大夫生活无聊，陶情歌曲，因此产生了这类词的文学。至于柳永，他一生沉溺在坊曲声色中，度他的浪漫生活，成为词的专家、填词的能手。坊曲中有新声，即请他填词。柳词普遍流行。西夏归朝官云，有井水处，皆能歌柳耆卿词。在开始时，词基本上是歌伎劝酒之曲。这个风气还是从唐代长安来，到了宋代更盛。

词的体制。词按长短分为小令、中调、长调，又按音乐节奏分为令、引、近、慢、犯，此外还有大曲摘遍、集曲等。

旧说五十八字以内为小令，五十九字至九十字为中调，九十一字以外为长调。（始自《草堂诗余》，分小令、中调、长调，后人因之，约略云尔。）（钱唐毛氏因而如此分划。）其实很牵强，如《七娘子》有五十八字者，亦有六十字者，将为小令乎？抑中调乎？又如《雪狮儿》有八十九字者，有九十二字者，将名之为中调乎？抑长调乎？（《万氏词律》）

至于小令与慢词，则实有区别。晚唐五代词皆为小令，慢词未起，慢词起于北宋年间。慢词有与小令同名，似由小令加拍改为慢曲者，如《浪淘沙》是小令，有《浪淘沙慢》，《江城子》有《江城子慢》。亦有与小令无关者，如《扬州慢》《石州慢》《苏武慢》等。小令有称为令曲者，如《如梦令》《婆罗门令》《六幺令》等，多数不标令字，如《菩萨蛮》《浣溪沙》等。体制短，产生的时代早（称令、称子、称曲等，大概是小令）。

令、引、近、慢、犯。慢、犯皆慢词。引、近介乎令、慢之间（此类曲多数被视为中调）。

引如《清波引》《青门引》《婆罗门引》（唯《云仙引》长至九十八字）。

近如《荔枝香近》《祝英台近》。

犯如《玲珑四犯》《尾犯》（九十四字）。

词的思想内容。词原来是俚俗小曲，它的思想内容局限于相思、离别、欢情。如敦煌卷子里的词，反映商业文明和边疆作战，男女不安定的爱情生活，以女性的生活感情为主。词最能反映封建时代女性的感情。有它的现实性和人民性。不过词句是俚俗的。宋代的词，数量既多，题材也很丰富，大概说来，有相思、离别、欢情、四时节令、四季景物、咏物。在太平时代反映都市繁华，一般人的及时行乐思想；在乱离时代，反映对过去生活的痛苦回忆。实际在苏轼以后，词的内容便已经扩大，有咏怀、怀古、登临山川、朋友赠答等，脱离了情歌的内容，脱离了女性的生活感情，变成文人士大夫的抒情歌曲了。

北宋的词曲，其真正属于民间文艺的俚俗小词，都没有保存下来。保存下来的是名家的作品和名家的词的专集。若干首无名氏或非名人的作品，见于词话所收罗的，数量极少，内容也不特殊。大概是文词可观的作品。

宋代的文人词，可以分为几个时代，就北宋一期说，可分三期：

1. 欧晏时代　小令时代。

2. 柳永时代　慢词渐盛。

3. 周邦彦时代　大制慢词，讲究音律。

宋初出现于词坛的有几位达官贵人，如寇准、韩琦、晏殊、宋祁、范仲淹、欧阳修。其中范仲淹虽则寥寥几首，风格极高，如《苏幕遮》《渔家傲》《御街行》。《渔家傲》的“将军白发征夫泪”，沉郁悲壮，可以与王昌龄、高适、岑参的边塞诗比美。《苏幕遮》的“碧云天，黄叶地”一首，竟已为王实甫《西厢记》送别一折的蓝本。《御街行》的情致也很深。可说是不同凡响。有范仲淹的思想抱负方始可以写出这样的词来。

晏殊（同叔）（991？—1055）江西临川人。仁宗时宰相。诗文接近李商隐、杨亿一派，以典雅华丽见长。《珠玉词》一百二十余首。如《浣溪沙》的“无可奈何花落去，似曾相识燕归来”，如果放在七言律诗里嫌纤巧，放在词里却很大方。诗词的体制和意境各有不同。如《木兰花》（又名《玉楼春》）的“无情不似多情苦，一寸还成千万缕。天涯地角有穷时，只有相思无尽处”，达而深。

欧阳修有《六一词》和《醉翁琴趣外篇》。欧词接近南唐的冯延巳，有些《蝶恋花》和冯延巳的《阳春集》中词，彼此两见，混杂不分。欧词未脱小令时代，承继《花间集》和南唐词的风格。这类写柔情的小词，是为适应伎曲而作的，同时也是抒发某方面的感情的作品。假定是体贴女性的生活感情的，并不是他自己写他的爱情生活。例如“日日花前常病酒，不辞镜里朱颜瘦”，绝非苍颜白发颓乎其中的一个醉翁。常常对镜看花，乃是设想美女的多情。他的词既能体贴女性的柔情，所以入之歌曲也是非常适合的。

晏几道（晏殊之子），字叔原。有《小山词》。他的词多有古乐府意味，颇近《花间集》，温韦遗风。“舞低杨柳楼心月，歌尽桃花扇底风”，《桃花扇》剧本摘取此三字，创造情节。而此《鹧鸪天》一调，后半阕尤佳。老杜诗：“夜来更秉烛，相对如梦寐。”此是诗，并且是夫妇的感情。至如“从别后，忆相逢，几回魂梦与君同。今宵剩把银钉照，犹恐相逢是梦中”，则确乎是词，是小曲中的语言，是恋人的感情，不一定是夫妇了。和杜诗的表现手法，有些相同，也是脱胎换骨。不过这不是文学书本上学习来的，乃是体贴人情的真切。

苏轼的散文

苏轼是古文家。唐宋八大家，三苏占其三。

苏轼的散文和欧阳修不同，前者自然奔放。他说："吾文如万斛泉源，不择地而出，在平地滔滔汩汩，虽一日千里无难。及其与山石曲折，随物赋形而不可知也。"（《文说》）文笔奔放，思想解放，成为苏轼散文特殊的风格。

苏轼的散文很多，有议论文，有抒情文。议论文有政论和史论。政论如《决壅蔽》，揭露当时政治弊端。史论如《范增论》《留侯论》《贾谊论》《晁错论》《六国论》等。也有评论荀卿、韩非等的文章。小传文字，如记其朋友陈慥的《方山子传》。碑铭文章以《潮州韩文公庙碑》《表忠观碑》为代表。

苏轼散文中艺术价值高、颇有独创意味的是游记、亭台记，如《石钟山记》《超然台记》《放鹤亭记》《宝绘堂记》《灵璧张氏园亭记》《李氏山房藏书记》等。这些杂记，或抒情，或议论，有不同的思想感情、不同的风格。

作为苏轼抒情佳作，最脍炙人口的是著名的《赤壁》二赋。赋介于诗与散文之间，是有诗意的散文，也是散文化的诗篇。苏文是散文化的赋，流动，不呆板用韵，挥洒自如，思想性和艺术性都达到高峰。赤壁山在湖北嘉鱼县东北，周郎破曹兵之地。而东坡所游，实为湖北黄冈县城外之赤鼻矶，俗传亦为赤壁。《赤壁》二赋，东坡在黄州所作。他从御史台狱出来后，贬为黄州团练副使，赋中一无牢骚语，非常达观。《前赤壁赋》开首写月夜游江。二三知己，泛舟于赤壁之下，“诵明月之诗，歌窈窕之章”。借月光水色，发思古之幽情。洞箫客箫声呜咽，如怨、如慕，如泣、如诉，触景生情，忆古思今，感叹人生的飘忽无常，求仙与功业两虚。由长江之永恒，哀人生的短暂、飘忽。比之古诗《青青陵上柏》中所云“人生天地间，忽如远行客”，此情此景，具体感人。面对洞箫客的感叹，苏子以水月取比，见物之无穷。水不断流去，而江水源源不断，月或缺或圆，但月永远存在。说明万物变化不断是其常态，同时又是永恒的、不变的，这是矛盾的统一。人生天地间，与大自然和谐相处，“一毫而莫取”，这样，清风为声，明月成色，就能“取之无禁，用之不竭”矣。《赤壁赋》中苏子与客咏《诗经》、歌《楚辞》，引经据典，从容自然，足见其古典文学造诣之深。其形象的描写，使读者飘飘欲仙，达到一种超然的境界。苏辙谓“子瞻之文皆有奇气，至《赤壁赋》仿佛屈原、宋玉之作，汉唐诸公皆莫及也”，是一种有见地的评价。此篇最为一般人所传诵。“东坡两游赤壁”也成为象牙雕刻、绘画等的题材。

他的自由主义和无可无不可的精神，见于他所作的《灵璧张氏园亭记》：“古之君子，不必仕，不必不仕。必仕则忘其身，必不仕则忘其君。譬之饮食，适于饥饱而已。然士罕能蹈其义赴其节。处者安于故而难出，出者狃于利而忘返。于是有违亲绝俗之讥，怀禄苟安之弊。”士的这一阶层的矛盾，他这样解决，以义为依归，一方面对国家有责任感，一方面也不违己强求。这是在湖州时所作。后来他更其佩服陶渊明的态度，欲仕则仕，欲隐则隐。可是他的时代和渊明时又不同，宦海生涯，欲隐不得。因此他有随遇而安的思想。

他对于人生的看法是人生如寄。尘俗的事务不能不做，要想法摆脱，此外有艺术的世界，是永久的、无尽的，可在其中求解放自由。因此他认为一生乐事，就在乎作文章。“某平生快意事，惟作文章，意之所到，则笔力曲折，无不尽意。”

《日喻》用浅显生动的比喻，说明学以致道的道理，批判士人不深入学习的风尚。“生而眇者不识日，问之有目者。或告之曰：‘日之状如铜盘。’扣盘而得其声。他日闻钟，以为日也。或告之曰：‘日之光如烛。’扪烛而得其形。他日揣籥，以为日也。……道之难见也，甚于日，而人之未达也，无以异于眇。达者告之，虽有巧譬善导，亦无以过于盘与烛也。”扣盘扪烛，成为典故。接着文章论断“道可致而不可求”，“君子学以致其道”。譬如游泳一样，日与水居，七岁而能涉，十岁而能浮，十五而能没矣。所以，人不可不学而求道。

东坡有《东坡志林》五卷，《仇池笔记》二卷，所收笔记、杂感、小品、史论一类文字。其文或长或短，无不意能称物，文能逮意。其《记承天寺夜游》寥寥数十字，而饶有风趣。

他的散文，有政论、奏疏，有史论，有碑记、墓志铭、行状、祭文等，都是认真作的。又有抒情小文，游戏之作，那是最自由解放的，如《超然台记》《赤壁赋》《方山子传》等，以及《志林》。这些作品和通俗文学很接近，开晚明小品文一派。

苏轼散文艺术价值高，广为传诵，成为后人学作文章的典范。陆游在其《老学庵笔记》中说："建炎以来，尚苏氏文章，学者翕然从之，而蜀士尤盛。有语曰：苏文熟，吃羊肉；苏文生，吃菜根。"

苏轼的诗

谈到诗，一般人都推崇唐代，推崇李杜。我们说，唐代之后，李杜之后，也还有诗，有诗人。宋代的诗歌是有它的成就的。北宋的大诗人是苏轼，南宋的大诗人是陆游。

宋初，欧阳修、梅尧臣和王禹偁的诗，已开宋诗的新面貌。诗里有议论，有散文化的倾向，语言比较朴素。他们可以说是宋诗的先驱者。他们的诗和唐诗不同，但在风格上还接近唐代，由韩愈、白居易变来。真正能代表宋诗面貌的是苏轼。苏轼在诗歌方面超过了欧阳修，为北宋的代表性诗人，有特殊的成就。

苏轼的诗，数量多，超过了李白、杜甫，内容丰富，风格多变化，其题材丰富、广阔。有反映社会生活的诗，有描写山水、人物、动植物的诗，有朋友赠答、记述生活琐碎的诗。兼长古诗与律诗，也兼长描写、抒情、说理三方面的技巧。

反映人民生活和社会矛盾的诗，如作于湖州任上的《吴中田妇叹》。湖州本来物产丰富，但人民深受残酷的剥削，生活是很痛苦的。此年多雨，年收不好，“眼枯泪尽雨不尽，忍见黄穗卧青泥”。后来天晴了，能够有些收获，载米入城，而米贱，“汗流肩赪载入市，价贱乞与如糠粞”，不能不“卖牛纳税拆屋炊”，而“官今要钱不要米”。当时西北有战争，“西北万里招羌儿”，而朝廷上多酷吏，“龚黄满朝人更苦”。结句是“不如却作河伯妇”，田妇走投无路，只有投河自尽了。这首诗曲折地写出太湖流域农业生产力最高的地区农民的痛苦生活，和梅尧臣等的诗的作风相同。《戏子由》一诗，很深刻地述说做官之人和人民对立的苦衷，诉说他做官鞭棰小民的自疚。《山村五绝》讽刺盐法与朝廷新法在执行中的为民之害。原有五首，其中三首讽刺时政。第一首说盐法太严，使民铤而走险，结伙伴，贩私盐，持刀械，与官为敌；第二首说官盐太贵，使民吃不起盐；第三首说放青苗钱农民不得实惠，而农民常因事进城，小孩们也常住城中，荒了农事。苏辙为苏轼写的《墓志铭》中说：“见事有不便于民者，不敢言……托事以讽，庶几有补于国。”这类便是“托事以讽”的例证，都有现实意义的。这与白居易的讽喻诗同一作用，但苏轼这类诗歌并不多。

《于潜女》是一首人物描写的诗，写农村妇女之美，非常生动可爱。

苏轼在黄州东坡，曾躬耕其中，垦辟之劳，筋力殆尽。曾作《东坡八首》，又种蜀中元修菜种子于东坡，作《元修菜》诗。在儋耳时有《籴米》诗，“不缘耕樵得，饱食殊少味。再拜诸邦君，愿受一廛地。知非笑昨梦，食力免内愧”。

以上诗均可表现他热爱人民、重视和关怀劳动人民、自己亦爱好劳动的思想感情。

其次，是他的山水诗。苏轼喜欢自然，他热爱祖国各个地方的山川、人物、风俗，随遇而安。描写山川风景，尤为其特长。有许多自然奔放的山水记游诗，如《游金山寺》《游白水山》《百步洪二首》《游径山》《出峡》《巫山》等。苏轼山水诗的特色，是在诗中写人物、发议论，是写山水的动态（王维的山水诗写山水的静境）。他每到一个地方，就爱上这个地方，他爱自己的故乡四川，也爱他到过的杭州、颍州、黄州、惠州、琼州的儋耳。《游金山寺》写长江边的落日与黄昏景物。《望湖楼醉书五绝》写西湖边的风景、物产、“游女”、“吴儿”，极其美好，令人神往。他贬官到儋耳。那里的生活很苦，他还以得见海岛风光为幸。他在赦回渡海时还写诗道：“九死南荒吾不恨，兹游奇绝冠平生。”（《六月二十日夜渡海》）可以看出他的达观的人生观，亦可见出他对自然山川的喜爱。苏轼并非单爱自然景物，且爱乡土人物。在儋耳时亦与黎族百姓来往。有《被酒独行，遍至子云、威、徽、先觉四黎之舍三首》。此外，夜中闻邻家子弟读书声，引起他极大的兴趣，特地去看视，极为欣喜，作诗记之（《迁居之夕闻邻舍儿诵书欣然而作》）。

苏轼对于草木禽兽也是喜好的，还有许多有关饮食的诗（如饮茶诗、豆粥诗等）。足见他对生活强烈的爱。不是消极厌世，而是乐观爱物的。

苏轼笃于友情，尤其对于子由，兄弟之爱最深，他有“我年二十无朋俦，当时四海一子由”之句。和子由在一起时，常常作诗，表示他们的归根之愿。但因宦游，他们之间是会少离多，以不得早偿归田之约为憾。每见面必流连数日，别后则随时书诗酬答，永无间断。苏轼于与子由诗中最亲切倾诉他的衷怀。此外，苏轼笃于交游，对长辈如欧阳公、张方平始终敬仰。其友好有孙觉、王巩、文同、王晋卿、赵德麟、李常、黄庭坚、秦观等，常酬答作诗，诙谐说理，如谈吐然。

苏轼爱好艺术，他自己工书画，有许多题画诗，如《书王定国所藏〈烟江叠嶂图〉》，是一篇自然奔放的七古名作（此画为苏轼友人王晋卿所作）。又如为名僧惠崇的春江晚景图的题诗《惠崇〈春江晚景〉二首》之一，“竹外桃花三两枝，春江水暖鸭先知。蒌蒿满地芦芽短，正是河豚欲上时”亦是名篇。韩干善画马，文同善画竹，他也有题诗。他精通艺术理论，有许多吟咏吴道子画的诗，对王维、吴道子的画有精辟的评赞。

历来对苏诗评家众多。如沈德潜云：“苏子瞻胸有洪炉，金银铅锡，皆归熔铸；其笔之超旷，等于天马脱羁，飞仙游戏，穷极变幻，而适如意中所欲出，韩文公后，又开辟一境界也。”（《说诗晬语》卷下）

赵翼云：“大概才思横溢，触处生春，胸中书卷繁富，又足以供其左旋右抽，无不如志。其尤不可及者，天生健笔一枝，爽如哀梨，快如并剪，有必达之隐，无难显之情：此所以继李、杜后为一大家也。”（《瓯北诗话》卷五）

结合两家的评论，我们来分析一下苏诗的特点：

一、题材丰富。苏轼博学多能，他是他的时代文学修养极高的文人。于经史子集、释道经典，无所不窥，加以到处宦游，生活经验丰富，所以他的诗也包罗万象，内容丰富。山川名胜、草木鸟兽，都有题咏，为李杜以后的一大家。沈德潜所谓“金银铅锡，皆归熔铸”是也。题材和博物知识只是原料，“熔铸”是艺术的处理。他以诗人的观点、诗人的感受了解和表现世界与人生。

二、能达。苏轼以为文学要“达”。他说：“孔子曰：‘言之不文，行而不远。’又曰：‘辞，达而已矣。’夫言止于达意，即疑若不文，是大不然。求物之妙，如系风捕影；能使是物了然于心者，盖千万人而不能一遇也，而况能使了然于口与手者乎！是之谓辞达。辞至于能达，则文不可胜用矣。”（《答谢民师书》）苏轼诗歌纵横曲折，无不能达。正如赵翼谓：“天生健笔一枝，爽如哀梨，快如并剪，有必达之隐，无难显之情。”就是说他的诗能够爽快达意，达他人所不能达者。苏轼云：“某平生无快意事，唯作文章。意之所到则笔力曲折，无不尽意，自谓世间乐事，无逾此者。”（何薳《春渚记闻》[1]所引）东坡虽然在说他的文，也可以论到他的诗。他的诗也是笔力曲折，无不尽意，大概以散文的风格写诗。用散文的作法写诗，是宋诗的一个特点。这个特点远从韩愈开始，配合古文运动的发展延续下来。所以宋诗多议论、多说理。苏诗以说理、议论畅达见长。不过诗到底和散文不同，散文纯用论辩逻辑达意，而诗之达在“求物之妙，如系风捕影”。并不只是形似，而是要表达出其精神实质，所以

[1] 应为何薳《春渚纪闻》。——编者注

他吟咏山水、人物，都能表现出神韵与动态。他以为最善者能体贴物情、畅达物情，如“竹外桃花三两枝，春江水暖鸭先知”，寥寥数字，生动有致，可谓善于体贴物情，是一种达。“三过门间老病死，一弹指顷去来今”，十四字达尽感慨之情，深入浅出。“有如兔走鹰隼落，骏马下注千丈坡”，借用修辞手段写水一泻千里奔放之势，也是一种达。达不只是达意，不但在说理方面。在抒情、描写方面都求达，即是表现力。即以语言作为工具而表现物象、表现情绪、表现思想的意思。

三、多妙悟。苏轼诗多妙悟，含哲理，有理趣。他以诗人的眼光、诗人的感受能力观察世界，了解人生生活，有许多妙悟。例如“横看成岭侧成峰，远近高低各不同。不识庐山真面目，只缘身在此山中”（《题西林壁》），在山景的形象描绘中寄寓着耐人寻味的理趣，实精辟妙悟之言。“人生到处知何似，应似飞鸿踏雪泥。泥上偶然留指爪，鸿飞那复计东西”（《和子由渑池怀旧》），以鸿飞来比人生之际遇，这就并非诉诸感情，而是托于哲理了。苏轼主张自我解放，游于物外。他对于艺术包括诗的见解，不以求形似为满足，而要“得自然之数，不差毫末，出新意于法度之中，寄妙理于豪放之外”。他推崇吴道子，更赞扬“摩诘得之于象外”。得于象外，便能够自由解放。沈氏所谓“等于天马脱羁，飞仙游戏”，即是诗意不受题材拘束，能求得象外的真理，而妙悟也须如此。宋诗使人悟理，唐诗动人感情。我们读苏诗，获得许多智慧。“自言静中阅世俗，有如不饮观酒狂。”“吾虽不善书，晓书莫如我。苟能通其意，常谓不学可。”凡此均似得道言者，其所谓道，即象外、物外，超旷之道，亦即庄子之道。而此道与诗相通，与书画艺术亦相通也。

苏轼观物之妙，求物之妙，于日常现实生活的小事物中，发挥其人生哲学，于诗中往往发出其对事物的妙悟，也就是深微的理解。苏诗亦多议论，并不干枯，而是高超旷达的。他用艺术家的态度，爱好人生，摆脱功名富贵的追求，引导读者爱好自然与艺术。

四、善比喻。苏诗长于比喻，且立意新奇，不落前人窠臼。前述《题西林壁》以观庐山整体设喻，寓发新意。《和子由渑池怀旧》以“雪泥鸿爪”喻人生境遇，已成千古绝唱。苏轼有许多写西湖诗作，如“欲把西湖比西子，淡妆浓抹总相宜”，十分通俗、亲切，千百年来成为吟西湖的定评之作，再如“春风如系马，未动意先骋。西湖忽破碎，鸟落鱼动镜”“微风万顷靴纹细，断霞半空鱼尾赤”“船上看山如走马，倏忽过去数百群”“岭上晴云披絮帽，树头初日挂铜钲”。有静看，有动观，山如马，湖如镜，晴云如絮帽，初日如铜锣，喻义贴切，栩栩如生。再看《百步洪》诗中“长洪斗落生跳坡，轻舟南下如投梭。水师绝叫凫雁起，乱石一线争蹉磨。有如兔走鹰隼落，骏马下注千丈坡。断弦离柱箭脱手，飞电过隙珠翻荷”，诗中一连串的生动比喻也令人赞叹不已。

五、诙谐。有人说苏轼“嬉笑怒骂皆成文章”。苏轼的人生观是达观主义的，他襟怀旷达，写起诗来“触处生春”，妙语诙谐。石苍舒喜欢写字，筑醉墨堂，日夕学书，草书颇有成就，请苏轼作诗论书法。苏轼送他诗曰：“人生识字忧患始，姓名粗记可以休。”借项梁告诫项羽书不足学的故事幽默地开了头，诗结尾说“不须临池更苦学，完取绢素充衾裯”。又很风趣地说，不须像张芝那样在绢帛上苦练书法，可以用绢来作被褥。苏轼以花甲之年谪居海南之儋耳，难得肉食，人很清瘦，得知同遭贬谪的弟弟人也很瘦，于是作《闻子由瘦》一诗云："海康别驾复何为？帽宽带落惊童仆。相看会作两臞仙，还乡足可骑黄鹄。"达观坦然，机趣横生。

六、多用典故。苏轼读书极博，作诗"我诗写我口"，譬如说话一样。因其书卷功夫深，谈吐自雅，多用典故，长人知识。苏轼博学多才，历史掌故、博物知识在诗中运用自如，有书卷气，正如赵翼所谓"胸中书卷繁富，又足以供其左旋右抽，无不如志"。

宋人多读书，因此作诗善用典故，而摆脱声色，即宋诗比唐诗朴素，不尚声调铿锵与对偶工整、色彩绚烂的风格，同时却以书史典故充实其间，使不浅俗。苏黄此类作风尤甚。

东坡不能饮酒，所以和李白的醉酒高歌不同，和陶渊明也不一样。同时因为多谈时事怕遭祸，所以他的诗与杜甫的又不同。没有杜甫结合时代大事的忧愤牢骚，也没有李白那样放浪。他的诗在平凡的生活里，触发许多人生的智慧，契合人情，此所以对于后人的影响特大。

苏诗也有缺点：一、说意太尽，缺乏含蓄蕴藉之致（太求达意）；二、议论多，诉诸理智，则感情不足；三、用典太多；四、多步韵诗，连篇累牍，太轻易。有佳句，不能全篇都好。

苏轼的词

词最初只是小曲，写男女爱情，写相思、别离或幽会，写都市的繁华、风景的秀美和民间的习俗，是用于浅斟低唱。苏轼推动了词的发展，扩大了词的范围。他以古文的笔调来写诗，又以写诗的笔调来写词，扩大了词的题材和意境。苏轼的词无所不写，吊古伤时，悼亡送别，说理咏史，山水田园或自伤身世，内容广泛，一扫艳词柔靡之陋。东坡居士词，“横放杰出，自是曲子中缚不住者”（晁无咎语）。当然他的词也可以歌唱，因为他无论写小令、长调都合于音律，不过也可以不必歌唱的。他只是利用长短句法的流动变化的形式来写抒情诗罢了。这又表现了苏轼的自由解放的性格。我们可以说他的词是脱离音乐的解放诗。

当时，柳永的词是当行本色，婉约而纤丽，苏轼写的则是怀古之类的“大江东去”，豪放得使人有“天风海雨逼人”之感（陆放翁语）。《吹剑录》云：

东坡在玉堂日，有幕士善歌，因问："我词何如柳七？"对曰："柳郎中词只合十七八女郎，执红牙板，歌'杨柳岸，晓风残月'。学士词须关西大汉，铜琵琶，铁绰板，唱'大江东去'。"东坡为之绝倒。

这里可以看出苏词、柳词的不同之处。苏轼写词"无意不可入，无事不可言"。他的词从思想内容到艺术风格都发生了变革，开创了一个词派，称为豪放派，与婉约派相对。

最能代表苏轼词作的是《水调歌头·明月几时有》和《念奴娇·赤壁怀古》。先看《水调歌头》：

丙辰中秋，欢饮达旦，大醉。作此篇，兼怀子由。

明月几时有，把酒问青天，不知天上宫阙，今夕是何年。我欲乘风归去，又恐琼楼玉宇，高处不胜寒。起舞弄清影，何似在人间。

转朱阁，低绮户，照无眠。不应有恨，何事长向别时圆。人有悲欢离合，月有阴晴圆缺，此事古难全。但愿人长久，千里共婵娟。

写月夜醉后的心情。由月的神话故事，幻想乘风归去，自比如李白之为谪仙人。先是感叹人生苦闷、渴求解放的心怀。此后转到"又恐琼楼玉宇，高处不胜寒"，不若留在人间，表示对于人生的依恋，热爱此生，并不羡慕神仙，脱离现实（亦比《赤壁赋》中的思想）。下半阕咏月，从月的阴晴圆缺，比人生的悲欢离合，而以此事古难全为安慰。通彻于物理人情，然后得到超然的旷达的情怀。最后表示兄弟的永久怀念，互祝健康，“千里共婵娟”。此篇是对月怀人的最佳之作。曲折奔放，说理抒情兼胜。再看下一首《念奴娇·赤壁怀古》：

大江东去，浪淘尽、千古风流人物。故垒西边，人道是，三国周郎赤壁。乱石穿空，惊涛拍岸，卷起千堆雪。江山如画，一时多少豪杰！

遥想公瑾当年，小乔初嫁了，雄姿英发。羽扇纶巾，谈笑间、樯橹灰飞烟灭。故国神游，多情应笑我，早生华发。人间如梦，一尊还酹江月。

《念奴娇》一词，同《赤壁赋》。开头“大江东去，浪淘尽、千古风流人物”，豪放之至（关汉卿《单刀会》曾采用其词句）。“乱石穿空”五句，把长江风景概括写出，气势浩瀚。接着由怀古而思今，思古人而不见，叹今吾之易老。山川地理、历史人物、个人感想都融合在此篇中。吊古豪情逸致，一洗浅斟低唱脂粉气之陋。此类胸襟，非柳耆卿所能作。在这词里突出表现了东坡自己的形象、伟大的诗人的形象。

此二词，均接近于李白的诗。

人民热爱李白那样的诗人，同样也热爱苏轼那样的诗人。积极的浪漫主义是他们共同的特点。苏轼与李白不同的，李白有求仙思想，有建功立业、功成身退的思想；苏轼则不同，在诗词中处处表现其受仕宦的羁绊，而要求在苦闷中求解放耳。《临江仙·夜归临皋》词中云：“长恨此身非我有，何时忘却营营。夜阑风静縠纹平。小舟从此逝，江海寄余生。”期待解脱而获得精神自由是何等迫切。

苏轼词气韵沉雄豪放，突破了“花间派”的表现形式，也突破了它的描写内容。所以，有人说他的词“一洗绮罗香泽之态，摆脱绸缪宛转之度，使人登高望远，举首高歌，而逸怀浩气，超然乎尘垢之外。于是《花间》为皂隶，而耆卿为舆台矣”（胡寅《题酒边词》）。但也因此被目为“别格”，《四库提要》说：

> 词自晚唐五代以来，以清切婉丽为宗，至柳永而一变，如诗家之有白居易；至苏轼而一变，如诗家之有韩愈，遂开南宋辛弃疾等一派。寻源溯流，不能不谓之别格；然谓之不工则不可。

李清照批评苏词为“句读不葺之诗”。连出自苏门的陈师道也谓“子瞻以诗为词，如教坊雷大使子舞，虽极天下之工，要非本色”（《后山诗话》）。此局限于词为音乐小曲的词律派的见解，非笃论也。

但东坡词亦非一味豪放，也有极细腻、婉约的词。如《水龙吟·次韵章质夫杨花词》：

> 似花还似非花，也无人惜从教坠。抛家傍路，思量却是，无情有思。萦损柔肠，困酣娇眼，欲开还闭。梦随风万里，寻郎去处，又还被莺呼起。
>
> 不恨此花飞尽，恨西园、落红难缀。晓来雨过，遗踪何在？一池萍碎。春色三分，二分尘土，一分流水。细看来，不是杨花点点，是离人泪。

前半阕非常工细，后半阕大方、概括，仍细致。“春色三分，二分尘土，一分流水。细看来，不是杨花点点，是离人泪。”声韵谐婉，凄婉动人，比章质夫原作还好。对比之下，原作反显得有“线绣工夫”（《曲洧旧闻》），所以，王国维《人间词话》说：“东坡《水龙吟》咏杨花，和韵而似原唱。章质夫词，原唱而似和韵。才之不可强也如是！”此外，还有《洞仙歌》《贺新郎》。前者据苏轼自序，是他早年闻一老尼诵孟昶与花蕊夫人避暑于摩诃池上所作词二句，因足成之。“绣帘开，一点明月窥人；人未寝，欹枕钗横鬓乱。”亦旖旎风光之至（关于此词，可参考《阳春白雪》《乐府余论》《墨庄后录》《词综》诸书）。《贺新郎》“乳燕飞华屋”写闺情。前半阕写夏景，后半阕咏榴花，借以表达美人迟暮之感，亦细致（《古今诗话》谓此词是苏轼为官伎解围之作，《苕溪渔隐丛话》力驳其非）。此皆词的传统内容，而稍稍提高它的本质，大方浑厚，不伤纤巧。在这些词中也见到他的自然不羁的风格。

苏词除豪放外，又见清新。如《江城子》“天涯流落思无穷”首；《蝶恋花》“花褪残红青杏小”“簌簌无风花自堕”；《卜算子》咏雁，比兴深微，境界很高。

写到农民生活的，有几首《浣溪沙》“麻叶层层苘叶光”“簌簌衣巾落枣花”等，清新优美，情景交融。

怀念欧阳修的，有《醉翁操》（琴曲）；悼念他的妻子的，有《江城子》“十年生死两茫茫”；而寄怀子由的，还有不少首词，都是情感真挚的抒情小曲。

苏轼于词中不用典故。纯粹抒情，比他的诗更能深入浅出，容易理解与欣赏。

苏轼开创了豪放词派，他的词影响了南宋的爱国词人辛弃疾，两人并称为“苏辛”。

苏轼的词集叫《东坡词》，有《宋六十名家词》本一卷；又名《东坡乐府》，有《四印斋所刻词》本二卷及《彊村丛书》本三卷。

杂剧作家的时代分期

元代以前，中国戏剧的发展虽然已有了悠长的历史，但并无专门的剧作家产生，也没有完整的剧本传世。直到元蒙时期，涌现出近百数的戏剧作家。这些作家的作品，根据《录鬼簿》及《太和正音谱》的记录，约近五六百种。其中有些是无名氏的作品。这些只是有名的剧本。尚有民间散乐所制、教坊所编，随时代淘汰不见于目录的，应该还有不少的。所以元蒙八十多年的一个时代，剧本数目当近千数。

元剧的作家

元剧作家极盛。据钟嗣成《录鬼簿》，著录前辈名公才人，方今名公才人已亡者尚存者、相知者不相知者，散曲杂剧作家共计152人，其中有杂剧之作家89人，63人为只有散曲之作家。《太和正音谱》著录69人，作剧535种。《录鬼簿》所著录之杂剧则多约一百余种。此外尚有元人无名氏之作尚近百种，元剧著录共计有六七百种。

杂剧作家社会地位不一，有高有下。如关汉卿为太医院尹，庾吉甫为中书省掾，马致远为江浙行省务官，李文蔚为瑞昌县尹，戴善夫为江浙行省务官，刘唐卿为皮货所提举，此属于县尹省掾阶层的小官吏。又如赵公辅为儒学提举，高文秀为东平府学，郑德辉为儒，补杭州路吏。职位较高者，有李时中，为工部主事（亦不甚高），白仁甫，掌礼仪院太卿（此据《录鬼簿》，另处则云白氏隐居不仕），此类人皆知识分子而文学修养极高，如白仁甫，同时为一词家，然无一进士出身者。使在唐宋时代，即为李白、杜甫、欧阳修、苏轼之类诗文高手。既沉抑下僚，遂作戏曲。在文艺创作中他们获得了市民阶层的进步思想，同时提高了杂剧的文学价值。

《录鬼簿》中未注明职位之剧作家甚多，大概为平民阶层无官职者，或隐居不仕，或为小官吏，钟氏不详其官职而漏举者，或为书会才人。如郑廷玉、王实甫、纪君祥、康进之等。此外有史九散人为武昌万户（似贵族地主），有李直夫（蒲察李五）为女真人。又有赵文殷、张国宝、红字李二、花李郎四人则为倡优（教坊中人，为教坊色长、教坊勾管等）。而《黄粱梦》一剧则第一折马致远作，第二折李时中，第三折花李郎，第四折红字李二，是官吏与倡优合作的剧本。贾仲明《录鬼簿》吊词有“元贞书会李时中”云云，则李时中为元贞书会中的领袖，而红字李二、花李郎均为教坊刘耍和之婿。

元剧作家的分期

从《录鬼簿》著录来看，元贞（1295—1296）、大德（1297—1307）年间为元剧兴盛时期。元剧作家可分为前期、后期。以元贞、大德以前为前期，14世纪作家为后期。

王国维《宋元戏曲史》把元剧作家分为三个时期。他是按照钟嗣成《录鬼簿》而定的。钟氏分“前辈已死名公”“方今已亡名公”，“余相知者”“不相知者”，“方今才人”三类。第一类以关汉卿为首，第二类为宫天挺等，第三类为秦简夫等。王氏遂分为三期。实不妥。其实第二、三类均为方今才人，唯钟氏著书时有已死亡者，有尚存在耳。年辈相差不远，可合并为一期，如此即应分为两期。

1. 前期：《录鬼簿》卷上五十六人，称为前辈名公才人者属第一期，以关汉卿、高文秀、郑廷玉、白仁甫、庾吉甫、马致远、吴昌龄、王实甫、尚仲贤、杨显之、纪君祥、康进之等为代表，人才最盛。活跃在元贞、大德前及元贞大德之时。

2. 后期：卷下自宫天挺、郑光祖以下数十人为第二期。所谓方今才人，已亡者或尚存者，与钟嗣成时代相接，与钟相知或不相知者。以宫天挺、郑光祖、乔梦符、秦简夫、朱凯等为代表，剧作远较前期为少。

前期作家盛，后期作家寥落。前期作家生活在1300年以前，且大都是北方人；后期作家生活在1300年以后，其中有北方人有南方人，而居于南方者居多。前期杂剧活跃于大都，后期盛于杭州。此或钟嗣成居于南方，其相知之人偏于南方，故记录此期详于杭州耳。

元剧的数目

元人杂剧，《录鬼簿》《太和正音谱》著录共有六七百种，其中有无名氏之作品，难分元明之时代。约略言之，元剧有六百种左右。现有元剧的选集及总集：

1. 元刊本《古今杂剧三十种》（有影印本）

2. 明臧晋叔《元曲选》（有通行本）

3.《元明杂剧》（南京图书馆影印，六册）

4.《孤本元明杂剧》（商务排印本）

5.《元人杂剧全集》（卢前编）

合计共保存元剧一百三四十种。除有名姓作家之剧作外，其中还有不少无名氏的作品。

当时戏曲已提高到文学地位，名公才人所编戏为行院所应用，当然也有只作为文学写作，剧本未曾为勾栏中人所采用排演的。

关汉卿与《窦娥冤》

（节选）

关汉卿的生平和剧作

关汉卿是奠定元代剧坛基础的大作家，但他的生平材料却很少。

钟嗣成《录鬼簿》称：“关汉卿，大都人，太医院尹，号已斋叟。”未著明年代。已斋，一作已斋。

与钟氏同时，比钟氏约后之杨维桢在其《元宫词》中有云：“开国遗音乐府传，白翎飞上十三弦。大金优谏关卿在，伊尹扶汤进剧编。”“大金优谏”，则为金末遗老。

陶宗仪《辍耕录》记关氏与王和卿同时，则为元中统（忽必烈年号）时人。

邾经《〈青楼集〉序》称，“我皇元初并海宇，而金之遗民若杜散人、白兰谷、关己斋辈，皆不屑仕进，乃嘲风弄月，留连光景。”亦以关氏为由金入元之人物，时代较早。

明蒋仲舒《尧山堂外纪》卷六十八则云：“（关汉卿）金末为太医院尹，金亡不仕。”未知所据。

按《太和正音谱》以关氏“初为杂剧之始，故卓以前列”。非在关氏前无杂剧，宋金杂剧渊源极古，乃关氏为元杂剧作家之首，即为元杂剧第一个作家。关汉卿当与白仁甫（白朴，号兰谷）约同时或较前，白朴生于1226年（据元王博文《〈天籁集〉序》，仁甫生七岁而遭壬辰之难）。金亡时年九岁。

关汉卿之生年约为1220年左右，金亡时年不过十余岁。其为太医院尹，身份在元代。《尧山堂外纪》所谓金亡不仕，未可信也。《太平乐府》有关汉卿《南吕一枝花》散套，咏杭州景，有：“普天下锦绣乡，寰海内风流地，大元朝新附国，亡宋家旧华夷。水秀山奇，一到处堪游戏”云云，非遗老口吻。汉卿至元朝一统宋亡时，年当在六十左右，南人与汉人在模糊观念下，目之为遗老云。

今定关氏之生卒年为1220？—1300？年为稳妥。

《尧山堂外纪》称关氏著有《鬼董》。又称《西厢记》是实甫撰，至“草桥惊梦”止，此后乃关汉卿足成者。王国维谓“《鬼董》五卷末有元泰定丙寅临安钱孚跋云‘关解元之所传’，后人皆以解元为即汉卿。《尧山堂外纪》遂误以此书为汉卿所作”。王氏谓“所传”非“所作”，亦殊牵强。关氏得解当在金末，至元惟太宗九年，其后废而不举者七十八年，按王氏必以解元为真解元，其说非也。

或谓关氏有《大德歌》散曲（见《阳春白雪》）十支，其末首云

"吹一个，弹一个，唱新行大德歌，快活休张罗"。"大德"为元成宗年号（1297—1307），元贞、大德为元代稳定太平之年时，关氏此曲作于大德时，则关氏大德时尚存，遂谓关氏之卒最早当在1307年左右，因此定关氏之生卒年为1224？—1307？，亦为一种推测的说法（《祖国十二诗人》冯钟芸文《关汉卿》）。而孙楷第则又据明钞说集本《青楼集》朱帘秀传有"胡紫山宣慰尝以《沉醉东风》曲赠，冯海粟亦赠以《鹧鸪天》，关已斋亦有《南吕》数套梓于《阳春白雪》"云云（今通行本《阳春白雪》无之，当存于别本），遂以关氏与胡衹遹、冯子振时代相接，约略同时，不能太早。亦与卢疏斋（挚）同时。结论谓关氏生当在蒙古乃马真后称制元年与海迷失后称制三年之间（1241—1250），其卒当在延祐七年之后，泰定元年以前（1320—1324）。（见《文学遗产》第二期，公元1954年3月。）

王季思考证，关氏生1227年以后，卒1297年以后。谓关汉卿《诈妮子》杂剧第二折〔五煞〕曲"你又不是残花酝酿蜂儿蜜，细雨调和燕子泥"二句见胡紫山《阳春曲》。紫山生于1227年，关氏引用他的曲词，当在胡氏成名之后，因此，他应生在1227年后。又关氏有《大德歌》十首，大德是元成宗1297年所改年号。元贞、大德为元代戏曲最盛的时期，关氏末首说"唱新行大德歌"，可见《大德歌》的得名与《庆元贞》同样。据此，关应卒于1297年以后。（《关汉卿和他的杂剧》，见公元1954年4月号。）

关于关汉卿的籍贯，除《录鬼簿》注大都人外，还有：

祁州人。《祁州志》乾隆二十年新修本卷八，有关汉卿故里条：关氏，祁之任仁村人，作《西厢记》脱稿未定而死。今任仁村有高庵一所，传为汉卿故宅。

解州人。《元史类编》三十六，文翰卷：关汉卿，解州人，工乐府，著北曲六十种。

祁州，今河北安国，旧称蒲阴县，宋属祁州，元中书省所属，即可称大都，解州则今山西解县。大概关氏久居大都，而晚年亦到过杭州。

冯沅君认为关汉卿可能有两个：一个解州人，金末入元，为遗老，如元遗山、杜善夫辈，于曲曾染指；一个是大都人，元时人，为人风流浮浪，能演剧，当生于1240年左右。

关氏少年喜游历，至晚年仍风流自赏，与王和卿、杨显之辈为友，有散套《南吕一枝花·不伏老》云："半生来折柳攀花，一世里眠花卧柳。"（《雍熙乐府》卷十）除作剧外，尚能扮演。臧晋叔《〈元曲选〉序》云："关汉卿辈……至躬践排场，面傅粉墨，以为我家生活偶倡优而不辞。"（票友身份）又贾仲明续《录鬼簿》吊词云："风月情忒惯熟，姓名香四大神州。驱梨园领袖，总编修帅首，捻杂剧班头。"

今诸种考证，尚不能得明确的结论。

我们定关汉卿为1220？—1300？为妥。生于陆游卒后约十年，金亡时仅十余岁（十四岁？）宋亡，元统一，年已六十年，故为元开国遗老也。

钟氏《录鬼簿》首录关汉卿，著录关剧五十八种。贾仲明续《录鬼簿》多五种少一种，为六十二本，两书合共六十三本。《太和正音谱》六十种，少《相如题柱》《玉堂春》二本而多《钱大尹鬼报》一种。故三书合，关氏剧本共约六十四本，现存有十七八种：

《窦娥冤》《救风尘》《切鲙旦》（即《望江亭》）、《鲁斋郎》《玉镜台》《谢天香》《胡蝶梦》《金线池》

——以上《元曲选》本

《诈妮子调风月》《单刀会》《拜月亭》《双赴梦》（《西蜀梦》）

——以上元刊本《杂剧三十种》本

《绯衣梦》

——顾曲斋《古杂剧》本

《裴度还带》（?）、《陈母教子》《五侯宴》《哭存孝》

——以上孤本《元明杂剧》复排本

《西厢记》第五本（?）

其中《鲁斋郎》一剧见《元曲选》，《录鬼簿》不著录，徐调孚疑此种非关作。另《西厢记》第五本无定论。《裴度还带》《五侯宴》二剧徐调孚亦疑之。另有《尉迟恭单鞭夺槊》一本，徐录入而亦致疑词。

关汉卿还有散曲作品。

关氏既为元剧第一个作家，而所作亦最多。由于关氏的伟大创作精神，开创元人杂剧的全盛时期，关氏奠定了剧坛基础。

关汉卿的代表作《窦娥冤》

现存的关汉卿剧本十八种中，《窦娥冤》是他的代表作品。王国维《宋元戏曲史》谓："其最有悲剧之性质者，则如关汉卿之《窦娥冤》、纪君祥之《赵氏孤儿》。剧中虽有恶人交构其间，而其蹈汤赴火者，仍出于其主人翁之意志，即列之于世界大悲剧中，亦无愧色也。”《窦娥冤》描写一个善良无辜的妇女，受迫害不屈而死，具备悲剧的本质。

《窦娥冤》的题材，无他书可证。此故事不见于笔记、话本，但来历很悠久。此剧当是取民间流传的故事，而关氏加以处理经营者。

窦娥故事的来源最为古远：

（1）《汉书·于定国传》中东海孝妇的故事。因为冤杀了一个孝妇，东海郡枯旱三年。

（2）干宝《搜神记》记东海孝妇周青被冤杀，临刑车载十丈竹竿，上悬五幡，对众誓愿：青若有罪，血当顺下，青若无罪，血当逆流。

（3）《淮南子》：“邹衍事燕惠王尽忠，左右谮之王，王系之狱；仰天哭，夏五月，天为之下霜。”（《太平御览》卷十四转引）又，张说《狱箴》：“匹夫结愤，六月飞霜。”

凡此，皆冤狱感动天地的故事。由于一个冤狱，天降灾变，使六月飞霜，使血飞上旗，使大旱三年，都出于民间传说。想来，关汉卿并非捏合此数事以创造此剧本的故事，乃是东海孝妇等的故事在民间流传着，渐渐取得窦娥故事的形式，而关汉卿取之以为剧本的题材，而加以剪裁，写成此剧，并非他凭空架构的。

《窦娥冤》的故事有深厚、悠久的民间文学基础。元人杂剧故事都有深厚的民间文学基础。

由周青而变为窦娥，神话式的故事到关汉卿的创作里成为现实主义的作品。《窦娥冤》以一个微小的人物被冤死而感天动地，具有深厚的人民性。

《窦娥冤》未说明它的时代，说窦天章上京赴考“远践洛阳尘”，设想时代在东汉。楚州山阳郡是宋代地名（今江苏淮安县），时代不明。所写的社会情况是宋元社会。《窦娥冤》具体地描写了小市民的生活现实，真实地暴露了当时社会的黑暗。《窦娥冤》所反映的社会现实是宋元时代的社会，不是汉朝、魏晋时代。尽管窦天章赴考是去洛阳，而不去汴都或大都。像窦娥、蔡婆婆、赛卢医、桃杌太守、窦天章、张驴儿等这几个人物是宋元时代的人物。

蔡婆婆所放的高利贷，一年对本对利的。这是元代所通行的“斡脱钱”，又称“羊羔儿息”。高利贷的剥削使得贫者益贫、富者益富，是促使阶级尖锐对立的一个原因。这是迫害平民最厉害的东西。其次，加重人民灾难的是到处横行的贪官污吏。据《元史》载：“成宗大德时，七道奉使宣抚使罢赃官污吏万八千七十三人。顺宗时，苏天爵抚京畿，纠贪吏九百四十九人。”（见钱穆《国史大纲》下）又据史载，元大德七年，就有冤狱五千七百件之多（《文学遗产》增刊一辑，李東丝《关汉卿底〈窦娥冤〉》）。元时差不多无官不贪，包括蒙古人、色目人、汉人、南人的官吏，贪污成为风气。大德在元代还称作是开明兴盛的时期，尚且如此，其他可知。剧本中虽然没有正面攻击高利贷，通过这样一个悲剧性的故事，自然可以看出高利贷剥削是一个罪恶因素。窦天章为了向蔡婆婆借债不能偿还，因此把女儿割舍了，送入死地；蔡婆婆向赛卢医讨债，几乎被勒死；财富和女色引起了不良之徒的觊觎，而最终断送了窦娥的性命。张驴儿父亲被错误地毒死，张驴儿以后被凌迟处死。这几个人的丧失生命直接间接都和高利贷制度有关。至于贪官污吏，在元代更为普遍。在本案里，虽然没有写到桃杌受张驴儿贿赂，可是作者刻画桃杌太守云："我做官人胜别人，告状来的要金银"，"但来告状的，就是我的衣食父母。"寥寥几句话就知道，他不但是个糊涂官，而且是个贪官。糊涂—贪污—残酷，三位一体。在那个时代，贪官污吏普遍地存在，冤狱不知道有多少，所以窦娥和桃杌等都有其典型的意义。屈打成招是常事，窦娥被打得"肉都飞，血淋漓，腹中冤枉有谁知！……天那，怎么的覆盆不照太阳晖！"呼天抢地，见不到光明，眼面前只有一片黑暗。窦娥愤怒呼喊道："这都是官吏们无心正法，使百姓有口难言。""这的是衙门从古向南开，就中无个不冤哉！"这些都是强烈的正面攻击贪官污吏的话。

通过窦娥这样一个善良可爱的女性所受到的种种不幸的遭遇，使我们认识到那个社会的本质。毫无疑问，反抗的矛头是指向统治阶级的。这是《窦娥冤》的现实主义和它的人民性之所在，而且它的现实性和人民性比《西厢记》更高。因此，《窦娥冤》这个剧本一向为中国人民所爱好，直到现在京戏里还有《六月雪》这一个剧本。窦娥成为在封建社会里被压迫而有强烈反抗性的女性的一个典型人物。毫无疑问，《窦娥冤》是为人民服务的一个剧本，不是为统治阶级服务的剧本。剧的末尾，窦娥唱道："从今后把金牌势剑从头摆，将滥官污吏都杀坏，与天子分忧，万民除害。"又窦天章白："今日个将文卷重行改正，方显得王家法不使民冤。"这里似乎又有肯定统治阶级的话，我们不能如此看。这个剧本申诉出被压迫的人民的愿望，用坚强无比的斗争精神，促使统治者的反省。在封建社会里有没有清官呢？当然是可能有的，但是少数。剧本借窦娥之口说过“衙门从古向南开，就中无个不冤哉！”冤狱倒是普遍的，窦娥血债得以申雪，靠冤死者鬼魂的控诉，足见人间许多冤案是不能得到昭雪的。所以窦娥得以申冤，借助于天地的力量。由于她的控诉，感动了天神，显出威灵：楚州大旱三年，冥冥之中，正义得申。固然人民受灾害，也影响了统治者的剥削，于是方始有廉访使的查案（东海孝妇的故事便是如此）。冤狱得申，这是偶然的。所以，《窦娥冤》剧本无一歌颂统治阶级的话，非常显然。作者的立场，自在人民这一边。

按照统治阶级的立场，像窦娥那样一个微小的市民算不得什么，冤枉杀死一个小民，有什么关系？古书上说：“邹衍下狱，五月飞霜。”邹衍是一位谋臣，有了不起学问的人。《前汉书平话》说吕后杀了韩信，“其时，天昏地暗，日月无光”。这些都是冤枉所感召的。而窦娥哪能比邹衍、韩信？窦娥这样一个童养媳、寡妇、小市民的身份，竟能够感天动地。这种民间故事以及发挥民间故事的关汉卿的剧本都体现了人类平等、人民要求有人权保障的民主思想（人命关天关地，不管是大人物或是小百姓）。

《窦娥冤》属于公案剧、社会剧，以冤狱为主题。它控诉冤枉，希望能使人心—天道—王法三者合一没有矛盾，主要以合乎人心为衡量的尺度，统一矛盾，求致封建社会的太平天下。用新观点、用阶级分析来看，这个剧本的主题应该是小市民对官僚统治的斗争。围绕这个主题，错综复杂地描写了其他各方面的真实社会风貌，有丰富的现实内容，主要是揭露那个时代的黑暗面，人民的生活普遍地都很苦。

剧中人物除窦娥外，其他都说不上是正面人物。赛卢医、张驴儿是反面人物。张驴儿更为无赖。梼杌太守是反面人物，糊涂官。蔡婆婆是高利贷者，但在此剧中并非纯为反面人物，其人似乎还善良，待窦娥不错，婆媳的感情，同于母女。可是她很软弱，不能反抗张驴儿父子，甚至不止一次地劝窦娥顺从张驴儿，乃是没见识的庸碌之辈，是一城市居民的形象。窦娥对她也有不少讽刺。对于窦天章，关汉卿并没把他作为反面人物写，而是作为正面人物的。这是因为关汉卿是读书人，也属于士这个阶层。知识分子求找出路，为统治阶级服务，结果是自己的女儿受屈而死，这是极惨的，所以寄予同情，可是，也并没有歌颂他。窦天章这个人物，与包公有别，包公是一个清官，体现人民的愿望，窦天章不然，他是个悲剧人物。他热衷于功名富贵，用女儿抵债，等于卖掉，把自己唯一的骨肉抛弃了。第四折中窦娥的冤屈得以昭雪，是由于窦娥的主动，窦天章完全被动，几度把案卷忽略过去，而鬼魂又把此卷弄上来。此景凄惨阴森。他读古书、讲礼教，非常迂腐，自己把女儿送死了，还在教训女儿鬼魂用三从四德一套大道理。关汉卿在剧里让他大讲其三从四德，怕也有讽刺意味。

窦娥是正面人物，她是代表贞孝兼备的封建道德的完美人物，也是封建制度、封建道德下的被压迫者、牺牲者。她是最受压迫的。在封建时代，女性受压迫是普遍的，而她呢，又是幼年丧母，离父，为童养媳；早婚，为寡妇。凡女性的种种不幸集于一身，后来又受强梁的蓄意欺侮与太守的酷刑。但是她的性格，从关汉卿剧中所塑造的，是聪明、勤劳、稳重、仁慈、勇敢、坚贞不屈，有女性的种种美德。她聪明，有见识。如识透张驴儿父子之为人，劝婆婆不应该留着他们，识透毒药出于张驴儿之手。到官对答清楚，分析事理明白。她富于感情，如对于父亲、对婆婆、对已亡的丈夫的感情，都充分表现出来。她坚贞不屈，不肯顺从张驴儿，遭毒打也不肯招。她有反抗性，如责问天道，立下誓愿；变鬼要求昭雪，报复仇人。有这样美德的窦娥而有那样的遭遇，所以怪不得要埋怨天地，认为天地也糊涂了盗跖颜渊，欺软怕硬，顺水推船的了！天地是不是如此呢？一般说来，是如此的，所以古今不平的事真多。而《窦娥冤》这个悲剧有普遍的人民性，这也是一个原因。

有人认为关汉卿在这个剧本里宣扬贞孝观念，不能算是进步的。在市民文艺里，进步的思想表现在好几个方面。反恶霸、反贪官污吏是一种人民立场；反礼教，表现自由婚姻的又是一种进步思想。《窦娥冤》不是爱情戏剧，不以婚姻为主题，并不妨碍它是一个优秀剧本。窦娥被塑造为贞孝性格，乃是一个典型性格，她是封建时代的完人（标准的优良品性，具备真实封建道德者），因而她的被迫害，更能够获得观众、听众的同情心，达到戏剧的效果。这本戏是严肃的，是悲剧型的。关汉卿有《救风尘》《切鲙旦》这样的喜剧，并不以贞为女性道德。《救风尘》中宋引章，既嫁周舍后，又改嫁安秀实。《切鲙旦》中女主角谭记儿是极聪明伶俐的，她原是寡妇，改嫁文人白士中。关汉卿剧中的女性人物，各有不同，不过在《窦娥冤》剧本中要求一个贞孝性格女性而已，并不宣扬贞节思想。即有，在剧本中是次要部分。

窦娥对丈夫有感情是自然的，对张驴儿憎厌也是自然的。

窦娥对蔡婆婆是好的，但说不上怎样孝顺，不失礼教而已。此与她出身有关，她是读书人的女儿。她不忍蔡婆婆挨打而屈招了，乃是对老年人的一片怜悯仁慈之心，所谓恻隐之心，人皆有之。这是一种伟大的自我牺牲精神和人道主义精神所驱使，并不是服从封建礼教中孝道的教条。她想虽一时招了，免去严刑拷打，未必即成定狱。此意在第四折中窦娥鬼魂补说于父亲前，谁知官吏们糊涂无心正法呢？

梼杌既没有受贿，为什么要毒打逼供呢？不认真、糊涂是一个原因。因为人命案件，必须要破案的，有人抵命的。所以，马马虎虎能定罪就好，出于屈打成招的一途，其事如《错斩崔宁》一样。法律重人命案，但不求细心勘案，则草菅人命。

血溅、飞雪、三年之旱，并非追求浪漫。在中世纪人们的思想意识中有天神、鬼的存在。鬼报仇，同《碾玉观音》，而更为凄惨。此因市民力量还薄弱，未形成资产阶级，封建约束力大，所以市民与封建统治阶级的斗争一般的是悲剧性的，只能在天道和鬼神的帮助之下，得到胜利。反封建势力而包含有封建思想，如天道、鬼神、命运、善恶报应思想等，这是当时的实际。鬼魂出现一场是浪漫主义手法，体现人民的愿望，整个剧本仍是悲剧，这种誓愿报应的思想，和希腊悲剧的有些主题是相仿的。

由于窦娥的强烈反抗，责问天道，使天应验其三个誓愿，这是神话式的处理，以及第四折鬼魂出现平反案卷的场面，都带有浪漫主义（理想主义）色彩，也是现实主义精神的继续。第三、四折悲剧气氛非常浓厚，演出效果是很好的。亚里士多德对于希腊人喜欢看悲剧的解释，认为有purification（净化）的效能，这里也可以应用。

到底“天从人愿”，天不主动，天的作为，是人心、人的意志感召的结果，人是主动的。因而，这个剧本还是积极的，并非迷信的、消极的。

结末表示愿金牌势剑把天下滥官污吏都杀尽，为天子分忧，为万民除害，是正旨，是儒家思想。此剧把天心、人意、王法统一起来，并未根本推翻封建制度，只是要去除封建社会中最为人民痛恶的一些痼疾。其进步意义在此，其局限性亦在此。

本剧结构严密，故事情节并无勉强巧合之处，逻辑因果，都合乎当时的社会现实。曲词是通俗的，没有华丽铺张的毛病。词曲到此，已经做到十分接近大众口语，其中最精彩的是第三折。

《窦娥冤》有不朽的生命，一直活到今日的剧坛。唯从《窦娥冤》到《六月雪》，故事有改动，悲剧气氛冲淡了，不如关氏原作之佳。《窦娥冤》一剧到明代传奇中改为《金锁记》，今不存全本。情节不完全知道。据程砚秋最近所排《六月雪》戏，大概即据明代传奇古本的。情节与关剧不同，张驴儿为蔡家女佣工之子，张随窦娥之夫上京赴考，途中陷之，推入河中，蔡郎并未死，而张归即以不幸闻。此后又计谋蔡婆婆，欲毒死她；蔡婆不吃此汤，递与张母吃了，张母死去。张驴儿欲霸占窦娥，窦娥不从，遂鸣官，屈打成招，判死罪。因对天鸣冤设誓，六月飞雪，遂被放回，未斩。其后，海瑞来重审，把事弄明，张驴儿判死刑。窦娥之夫中举回来，团圆结局。此类改本，实无可取。把强烈的斗争性，全给冲淡了。

王实甫和他的《西厢记》

（节选）

《西厢记》作者王实甫

元人杂剧数百种，在元代著名及演出者不少佳作，唯《西厢记》最为一般人所传诵。而北《西厢记》在明代刻本亦最多，是多数读者所喜爱的剧本，也是元剧中长篇巨型的剧本。

以作《西厢记》著名的王实甫，亦属于前期的元剧作家。《录鬼簿》著录王实甫次第第十，在马致远、吴昌龄后。但著“大都人”三字，不名官职及事迹。著录王作杂剧十四种，中有《崔莺莺待月西厢记》一种。相传《西厢记》五本，有关作王续、王作关续之说。谓王作关续者，因《西厢记》传为王实甫的作品，而第五本文笔不类，较差，遂谓关汉卿所作。以为关作王续者，因关汉卿时代较前，故而又移作此说。按《录鬼簿》于关剧六十种左右之剧目内，无《西厢记》一种。所以《西厢记》部分为关作实无所据。《西厢记》应全属于王实甫名下，而王实甫之时代应与关汉卿相接而略后，假定与马致远同时，定为1240？—1320？相差应不远。

天一阁抄本《录鬼簿》（即贾仲明续《录鬼簿》）于王实甫名下除“大都人”外，多“名德信”三字。知王实甫名德信，字实甫，但仍未明官职。著录杂剧十二种，少《破窑记》及《娇红记》二种。

《太和正音谱》谓王实甫之词“如花间美人”，著录杂剧十三种，无《娇红记》。

《录鬼簿》著录《崔莺莺待月西厢记》，未注本数；《太和正音谱》著录《西厢记》亦未注本数。

今北《西厢记》共有五本，此为特例。相传吴昌龄《西游记》有六本。《录鬼簿》及《太和正音谱》吴昌龄下皆有《西天取经》，未注本数。今《西游记》杂剧六本，或考定为杨景贤作（杨为明初人）。

王实甫身世无考。据《录鬼簿》属于前辈名公，亦为元初作家，元杂剧前期作家。王季思考谓其引用白无咎《鹦鹉曲》，大德年间尚存（白氏《鹦鹉曲》作于公元1302年，王氏《丽春堂》第三折有“想天公也有安排我处”及“驾一叶扁舟睡足，抖擞着绿蓑归去”句，皆用白词。公元1302年为大德六年）。又《西厢记》杂剧终场“谢当今盛明唐圣主”，金圣叹批本作“谢当今垂帘双圣主”，陈寅恪谓“双圣主”谓元成宗和布尔罕皇后（成宗多病，布尔罕皇后居中用事），则《西厢记》作于大德年间（1297—1307）。王季思谓王实甫之年代应与白无咎、冯子振不远，比关汉卿、白仁甫为晚。

然“谢当今盛明唐圣主”句弘治本，明刘龙田、张深之三本均如此。金圣叹批本改作“谢当今垂帘双圣主”，不知所据。陈寅恪据以考据，亦非。

孙楷第《元曲家考略》据苏天爵《滋溪文稿》卷二十二，《元故资政大大中书左丞知经筵事王公行状》（王公为王结），知王结之父名德信，因疑此王德信即王实甫。王结为名臣，易州定兴人，徙家中山，武宗时官至辽阳行省、陕西行省参知政事，中书参知政事。文宗时罢政，顺帝时复拜中书左丞知经筵事。至元二年（公元1336年）正月卒，其父王德信则治县有声，擢拜陕西行台监察御史，与台臣议不合，年四十余即弃官不复仕。苏天爵作此王结行状，在至元三年（公元1337年），其时王结父德信及其妻张氏皆尚在，其年至少亦近八十云云。

按：德信之名，极为普通，未必即曲家之王实甫。苏天爵未言此德信之字为实甫也。又时代亦较晚，至1337年尚在，生年当在1260年左右。而《录鬼簿》正、续编作者钟、贾二人于戏剧家知识较多，如王实甫官至陕西行台监察御史，当为注明，何以一无所知，或漏而不举。其为易州定兴人，留家中山（金元时中山府即今定州市，属保定道；定兴县亦在附近，可通称大都人），不能据为定论。

或又以王实甫即王和卿者，绝非。

王作剧目存十四种，今存《西厢记》五本、《丽春堂》一种和《破窑记》一种。《芙蓉亭》《贩茶船》各有一折在《雍熙乐府》中保存。

《西厢记》的思想性与艺术性

《西厢记》是元曲中最通俗流行的一个剧本，从王实甫到现在已经有六百多年。西厢故事是为中国人民所普遍爱好的。不过向来一般人爱读《西厢记》，因为它是写才子佳人的文学作品，故事情节曲折，王实甫的辞章华美而已。贾仲明吊王实甫云："作词章风韵美，士林中等辈伏低。新杂剧，旧传奇，《西厢记》天下夺魁。"金圣叹推王实甫《西厢记》为第六才子书，而切去它的团圆结局，至草桥惊梦为止，对前四本也不少改窜。金圣叹批改《西厢记》，《第六才子书》是通俗流行的，他的批改本是宣传他的唯心论的世界观的，归结成人生如梦、无可奈何的消遣。他把《西厢记》不曾当作淫书，是他的进步，而是把它当作闲书，当作非现实的东西，是文人才子梦境的书！

向来古典文学不少优秀的作品、伟大的创作，是被封建时代的正统派批评家所歪曲了的。例如《诗经·国风》里面充满了健康的爱情诗，或者被看作"后妃之德"，或者被看作淫奔之诗。

《西厢记》在旧社会，或被看作淫书，或被看作闲书。《西厢记》不是一部淫书，因为《西厢记》里面的爱情是真挚的，不是玩弄性的。男女是平等的，一对一的，爱情与婚姻是统一的。《西厢记》不是一部闲书，因为并不单是提供勾栏里面演出娱乐消遣的东西，这里面有血有泪，展示了在封建礼教的压迫下，一对青年男女，如何为了追求自由幸福的生活而斗争，终于达到完全胜利的、符合人民大众愿望的喜剧效果。《西厢记》是古典现实主义和积极的浪漫主义结合的文艺创作。《西厢记》有浪漫主义成分，因为莺莺的美貌多才，张生的才学和热烈追求，红娘这一个丫头角色，以及孙飞虎的包围普救寺，郑恒的触阶自杀等，都是不太寻常的。说它是现实主义的作品，因为人物性格都是真实典型，而情节布局都是入情入理，没有巧合和离奇古怪的部分。

《西厢记》以才子佳人为主角，这是采取了前代相传的传奇故事。元人杂剧的爱情剧，从唐人传奇和话本小说中取材，男女主角以才子佳人为多，一般的平民老百姓的爱情还没有被取为题材（直到明代小说），这是时代的限制。《西厢记》中有“才子佳人信有之”的曲文，但是我们不能把它当作才子佳人剧。因为后世的才子佳人戏剧、小说越来越趋于公式化、概念化，而《西厢记》反映了生活真实，是追求人性解放，不庸俗的。事实上，爱情并非只是才子佳人的特权，这部作品有反封建的普遍性。作者发下一个宏愿：“愿普天下有情的都成了眷属。”张生、莺莺的故事不过树立了一个斗争的典范而已。

反对父母之命、媒妁之言的门当户对的封建婚姻制度，冲破礼教束缚，追求以爱情为基础的自由美好的婚姻是《西厢记》的主题。

《西厢记》的主题是爱情。爱情也是文学中的一个主要题目。欧洲文学从《荷马史诗》开始，十年战争为了男女爱情的争夺。中国《诗经》里面也多情诗。后来中国诗的发展，和民歌距离远，成为士大夫抒情达意的工具，因此在正统派的诗里面，充分反映士大夫的思想意识、士大夫的生活。政治是重要的题材，大诗人杜甫、李白、白居易很少写情诗。散文方面，尤其是古文，文以载道言志，很少写爱情的。古典文学在这方面显得贫乏。主要由于：① 中国封建社会礼教严，男女接触很少，没有社交，没有交际；② 中国古典文学中的士大夫文学，作者没有爱情生活，只有政治生活，没有生活，就写不出东西来。俗文学，也是市民大众文学的戏曲、小说中以爱情为主题的作品，非常之多。所谓言情之作，如《西厢记》《牡丹亭》《红楼梦》，是其中突出的。以爱情为题材的文学来自人民大众，原始社会中就有情歌、舞蹈；《诗经·国风》、汉乐府的情歌都很健康；《楚辞》湘君、湘夫人的情歌，缥缈空灵，爱而不见，情志缠绵的；南朝乐府中的民歌，如《子夜歌》《懊侬曲》等，都以男女欢爱、诀别为内容，是天真的。而此时产生的宫体诗，不免有轻艳。唐宋小曲由妓女歌唱，都是言情之作。元代散曲有许多采自民歌，或由通俗文人所作为妓女歌唱，庸俗的也不少，色情、秽亵的部分也不免。狎客妓女的接触，缺乏精神上的恋爱，因此情歌就流于色情。所谓风流，原本是一个好名词，后来成为偷香窃玉的代名词了。

在中国漫长的封建社会时代，在旧礼教的统治下，青年男女没有公开社交的机会。爱情成为一种禁忌，婚姻不自由，必须服从礼教。或者是买卖式的，或者是掠夺式的婚姻，给女性以压迫和迫害。《西厢记》反对这些。老夫人是代表封建礼教的典型人物，把一个女儿“行监坐守”，提防拘系得紧，只怕她辱没了相府门第。莺莺处在精神牢狱里面。《西厢记》描写了在旧礼教压抑下的女性，如何地想挣脱这精神牢狱的枷锁。孙飞虎是想用暴力欺压女性、企图实行掠夺婚姻的反面人物。豪强掠夺，尤其在金元时代异族统治下，这种现象是普遍的。《西厢记》里的莺莺、张生、惠明是向掠夺、残暴的统治势力斗争的。老夫人在普救寺被围时，无可奈何，说要把莺莺许配给能退贼兵的人，但是孙飞虎退了，她又反悔起来，“先生纵有活我之恩，奈小姐先相国在日，曾许下老身侄儿郑恒。即日有书赴京唤去了，未见来。如若此子至，其事将如之何？莫若多以金帛相酬，先生拣豪门贵宅之女，别为之求，先生台意如何？”这是她的自私自利，不遵守信义，把婚姻当作一件买卖的事。事实上是她看不起张生，只看见他是一个穷秀才。张生和莺莺有了私情之后，经过红娘的说服，她才无可奈何地把婚姻许了，但是要张生上京去赴考，表现了庸俗的功名思想。

在唐人传奇里有著名的爱情故事，如《李娃传》《霍小玉传》《任氏传》等，托之于妓女和妖狐。名门闺秀，礼教森严，不能有爱情的举动，一般文人也是不敢写的。才子与妓女的爱情是不平等的，是男性中心社会的产物。《西厢记》却不同。莺莺不是妓女，不是妖狐，而是相国的女儿。作者更为大胆，更能达到反封建的效果。它揭穿了封建礼教的虚伪与残酷，指出其软弱性，是可以动摇的。

《西厢记》第四本第二折，俗名“拷红”。红娘对老夫人一段话，义正词严，又晓之以利害：“信者人之根本，‘人而无信，不知其可也……’。当日军围普救，夫人所许退军者，以女妻之。张生非慕小姐颜色，岂肯区区建退兵之策？兵退身安，夫人悔却前言，岂得不为失信乎？既然不肯成其事，只合酬之以金帛，令张生舍此而去。却不当留请张生于书院，使怨女旷夫，各相早晚窥视，所以夫人有此一端。目下老夫人若不息其事，一来辱没相国家谱；二来张生日后名重天下，施恩于人，忍令反受其辱哉？使至官司，夫人亦得治家不严之罪。官司若推其详，亦知老夫人背义而忘恩，岂得为贤哉？红娘不敢自专，乞望夫人台鉴：莫若恕其小过，成就大事，捆之以去其污，岂不为长便乎？”这是威胁而带恳求的话。

红娘的机智、勇敢，救了张生、莺莺二人。红娘说服老夫人的话，是代表作者和观众对于这个社会现实的批评，是一种进步的思想。

《西厢记》的反礼教、反宗法社会达到了一定的深度和广度。宋元社会，作为封建统治的上层建筑的是虚伪的儒家思想，即程朱理学思想，还有佛教的宗教势力。《西厢记》蔑视圣经贤传，看轻功名富贵，同儒家思想斗争。同时这个浪漫的男女偷情的行动，在一个佛寺里发生，把一座梵王宫，化作了武陵源，给佛教的统治势力以无情的讽刺。

《西厢记》的艺术性：

（1）故事情节的安排是为主题思想服务的。长至二十一折，均为必需的情节，不枝蔓冗沓，是一部建立纯粹爱情婚姻关系的典型代表作品。如《拜月亭》《牡丹亭》等长本的爱情为主题的剧本，加入别的题材太多，有不必要的杂乱的感情。

（2）人物的刻画，赋予鲜明的形象及其真实性。人物的性格随着故事情节的发展而发展，不是孤立的、静止的、抽象的，而是具体的、有发展的。不追求离奇曲折的悲欢离合情节以吸引人。如《荆钗记》《春灯谜》《风筝误》等离奇变幻，故意造设。《西厢记》非在写事，而是写人，展示人物心理变化，极其成功。

（3）辞章的华美。《西厢记》辞章美丽似“花间美人”。因为戏曲是歌剧，歌曲部分很重要。王实甫的文学修养高，语言有其特殊的风格，俏皮、诙谐、大方、泼辣、有变化，雅俗共赏。《西厢记》题材是美的，而王实甫又把辞章美化、理想化，而文笔又服从内容的要求，不追求辞藻的泛美，《西厢记》的美是天然的美，语言和人物性格是协调的。特别精彩的是《送别》一折。整部《西厢记》是一首长诗。《西厢记》是歌剧，也是诗剧。王实甫是戏曲家，同时也是一位大诗人。他的创作比之唐代诗人元稹的《会真记》高。

《西厢记》有浪漫主义的成分。取材于唐人传奇，以爱情为主题，一见倾心的爱情。莺莺的美貌，张生的痴情，普救寺的环境，孙飞虎抢亲的情节，中状元的团圆结局，整个故事好像一篇抒情诗歌，风格接近李白的风流、浪漫、豪放。是李白型，非杜甫型。王实甫的风格，非关汉卿的风格。当然《西厢记》基本上仍是现实主义的。

第五章 浦江清讲明清文学

《三国演义》

（节选）

罗贯中与《三国志通俗演义》

《三国演义》的作者罗贯中（约1330—1400），抄本贾仲明《续录鬼簿》云："罗贯中，太原人，号湖海散人。与人寡合。乐府、隐语，极为清新。与余为忘年交。遭时多故，天各一方。至正甲辰复会，别来又六十余年，竟不知其所终。"一说罗氏是钱塘人，或谓罗氏曾参加张士诚起义。《续录鬼簿》载罗贯中剧目有《赵太祖龙虎风云会》《三平章死哭蜚（飞）虎子》《忠正（臣）孝子连环谏》三种。

至正甲辰是1364年，离元朝灭亡不过四年。此后六十年为1424年，即永乐二十二年（永乐末年）。知贾仲明卒于永乐以后。贾与罗为忘年交，必罗比贾年长得多。罗当卒在1400年以前，即洪武年间也。又明王圻《稗史汇编》云："文至院本、说书，其变极矣。然非绝世轶材，自不妄作。如宗秀、罗贯中、国初葛可久，皆有志图王者，乃遇真主，而葛寄神医工，罗传神稗史。”可见罗贯中志气不凡。王圻提到《水浒传》，没有提及《三国演义》。《三国演义》也是一部详细分析政治矛盾、战争策略的书，与有志图王的旨趣相合。罗贯中所作的《赵太祖龙虎风云会》（见《元明杂剧》），比较平庸，主题思想是君臣际遇，和《三国演义》的题材也有相同之处。

罗贯中所编通俗小说极多，除《三国演义》外，还有《水浒传》，相传是施、罗两公的作品。还有《隋唐演义》《平妖传》《粉妆楼》等，甚至有他编过《十七史通俗演义》之说。这是因为后来编通俗演义的人，或者是书坊中人，要托名于他，以便流传的缘故。

《三国志通俗演义》有明刊本，前列弘治甲寅（公元1494年）年庸愚子序，称“东原罗贯中以平阳陈寿传，考诸国史，自汉灵帝中平元年，终于晋太康元年之事，留心损益，目之曰《三国志通俗演义》。文不甚深，言不甚俗，事纪其实，亦庶几乎史，盖欲读诵者，人人得而知之。若诗所谓里巷歌谣之义也”。这里说明了明代文人对于通俗史书的看法。此本据版本家考订实为嘉靖（公元1522年）刊本，不过有此弘治甲寅（公元1494年）的序（商务印书馆影印本据此本）。

《三国演义》是把三国时代的战争作为题材的历史小说。我们可以把《三国演义》称为历史小说，它是中国古典的民族形式的历史小说，和世界文学里的所谓历史小说有性质上的差别。欧洲的长篇小说产生在资本主义社会，是个别作家的文艺作品，内中有把某一个历史时期作为背景，用大部分虚构的人物故事来充实描写这个时期的社会生活的，叫作历史小说。我国的历史小说产生在封建时代。有通俗说书业者，约略根据史书，对人民大众讲说历史上的战争故事和英雄人物，讲说某一个朝代的兴亡始末；原来是口头的文艺创作，从他们的累代相传的讲说底本称为“话本”的东西，通过文艺作家的加工编写，产生了大批演义小说。《东周列国志》《三国演义》《隋唐演义》等，都属于这一类。向来被称为演义小说的，按照它们的内容，可以叫作历史小说。它们是民族形式的历史小说，像欧洲中世纪的英雄传说、编年纪、年代纪那类介乎历史与小说之间的东西，同样渊源于人民口头创作，同样是封建时代的文艺作品。《三国演义》的作者罗贯中，生活在元末明初，是一位伟大的通俗文艺作家。三国故事流传到了他的时代已经有五百年的历史。他继承了丰富的民间文学遗产，比照正史，除陈寿《三国志》外，兼采裴松之注、《后汉书》等，取其有趣的故事、可写入小说者，取其有利于他的拥刘反曹的立场的材料，编写成这部历史和文艺融合得恰到好处的天才杰作，在演义小说中是一部典范的、最成功的作品。

晚唐诗人杜牧有一首绝句《赤壁》：

折戟沉沙铁未销，自将磨洗认前朝。
东风不与周郎便，铜雀春深锁二乔。

赤壁之战是历史上有名的一仗，这首短短的绝句也是唐诗中间有名的。“铜雀春深锁二乔”这样一个鲜明的形象，把当时东吴的危机和周郎侥幸成功的这个历史事实着重表现出来。同是晚唐诗人的李商隐在《骄儿诗》里描摹他小孩的淘气情况，有“或谑张飞胡，或笑邓艾吃”两句诗，可见在晚唐时代三国故事已经普遍流行了。《东京梦华录》记载北宋首都汴京（今开封）的“京瓦伎艺”中间有“霍四究说三分，尹常卖五代史”。京瓦是京城的瓦市，热闹的人民市场，活跃着各色各样的大众化的娱乐杂技。霍四究不知是何等样人。“常卖”是京都的俗语，指在街头叫卖小商品的，大概讲五代史的尹先生曾经是这样一个行当出身的。由此推想，霍四究也不会是怎样博雅的人物吧？据记载，北宋的汴都和南宋的都城临安（今杭州），演说史书的名家有孙宽、李孝祥、乔万卷、许贡士、张解元、张小娘子、宋小娘子等。这里贡士、解元等称呼不是真的科举上的身份，乃是社会上对于一般读书人的美称。演史家要按照史书编造故事，其中尽有些有相当学问的读书人，不过这班读书人必定是穷得可以的，在科举上断了念头，不想往统治阶级里爬了，他们转向为人民大众服务，坐在茶馆里说古书了。这样他们把掌握在封建统治阶级手里的历史知识搬运给人民，同时结合人民的道德标准批评了历史人物，结合人民大众的艺术创造能力把历史事件越发故事化了。在说书界中还有和演史家并立的“小说”家，讲说传奇、鬼怪和反映社会现实生活的短篇小说。这派的说书艺人捏合故事的本领更高，不像演史家的一定要依据史书，带点书卷气的。这派的有名艺人中，有故衣毛三、枣儿徐荣等。从他们的称号可以推想他们的阶级出身，大概是卖过旧衣服、开过枣儿铺的。总之无论读书人也好，做小买卖出身的也好，他们现在同属于一个阶层，就是在市场里说书讲故事的技艺人。讲说的是他们，编造话本的也是他们。他们属于小市民阶层，处在社会下层，是被压迫者，是老百姓。他们的口头文艺创作，主要反映市民阶层的思想意识。不过在都城里活跃的说书业者，原是从各个城市里集中来的，说书业普遍于全国，普遍于城市，也深入到农村。说书的是走江湖卖技艺的，他们接近广泛的人民大众，所以他们的文艺创作是合乎人民大众的口味、反映人民大众的愿望的。封建时代有两种文化，一种是封建统治者的文化，另一种是人民大众所创造的文化。说书艺人的口头创作集中表现了人民大众的文艺创作才能，从这里成长出民族形式的小说，为施耐庵、罗贯中、吴承恩、吴敬梓、曹雪芹的文艺天才开辟了广阔的道路。

宋代说三分的话本可惜没有能够流传下来。我们所看到的最古的三国故事的话本是元刊本《三国志平话》。书分三卷，上面是连环图画式的插图，下面是话本的本文。我们可以看到老百姓所创造的三国故事是生动灵活的，可是但具轮廓，缺乏细致的描写。三国故事经过多少人的讲说、若干代的创造，面貌未必相同，这不过是某一时期的某一种本子罢了。那些话本本来是简陋的，留出供说书者铺张增饰的余地。从师傅传徒弟，徒弟再传徒弟，各有巧妙，各有创造，不可能完全记录下来。《三国志平话》可以见到元代说话家所说三国故事的面目。有的说得很野，如司马仲相断狱的一个楔子和刘关张到太行山落草，汉献帝诛十常侍，以首级招安他们等。这是人民口头流传野史的面貌。在元代戏曲文学里，涌现出好些三国故事的剧本，这些剧本帮助增加三国故事的情节和三国人物的性格刻画。罗贯中总结了这笔丰富的文艺遗产，重新创造，重新考订史实，在不违背历史事实的原则下进行文艺创造的工作。三国故事到了他的手里，才成为完整的杰出文艺读物，比之元刊本《三国志平话》大不相同了。

宋人笔记说："讲史书者，谓讲说《通鉴》、汉、唐历代书史文传兴废战争之事。""讲史"一称"演史"，各人标榜一部正史，有讲《汉书》的，有讲《三国志》的，尽管讲得很野。“演义”，就是根据正史演说大意，铺叙发挥的意思。讲史家的话本，叫作“平话”或者“演义”（在当时，它们不叫作“小说”，“小说”指短篇故事）。《三国演义》的正名应该是《三国志通俗演义》，或者《三国志演义》。说《三国演义》是简称。嘉靖刊本《三国演义》题书名作《三国志通俗演义》，里面标题“晋平阳侯陈寿史传，后学罗本贯中编次”。陈寿的《三国志》就是二十四史里的正史，其实《三国演义》和陈寿《三国志》根本是两部书，性质完全不同。所以这样标题的原因，一是说明这部小说的史料依据，二是还要抬出正史来希望见重于知识阶级。还有一个重要的原因是罗贯中确实在史书里用过一番功夫，做了史书材料和人民口头创作双方融合统一的重编工作。他把向来话本中间离开历史事实太远的部分删去了，并且根据史实的轮廓添加文艺性的描绘。因此《三国演义》获得了“雅俗共赏”的优点。《三国演义》是讲史家话本小说的优秀代表作品，本来是演史家的书，不应称为小说。不过元末明初，演史与小说两家的分界已经混泯。我们今天称它为历史小说，一半是历史，一半是小说。不离乎史实，又有文艺创造，“文不甚深，言不甚俗”。《三国演义》的雅俗共赏在乎此。

章学诚《丙辰札记》说《三国演义》七分实事、三分虚构。其实，与其说七实三虚，不如说三实七虚。人物是历史上所有的，人物性格与故事大部分是小说家的创造。三实七虚，在不违背历史事实的原则下大量吸取元代平话家的文艺创造。比较《三国志平话》来看，罗贯中删去了司马仲相断狱的有因果报应思想的一段入话，删去了刘关张太行山落草的一段不合史实的故事（纯出于民间传说）。他把“平话”中只有简单情节的故事，用细致的描写作了加工。例如三顾茅庐一段，“平话”只有三顾茅庐与孔明下山两段共不过一千字，到罗本扩充到五六千字，原甚简陋粗糙，今则成为艺术杰构，引人入胜。“平话”中张飞很活跃，而《三国演义》保存之，突出地写了孔明与关羽。罗贯中自己为一知识分子，处在元末乱世，有权谋策略而不曾施展，也是有抱负而不遇明主的人，所以对于诸葛亮的才能与际遇，尤其向往。诸葛亮在《三国演义》中几乎成为最重要的主角，是一般知识分子的理想人物。罗氏喜欢读史，写通俗演义，对于读《春秋》、明大义的关羽这类智勇双全的人物也加以突出的塑造。总之，《三国演义》三实七虚，文艺的部分多于历史；是文艺，不是历史，是通俗小说而非历史教本，小说书与历史书应该区别开来。尤其在今天，必须分开，否则会纠缠到孰为进步的问题。

罗贯中《三国志通俗演义》分二十四卷，每卷十节。到了清初毛宗岗（序始），把罗本《三国演义》加上评赞，改为一百二十回。原来罗本每节用七言一句标目，毛本每回用七言或八言两句对偶诗作为回目。毛本对罗本稍有细节的修改、语义上的润饰，大体均一仍原文。我们通行本所见的《三国演义》是毛宗岗本（一名《第一才子书》，并且假托了金圣叹的一篇序文）。毛本基本上与罗本没有多少出入的。

《三国演义》的艺术性

1. 叙史事从建宁二年（公元169年），至孙皓出降（公元280年）为止，共计111年。比“编年”“史传”“纪事本末”体都有进步。错综复杂的关系，作全面的叙述与分析；人物不孤立，事件不孤立。

年代有前后，按历史事实发生而叙述的。以历史书而论，是很好的体制，通史性质。不过所叙的史实偏重在政治军事，加入人物小故事、医卜杂技之类，此为正史、野史材料所限（当时社会经济情况是不详的）。《三国演义》本是文艺作品，非历史教科书，文学的宣传力强。在信史上，曹操也是一位英雄，有进步性，是说三国故事加深了他的丑恶奸诈方面，作为反面人物。《东坡志林》卷一《涂巷小儿听说三国语》一文云："王彭尝云：涂巷中小儿薄劣，其家所厌苦，辄与钱，令聚坐听说古话。至说三国事，闻刘玄德败，颦蹙有出涕者；闻曹操败，即喜唱快。以是知君子小人之泽，百世不斩。"民间说三国故事，老早就歌颂刘备，反对曹操。罗贯中《三国演义》的文艺感染力量就在于使读者的同情完全寄托在蜀汉方面。不管真实的历史曹、刘二人孰是孰非，文学宣传应该有是非、有爱憎。这就是文学的倾向性。歌颂光明，反对黑暗；歌颂仁义，反对残暴与欺诈。艺术性与思想性是一致的。

2.《三国演义》的写作方法，在历史小说中，也是完美的。作者用虚实相生法。章学诚认为"七实三虚，惑乱观者"，是把《三国演义》作为历史著作来批评，这是不公允的。《三国演义》是文艺创作，妙处正在虚而不在实。但既是历史小说，那绝不能太野，子虚乌有。作者所用是虚实相生法（《东周列国志》较实，《隋唐演义》较虚，这两书还是好的，其余或失之实，或失之虚）。

以赤壁之战一段文章来论，《通鉴》赤壁之战写得已经很精彩，而《三国演义》用了足足八回（第四十三回至五十回）书写赤壁一战，写得如火如荼，非常活跃，是全书中最精彩部分。这本来也是三国鼎足三分的决定性的战争，历史上有名的大战争。民间文艺家的笔法，超过了《通鉴》，超过了《史记》，超过了《左传》。只有希腊史诗《伊利亚特》所写可以比拟。对证历史探究起来，其中三实七虚，并非七实三虚。照我们看来，虚构的部分绝不止三分，就是连真人真事的部分也是经过文艺性改造的。越是虚构的部分，文艺价值越高。诸葛亮说孙权拒曹是实事，见《三国志·诸葛亮传》；“诸议者皆望风畏惧，多劝权迎之”，见于《三国志·吴主传》。可是诸葛亮舌战群儒，完全是渲染的笔墨。鲁肃、周瑜正史上说是决定拒曹的，诸葛亮用智激周瑜是虚，刻画了两人的典型性格。《铜雀台赋》（《登台赋》）是曹植的作品，“揽二乔于东南兮，乐朝夕之与共”，是诸葛亮所捏造，此意从杜牧《赤壁》怀古诗启发而出来的。黄盖献诈降计是实事，苦肉受刑是增设的；阚泽实有其人，密献诈降书是虚。小说需要一个献书的人，于是在正史上找到阚泽这个人；东吴定下火攻计是实，主要出于黄盖的计谋；诸葛亮和周瑜斗智是虚，诸葛亮借箭、借东风更是虚构的，但最为生动，出于人民的创造、人民的智慧。蒋干盗书和庞统献连环计，正史上均无其事。人物都是真的，情节是添设的、虚构的。苏东坡《赤壁赋》说曹孟德“横槊赋诗，固一世之雄也”，这是形象化的语言，概括了曹操的精神面貌，可是赋什么诗、怎样横槊，没有交代。《三国演义》加以渲染，更为形象化了。具体描写曹操正在唱他的得意的“对酒当歌，人生几何”的那篇《短歌行》（诗是真实的），而且一横槊便把个刘馥刺死了。刘馥实有其人，确实死在建安十三年，正是赤壁之战的那一年，可是谁知道他死在曹孟德横槊赋诗的当儿呢？小说家信手拈来，不可相信，但也无法批驳。妙在虚中有实，实中有虚，捏合得情景逼真。是文艺作品的上乘，是历史小说的高度艺术化。

曹操从华容道败走，见《三国志·魏书·武帝纪》建安十三年下引《山阳公载记》：“公曰：‘刘备，吾俦也，但得计少晚；向使早放火，吾徒无类矣。’备寻亦放火而无所及。”很简单。《三国演义》讲到这一段，听众要问曹操何以能逃脱呢？从哪条路上逃脱呢？足智多谋的诸葛亮何以算不正确，让他逃脱呢？因而添造出第五十回“诸葛亮智算华容，关云长义释曹操”这一回书。使得诸葛亮神机妙算的形象更加完整，而关云长的重义气的性格也得到突出表现。书中说到关云长是个义重如山的人，说云长见众将皆下马，哭拜于地，愈加不忍，又说他见了张辽动故旧之情，长叹而去。内心的矛盾冲突，寥寥几笔，暴露无遗。今天的读者批评关羽立场不稳，事实上，历史上的史实是曹操原不曾在赤壁一战里死亡的，说三国故事的不能不使曹操在华容道上逃脱。那么何以能够逃脱，岂不是诸葛亮没有算定了吗？说书的人说诸葛亮算定曹操必走华容道，而且特地派一员大将关羽去，而是关羽把他放走了。情节服务于人物性格，人物性格服务于情节，都不矛盾，入情入理。这一回书也是很精彩动人的。并且前回书说诸葛亮故意先不用关羽，后来派他守华容道，并且让他立下军令状。读者要问，明知关羽可能要为故旧之情而把曹操放走，为什么不派别将？岂不是诸葛亮算定曹操还命不该绝，算定关羽要把他放走，故意如此做吧？在作者确乎有宿命论的思想因素，这是说话人对于历史的一种普遍的认识论。

第九十五回“马谡拒谏失街亭，武侯弹琴退仲达”也是精彩紧张的。据《三国志·诸葛亮传》裴松之注引“郭冲三事”：“亮屯于阳平，遣魏延诸军并兵东下，亮唯留万人守城。晋宣帝率二十万众拒亮，而与延军错道，径至前，当亮六十里所，侦候白宣帝说亮在城中兵少力弱。亮亦知宣帝垂至，已与相逼，欲前赴延军，相去又远，回迹反追，势不相及，将士失色，莫知其计。亮意气自若，敕军中皆卧旗息鼓，不得妄出庵幔。又令大开四城门，扫地却洒。宣帝常谓亮持重，而猥见势弱，疑其有伏兵，于是引军北趣山。明日食时，亮谓参佐拊手大笑曰：‘司马懿必谓吾怯，将有强伏，循山走矣。’候逻还白，如亮所言。宣帝后知，深以为恨。”以上为郭冲三事文，注下有难者曰云云，驳此事之非实，加以论断曰“故知此书，举引皆虚”。又马谡与张郃战于街亭，谡违亮节度，举动失宜，大为郃所破。此文在前注引“郭冲三事”之后。从此可知，《三国演义》第九十五回“马谡拒谏失街亭，武侯弹琴退仲达”这一回，马谡失街亭是实，弹琴退仲达是有所本的，但所本也未为属实，原本为无根之谈。且《三国演义》将此无本之事移至马谡失街亭之后。两事不在一个时间，全出捏合。

虚实相生，虚构故事为刻画典型人物，且描写栩栩如生。

此外，《三国演义》有大结构，中心人物贯穿全书，不比《水浒传》由各人的故事串联。同时全书故事有顶点、有段落，此同《水浒传》。

《三国演义》的文学语言是半文半白、通俗化、大众化的，同于戏剧中的道白。历史小说不能不如此。

《水浒传》
（节选）

北宋末年的腐朽政治和宋江故事的流传

北宋末年宋徽宗统治的时代（即12世纪初，1101—1125）的二十多年，尤其是最后十年，是政治最腐朽、阶级矛盾最尖锐的时期。徽宗赵佶是一个昏庸荒淫的皇帝，正如《宣和遗事》所描绘的，私游倡家李师师。自己又是书画家，他一味只图享乐，过其风流艺术家的生活。建造宫苑花园，搜刮天下奇花异石，奉命者骚扰百姓，无所不至。他不务政治，任用六贼（六贼是陈东所称呼的），搜刮财物。六贼者，蔡京、王黼做宰相，巧立法令，刻剥人命；阉人童贯做上将，虚夸军功，浪费犒赏；阉人梁师成掌代写御笔号令，出卖官爵；阉人李彦掌括公田，任意指民田良田为荒地，充作公田；朱耐掌花石纲，专搜东南（江浙）奇花异石，运往东京。六贼累积大量私有赃物，豪富惊人。人民遭受的痛苦无处申诉。宣和时京西一带饥荒，人相食。李彦不顾饥荒，在京东西照旧括田，发民夫运奇物进贡，民夫多自缢车辕下。朝廷视民命像草芥那样微贱，人民也就对朝廷痛心疾首，像仇雠那样怨恨。

在这样残酷的剥削下，人民纷纷起义。据《中国通史简编》记载："有方腊在睦州，攻陷六州五十二县；张万仙在东京，有众五万；贾进在山东，有众十万；高托天在河北，有众十余万；宋江在淮南，转掠十郡。"

宋江是北宋末年一支农民起义军的领袖。这支军队是流动的武装部队。宋江三十六人的根据地是苏北（最大的可能是由一个贩私盐的集团扩大而成的）。流动打夺山东、河南一带城池（转掠十郡）。宋江和梁山泊没有关系。

梁山泊（泺）在山东济州、郓州一带，乃黄河决口汇而成泊。自后晋开运初（公元944年）至北宋熙宁十年（公元1077年）共130余年，黄河凡三次决口，遂使汴、曹、单、濮、郓、澶、济、徐所灌之水汇而为一，梁山泊面积乃至周围达八百里。其地本渔民所出没。《宋史·任谅传》载，徽宗时，眉山任谅"提点京东刑狱。梁山泺渔者习为盗，荡无名籍"。《宋史·许几传》："郓州梁山泺多盗，皆渔者窟穴也。"李彦掌括公田，任意指民田良田为荒地，充作公田，起初行于京东西，后来推行到山东。《宋史·杨戬传》载，杨戬在政和四年（公元1114年）为侵夺公田，设立"西城所"，也把梁山泊收为"公有"，向来济、郓数州的人民，本是赖蒲鱼之利以为生的，这时要出很高的税额，漏税者以盗处罚。对于沿湖各县的剥削，在经常赋税之外，每县增租年十余万贯，水旱皆不得免。《水浒传》中三阮所谈，乃是当时真实的情况。

梁山泊在宋徽宗时代前后，为渔民聚义的地点，但是否为宋江等三十六人的根据地，史无明文。

北宋后期，全国垦田的六分之五是官田和官僚大地主的田，不负担赋税的。全部田赋的负担落在耕种不到六分之一的垦田的贫苦农民肩上。全国人口的三分之二以上是佃农。各州县“以衙前主官物，以里正、户长、乡书手课督赋税，以耆长、弓手、壮丁逐捕盗贼。……县曹司至押录，州曹司至孔目官，下至杂职虞候、拣掏等人，各以乡户等第定差”。“役之重者，自里正、乡户，为衙前，主典府库，或輂运官物，往往破产。”（《宋史·食货志》）诸县以第一等户为里正，第二等户为户长（有力赔付之故）。如役户逃亡，官府迫使里正、户长赔累，轻则倾家荡产，流配远方，重则丧失性命。这说明《水浒传》中晁盖、宋江之辈如不劫生辰纲、不杀阎婆惜，也只有跟逃亡户一起，参加起义队伍。朱仝、雷横等则为逐捕盗贼的弓手之长。

正史及野史记载宋江材料不多，零碎片断，且有矛盾冲突之点，约略言之。

宋江被称为淮南盗，同时又被称为河北剧贼、京东贼，又有“宋江起河朔”“山东盗”的说法，可知宋江横行在河朔、山东、京东、淮南，地点并不固定，乃是流动性的武装部队，官军对他没有办法。

《宋史·侯蒙传》：“宋江寇京东，蒙上书言江以三十六人，横行齐魏，官军数万，无敢抗者，其才必过人。今清溪盗起，不如赦江，使讨方腊以自赎。”

《宋史·徽宗纪》：宣和三年（公元1121年）二月，“方腊陷处州，淮南盗宋江等犯淮阳军，遣将讨捕，又犯京东、江北，入楚海州界，命知州张叔夜招降之”。

张叔夜招降，是伏兵诱战。宣和三年春夏间，宋江等由沭阳将至海州。海州守张叔夜遣人侦察其所向，见其径趋海滨。“劫巨舟十余，载卤获，于是募死士，得千人，设伏近城，而出轻兵距海诱（一作使）之战。先匿壮卒海旁，伺兵合，举火焚其舟。贼闻之皆无斗志，伏兵乘之，擒其贼副（一作副贼），江乃降。”（《宋史·张叔夜传》）同年十二月十九日，宋徽宗有一道御笔诏书说：“河北群贼自呼赛保义等，昨与大名府界往来作过。”（《宋会要辑稿》兵十二卷二十七页）既称“赛保义”，或与宋江有关，是否宋江余党未全捕获？

睦州方腊起义在宣和二年（公元1120年）。宣和三年四月，被讨平。宋江有没有参与征讨方腊之役，历史家尚未论定。根据《三朝北盟会编》五十二引《中兴姓氏奸邪录》有“以贯为江浙宣抚使，领刘延庆、刘光世、辛企宗、宋江等军二十余万，往讨之”之文；根据《东都事略十一·徽宗纪》，宣和三年四月，童贯以其将辛兴宗，与方腊战于清溪，擒之，五月，宋江就擒。

1939年陕西省府谷县出土了一块折可存的墓志铭（宋故武功大夫河东第二将折公墓志铭，华阳范杰书撰）云：

> 公讳可存……宣和初……方腊之叛，用第四将从军。诸人藉方玄以推公，公遂兼率三将兵，奋然先登，士皆用命。腊贼

就擒（公元1121年4月），迁武节大夫。班师过国门，奉御笔捕草寇宋江，不逾月继获，迁武功大夫。

折可存《宋史》无传。《杨震传》中谓可存问计于震，生得吕师囊等。另据《泊宅编》，吕师囊、陈十四公等略温、台诸县，四年三月，讨平之。

是则可存班师过国门当在宣和四年（公元1122年）之五、六月，其不逾月继获宋江，更应在此以后。此说与《张叔夜传》显相抵牾，莫知所从。

最大的可能性是：宋江为张叔夜诱降后，加入征讨方腊队伍，使立功自赎，而方腊平后，即用阴谋擒杀之。

宋江的史事，因史料缺乏，尚未能下正确之结论。但《水浒传》所写是取材于人民口头所流传的宋江故事，同正史上的宋江又当分别开来看的。

宋江横行齐魏，其才过人。在北宋末期，人民不堪腐朽、黑暗的统治势力，他领导着一支反抗贪官污吏、为老百姓抱不平的武装部队，冲州撞府，官军无可奈何。最后他归降朝廷，并且“立了功”，为童贯所暗害而擒杀。这三十六人的英雄故事，流传于人口。不但故事流传，并且形于像赞。

周密《癸辛杂识续集》记南宋画家兼文学家龚开作《宋江三十六人赞并序》云：“宋江事见于街谈巷语，不足采者。虽有高如、李嵩辈传写，士大夫亦不见黜。余年少时壮其人，欲存之画赞。”传写指临摹，高如、李嵩乃画家。

南宋时期，太行山是汉族人民自卫抗金的游击部队，称为忠义军的一个根据地。《三国志平话》把刘备、关羽、张飞说成曾经到太行山落草，所以宋江等英雄故事在南宋说书人的口头流传下，也有了三十六人出没于太行山、梁山泊两地的这个说法。龚开的“赞”，称卢俊义“风尘太行”、张横“太行好汉”、穆弘“出没太行”，等等。据龚开“画赞”，似英雄活动的地区在太行山。

熊克《中兴小记》[1]说：自靖康以来，中原之民不从金者，于太行山相保聚。初，太原张横者，有众二万，往来岚宪之境，岚宪知州、同知领兵一千五百人入山捕之，为横所败。两同知俱被执。

李心传《建炎以来系年要录》：贼史斌据兴州，僭号称帝。斌本宋江之党，至是作乱。

《三朝北盟会编》引《靖康小雅》：招安巨寇杨志为边锋，首不战，由间道径归。

王象春《齐音》：金人薄济南，有勇将关胜者，善用大刀，屡陷虏阵。及金人贿通刘豫，许以帝齐，豫诳胜出战，遂缚胜于西郊，送虏营，百计说之不降，骂贼见杀，且自啖其睛。

《宣和遗事》抄录若干小说成文，显得很凌乱，说“晁盖等八个劫了生辰纲，同杨志等十二人，共有二十个结为兄弟，前往太行山梁山泊去了”。太行山与梁山泊距离很远，实在是南宋人口头所流传的宋江故事，是多种方式而没有得到整理统一的现象。但是《宣和遗事》的短短记录，显出了水浒故事在南宋时期流传着的一个轮廓。

---

[1] 应为《中兴小纪》。——编者注

后来太行山英雄与梁山泊英雄合流。李玄伯百回本《水浒传序》上说明此事。聂绀弩《水浒是怎样写成的》一论文（《人民文学》公元1953年6月）推演此说。他说把宋江和梁山泊结合怕是元代的事。元陈泰《所安遗集补遗·江南曲序》云：

> 余童丱时，闻长老言宋江事，未究其详。至治癸亥秋九月十六日，舟过梁山泊，遥见一峰，嵂嵲雄跨。问之篙师，曰，此安山也。昔宋江□事处，绝湖为池，阔九十里，皆蕖荷菱芡。相传以为宋妻所植。宋之为人，勇悍狂狭，其党如宋者三十六人。至今山下有分赃台，置石座三十六所。俗所谓来时三十六，归时十八双，意其自誓之辞也。始予过此，荷花弥望，今无复存者，唯残香相送耳。因记王荆公诗云："三十六陂春水，白首相见江南。"味其词，作《江南曲》以叙游历，且以慰宋妻植荷之意云。

宋江起义本为流动性的武装力量，人民口头传说把他结合到太行山。因为在北宋末年和南宋初年，太行山是抗金武装民兵的根据地。

据《中国通史简编》说：太行山民兵为表示对国家的血诚，面上自刻"赤心报国，誓杀金贼"八字。因此王彦部都号"八字军"（据《三朝北盟会编》，王彦，河内人。部下面刺八字，招集忠义民兵。未提太行山）。

《宋史·岳飞传》："六年，太行忠义军梁兴等百余人慕飞义，率众来归。"

《三国志平话》有刘关张在太行山落草、受招安事。皆受北宋末年、南宋初年忠义军以太行山为根据地的影响，《忠义水浒传》的名称也有受此影响的因素。

《宋史》有忠义军、忠义社、忠义巡社等名称，这是人民武装勤王御侮、民族意识的表现。

但是，宋江的故事原是一个阶级斗争的故事，虽然在某一时期与民族抗争意识结合，而它的本来的阶级斗争的内容仍不可湮没。把淮南、齐鲁、楚海州的流动武装力量硬说成在太行山，于地理亦不合。参《宋史》任谅、杨戬、蔡居厚传，梁山人民有英勇抗争、反抗统治者的严刑峻法。一定有人民口头流传的梁山泊英雄，或系三阮、杜迁、宋万等，与宋江故事又相结合。

《宣和遗事》这部书的写作年代，应该是宋末元初。它是抄录若干种野史与小说成书的。其中所保存的有杨志卖刀，晁盖智取生辰纲，宋江杀死阎婆惜、受玄女天书、收呼延绰、三十六人聚义、受招安、平方腊。这一段书，有些地方叙述较详，有些几句话带过。给我们一个《水浒传》的轮廓，是南宋人街谈巷语宋江传的大略。

《醉翁谈录》载："言石头孙立、戴嗣宗，此乃谓之公案。青面兽，此乃为朴刀局段。言花和尚、武行者，此为杆棒之序头。"《醉翁谈录》所记的公案、朴刀、杆棒中的水浒人物的故事是小说家所说，说明后来的《水浒传》数十万言乃至一百余万言，是由小说家话本的朴刀、杆棒、公案一派演化发展而来，非出讲史。除了南宋人讲说外，北方金人统治下，亦必有之。到了元代，演说水浒故事的话本，应该是存在着的。不过没有保存下来。而元人杂剧中，却有近三十种水浒戏，有关于李逵、宋江、鲁智深、武松、燕青、花荣、杨雄、张顺、王矮虎等人的戏剧情节，尤以李逵戏为多，塑造他的性格尤为突出。今保存有十种（可能有明初人撰作在内），加上周宪王两种，共十二种。这是水浒故事的一大发展（有闹元宵、劫法场等大情节）。

南宋国势很弱，人民口头流传着宋江故事。到了元代，阶级矛盾十分尖锐，人民歌颂梁山泊英雄，说梁山泊英雄的保境安民、替天行道。人民遭受迫害，希望跑到梁山去诉说，有梁山英雄替他们报仇，尤其喜欢李逵那样见义勇为的人物，都有其特殊的原因。

这充分说明水浒故事在宋元社会里得到发展生长的缘由。

《水浒传》的作者问题与繁简各本

综前所述，宋江故事在南宋时代即为人民所乐道，见于街谈巷语。说话人的公案小说、朴刀杆棒小说中讲说了孙立、戴嗣宗、青面兽、花和尚、武行者的零碎片断故事。到宋元之间的《宣和遗事》，有杨志卖刀、晁盖等取生辰纲、宋江杀阎婆惜、三十六人聚义的故事。元剧中有黑旋风、燕青、杨雄、武松、花荣等零碎片断故事。有闹元宵、劫法场、征方腊等大关目。在元代，宋江故事结合了太行山与梁山泊，有“三十六大伙、七十二小伙”的说法。

民间的英雄传说得到文人的加工整理，编成《水浒传》这样一部大书。成书的年代在元末明初，时间距离北宋末年有二百五十年之久。

《水浒传》称“传”，而不称“平话”或“演义”，因为集合小说材料所编，非敷衍正史的。古本的《水浒传》，每回书前，各以妖异语引其首，为致语或入话，也夹杂许多诗词，是小说词话体。是话本，不过采取了长篇形式。

《水浒传》的作者，相传为两人。一为施耐庵，一为罗贯中。

明代所刊一百十五回本《忠义水浒传》，题东原罗贯中编辑（东原在今山东东平、泰安两县地方，贾仲名《续录鬼簿》称罗为太原人，或为东原之误）。

高儒《百川书志》：“《忠义水浒传》一百卷，钱塘施耐庵的本。罗贯中编次。”

胡应麟曾见一小说序云耐庵“尝入市肆细阅故书，于敝楮中得宋张叔夜擒贼招语一通，备悉其一百八人所由起，因润饰成此编”（《笔丛》四十一）。

胡应麟谓罗贯中为施耐庵门人，施为罗之师。

明·郎瑛《七修类稿》二二：“《三国》《宋江》二书，乃杭人罗贯中所编，予意旧必有本，故曰编。《宋江》又曰钱塘施耐庵的本。”

凡此皆明万历年间及万历以后人所说。《水浒传》之有刻本及流传亦在嘉靖、万历年间。

李卓吾（万历年间人）《忠义水浒传序》云：“施、罗二公，身在元，心在宋；虽生元日，实愤宋事。是故愤二帝之北狩，则称大破辽以泄其愤；愤南渡之苟安，则称灭方腊以泄其愤。”

周亮工《书影》：“故老传闻罗氏为《水浒传》一百回”，“又传为元人施耐庵作”。

一百二十回本新镌李氏藏本《忠义水浒传全书》引首下题“施耐庵集撰，罗贯中纂修”。

是施在罗前。

鲁迅先生相信简本在繁本前，作者应为罗贯中，说施“名及事迹，皆不可考，或者实无其人，乃撰作百回本（繁本）所依托”。

施罗二人同为元时人。郑振铎所藏天都外臣序百回本《水浒传》（不曰“忠义”）序文云：“洪武初，越人罗氏，诙诡多智，为此书，共一百回，各以妖异之语，引于其首，以为之艳。嘉靖时，郭武定重刻其书，削去致语，独存本传”云云。则但称罗。

《水浒传》与《三国演义》笔调作风大异，出罗贯中一人手笔未必可信。而施耐庵的为人又隐约难明。

这样伟大的小说，作者是谁，竟不能论定。作家出版社以《三国演义》归罗，而以《水浒传》归施。

明本题施耐庵为钱塘人。民国初年胡瑞亭作《施耐庵世籍考》，说施耐庵是兴化县人。

《文艺报》74期（公元1952年）载有《施耐庵与〈水浒传〉》（刘冬、黄清江作）及《施耐庵生平调查报告》（丁正华、苏从麟作）两文。谓苏北兴化县、大丰县曾有施耐庵的坟墓和祠堂。大丰县白驹镇有施家舍，村上人云是施耐庵的后代。祭祖神主书云：“元辛未进士始祖考耐庵府君之位。”《兴化县续志》载：淮安王道生作施耐庵墓志，谓公讳子安，字耐庵，生于元贞丙申岁，为至顺辛未进士，曾官钱塘二载，以不合当道权贵，弃官归里，闭门著述。殁于明洪武庚戌岁，享年七十有五。公之著作，有《志余》《三国演义》《隋唐志传》《三遂平妖传》《江湖豪客传》（即《水浒传》）。每成一稿，必与门人校对，以正亥鱼，其得力于罗贯中者尤多。

《兴化县续志·文苑》中尚有传，谓耐庵名耳，白驹人。元至顺辛未进士，与张士诚部下卞元亨友善，卞荐之士诚，屡聘不至。士诚造其家，耐庵正在邻为文，作《江湖豪客传》。士诚促驾，施以母老辞。

调查这些材料，但均不能证实。其中颇多矛盾冲突之点。耐庵为元辛未进士，尤属难信。一般的小说话本是书会中人所编，如《水浒传》一百二十回本一百十四回云："看官听说，这回话都是散沙一般。先人书会留传，一个个都要说到，只是难做一时说。"又四十六回，记石秀杀奸僧事，有《临江仙》一调，白云："后来书会们备知了这件事，拿起笔来，又做了这支《临江仙》词。"（此段百二十回无之，见李玄伯百回本，孙楷第引）施、罗两人当为书会中人物。

总结上面所说，宋江以三十六人横行于淮南、山东、京东、河北，领导着一支农民起义军，是北宋末年的史实。12世纪初，在南宋时代，南北两方都有宋江等英雄传说，为小说家所乐道，传诵人口。到了元蒙时期，出现了许多水浒英雄的剧本，可能还有小说话本，不止一种，没有统一成一部大著作。到了元末明初，有施耐庵与罗贯中两位通俗文艺作家，对流传的水浒故事，加以整理、安排，创造性地写成《水浒传》这样一部长篇章回小说。这两人都住在杭州，是同时代人，照旧本所题，施前而罗后。作为施创作于前，罗重编于后较为妥当。

施罗原本今虽不得见，内容可以推测。从误走妖魔起至一百零八人聚义于梁山泊、英雄排座次止为一段。受招安后，征辽、征方腊，至水浒英雄或死亡、或归隐，而宋江为宋朝廷所毒死，以魂聚蓼儿洼作结。施罗原本，每回书前往往有致语（即入话）（以妖异语引其首），中间加入诗词亦多。为小说体而演成长篇者。于是人民口头流传的水浒故事，经过天才的文艺作家的加工创作，给予一个完整的结构与突出的人物描写。我们认为征辽一段是施、罗所加的，根据是李卓吾所作《忠义水浒传序》，也有《水浒传》中内在的证据。施罗增插征辽一段，是提高水浒英雄的地位的，在元代统治下，表现了一定的反抗意识。他们写宋江等为朝廷出力而被谋害，比之《宣和遗事》写宋江封节度使的结局，更合于现实主义的精神。

14世纪的原本《水浒传》没有传下来。我们所说各本均出于16世纪以后。

现存《水浒传》版本共有四类：（1）简本，有一百十五回、一百十回、一百二十四回等各本；（2）繁本一百回本；（3）繁本一百二十回本；（4）繁本七十回本（即金圣叹删节本）。内中繁本一百回本的内容与施罗原本合，语言上有润饰加工。简本一一五回或一二四回等刊本较后，增插征田虎、王庆二段，恐非施罗所原有（乃是据《宣和遗事》的"因此三路之寇悉得平定"一句而敷演者。《宣和遗事》所谓"三路"指上文淮阳、京西、河北三路，皆在宋江指挥之下者）。论到繁简两类《水浒传》，何者为先，很难论定。论增插征二寇则百回本在前，唯简本亦有接近原本处。如一一五回本云董将士将高俅荐于苏学士；繁本则为小苏学士。苏轼为是，苏辙非。如简本只是节录繁本，俗人所作，恐不易作如此的改订。杨定见一二〇回本最后出，亦增田、王，而与简本又不同（一二〇回本刊行于17世纪，简本亦刊于17世纪中）。乃是施罗以后，增加部分多而定为定本的。金圣叹腰斩水浒，只存七十回。其所割部分，别有《征四寇》一书流传。

《水浒传》繁本有百回本与一百二十回本两种。另有七十回删本。

百回本出明嘉靖年间郭勋家。郭为明世宗朝武定侯，号好文多艺。今新安所刻《水浒传》善本，即其家所传云。前有汪道昆（字伯玉，号太函、南溟。万历时徽州人）序，托名天都外臣。有梁山聚义及征辽、征方腊。

李卓吾批本，百回本。已有征辽。唯未移置阎婆惜事，书存日本。王古鲁有照片。“天都外臣序”本已移阎婆惜事。

所谓移置阎婆惜事，李卓吾批本百回本和一百十五回本，刘唐下书别宋江回梁山去后，接着宋江遇见王婆和阎婆子，阎婆子因阎公死了，要宋江施一具棺材。宋江便取五两银子与了阎婆。宋江娶阎婆惜事在刘唐下书以后。郭武定本移置此事，刘唐下书后紧接宋江杀阎婆惜事。宋江娶阎婆惜在刘唐下书前，如此更为合理。因为从宋江周济阎婆，娶阎婆惜，到杀阎婆惜，其间至少有几个月，晁盖的书信不应该常留在招文袋内。施罗原本所以如此，因为一个故事情节完了，接写另一个故事，中间联络尚欠周密之故。

又周亮工《书影》云：“故老传闻，罗氏为《水浒传》一百回，各以妖异语引其首。嘉靖时，郭武定重刻其书，削其致语，独存本传。金坛王氏小品中亦云此书每回前各有楔子，今俱不传。”

可见罗氏原本当为说话人作为底本用处，因而有“入话”。郭氏定本删去此类枝节。其他必当有改动处。

郭勋卒于嘉靖二十八年（公元1549年），而天都外臣序本刊于万历十七年（公元1589年），在郭氏死后四十年。

王古鲁云，他所见日本藏百回本是李卓吾批本之真本，未移阎婆惜事，应为最古之本。此本亦为繁本。而一百十五回本（《英雄谱》本）现未移阎婆惜事，则简本之来源亦古。

巴黎图书馆尚藏有钟伯敬批评《忠义水浒传》一百回本。序文有云："嘻，世无李逵，令哈赤猖獗辽东，每诵秋风思猛士，为之狂呼叫绝。安得张、韩、岳、刘五六辈，扫清辽蜀妖氛，剪灭此而后朝食也。"此类文章触清人忌讳，故钟本少传于后。李玄伯本应同钟本。阎婆惜事已移置，则亦出郭本（按：钟伯敬死于1624年，未及见李自成、张献忠事，不知辽蜀之蜀，抑何所指，疑钟序亦明末时人所伪托也）。

百回繁本，有此三种不同之刊本。

繁本之一百二十回本，为新刊李氏藏本《忠义水浒传全书》。招安后有征辽，征田虎、王庆，征方腊。为《水浒》全本。盖与简本各本内容相同，而文章细腻同百回本，加征田虎、王庆。杨定见所定，托名李贽。杨自称为李氏弟子云。

删本。金圣叹批本（贯华堂本），只楔子加七十回，为七十一回本。有卢俊义噩梦。

《征四寇》本。以金氏所删者单列成书。

简本有以下五种：

（1）《新刊京本全像忠义水浒传》，明万历年间书林余氏（余象斗）双峰堂刊本，增插征田虎、王庆。全书约为二十四卷，一百二十回。巴黎图书馆藏残本。

（2）五湖老人评刻三十卷本，繁简斟酌，合郭本与余本。

（3）一百十五回本，《英雄谱》本，不分回，只分卷，明崇祯年间熊飞作序，与《三国》合刊，又名《汉宋奇书》。

（4）一百十回本，《英雄谱》本，同上。日本有传本。

（5）一百二十回本，光绪坊间重刊。

胡应麟《少室山房笔丛》四十一：“余二十年前所见《水浒传》本，尚极足寻味。十数载来，为闽中坊贾刊落，止录事实；中间游词余韵，神情寄寓处，一概删之，遂几不堪覆瓿。复数十年，无原本印证，此书将永废。”

据胡氏则繁本在简本前。唯鲁迅先生则认为简本应在繁本前。如一百十五回简本，其成当先于繁本，以其用字造句多有差违，倘是删存，无烦改作也。

又鲁迅先生疑《水浒》旧本招安后即接征方腊，同《宣和遗事》。而加入征辽，亦非郭奉所加。又他疑简本近罗贯中原本。

今作家出版社印行两本：

（1）七十一回本。用金本而校回其所改坏者，删噩梦。

（2）百二十回本。用杨定见本，而前百回用天都外臣序本校改。

我们认为施罗二公之原本《水浒传》大致轮廓应为水浒英雄出身经历至梁山泊英雄聚义排座次为顶点，下接受招安，征方腊，遇害为收结。至征辽，征田虎、王庆，有无，则不可知。文章应比今本为简略。唯主题思想、人物性格则均已决定。

《西游记》

（节选）

唐僧取经故事的流传与吴承恩的《西游记》

唐玄奘取经故事，大概在唐代就在人民中间流传。玄奘自己所著的《大唐西域记》是记述他经历西域到印度去求经的旅途见闻，是游记和地理书，也记载了西域各国的风俗以及佛教圣迹和故事。慧立、彦琮所写《慈恩法师传》记述玄奘生平及求法译经始末，中间写到玄奘经历沙漠，在沙漠中见到许多幻影，以及冒许多险难，到高昌国，高昌王信仰佛法，以玄奘为弟，等等。这两部书是记实的书，属于史地类。唐代寺院俗讲，可能已把唐玄奘故事渲染得更加生动。

《慈恩法师传》说，法师在蜀，曾见一病人，身疮臭秽，衣服破污。玄奘施以饮食衣服，病者授以《般若心经》，因常诵习。及玄奘西游，过莫贺延碛，古曰沙河，上无飞鸟，下无走兽，复无水草。

是时顾影唯一心念观音菩萨及《般若心经》。“逢诸恶鬼，奇状异类，绕人前后，虽念观音，不得全去，即诵此经，发声皆散。在危获济，实所凭焉。”至《太平广记》卷九十二，则谓玄奘西游，至罽宾国[1]，道险多虎豹，不可过。玄奘见一老僧，头面疮痍，身体脓血，在房独坐，莫知来由。乃礼拜勤求，僧口授《多心经》一卷，令奘诵之，遂得山川平易，道路开辟，虎豹藏形，魔鬼潜迹，遂至佛国，取经六百余部而归云云。已加装点。又《太平广记》同卷，记玄奘在灵岩寺，手摩松枝，“曰：‘吾西去求佛教，汝可西长，若吾归，即却东回，使吾弟子知之。’及去，其枝年年西指，约长数丈，一年，忽东回。门人弟子曰：‘教主归矣。’乃西迎之，奘果还。至今众谓此松曰摩顶松”。今《西游记》第十九回有浮屠山乌巢禅师授法师《多心经》故事（《摩诃般若波罗蜜多心经》，本为《心经》，小说乃误为《多心经》）。又第一百回长安洪福寺僧见松枝一棵棵头俱向东，知法师东回。罽宾国变成浮屠山，灵岩寺变为洪福寺。这两个故事都是唐代和尚们讲经说佛所流传的。

欧阳修《于役志》记载扬州寿宁寺有南唐壁画。唯经藏院画玄奘取经一壁独在，尤为绝笔。此壁画是画玄奘取经故事的。

小说起于《大唐三藏取经诗话》。《大唐三藏取经诗话》，残卷，南宋临安瓦肆所刊行。今存在日本。分三卷十七段。文中多夹杂诗句，故曰“诗话”。另是一体，颇像变文的嫡派。而唱酬多诗，文白夹杂，文章雅洁，内容新鲜。散文多，韵文少。

---

[1] 应为罽宾国，西域古国。——编者注

《诗话》中有唐僧、猴行者、深沙神等。猴行者是一白衣秀才，遇到唐僧往西天取经，他说："和尚前生两回到西天取经，中路遭难，此回若去，千死万死。"法师云："你如何得知？"秀才曰："我不是别人，是花果山紫云洞八万四千铜头铁额猕猴王。我今来助和尚取经。"当即改称猴行者。和尚借行者神通，偕入大梵王宫去讲经，梵王赐隐形帽一顶、金环锡杖一条、钵盂一只，三件齐全。猴行者说："此去百万程途，经过三十六国，多有祸难之处。"又有深沙神，原是流沙河边的妖怪，吃过几次取经人的。其后经大蛇岭、九龙池危地，都赖行者法力，安稳行进。王母池边蟠桃，食之可寿至数千岁，法师使猴行者取桃，猴行者到王母池偷桃。蟠桃入池化为小孩形，亦即人参果的故事（今《西游记》中把齐天大圣偷桃和在五庄观镇元仙处偷人参果分化为两个故事）。又有经历树人国、鬼子母国、女人国等种种险难怪异。

这是把玄奘取经这一不寻常的事件神话传说化了，是受了佛经中本来有的印度文学成分影响而产生的中印文化交流的民间文艺作品。

这本《大唐三藏取经诗话》是很可宝贵的，是从变文发展到话本的过渡东西。足见南宋时代有说唐三藏西天取经的故事，也许是和尚们讲的。不过这个本子很简洁，同《碾玉观音》等不同，是可以根据来讲话，而不是说话体的成熟的小说。

元代戏曲中有吴昌龄的《唐三藏西天取经》一个剧本，今佚；但存《纳书楹曲谱》中《回回》一出。明初戏剧家杨景贤作《西游记》杂剧六本，今存。第一本是唐僧出身，乃《西游记》第九回江流儿故事。第二本是唐僧登程求法，木叉送火龙马的情节。第三本是孙行者出身，在花果山紫云洞做通天大圣，摄着火轮金鼎国王女为妻。他偷了西王母的仙衣、银丝长春帽、仙桃百颗，要给王女。天上派李天王和哪吒来拿他，又派二十八宿天神天将包围防守。天王与哪吒不能降伏，结果是观音出场，把他压在花果山下，要待唐僧西天取经，随往西天。此后是唐僧从花果山下经过，揭字放出，观音传与紧箍咒，收伏了他。孙行者又降伏了沙和尚。扫除黄风山妖怪，又遇鬼子母红孩儿的难，观音救了他们。第四本是猪八戒的事。第五本女王逼配。以及到火焰山与铁扇公主战斗事。第六本参佛取经，归东土，唐僧上灵山会朝佛结束。此杂剧仍以唐僧取经为中心故事，孙行者、猪八戒故事已有特写，与唐僧鼎足而三。

杨景贤的《西游记》杂剧六本二十四出，《西游记》故事已见梗概。这个剧本在《纳书楹曲谱》里存有《撇子》《认子》《胖姑》《伏虎》《女还》《借扇》（《续集》二）。又《饯行》《定心》《揭钵》《女国》（《补遗》）。

西游故事在元代逐渐发展，比之《取经诗话》更显得丰富，多幻想。

《也是园藏书目》又有《二郎神锁齐天大圣》一本（今存《孤本元明杂剧》中）。

元代除了戏曲外，已有粗具规模的《西游记》小说。佚文见于《永乐大典》的一三一三九卷，系魏徵梦斩泾河龙的一段。情节与今本《西游记》同，而文章比较朴素。

嘉靖、隆庆、万历三朝是明代文学发展的高潮时期。推翻元朝统治之后，明初减轻赋税，解放手工业的大量奴隶，生产力提高，同时海外贸易也大大发展。在南洋一带，三宝太监郑和下西洋，即为了国外贸易。而欧洲人环行全球，东西交通发展也在明代（哥伦布到美洲，公元1492年；葡人至印度，公元1498年；麦哲伦至腓力宾，公元1521年）。所以，在16世纪中国的商业资本很发达。在此情况下，刻书业也发达。明版书最多的是嘉靖、隆庆、万历刊本。文化出现高潮，古文家王世贞等后七子就活跃在这一时期，此后万历朝公安派、竟陵派抬头，笔记小说也发展起来。

《西游记》这类小说就产生于海外交通发达的时代，外国的珍闻异说，亦有如《天方夜谭》之类。

《西游记》故事的轮廓在元末明初已经完成。明代中叶同时有三种《西游记》小说出现。其一，为杨志和的《西游记传》，四卷四十一回，题齐云杨志和编（在明万历年间。余象斗合刊之《西游记》中之一。其余，《东游记》，写八仙故事，《南游记》即《华光天王南游志传》，《北游记》即《北方真武祖师玄天上帝出身志传》）。前九回写孙行者出身。孙悟空为石猴，寻得水源为猴王，就师得道，闹天宫，玉帝不得已封为齐天大圣。又扰蟠桃会，帝使二郎神与之战，为老君所暗算，遂被擒，如来压之五行山下。次四回，即魏徵斩龙、太宗入冥、刘全进瓜及玄奘受诏西行，十四回以后，玄奘道中收徒及遇难故事，灾难只三十余次。文字草率无味。鲁迅谓吴承恩书出于此简本而扩大的，胡适谓吴书在前，此是坊间删节本。

其二，为朱鼎臣之《唐三藏西游释厄传》十卷，隆万间（16世纪七十年代，1570—1580）福建书商刘莲台所刻。有陈光蕊（即唐僧父）故事，其余同杨志和《西游记传》，但凌乱不及杨书。

其三，为今本《西游记》一百回，则为吴承恩（1500？—1582？）作。吴生于明孝宗弘治年间，卒于明神宗万历初年，书刊于其死后十年，金陵世德堂本，二十卷，每卷五回（刊于公元1592年，万历二十年）。吴、杨《西游记》均无陈光蕊、江流儿事，而清乾隆间刊《新说西游记》一百回，补入此段。据近人考据推测，唐僧出身应为吴原本所有，世德堂刊本因其亵渎圣僧故将此故事删去，此论可信。

唯吴承恩作与朱、杨两作，孰为前后，则很难定，可能是三人都据元代话本改编，可能是吴氏取元话本大加创造，而朱、杨取吴本删节以就刊书之简便者。吴本文笔优美、诙谐，为艺术上的杰作，而朱、杨本为朴素故事，文艺价值不高，自然被淘汰了。

《西游记》是最重要的一部神话小说（鲁迅称之为“神魔小说”），是神话故事的大集合，包括：① 古代神仙传说的成分；② 佛经故事的成分；③ 海外奇谈，间接吸收印度、阿拉伯故事。在人民大众融合铸造中创造了一部伟大的神话寓言小说，带有童话意味的冒险小说。

印度史诗***Ramayana***（《罗摩衍那》）中有哈努曼（Hanuman），是猴子国大将，神通广大，能在空中飞行，一跳可以从印度到锡兰。又善变化，能忽大忽小，有一次魔把他吞入肚中，他把身体变大，那老魔不得已也跟着大，大到顶天立地；他忽然变小，从魔的耳朵里出来了。

在《大唐三藏取经诗话》里，猴行者还没有这些神通。而在《西游记》小说里，孙行者变成齐天大圣，有了不得的神通了。孙行者成为主角。这孙行者的故事，自然有多方的来源：① 神猿，如唐人小说《江总白猿传》；② 唐人传奇无支祁的故事；③ *Ramayana*的哈努曼；④ 其他来源，如谭正璧说二郎神与美猴王斗法一段，颇似《天方夜谭》里《说妒》故事中皇后与魔的战争。

锡兰有女人区域（见《慈恩法师传》），此成为《西游记》女儿国所本。又《慈恩法师传》云，取经回程，风波翻船，经被打湿，此成为《西游记》白鼋负经过河，因唐僧忘了它的嘱托，经沉入水的根据。

总之，西游记故事的轮廓在元末明初已经完成。明代中叶嘉靖年间由杰出小说家编成《西游记》一百回小说，其中创造性部分很多。西游记故事受佛经中故事、印度故事的影响，但主要还是中国人的创造。

吴承恩的生平

小说不登大雅之堂，虽流传民间，作者为谁、生平如何，往往乏人研究。百回本《西游记》与《三国》《水浒》同样为大众所喜爱。在某一时期，文人们把它作为元长春真人邱处机（元初道士）所作。此因邱处机有一《西游记》，为记述他到新疆一带游历而作之误。我们知道小说《西游记》实为明中叶文人吴承恩作，是根据天启《淮安府志》之《人物志》的。

吴承恩（1500？—1582？），字汝忠，号射阳山人，淮安山阳人（射阳，湖名，在今江苏淮安县东南七十里）。

天启《淮安府志》十六《人物志二·近代文苑》云：

> 吴承恩，性敏而多慧，博极群书，为诗文下笔立成。清雅

流丽，有秦少游之风，复善谐剧，所著杂记数种，名震一时。数奇，竟以明经授县贰，未久，耻折腰，遂拂袖而归。放浪诗酒。卒，有文集存于家。丘少司徒汇而刻之。

又《淮安府志》十九《艺文志一·淮贤文目》载："吴承恩：《射阳集》[1]四册、《春秋列传序》、《西游记》。"

今《射阳存稿》四卷存。万历庚寅陈文烛序，万历己丑吴国荣跋。民国十九年故宫博物院重印排字本。

据同治《山阳县志》、光绪《山阳县志》：吴承恩为嘉靖中岁贡生，官长兴县丞。

吴国荣《射阳先生存稿跋》谓："屡困场屋，为母屈就长兴倅。又不谐于长官。归田来，益以诗文自娱，十余年以寿终。"（按：吴氏寿至八十余）

所谓《春秋列传序》，实为《射阳集》第二卷之首篇，乃一篇文章，为周某所作书之序文，非一书名。

集中有《花草新编》，乃吴氏所选词集之名称。

又有《禹鼎志序》。《禹鼎志》为吴氏所作仿唐人传奇志怪短篇十余篇之集。惜今不传。天启《淮安府志》所谓"所著杂记几种，名震一时"者也，《序》云："余幼年即好奇闻，在童子社学时，每偷市野言稗史。惧为父师诃夺，私求隐处读之。……比长，好益甚，闻益奇。"又云："吾书名为志怪，盖不专明鬼，时记人间变异，亦微有鉴戒寓焉。"此书如存，当可侔《聊斋志异》。

[1] 《射阳集》及下文《射阳存稿》皆指《射阳先生存稿》。——编者注

吴氏虽只为岁贡生，但为名流所重。

吴氏与明后七子中的徐中行友善，互相唱和。“平生不肯受人怜，喜笑悲歌气傲然。”（《赠沙星士》）其诗如《金陵客窗对雪》《二郎搜山图歌》《后围棋歌》诸篇，才气纵横，有浓厚的浪漫气氛。

除诗外，尚有词百首左右。

吴氏的生活情况，与清代小说家蒲松龄有点相仿。他和施罗不同。施罗可能为书会中人，且有志图王者。吴氏则为岁贡生，赴考未中举。其做长兴县丞时年近六十，或六十以后矣。吴氏作书以自遣，寄其生活经验。《禹鼎志》应该是文言作品，《西游记》是白话小说。这部书并非创作而是改编。不过扩充到一百回，改编得大为改善，等于创作了。此书大概成于晚年，在1560年以后，即嘉靖、隆庆年间。这时是明代小说创作的高潮，《金瓶梅》也成于此时。

《金瓶梅》

（节选）

展开小说史新页的个人创作——《金瓶梅》

《金瓶梅》的作者，署名兰陵笑笑生。生平不可考。兰陵今属山东峄县。书中亦多山东方言。作者当是山东人。这部书先有抄本，出现在万历年间（1573—1620）。沈德符的《野获编》提到这部书，说袁宏道欣赏这部小说，把它与《水浒传》相提并论。袁宏道有《觞政》，把它配《水浒传》。袁氏《觞政》成于万历三十四年（公元1606年）以前，说是为嘉靖间大名士的手笔。有归于王世贞者，其说不可靠。王世贞是太仓人，不可能写这部书，是因“嘉靖间大名士”而附会的。《野获编》提到，1606年以后不久，苏州就有刊本。今我们所见《金瓶梅词话》，是1617年东吴弄珠客万历丁巳年序的刊本。《金瓶梅词话》的刊行离开作者成书当不甚远，此书当成于16

世纪末、17世纪初年，其初刊本应该在1617年以前五六年。

全书一百回，称词话，是拟话本。中间夹杂着许多词曲。词话是宋元小说的别名。因为演说小说的，除说书外夹上弹唱。《金瓶梅》保存这个体例。它从烟粉灵怪传奇的小说体例中脱胎出来，有长篇巨制的结构。除了诗词、四六骈体的穿插以描写景物及抒情以外，常用当时通行的词曲，全书有六十多支通行小曲。但虽是词话体例，事实上并非说书者的话本，不是从说书艺人的话本改编的，乃是一位小说家的创作。如果不是一人所独成，也只是一二位作家所创制的，不过用词话体例而已（因为书中极淫荡秽亵之处，说书者也无法说。这些秽亵部分，是只能形诸笔墨而不能公开说唱的，而它们是书中有机部分，并非另有人所加）。

现实主义的长篇小说《金瓶梅》

《金瓶梅》的故事，出于《水浒传》。小说从《水浒传》中摘取一段，即西门庆与潘金莲私通。武松为武大报仇，追杀西门庆，误杀另一人，西门庆得以逃脱。武松发配，西门庆偷娶潘金莲为妾。

书名《金瓶梅》，取自书中三个女性的名字：潘金莲、李瓶儿、春梅。

全书着重描写西门庆一家妻妾：妻，吴月娘；妾，孟玉楼、李瓶儿、潘金莲、孙雪娥；婢，春梅。此外有婿，陈经济。

西门庆“原是清河县一个破落户财主，就县门前开着个生药铺。从小儿也是个好浮浪子弟，使得些好拳棒，又会赌博，双陆象棋，抹牌道字，无不通晓。近来发迹有钱，专在县里管些公事，与人把揽说事过钱，交通官吏”。“知县知府都和他往来。近日又与东京杨提督结亲，都是四门亲家，谁人敢惹他。”

西门庆是一个小城市的恶霸，是有钱有势的人物。他原是破落户的浮浪子弟，结识了浮浪子弟九人，结拜为十弟兄。靠着生药铺、高利贷剥削。此后便用玩弄妇女、谋害朋友的手腕发横财。私通了他的结拜朋友花子虚的老婆李瓶儿，把花子虚害死了，谋得了钱财，又娶李瓶儿为妾。再包揽词讼，结识当地官吏。再用他的钱财，结交蔡御史，勾结东京权贵杨戬和蔡京。蔡京提拔他做了提刑副千户。蔡京的生辰到了，他亲自带了厚厚的一份礼，二十担金银缎匹去拜寿，拜蔡京为干爷，便升了正千户提刑官。于是进京引奏谢恩，进一步和朝中执政的官僚们勾结。这样一个小城市的开生药铺的老板由此列入于官绅阶级。小说集中写这个恶霸家庭，同时旁及社会黑暗的各个方面。全书除武松的出现不关重要以外，没有一个正面人物，都是些极丑恶的人物。《金瓶梅》虽假托宋代故事，书中所写实在是明代中叶，即嘉靖、万历年间的中国社会的黑暗面，剥削阶级（官绅、和官绅勾结的不法商人）的荒淫贪酷的全貌。小说大胆地暴露现实，成为照透那个时代那个社会的一面镜子。

除西门庆以外，小说还写了像应伯爵那样的帮闲人物（破落户出身，家财没了，专跟富家子弟帮闲贴食的）。伯爵=白嚼，是跟着西门庆玩弄妇女，专说笑话帮衬的。谢希大，好踢气球，赌博，游手好闲。吴典恩（无点恩），是本县阴阳生被革退的，专一在县前与官吏保债。

《金瓶梅》的书名，取自三个女性，潘金莲、李瓶儿、春梅。潘、李因争宠而互相嫉妒。潘金莲阴狠毒辣，因为李瓶儿生子，设计把李瓶儿之子惊死。李瓶儿也亡故。潘金莲私通陈经济等，是典型的荡妇。春梅是一个丫头，先为西门庆所收用，后来也私通陈经济。在西门庆家的妾中，孙雪娥是被压迫者，孟玉楼无声无臭。吴月娘是一个软弱无用的人，根本管不了家，一任西门庆和小老婆们胡闹，喜欢尼姑出家人奉承，听听说佛书。

西门庆往往用风流手段，甜言蜜语，诱骗女性。骗到手里，便换了魔王一样的面孔，高兴时叫你两声小淫妇，发起脾气来，把女人脱得精光，用皮鞭打得皮破血流。

《金瓶梅》着重写这样一个家庭，声色货利，肉欲与财贿的世界，为最堕落的社会的写照。全书一百回，从这个家庭的兴盛写到衰败。

《金瓶梅》不能被认为是自然主义的作品，而是现实主义的作品。因为作者所写，并非偶然的、琐碎的社会生活，而是典型的、一个真实社会的横剖面。作者通过西门庆、应伯爵、潘金莲等艺术形象的具体表现，使我们认识这社会的无可掩饰的如是种种丑恶，引起人们无比的愤怒与憎恨的情感。

《金瓶梅》虽只写了清河县一个剥削阶级家庭，但从这个家庭中的人物与社会各方面的关系，可以看出那个时代整个社会的面貌。这是它的现实主义的广度和深度。它揭露了当时一般剥削阶级的荒淫堕落（从皇帝到官绅巨商莫不如此）。我们读明代中叶的笔记野史，认识此书所写，确是写实，并不夸大。嘉靖、隆庆、万历间，一般的风俗是淫靡堕落的，士大夫也奔竞成风，廉耻尽丧，商人富户尤其淫靡，当时的社会真实情况如此。《金瓶梅》是一部大胆暴露现实的小说。

《金瓶梅》的艺术成就

1. 是我国第一部有完整结构的长篇小说。在此之前的如《水浒传》《西游记》等，全书可以拆散为零篇故事，《金瓶梅》不然。它写一个家庭的事情，几个人物从头至尾贯穿全书。小说描写家庭琐屑的日常生活，而规模巨大，至一百回之长，结构宏伟。此无先例，具有特创性。

2. 全书以描写人物形象为主，并无多少故事情节。人物占第一位，不重情节，不靠故事，故事的发展是人物个性和行动的自然结果，有必然性，合乎客观事物发展的规律。没有浪漫主义、离奇曲折的情节。描写细腻深刻。

以上两点开《红楼梦》先声。

小说创造了诸如西门庆、潘金莲等典型的反面人物。他们是封建社会末期，堕落腐朽的统治阶级中的典型人物。正如东吴弄珠客在《金瓶梅序》中所说："借西门庆以描画世之大净，应伯爵以描画世之小丑，诸淫妇以描画世之丑婆、净婆，令人读之汗下。"这一群男女是声色货利、各种欲望的奴隶。分别开来说，女性又为男性的奴隶。

3. 口语的运用（文学语言的创造性），达到高度。语言全部是口语，用山东方言。生动泼辣，绘影绘声。纯粹白描，不加修饰。描绘淫鄙妇女的口吻，惟妙惟肖，如潘金莲和人吵嘴等，栩栩欲活，如闻其声。

《金瓶梅》的缺点

1. 结构有松懈处。不免有沉闷的地方，缺乏戏剧性情节、中心故事（此不及《红楼梦》处）。

2. 秽亵篇幅占太多。书中秽亵的部分非常多，西门庆私通的妇女不少，良家妇女、伙计老婆、女仆等，潘金莲私通了她的女婿。性交赤裸裸地无忌惮地描写出来。因此这部书被称为第一等淫书，列为禁书。大概色情小说通行在明代，《金瓶梅》如此，其他短篇小说也都带些色情描写。原因有：（1）在封建时代女子是文盲，不识字，不是读者。男女没有社交。小说专为男人们的读物。于是作者喜欢夹杂秽亵，刺激读者，增加书的市场。（2）堕落的社会真况如此，春药公开可买。

3. 有佛教因果报应思想，冲淡了现实主义精神（作者世界观的局限）。

《金瓶梅》有满文译本、德文译本以及其他各国译本。有《世界文库·中国珍本丛书》的删净本、张竹坡批本的《第一奇书》本。

《金瓶梅》有续书名《玉娇李》，相传为同一作者，今不传。又有《续金瓶梅》六十四回。把《金瓶梅》书中人各复投身人世，以了前世的因果报应，没有什么意义。

清初的诗词与散文

（节选）

顾炎武和归庄

顾炎武不单是热烈的爱国主义者和积极的社会活动家，不单是一个把书本知识联系现实政治的学者，同时还是一位优秀的诗人。

顾炎武很重视诗歌的政治作用。白居易说："文章合为时而著，歌诗合为事而作。"他认为"可谓知立言之旨"（《日知录·作诗识》）。他又说："近代文章之病，全在摹拟，即使逼肖古人，已非极诣，况遗其神理而得其皮毛者乎！"（《日知录·文人模仿之病》）因此，他主张诗应该有思想内容，贵独创，"诗以义为之，音从之"（《日知录·诗有无韵之句》）。这一点，他和公安派不同，公安派只主性灵，最后走向趣味，而顾炎武认为诗的"义"应是"天下兴亡，匹夫有责"。

他作诗的原则就是这样，而他的诗歌是实践了他的原则的。他反对以文辞欺人。其诗受杜甫、陆游影响最深。他的诗的现实性表现在：（1）描写起义和反清的事；（2）反映农村情况；（3）发表他自己的政治和经济的主张，有议论；（4）以诗明志，以示不屈忠贞之节。他的一部分诗歌直接描写了反清的斗争，有名的就是《秋山》二首。这两首诗写的是昆山的战事。战斗很激烈，“秋山复秋山，秋雨连山殷”。接着描绘战士们的抗敌义愤和英勇牺牲，“旌旗埋地中，梯冲舞城端”。虽然失败了，但复仇的种子不会死亡的，“楚人固焚麇，庶几歆旧祀。勾践栖山中，国人能致死。叹息思古人，存亡自今始”。诗中也写了清兵对江南人民的残杀和掠夺，“可怜壮哉县，一旦生荆杞。归元贤大夫，断脰良家子”，“北去三百舸，舸舸好红颜。吴口拥橐驼，鸣笳入燕关”。

顾炎武更多地写自己对故国的怀念和自己对反抗斗争的坚持。如“中年早已伤哀乐，死日方能定是非”。他在山西和傅山相见，在《又酬傅处士次韵》一诗中有“苍龙日暮还行雨，老树春深更著花”的诗句，足见其虽暮年仍壮心不已。他在北方奔走，并不感到疲累和厌倦，更没有悲观绝望，他说：“远路不须愁日暮，老年终自望河清。”

顾炎武的诗雄劲有力，在当时诗界别有风格。沈德潜称其诗“风霜之气，松柏之质，两者兼有”（《明诗别裁》）。其诗以古体最好，魏源学他的诗。

归庄（1613—1673），一名祚明，字玄恭，江苏昆山人，归有光之曾孙，是顾炎武的同里好友，明末“复社”成员。当时归、顾在复社时，人以奇怪目之，故后即称“归奇顾怪”。因其重实践、反空谈，有唯物思想，接近劳动者，且博学，是正派知识分子，所以在当时被视为特殊人物。当时复社文人不免尚空谈，重实践的归、顾被视为奇怪人物是必然的。归庄的诗文留存不多，但都有思想内容，很有气节。他对于大地主、大富翁、帮闲文人、虚伪的道学家都予以揭露和驳斥。汪琬（尧峰）学究气（程朱理学之伪者）很重，归庄文集中有二封《与汪苕文书》，极尖锐地骂他。季沧苇是当时极富之人，为富不仁，归庄在《与季沧苇书》中痛骂之。

清兵南下，归庄曾参加抗清义军。明亡后，与妻子隐居。归庄夫妇晚年居于祖坟旁土屋中，有联云：“妻太聪明夫太怪，人何寥落鬼何多。”他的诗如《卜居》反映了作者亡国之痛，“环顾六合内，踯躅将安归”。另一首《万古愁》极为痛快，甚至骂孔子为万古罪人。但他对于明末的农民起义认识不清，认为明亡于“流寇”，此其缺点。

吴伟业及其他散文家

吴伟业（1609—1671），字骏公，晚号梅村，江苏太仓人。少年时，文章就写得很好，十四岁时，张溥发现他，“因留受业于门”，参加复社。崇祯十年（29岁），充东宫讲读官，十二年（31岁），为南京国子监司业。崇祯死时，他三十六岁，“先生里居，闻信号，恸欲自缢，为家人所觉”（《年谱》），其母责之，谓父母在不宜死。福王立，授官，“先生知事不可为，又与马（士英）、阮（大铖）不合，乃谢归”（《年谱》）。在乡十年，清廷征博学鸿词，以山林隐逸不就。

顺治十年（45岁）九月，“招入都，授秘书院侍讲……寻升国子监祭酒。时先生杜门不通请谒，当时有疑其独高节全名者。会诏举遗佚荐剡交上，有司敦逼。先生控辞再四，二亲流涕办严摄使就道。难伤老人意，乃扶病出山。”郁郁不得志，过一年，托辞继母卒而归家，以后即不出。情绪一直是很苦闷的。梅村孝过其气节。

梅村诗写得很好。长于歌行，色泽鲜艳，又沉雄有力。梅村颇似庾信，他的身世与庾信相似，风格也有类似之处，早年风华，老而老成。他晚年出山后，情绪很苦闷，发而为诗歌，有苍凉之气。在被征期间，他说：“误尽平生是一官，弃家容易变名难。”（《自叹》）他离家北上，和他的弟弟分别，曾写道：“云山两岸伤心里，雨雪孤城泪眼中。病后生涯同落木，乱来身计逐飘蓬。”他对自己的出山，一直是很悔恨的，“世应嘲仆仆，我亦叹栖栖”。他在京城时，告诉他的弟弟说：“万事愁何益，浮名悔已迟。”（《病中别孚令弟》）他叫弟弟告诉家里，以后教儿女们“勤识字”“学躬耕”，不要出来做官，不必管什么虚名，不要学他的样子，“似我真成误”，这都是非常沉痛的。

在他未出来前，侯方域曾写信给他，要他不出来，但他未能如约，后来回想起，感到很惭愧：“死生总负侯嬴诺，欲滴椒浆泪满樽。”（自注：“朝宗，归德人，贻书约终隐不出，余为世所逼，有负夙诺，故及之。”）

这件事一直成为他一生的悔恨，很多事都能触动他，使他悲痛。他读了佛经，也会无端地哭起来，“《楞严经》读罢，无语泪痕深”。

中年以后，他的家庭也接连发生不幸。母亲去世，后来妻子也故去，几个女儿也先后死去。这对于他的打击都是很大的。他的《哭亡女》曰："诀绝频携手，伤心但举头。昨宵还劝我：'不必泪长流。'"情感是痛切抑郁的。

吴梅村写了很多歌行，这些歌行大都写古迹以及明人旧事，多吊古情调。一想起古代汉族历史故事和故明遗事，在在都使他伤怀。《永和宫词》写田贵妃，《后东皋草堂歌》是为明末爱国作家瞿式耜写的，中自叹曰："斜晖有恨家何在，极浦无言水自流。"《鸳湖曲》吊吴昌时，皆感时抒怀之作，有的还可作为有爱国思想的作品。其《琵琶行》写崇祯十七年以来先朝旧事，以至想起唐朝的安史之乱，想起李龟年的流落江南，"龟年哽咽歌长恨，力士凄凉说上皇。前辈风流最堪羡，明时迁客犹嗟怨"。其有名的诗作《圆圆曲》，虽咏叹颇有色彩，但思想模糊。

吴伟业反映现实的诗作，有《捉船行》《马草行》《芦洲行》等。

《王郎曲》《楚两生歌》《听女道士下玉京弹琴歌》等为写友谊交情之诗。

出仕清朝期间，有些应酬诗极无聊。

在清朝初年，散文中有所谓三大家：侯方域、魏禧、汪琬。

侯方域（1619—1654）[1]，字朝宗，河南商丘人，父为明末忠臣。宏光朝出来，为阮大铖辈所压制。才气纵横，惜中年早卒。其散文代表作有《癸未去金陵日与阮光禄书》《李姬传》《宁南侯传》等。有

[1] 侯方域在世时间应为公元1618—1655年。——编者注

《壮悔堂集》。

魏禧（1624—1680），字冰叔，号裕斋，江西宁都人。与兄弟二人称“宁都三魏”，禧居中。于文主多变化，于变化中有法则。山以不变为法，水以善变为法。文章风格，不能千篇一律。亦写不少野史材料，如《大铁椎传》。有《魏叔子集》。

汪琬（1624—1690），字苕文，号钝庵，江苏长洲（今苏州）人。侯方域、魏禧在当时地位均不及汪琬。汪为统治阶级所捧。有《钝翁类稿》等。

全祖望（1705—1755），字绍衣，号谢山，浙江鄞县人。乾隆进士。在翰林院做过官，不肯趋奉宰相，受排斥，回乡。在浙讲学，又不为地方官所重，遂离乡至蕺山端溪书院讲学。一生穷愁多病，死无以葬。

有《鲒埼亭集》。全氏为史学家，不喜发空论，专写传记，尤重明末贞节之士。从全氏文集中，我们可以得到不少亲切而明确的明清之际的史料。如《亭林先生神道表》《阳曲傅先生事略》等，皆能以简洁短文而概括人一生事迹。他对于钱牧斋、李光地等则深恶痛绝，毫不留情。为人狷介，民族意识最为浓厚。

全祖望虽为历史家，而散文文笔甚佳，亦可谓文学家。

此外，史可法《复多尔衮书》、邵长蘅《阎典史传》，为清初之有名文章。

孔尚任与《桃花扇》

有明一代，传奇不下数百种，能够比得上《琵琶》《拜月》《荆钗》《白兔》者实属寥寥，只有汤显祖的《牡丹亭》可以作为天才的创作。《琵琶》《拜月》等原是从民间文艺的南戏剧本改编的，好比罗贯中的《三国演义》、施耐庵的《水浒传》，来源在民间。汤显祖的《牡丹亭》，确乎是个人创作。到了清初康熙年间，却有两部历史剧本产生，《桃花扇》与《长生殿》，几乎是同时写作成功的，作者孔尚任与洪昇有“南洪北孔”之目，二人同为曲家齐名并世。这两部剧本是文人所创制的传奇的高峰，同时也是传奇文学的后劲了。它们产生在昆剧已经发展到顶点，而有往下没落倾向的时代。以思想性而论，《桃花扇》比《长生殿》更高些。这两大剧本，远非李渔的纤巧尖新的喜剧可比。

这两部都是结构宏伟的历史剧，产生在清初康熙年间，不为无因。清贵族入关以后，明末遗老，有气节的如顾炎武、黄宗羲、王夫之等，他们都注意于史学。对于现实社会有所不满，钻向古书，喜欢考古考据，也喜欢谈掌故，发思古之幽情。孔尚任是孔子后代，讲究古礼古乐，也喜欢古董。《桃花扇》一开始，就借老赞礼的话“古董先生谁似我，非玉非铜，满面包浆裹”，自命为一块肉古董，有怎样一肚皮不合时宜的思想。孔尚任真的喜欢古董，曾经用不少钱买了唐代一件称为“小忽雷”的乐器，还特地为小忽雷的掌故而同友人顾彩写了一个传奇剧本名为《小忽雷》。他写《桃花扇》，就是参考了许多关于南明的掌故，才编成这样一部传奇的。洪昇的写作《长生殿》也如此，用功于天宝年间的历史掌故书籍很久，取材极博。他们的创作态度，都很严肃，结合历史和文学。这是和他们所处时代的学术潮流、明末清初的史学和考据学的发达分不开的。

孔尚任的生平及其著作

孔尚任（1648—1718），字聘之，又字季重，号东塘、岸堂、云亭山人。山东曲阜人，孔子六十四代孙。早年在曲阜乡下石门山中读书。是秀才，但也许没有出来应过举。是一个饱学而不合时宜的人，他研究古礼和古乐。到三十六岁，衍圣公孔毓圻请他出山，主修家谱和《阙里志》。孔尚任为李塨作《大学辨业序》云：“予自幼留意礼乐兵农诸学。”又《湖海集》卷十二：“乐律深邃精微，非狂鄙所能窥。但夙承家学……二十年来，悉心考证。”1683年，在孔毓圻处教演礼乐，邹鲁弟子秀者七百人，同宗族万人，释业于庙。1684年康熙皇帝到江南去游玩，称为“南巡”，回来路上经过曲阜，便要祭孔。孔毓圻使孔尚任参加祭礼，主持礼节。尚任以监生充讲书官，在御前进讲经书，又一一详述文庙礼器，称旨。清统治者以尊孔、尊经学、尊古礼乐为统治全国人民、收买汉族知识分子的策略，康熙帝特为赏识孔尚任的学问和人才，破格提升，命他入北京，为国子监博士。这是尊重孔家学者之意。

孔尚任到北京任国子监博士二年，便出差到扬州一带跟孙在丰治下河水患，逗留在淮上有三年之久。当时淮河一带常有水灾，人民遭受着苦难，而官吏并不当它一回事，治河不切实际，虚耗钱财，耗时费日，一无所成。他接触清朝官僚实际，又亲见民生疾苦，颇有感慨。面对现实，原想立功立业的念头也瓦解冰消了。他写了不少发牢骚的诗，此外便在旅居无聊中酝酿着《桃花扇》的创作。

孔尚任作《桃花扇》，动机很早。《桃花扇本末》云，作者舅翁秦光仪，明末避乱南京亲戚孔方训家，详悉福王遗事，归乡后为作者语之，因此始想作此。孔方训是他的族兄，崇祯时在南京为南部曹，亲见亲闻明末弘光朝事。孔尚任自己生时已是顺治五年，距离弘光被杀已三年了。所以《桃花扇》的老赞礼一半是作者自比，一半是他族兄的影子。他久已乎想写一个剧本，把“南朝兴亡，系之桃花扇底”。此次逗留南方，曾到扬州梅花岭史可法葬地，到南京游秦淮河、谒明孝陵，也接触当时老辈，多闻晚明掌故，于是把南明亡国惨事编入传奇的心愿格外强烈了。孔东塘从扬州回北京是1689年。回京仍任国子监博士。博士本是闲职，正可努力写作。他原来喜欢音律，并喜词章，因此作曲不难。他先同曲友顾彩合作《小忽雷》传奇。小忽雷是唐朝韩滉伐蜀得奇木，所制乐器大小忽雷之一，为文宗时宫中女官郑中丞所常弹者。后郑中丞因事得罪，缢投于河，又遇救为梁厚本妻。使赎寄修乐器赵家之小忽雷而弹之。忽雷乃琵琶之一种也。孔尚任于康熙辛未年（公元1691年）得于北京市上，重其为八百年前古乐器，又有唐人小说中的故事，因与顾彩谱此事为传奇。1694年《小忽雷》传奇脱稿，大部分成于顾彩之手。唯孔氏于此始驰骋于词曲。至1699年6月，则《桃花扇》脱稿。距第二次到北京任博士，已有十年。十年中，孔氏升户部主事，寻又升户部员外郎。作《小忽雷》时，因友人顾彩善音律，托之代填。此作因顾彩不在都中，故自填之，而得苏州曲师王寿熙之指点，择时优熟解之曲牌填之。依谱填词，按节而歌，使无聱牙之病。

《桃花扇》本文四十出，前后加四出，共计四十四出，结构宏伟。孔尚任陆续写作，非一时所作，数易其稿，前后十年而成。零碎片段即有人传阅，至1699年6月全剧脱稿，即盛传于京。7月，宫内索阅，且索阅甚急，匆匆呈进。孔氏即以此年罢官。宫内索阅为闻《桃花扇》名，欲演习云云。而孔氏之罢官不知何因，或与《桃花扇》不无关系。因为虽剧本开始有歌颂太平之言，但整部剧本的思想内容，是哀悼明代亡国，表扬史可法等忠烈，而富于遗民思想的，所以必定招清统治者之忌。康熙对孔氏破格提拔，引进孔圣后代，含有笼络人心之意，但东塘既无意迎合帝王及大官僚，不合时宜，遂遭罢斥。

孔尚任罢官后，还乡隐居至1718年而卒。《桃花扇》先盛行于京师，而刊刻于1708年，乃天津人佟蔗村出资助刻者，则孔氏晚年亦贫。

孔尚任为一诗人，有《湖海集》传世，十三卷。七卷为诗，后六卷为文。诗文皆奉使淮扬时所作，起康熙二十五年，讫康熙二十八年。诗共六百余首。其后之诗文未辑成书，遂散佚。

《桃花扇》和南明史实

《桃花扇》题名取晏几道词“舞低杨柳楼心月，歌尽桃花扇底风”中之三字，从南京名妓李香君碰楼血染扇面、杨龙友为之点染、画折枝桃花而得名。名称极香艳，剧亦谱侯方域、李香君故事。其实整个剧本描写了弘光朝的起讫，于歌舞中寓家国兴亡感慨。正如《先声》一出老赞礼所言：“借离合之情，写兴亡之感。”

《桃花扇》以侯李二人情爱为题，此实传奇家的一种手法。一部大戏要包罗生旦净丑诸角，尤其不能离开生旦之角。《桃花扇》的题材阔大，侯李情爱事贯串全剧，也作为一个线索，“借离合之情”，主题是写南明弘光朝的腐朽政治、南明亡国的哀史。南明遗事，当孔尚任早年在石门山读书时，即闻之于族兄，开始酝酿此剧。亲自到南京、扬州一带时，又与遗老耆旧接触，丰富了题材，久秘不出。到再度入京时，始三易稿而成。剧作于南明史实，大体写实，中间经他布置腾挪穿插虚构，集中了几个人物。

大事均有依据。开始于1643年（崇祯十六年），南京复社文人吴应箕、陈贞慧与阉党阮大铖的斗争。阮大铖托杨文骢拉拢侯方域以为排解。侯方域与李香君遇合。李自成的农民起义军攻陷北京（公元1644年），崇祯缢死于煤山（虚写）。马士英、阮大铖迎立福王，史可法持异议，争之不得。福王由崧乃福王常洵之子。常洵为神宗万历帝的宠儿，封藩于开封，富可敌国，弄权贪贿荒淫无耻，素为东林党的敌人，是压迫东林党的。马阮迎立由崧，在南京弄一小朝廷，继续荒淫无耻的生活。马阮等以迎立功邀宠，马士英为内阁大学士，出史可法于扬州。崇祯的太子到了南京，福王的原妻也到南京，被认为伪太子、伪妃，搒掠至死。左良玉在武昌以清君侧为辞，移兵向南京（实乃避李自成、张献忠之农民军力量）。良玉叛变。马士英移江北三镇军，防截左良玉，江北撤防，清兵南下，史可法战死。福王出奔入芜湖黄得功营中，为黄得功部下田雄所劫以献清兵。黄得功殉难，福王被杀。结束了弘光朝小朝廷（公元1645年）。历史事实，前后三年（侯李爱情故事以栖霞山重逢，入道为结束。张瑶星说："呵呸！两个痴虫，你看国在那里，家在那里，君在那里，父在那里，偏是这点花月情根，割他不断么？"在政治悲剧的大氛围中，爱情由痴迷而觉悟，不以团圆为结束）。

四十出戏，集中故事的时间是三年。极紧凑。

全剧大事均实，但《桃花扇》是文学作品，不同于真实历史，在不违背历史事实的基础上，允许作者虚构与创造，使得人物生动，性格突出。这是传奇的体制。故多腾挪穿插，与史实稍有出入。

例如，复社文人吴应箕、陈贞慧攻击阮大铖，发《留都防乱揭帖》在崇祯十一年（公元1638年），侯方域交陈、吴二人主盟复社在1639年，其与李香君相识亦在是年，今移置在1642年及1643年。阮大铖托王将军结交侯方域，今改为杨龙友。史可法在清兵攻陷扬州时殉难，骑白驴与自投长江事系传闻，非史实。侯方域颇有资财，梳栊李香君系自己出资，非由阮大铖馈送。李香君并无却奁事，只有提醒侯方域勿受王将军的拉拢，能识大体，聪明有见识，不同一般女子。李香君不愿受田仰之聘，亦实有其事，但与侯方域无关。其碰楼、面血溅扇及苏昆生寄扇等节，怕是作者所创造的。《桃花扇本末》云："独香姬面血溅扇，杨龙友以画笔点之，此则龙友小史言于方训公者。"此为孔东塘所自述。但可能此段哀艳情节，为作者自己所创造、所设想，而托于龙友小史之言。南朝以歌舞享乐的小朝廷而亡国，正是"舞低杨柳楼心月，歌尽桃花扇底风"，"所谓南朝兴亡，遂系之桃花扇底"（指斥弘光朝的荒淫享乐）。故《入道》一出下场诗谓："桃花扇底送南朝。"

《桃花扇》的人物都是实有其人的，即是李笠翁所谓用实在史事则全为真人，故事则有所依据，而加以创造的穿插。《桃花扇》集中表现了弘光朝的政治全貌，是非常真实的。对这些历史事实作些修改，以便组织得更紧凑以及表现人物性格更突出是必要的。《桃花扇》是艺术作品，不是信史，但是它真实、正确地反映了历史现实。作历史小说及剧本者可以学习其处理方法。

《桃花扇》剧本与南明史实的出入之处，可参考梁启超之注（今文学古籍刊行社的本子，即为梁注本）。此为考据功夫。

《桃花扇》的主题思想和它的现实主义精神

——《桃花扇》是朱明王朝的沉痛挽歌

孔氏在《先声》中借老赞礼口说："昨在太平园中，看一本新出传奇，名为《桃花扇》，就是明朝末年南京近事。借离合之情，写兴亡之感，实事实人，有凭有据。""借离合之情，写兴亡之感"，所以《桃花扇》以侯李故事为主要线索而主题是明末弘光一朝的亡国哀史。作者虽然被招出山，但目击清代贵族统治下汉族人民遭受苦难，故而用剧作来寄托遗老感慨。他用艺术形象描写进步人士与阉党余孽的激烈斗争，暴露南明弘光朝的腐朽政治、君臣的荒淫无耻，指明了统治中国二百八十年的明帝国的一朝衰朽和灭亡的责任，哀痛爱国主义者在民族危机无可挽救时的坚强反抗，表扬他们的民族气节。是高度爱国主义的作品。作为一部历史悲剧，是朱明王朝的沉痛挽歌。作者把历史现象熔铸在一部大歌剧、大诗剧中，从而获得了艺术上的不朽。

作者生于清代，仕于清朝，其时正任户部员外郎，他写这个剧本是很大胆的。所以在开头用了一段歌颂太平的话，说“尧舜临轩，禹皋在位，处处四民安乐，年年五谷丰登。今乃康熙二十三年，见了祥瑞一十二种”，不能不作此掩护。此为照例颂扬，非由衷之言。又在史可法困守扬州时，特地不使清兵出场。在剧本中称清兵为北兵。不能不如此。但是他描写了左良玉的哭主，描写了史可法的沉江（骑白驴自沉长江）：“那滚滚雪浪拍天，流不尽湘累怨。”（用屈原典故）“你看茫茫世界，留着俺史可法何处安放。累死英雄，到此日看江山换主，无可留恋。”黄得功见刘良佐、刘泽清两镇要劫宝（弘光帝）献与北朝，便骂：“哇！你们两个要来干这勾当，我黄闯子怎么容得！”喊：“好反贼，好反贼！”“望风便生降，望风便生降，好似波斯样。职贡朝天，思将奇货擎双掌；倒戈劫君，争功邀赏。顿丧心，全反面、真贼党。”必须注意，这里骂降清的是贼。尽管作者在前面歌颂升平，在《余韵》一出里，写柳敬亭、苏昆生已成为樵夫渔翁，还是舌头不烂，唱曲哀悼亡明。清廷征求隐逸，竟要派公差来捉拿：“你们不晓得，那些文人名士，都是识时务的俊杰，从三年前俱已出山了。目下正要访拿你辈哩。”“啐，征求隐逸，乃朝廷盛典，公祖父母俱当以礼相聘，怎么要拿起来！”这是对清统治者的笼络政策与一班屈节士大夫的莫大讽刺。这样一个剧本终于使孔尚任被罢职。

孔氏写了一部结构完整、热闹有剧情的剧本（以宾白情节为主的），但和李渔不同，有深刻的社会意义。

孔氏作为孔子后代，其为人不脱离孔教儒家正统思想。因此，此剧有继承祖先作为《春秋》《雅》《颂》之作的用意。他在《先声》一出中自己声明：“但看他有褒有贬，作春秋必赖祖传；可咏可歌，正雅颂岂无庭训！”这不是把俗文学中的戏曲提高到与《春秋》《诗经》同样的地位吗？其实，俗文学继续正统文学正宗的地位早已获得。而褒贬就是倾向性。孔氏对人物的爱憎与人民的爱憎是一致的。他歌颂史可法、侯方域、陈、吴等人，同时特别写出了几个市民的正面形象，如名妓李香君、柳、苏等，此外蔡益所、蓝瑛等也是清白人物。文学的倾向性是区别现实主义文学与非现实主义文学的标准。

虽然孔氏在《桃花扇》中称李自成、张献忠为寇贼，不免露出他自己的身份也是统治阶级的历史家（受时代与阶级出身的限制），但是在《逃难》一出中，还是痛快地描写了人民痛打马士英、阮大铖，出了人民的怨气（同《水浒传》一样）（那是人民出气的时候）。

《桃花扇》最后的衰飒，与山林隐逸思想、色空观念，具体表现在锦衣卫张瑶星的离官修道、侯李的修道上。张瑶星的怒喝振聋发聩，使侯李猛醒，但也只能隐遁入道。明亡后，有志气人士逃于佛道者多，山林隐逸思想是可以理解的。

此所谓遗民思想。

在清代康熙年间，在戏台上大声疾呼“国在那里”“君在那里”，是反清思想的积极表现。《余韵》一出则唱出了朱明王朝的沉痛挽歌。《桃花扇》在清末特别为人所重。清末的爱国人士，提倡晚明学术、晚明遗老文学。《桃花扇》对旧民主主义革命、排满运动有帮助。因而此剧为梁启超所爱好，而特为作注。

《桃花扇》的宏伟结构和人物形象

《桃花扇》在传奇中是局面最阔大的。本文四十出，外加四出，是四十四出的长本戏剧。一部极其伟大的歌剧。以出数而论，四十余出在传奇中还不算最长的，例如《牡丹亭》有五十五出，《长生殿》有五十出。但是《牡丹亭》和《长生殿》有不少出是独角歌唱的，富于抒情诗歌的意味。《牡丹亭》的结构还是松懈的，出数多，不免有冗漫的感觉。《长生殿》的后半部也不很紧凑，不全精彩。《桃花扇》不然，四十出的结构，严整而完美，绝不枝蔓。没有整出作为独角抒情的场面，紧凑而富于剧情，是不可删节的。

《桃花扇》人物众多。虽然以李香君、侯方域为主角，其他各人物，亦极占重要地位。生旦净丑的角色平均分配。《桃花扇》的主题是弘光朝的亡国痛史，这是主要内容，而侯李的爱情故事是主要线索。但是他为什么要用此故事为主要线索呢？此是传奇或者戏曲的艺术体制所规定的，因为戏剧、戏剧班子是以生旦为主角的。当历史内容转化为戏剧形式时，便决定了他如此写作。《桃花扇》的局面阔大处在于它不是一个爱情剧而是历史剧，政治场面开阔。

孔尚任分他的主要角色为左、右、奇、偶、经、纬六部，互相配合，共三十人。左部以侯方域为首，下列陈贞慧、吴应箕、柳敬亭、蔡益所等；右部以李香君为首，下列李贞丽、苏昆生、蓝瑛等；奇部以史可法为首，下列弘光帝、高杰、田雄等；偶部以左良玉为首，下列马士英、阮大铖等；经部以张道士为经星，老赞礼为纬星。分部没有多少意义，不过也可看出他对于生旦净丑各角色的布置组织。

《桃花扇》的人物形象：

主角李香君，秦淮歌伎。正面人物。有坚贞的性格，是美好的女性形象。一开始就写她的美丽、天真、聪明（从学歌唱曲看出）、活泼。对侯方域的倾情，于抛下樱桃报答扇坠事点出。此后写她的明白大体，识别大义，以一个秦淮歌伎的身份，能够辨认忠奸，痛恨阉党人物（《却奁》），她的见识，竟出于侯方域之上，迥然不同于一般女性。既不同于一般女性的贪图享乐，更不同于一般女性，但服从男人的主张，不发表自己的意见。能够不受贿赂，同坏人划清界限。《却奁》一出是突出描绘李香君的。特写李香君的节气，比侯方域更有见识，此事有些依据，但更为夸大特写。原来是阮胡子派王将军结交侯方域以为拉拢，为香君所提醒。《拒媒》一出写其不肯改嫁一个地位权势高的官僚，显示出坚贞的性格。接下来是《守楼》一出，她立志守节，要等侯郎：“案齐眉，他是我终身倚，盟誓怎移。宫纱扇现有诗题，万种恩情，一夜夫妻。”坚决与残暴压迫的恶势力斗争，宁死不嫁漕抚田仰。《骂筵》一出写李香君被捉下楼，叫去演习阮大铖所作《燕子笺》剧本："奴家香君，被捉下楼，叫去学歌，是俺烟花本等，只有这点志气，就死不磨。"于是愤慨之至，当面骂马士英、阮大铖："堂堂列公，半边南朝，望你峥嵘。出身希贵宠，创业选声容，后庭花又添几种。把俺胡撮弄……""东林伯仲，俺青楼皆知敬重。干儿义子从新用，绝不了魏家种。冰肌雪肠原自同，铁心石腹何愁冻。"极为痛快，爱憎分明。一个秦淮歌伎，她的正义感，千秋敬佩。她见识高、志气高，此乃孔氏特写，也是写此传奇之本旨。孔氏在《桃花扇本末》中云，剧中故事得之于族兄方训公，"惟香姬面血溅扇，杨龙友以画笔点之，此则龙友小史言于方训公者。虽不见诸别籍，其事则新奇可传，《桃花扇》一剧感此而作也。南朝兴亡，遂系之桃花扇底。"此故事或为孔氏所创，故为此说耳。《桃花扇》的正反人物的斗争，写得很鲜明，复社文人、李香君为一方面，阮大铖、马士英为另一方面。

侯方域，也是主角。比之李香君，则属于次要地位。他风流倜傥，是有才华的公子，复社领袖。除对李香君有深情外，在政治上有立场、有见识。特写其识见高超处，在从史可法处转移到高杰处后，见到高杰看轻总兵许定国，料定必要失败，谏之不听，即为辞去一事。此见其才谋。重情，由辛苦回南京寻觅李香君事可见。侯方域本为历史上重要文人，有才有谋之人。

吴应箕、陈贞慧，亦是当时名流，正面人物。他们写《留都防乱揭帖》，攻击阮大铖最厉害。《哄丁》《闹榭》描写他们与阮大铖之斗争。是民主主义运动中的领袖人物。

柳敬亭与苏昆生，说书唱曲的市井人物，而识大体，有侠义心肠。柳敬亭不愿做阮胡子门客，苏昆生不愿做义子的帮闲，而愿为妓女的教习。热情而有权智。此外书客蔡益所、画家蓝瑛，都是清白人士。《桃花扇》特写了一些市民形象。

剧中特意描写了史可法的忠节。此剧表扬史可法，几与李香君相等。史可法是本剧的主要角色之一。他的忠诚谋国在《阻奸》《誓师》《沉江》诸出中写出。史可法死守扬州为明末历史上一件大事。城破后，扬州遭屠杀惨剧。有王秀楚《扬州十日记》记此。

左良玉，不完全是一个正面人物。他的移兵东向，是为逃避李自成、张献忠的农民起义力量，清君侧仅托辞而已。《桃花扇》所写，稍有庇护。

黄得功，性格鲁莽，也有其忠勇的一方面。《争位》一出写四镇各不相服，内斗，非常有力、真实。《劫宝》一出，写弘光被劫，不堪之至。

反面人物以阮大铖为主。虽然在历史上弘光朝政治的腐朽以马士英负首要责任，但在剧中所特写的反面人物是阮大铖，马士英尚是陪衬者。剧作刻画此类卑鄙无耻、献媚逢迎、贪图名位、无事不可为、用毒辣的手段对付好人的阴狠人物，极其成功。阮大铖也有文才，是戏曲家，《桃花扇》刻画出他的丑恶本质，成为一个反面的典型人物。第四出《侦戏》，他出场时有一段自白，说自己“词章才子、科第名家”，“可恨身家念重，势利情多；偶投客、魏之门，便入儿孙之列。那时权飞烈焰，用着他当道豺狼；今日势败寒灰，剩下俺枯林鸮鸟。人人唾骂，处处击攻”。于是他又想拉拢君子党：

"倘遇正人君子，怜而收之，也还不失为改过之鬼。""若是天道好还，死灰有复燃之日，我阮胡子呵！也顾不得名节，索性要倒行逆施了。"《桃花扇》的说白是非常精练的。这段开场白，描写他的性格，写奸臣心事，曲折阴狠，极为深刻。全剧开始，《哄丁》一出就写他的狼狈状况，在孔庙里丁祭时被复社人士轰出。吴应箕骂他："魏家干，又是客家干，一处处儿字难免。同气崔、田，同气崔、田，热兄弟粪争尝，痈同吮。东林里丢飞箭，西厂里牵长线，怎掩旁人眼。"（阮大铖曾为魏忠贤及保母客氏的干儿子，崔呈秀、田尔耕则为阉党之凶悍者）众人打他，把胡须都采落了。《闹榭》一出写他为避人，夜半游秦淮，遇到复社会文，歇了笙歌，灭了灯火，悄然逃走。《阻奸》一出写他如何夜里奔走史可法处，想将拥戴功挟："须将奇货归吾手，莫把新功让别人。"《迎驾》一出写他因为是废员，没有冠带，只有屈身做个赍表官。以后他依附马士英，一朝得志，便搜捕名流。《逮社》写他公报私仇，捉拿吴应箕、陈贞慧、侯朝宗："哦！原来就是你们三位，今日都来认认下官。"这是先写其丑态百出，后写其心肠狠毒。左良玉兵到，马士英恐慌，他出主意，命江北三镇移防去堵截。马问："倘若北兵渡河，叫谁迎敌？"他说："北兵一到，还要迎敌么？"并说"只有两法"，一是跑，一是跪下去投降（又作跪地介）。马士英随即同意，说："宁可叩北兵之马，不可试南贼之刀。"全剧通过《哄丁》《侦戏》《闹榭》《阻奸》《迎驾》《逮社》《拜坛》诸出，特写其性格之各个方面。

马士英也是进士出身，原任凤阳督抚。他是一个自私自利争权夺位的人。《迎驾》一出中的两句道白刻画了他的内心："幸遇国家多故，正我辈得意之秋。”果然他凭着拥立福王之功升为内阁大学士。而北兵一到，只会逃跑投降。此辈比之秦桧还差得远，原是一无用处的人。

复社文人与马、阮的斗争，乃是东林党与阉党斗争的历史的继承。马、阮迎立福王，福王由崧之父常洵为万历帝之宠儿，崔、魏之屏障，极荒淫无耻。剧写南明文臣马、阮之无耻，树立奸党。武将高、黄、二刘四镇之鲁莽、内讧，暴露现实情况。

《桃花扇》的人物性格都很突出，主要通过情节宾白来表现（不于曲子中唱出）。即如弘光帝同大臣们打十番，逃到黄得功营中说：“寡人只要苟全性命，那皇帝一席，也不愿再做了。”只寥寥数笔，就写出了他的荒淫昏庸。

剧写史可法沉江，同史实略不合，此乃避免与清兵冲突，且更可使其形象完整。

《桃花扇》以《入道》一出为正文的结束。侯李定情，正值大变乱的时代，之后各自遭受苦难，彼此同情，心心相印。到了道观（白云庵）里重逢，经张道士说道点醒：“呵呸！两个痴虫，你看国在那里，家在那里，君在那里，父在那里，偏是这点花月情根，割他不断么？”当头棒喝，他们都悟道修真。以此为结，不落俗套，是高超处。而孔尚任之友顾彩改作《南桃花扇》，使生旦当场团圆，以快观者之目。尚任对此假意恭维，其实颇为不满。如果团圆收场，侯李二人的性格不完整，与整个剧本的主题思想不调和。此剧本应是一部历史悲剧，不宜以喜剧收结。

《余韵》一出，亦极佳。以樵夫渔父慷慨悲歌、怀旧吊古作结。

《桃花扇》在思想性、艺术性上有高出《长生殿》处，完成时亦传布剧坛，但不怎么流行于剧坛。大概因为：

（1）它的遗民思想。追悼崇祯皇帝，标扬史可法等，于清朝统治阶级不利。对改朝换代时逢迎新朝的知识阶层有所讽刺，不合乎粉饰太平之作的要求。

（2）曲律不如《长生殿》，曲谱不是做得很好，因而只有少数几出为人所乐唱。

《桃花扇》的特点是曲文减少（亦减少剧本之抒情成分），而颇重说白及动作，实是戏剧发展的进步。

蒲松龄与《聊斋志异》

（节选）

蒲松龄，其生卒年有1630—1715与1640—1715两说。据其自题画像，康熙癸巳年（公元1713年）七十有四：

> 尔貌则寝，尔躯则修，行年七十有四，此两万五千余日，所成何事，而忽已白头？奕世对尔孙子，亦孔之羞。康熙癸巳自题。

则其生卒年应为1640—1715，享年七十六。

卒年康熙五十四年（公元1715年），据张元所作《柳泉蒲先生墓表》（《聊斋文集》前附）。然张元谓享年八十有六，实为七十有六之误。鲁迅《中国小说史略》谓其生卒年为1630—1715，亦误。

蒲氏名松龄，字留仙，号柳泉。其书斋名聊斋。山东淄川县（济南东）人。生于明崇祯十三年，明亡时仅数龄。其家祖上大概是世为举子业者，至其父则始操童子业，苦不售，家贫甚，遂去而学贾，积二十余年，称素封（《元配刘儒人行实》）。是松龄出身于商人兼地主家庭。但其父因久无子嗣，周贫建寺，不再居积，非富裕者。其后嫡生三子，庶生一子，家口多，遂复贫。松龄为其第三子。早婚，夫人姓刘（父为秀才）。兄弟析居，松龄夫妇得农场老屋三间，旷无四壁，小树丛丛，蓬蒿满之。

松龄初应童子试，即以县、府、道连取三个第一，补博士弟子员（案首秀才）。文名籍籍诸生间，然入棘闱辄见斥（即终未中举）。遂舍去举业而致力于古文辞。“性朴厚，笃交游，重名义”（《柳泉蒲先生墓表》），以旧道德眼光来看，是一正派人。中秀才后，与朋辈结郢中诗社。

蒲松龄年轻时考科举，至五十余岁尚未考上。早年一度出为幕宾，游四方，道路见闻很广，然颇不得志。有诗云：“烟波万里一身遥。”又有诗云：“十年尘土梦，百事与心违。”可知他游幕之年亦甚久。三十岁后，在同邑缙绅家坐馆。他不交际达官贵人。唯王渔洋赏识其文才，欲致之门下。松龄对渔洋致敬而已（《聊斋文集》中有二札致阮亭）（按：阮亭与松龄年龄伯仲间）。诗集中亦有《红桥和孔季重韵》一首七律，知其与孔尚任亦相识也（与王、孔大概都因山东同乡关系）。

《聊斋志异》一书，初次结集于康熙十八年（公元1679年），五十岁以后，多居家乡，搜集异闻，陆续修订增删。另著有诗文、俗曲。在他六七十岁时，他的儿子、孙子都考上了秀才，而他自己也被选拔为贡生。他因为科举失志，颇厌弃功名，但他与吴敬梓不同，非深恶痛绝科举制度。其子孙考上科举，不免大为高兴。

蒲氏生在崇祯末年，这是农民起义的时代，南明挣扎的时代。

入清后又逢康熙大用武力镇压反满武装。对此，蒲松龄虽未亲身体验，但生在此动乱的时代中。唯1703—1704年淄川大闹灾荒，此为他亲身遇到的。蒲氏于1704年有《上布政司救荒策》，述淄川灾情：“山右之奇荒，千年仅见，而淄邑尤甚。盖他处尚有麦可以接济，尚有苗可望收成，而淄自去年六月不雨，直至于今，又加虫灾，禾麦全无，赤地千里。民之饿死者十之三，而逃亡又倍之……”并提出五条救灾之策，足见其对于农民的深切同情。

当时清政府用闭关自守政策，缩小对外贸易面。照顾农村，并多给地主以利益，轻视商业及手工业者。此比之明代中叶以来至明末更不同，扼杀了资本主义的萌芽（明代的对外贸易，舶来品都是奢侈品，增加了地主阶级的消费）。因为清统治者对于汉族地主阶级的照顾，官吏与地方上乡绅势力勾结，冤狱多。故《聊斋志异》中对于贪官污吏多加鞭挞。

由于他自己失意于功名，而且考过多次，有生活体验，因此蒲松龄反对科举，比较细致深入。因为他是寒士，所以特别同情寒士，对于念书人更了解得深刻。因其生长在农村，所以同情农民。他对于商人也注意。当时资本主义的萌芽被压抑，好比一块大石头底下的草，曲曲折折地生长着。因之《聊斋志异》中有抑郁悲凉的气氛，但并不是完全消极的。

小说中有对于人情世故的深入讽刺，鞭辟入里，此蒲松龄与吴敬梓所同有。

松龄的《聊斋志异》是遣兴之作，也是寄托孤愤之作。其《聊斋自志》云：“才非干宝，雅爱搜神；情类黄州，喜人谈鬼：闻则命笔，遂以成编。久之，四方同人，又以邮筒相寄，因而物以好聚，所积益夥。……集腋为裘，妄续幽冥之录；浮白载笔，仅成孤愤之书：寄托如此，亦足悲矣！”则此书借鬼狐故事而讽世，与六朝纯为志怪小说，性质不同，同吴承恩写《禹鼎志》之动机，寓劝世意。吴书不传，可能以鬼怪为可憎可恶之人的形象，而蒲留仙则不同，鬼狐均有人情味，多正面的，可爱可亲的（鲁迅谓“使花妖狐魅多具人情，和易可亲，忘为异类”）。

《聊斋志异》既是短篇小说，不能说成于何时，必随时有所添增。必作于中晚年。

作品的产生与故事的来源，据其《自志》说，或据之于野史，或据之于朋友所示，或农村中听人叙说，当然也有大部分是他自己所创作。《柳泉蒲先生墓表》云：“……而蕴结未尽，则又搜抉奇怪者为《志异》一书。虽事涉荒幻，而断引谨严。要归于警发薄俗，扶持道教。”（道教指儒道与教化）。蒲氏有正统思想，但因为他并非迂儒，所以没有头巾气。他胸中郁结，悲愤感慨，所以作品中又有悲凉的气氛：“惊霜寒雀，抱树无温；吊月秋虫，偎阑自热。”

《聊斋文集》中有《原天》一文，云：“欲知天地之始终，不于天地求之，得之方寸中耳。”“苟凝神默会，则盈虚消息，了无遗瞩。昭昭方寸，彼行列次舍，常变吉凶，不过取以证合吾天耳。”可见其世界观也是唯心论的。写狐鬼故事变幻随心，是浪漫主义笔墨。但作为幻想之素材，实是现实生活。是对于现实生活的不满加以讽刺，或为对理想生活的追求。此皆现实主义精神之所在。又有《与诸弟侄》，论作文方法，以避实击虚为法：“盖意乘间则巧，笔翻空则奇，局逆振则险，词旁搜曲引则畅。”《志异》之笔法超绝，亦贵在虚实处用笔。

《志异》故事虽说是听人所说，实际上是自己创造居多。结构奇幻，变化莫测。于短篇幅中，有生活细节之描写，有生动表现人物性格的对话，是文言小说而能吸收白话小说的优点者。出于古文，而变化古文，亦一语文宗匠。

蒲氏的著述，除《聊斋志异》，还有诗、词、文、笔记等。他还写有许多民间文艺作品，有七种鼓词、十一种俗曲，陆续出现，真伪莫辨。今发现《聊斋志异》稿本，残存半部，共二百三十七篇。此外尚有其他遗著发现。

吴敬梓与《儒林外史》

（节选）

吴敬梓的家世和出处问题

吴敬梓（1701—1754），字敏轩，号文木，安徽全椒人。

吴敬梓出身于一个名门望族，所谓世代书香的科举家庭。高祖吴沛，有子五人，四成进士，在明末清初。曾祖吴国对是顺治戊戌年进士第三名（探花）。祖父吴旦，监生，以孝授州同知，是个孝子。父亲吴霖起，1686年（康熙二十五年）为拔贡，做江苏赣榆县教谕。霖起为通儒，其仕亦贤，不奉承上司，而济困厄，曾捐资破产兴学宫。他有名士风，且为孝子。吴敬梓的家庭在曾祖时是极盛时代，祖父起，即在康熙时代，渐渐中落。

吴敬梓十四岁起，随父在赣榆。二十二岁，父去官。返居家乡。二十三岁，考取秀才，而父病死。他是一个不管家务、不善经营家产的人，喜欢读书，讲经学，作古文诗词赋，热心助人，没有几年，把家产花尽。他曾赴乡试，未中试，从此后便绝意进取，三十岁后，思想渐成熟，对功名亦复淡薄。在家乡待不下去了，1733年（雍正十一年），移家南京，寄居秦淮水亭。文名籍甚。雍正十三年，清政府下令举行博学宏词科考试。原本科举制度是不勉强人去赴考的，至博学宏词科则有推荐，带点强迫性，此为朝廷牢笼汉人学者之政策。1736年（乾隆元年），吴敬梓在府、省均被取录了。因他此时已有名望，为一名士。安徽巡抚赵国麟要正式荐举他进京赴考，临时，吴敬梓托病不入京。从此以后，他也不应乡举考试了。即以秀才终身。

据胡适的考据，吴敬梓那时还有功名念头，是真病，失去机会，后来有点懊丧。这个结论是不实在的。胡适的根据是，唐时琳（吴的老师）的《文木山房集序》："两月后敏轩病愈，至余斋。余度其容憔悴，非托为病辞者。"胡适认为据此则吴敬梓乃真病。其实，从此条中即可证明颇有人疑他是托病不去的。此外，胡适又据吴敬梓三十六岁《丙辰除夕述怀》诗："相如封禅书，仲舒天人策，夫何采薪忧，遽为连茹厄。人生不得意，万事皆愬愬，有如在网罗，不得振羽翮。""连茹"，出《易经》，妨碍出行；"愬愬"，亦出《易经》，惊惧貌。胡适以此为敬梓真病之证。

然而，吴敬梓三十七岁那年，有许多人进京去考，有考中者，有不得意者，有死在京中者。《文木山房集》有不少诗嘲笑他们的。唯此类诗与丙辰除夕诗距离不过半年者，何以思想转变如此之快？可知他三十六岁时对博学宏词试曾有思想斗争，而主导思想是他不想去。

吴敬梓的友人程晋芳作《文木先生传》，明明说安徽巡抚赵国麟闻其名，招之试，才之，以博学宏词荐。竟不赴廷试，亦自此不应举。所谓病，因为是在清政府的压迫下，不能不装病。《儒林外史》中的杜少卿，是敬梓本人的影子。第三十四回，杜少卿辞征辟，对夫人道："你好呆！放着南京这样好玩的所在，留着我在家，春天秋天，同你出去看花吃酒，好不快活！为什么要送我到京里去？""好了！我做秀才，有了这一场结局，将来乡试也不应，科、岁也不考，逍遥自在，做些自己的事吧！"《儒林外史》充分表现了吴敬梓反对功名富贵的思想，小说大力抨击热衷科举、势利熏心的人。他不愿入京应辟，和《儒林外史》的思想是一致的。因为他出身于一个科举家庭，从小就接触官僚士大夫阶级，眼见清统治者的箝制思想、奴役汉人，并无真意振兴礼乐、延揽名儒，荐博学宏词不过是牢笼手段。应举做清官，不得好结果；征辟也不能有所作为，所以早就迟疑。思想斗争的结果，就是辞退不出山了。

吴敬梓早年喜欢诗赋古文，本来反对八股文。他的诗赋见《文木山房集》。中年以后，阅历更广，思想愈成熟，写作《儒林外史》，抨击一般士人的庸俗、无耻、贪鄙。以王冕那样一个人物为理想典范；以市井名士作结。《儒林外史》应作于其四十到五十岁、在南京的时期，即不应博学宏词考之后，所谓"做些自己的事"也。他写作小说的精神是严肃的，不是作来遣兴，是耐贫之作。

吴敬梓四十岁时，友人捐资刊出了他的《文木山房集》。同时，他捐资兴复江宁雨花台的先贤祠，集合许多名士祭祀吴泰伯以下二百三十余人（《儒林外史》中的修太伯祠为此影子），为此鬻去了所居房屋，复居城东之大中桥。他的生活愈来愈贫穷，常以书易米。“冬日苦寒，无酒食，则邀同好汪京门、樊圣谟辈五六人，乘月出城南门，绕城堞行数十里，歌吟啸呼，相互应和。逮明，入水西门，各大笑散去。夜夜如是，谓之‘暖足’。”（程晋芳《文木先生传》）

程晋芳本一盐商，其后亦穷困，思想与敬梓有契合处。他有《怀人诗》云：“外史记儒林，刻画何工妍。吾为斯人悲，竟以稗说传。”诗作于1748—1750年之间，故《儒林外史》必是1750年以前所作，有成书。程晋芳家境衰落后，敬梓曾对他叹息道：“子亦到我地位，此境不易处也，奈何！”

《盋山志》述敬梓售去家产后，迁家南京，“日惟闭门种菜，偕佣保杂作。人皆不知其为贵公子也”。《盋山志》的作者为顾云（本人为南京人，比金和略前），所记颇为可信。敬梓墓即在盋山底下。种菜园的人，在《儒林外史》中也有描写。

后来敬梓愈益穷困。1754年，年五十四岁，卒于扬州，归葬南京。

《儒林外史》的主题及思想内容

《儒林外史》原书有五十回及五十五回两说，不知孰是。今定为五十五回。最早刊本在乾隆四十年左右，是吴敬梓卒后约二十年其友人金兆燕在扬州所刊，今不可得。今所得之最早刊本是1803年（嘉庆八年）卧闲草堂本，作家出版社据以排印。此本共五十六回。唯最后一回，讨论者认为是伪作，故而删去。通行本尚有六十回本，则更是他人所增。

小说从话本发展到拟话本的个人创作，明万历年间有《金瓶梅》，系无名文人所作。明末冯梦龙辈文人始作小说，也是拟话本体裁。内容涉及社会现实各方面，男女情爱还是主要的。《儒林外史》是一高级知识分子所作，取其生活经验最熟悉的部分，专门描写知识分子一群，以讽刺士林为主，别开生面，非常深刻。这部书不见得普遍于人民大众，但对于士林阶层是起进步作用的。

文学、政治都是上层建筑，为统治阶级服务。在中国的封建社会，把文学、政治、哲学思想密切配合起来，巩固这个封建统治的是科举制度。科举制度从隋唐开始，有明经进士等科，思想还比较自由，考经学、策论、古文、诗赋等。到了明朝，开始用制艺（即八股），《儒林外史》内称为“文章”。这是无论形式、内容方面都完全束缚思想的东西。其内容方面，是代圣人立言，出经书上一句或一节为题，专以发挥儒家程朱一派的理学思想。其形式方面，是用八股，对偶的古文，格律极严，等于女子之缠足跳舞，同律诗同样情形。为的是使阅卷者容易看出高下，所以限制了长短、形式、题材、作法。无论谁要爬上统治阶级，必须先学八股，攻举业。不从科举里出来的人，没法做文官，只有做了官以后，或者科举上失败的，方始作些诗、古文。因此中国文学的优良传统，大受打击，斫丧元气。民主的文学，反统治的文学，就无法抬头。此所以明代的诗、古文非常平庸之故，明朝亡国以后，有遗老们隐居著书，如顾炎武、黄宗羲、王夫之等潜心哲学、考据、经史，开学术研究风气，是为朴学，风气渐渐转移，可是一般的知识分子，仍专门作八股，以八股为天地间唯一的正文，酸腐风气，从明末传下来，没有改革掉。有清一代，完全用八股取士，同于明代。《儒林外史》在知识分子群中起着极大的进步作用，是秀才举人们自己照自己的一面镜子。其主题思想是：作者以深沉严肃的态度，予当时士林以锐利辛辣的讽刺，从而暴露了以科举制度为中心的封建主义统治的罪恶本质。在一般士林热衷科举的时代，这部小说是了不起的，指示了反封建革命的道路，必须要废去这个科举制度。

作者并没有脱离封建时代，士的阶层是封建统治的支柱。如果士的阶层道德品行好，对于人民有利；如果士的阶层道德品行坏，便会加深对人民的压迫。第一回楔子中写道，王冕见到礼部议定取士之法，三年一科，用五经、四书、八股文。他说："这个法却定的不好！将来读书人既有此一条荣身之路，把那文行出处都看得轻了。"文是文章、文学，有思想内容的东西。行是品行、行为、行动。出是出仕、做官。处是退隐。《儒林外史》尽量揭露用八股文考试的科举制度怎样影响士的阶层，影响整个社会。吴敬梓有力地讽刺了热衷科举的人物、秀才举人们，批判这些人物的（1）虚伪；（2）酸腐；（3）残酷；（4）热衷；（5）鄙陋；（6）庸俗。

科举考试文章用八股文，题目出在四书五经上，体例是代圣人立言。好像是要每个人都做圣人，都是孔子一派的嫡传弟子，但是哪里能够每个人都做圣人，结果是言行不符，一概地虚伪，例如范进中举以后居丧尽礼，不用银镶杯箸，换了磁杯、象牙筷，也不肯用，直到换了白竹筷，方才罢了。落后却在燕窝碗里拣了一个大虾元子送在嘴里。尽礼之伪，即小见大。其次，八股文中所谓圣人，是古代的圣人。四书五经里的道理早已不合乎近代，是陈旧发霉的过时的东西；科举使一般士林，专门子曰文章，脱离实际，不针对现实。秀才们的头脑闭塞聪明。酸腐到极点，变成残酷。例如王玉辉的迂拙，鼓励女儿殉节，留名青史。女儿绝食死后他还仰天大笑道："死得好！死得好！"后来入祠建坊，转觉心伤，辞了不肯来。看见老妻悲恸，心下不忍。深刻地写出了礼教吃人，礼教与人性的矛盾。当时的思想家戴震（东原）反对朱熹，说："人死于理，其谁怜之？"礼教杀人，戴东原已说到。所以《儒林外史》的思想和那时候的思想界是相通连的。科举制度使得每个读书人都要往上爬，社会地位完全靠功名，所以这班秀才举子就普遍地热衷功名。例如周进到贡院后撞号板、满地打滚，范进中举后发疯，这些深刻描写都表现了他们的热衷科举。这种心理甚至影响闺阁，如鲁编修的女儿，闺阁小姐从小学制艺，见丈夫不习八股文，气得要命。鲁编修见女婿不能上进，负着气要娶姨太太生儿子。鲁小姐只好把希望寄托在儿子身上，日夜拘着四岁的小孩读八股文，书背不熟，就要责督他念到天亮。他们只读四书五经，其他一切文化遗产都不知晓，知识鄙陋。例如范进竟不知道苏轼，以为他是一个明代的考生；张静斋硬说刘基是洪武三年开科第五名的进士。读书人既将科考作为唯一的上进途径，他们的读书，就再也不是为求真知，而只是谋取功名利禄的手段，所以一概庸俗。例如年轻的秀才梅玖和举人王惠在六十多岁的周进面前得意忘形、趾高气扬，只因周进是个童生。后周进考中进士，梅玖却又谎称是他的门生。科举制度的毒害更大的在于要使千百万知识分子都变成无用的废物、不劳动的寄生虫，而这般秀才、监生们便成为社会的统治者，胡作非为。

例如严贡生关别人家的猪，将云片糕说成是名贵药来讹船家的钱等，又如举人张静斋打秋风，怂恿知县为示清廉枷了送礼的回教徒[1]，把送的牛肉都堆在枷上，以致酿出人命。《儒林外史》揭示了他们冠冕堂皇的外衣下卑鄙恶劣的实质。

《儒林外史》以描写士流为中心，笔触涉及社会各个阶层。在官吏之中，着重写了萧云仙的义侠。第三十九回，郭孝子道："而今是四海一家的时候，任你荆轲、聂政，也只好叫作乱民。"暗示清政府禁止侠义行为，不允许人民之间有义气肝胆的人。郭孝子劝萧云仙："像长兄有这样品貌才艺，又有这般义气肝胆，正该出来替朝廷效力。"后来萧云仙果然去投军，在平少保那边效力杀敌。他辛苦经营建筑了青枫城，叫百姓开垦田地，兴修水利。结果如何呢？竣工后上报兵部，工部核算建筑开销，要使萧云仙赔出七千多两银子。萧云仙卖去他父亲的产业，全数缴纳还不够。向鼎是一位名士，固然并非贤吏，但并不贪污，断案尚为明白，而几乎受到革职的处分。可见朝廷的赏罚不明。反之，王惠分发到南昌府，就问地方人情，可还有什么出产，关心于"三年清知府，十万雪花银"！高要县汤知县为求清官之名好升官，把无辜的回民枷死。盐商宋为富骗娶沈大年之女沈琼枝为妾，江都县知县接受宋为富的贿赂，反诬沈大年为刁健讼棍！蘧太守辞官回家，他的儿子死了，他

[1] 1956年6月，国务院发布《关于"伊斯兰教"名称问题的通知》，规定"今后对于伊斯兰教一律不要使用'回教'这个名称，应该称为'伊斯兰教'"。因作者写这部分内容的时间在此之前，故文中保留作者对与回族有关的宗教、民族的名称使用。——编者注

说，这是做官的报应。凡此揭露官吏的贪污、统治阶级的腐朽，这表明了吴敬梓对一般官吏的看法。

《儒林外史》写严贡生、张静斋等，以见所谓乡绅在地方上的横行，欺压人民。写扬州盐商万雪斋、宋为富等，表现盐商们的豪富、恶俗、享乐，他们纳妾，勾结官府，欺压人民，而又附庸风雅，结交翰林清流。

官吏、乡绅、豪商、地主为当时社会中的支配者，而一般人都利欲熏心，社会风气势利。《儒林外史》是写实文学，不夸大，不用浪漫主义手法，如实地揭露这社会的形形色色，而加以无情的抨击、深刻的讽刺。

曹雪芹与《红楼梦》

（节选）

曹雪芹的家世及其写作《红楼梦》

《红楼梦》有两个作者，前八十回是曹雪芹所作，后四十回是高鹗等所补。

《红楼梦》第一回，把《红楼梦》这部书作为大荒山无稽崖青埂峰下一块石头上的记录，由空空道人抄写下来，问世传奇的。东鲁孔梅溪题曰《风月宝鉴》。后因曹雪芹于悼红轩中披阅十载，增删五次，纂成目录，分出章回，又题曰《金陵十二钗》。即此便是《石头记》的缘起。空空道人当然并无其人，而孔梅溪其人亦不知有无。

甲戌脂砚斋评本有批云：

> 雪芹旧有《风月宝鉴》之书，乃其弟棠村序也。今棠村已逝，余睹新怀旧，故仍因之。

是曹雪芹写《红楼梦》，先有旧稿，其弟棠村为序，名《风月宝鉴》。则孔梅溪者，或棠村之托名欤？其后又加扩大，成《金陵十二钗》，一名《石头记》，亦名《红楼梦》。唯雪芹实未完成此书，完整之部分唯八十回，此后有些残稿，遗失不存。

《红楼梦》前八十回，应定为曹雪芹作。

甲戌本批云：

> 若云雪芹披阅增删，然则开卷至此这一篇楔子又系谁撰，足见作者之笔，狡猾之甚。后文如此者不少。这正是作者用画家烟云模糊处，观者万不可被作者瞒蔽了去，方是巨眼。

袁枚《随园诗话》卷二云：

> 康熙间，曹练亭（应为“楝亭”）为江宁织造……。其子雪芹撰《红楼梦》一书，备记风月繁华之盛。

是乾隆时人以《红楼梦》为曹雪芹作。

唯袁枚以为曹雪芹是曹楝亭之子实误。雪芹为曹楝亭（寅）之孙。杨钟羲《雪桥诗话》续集卷六谓曹雪芹（霑），楝亭通政孙。杨氏所据，为雪芹之友敦诚《四松堂集》，最为可信。

曹雪芹（1723？—1763），名霑，字梦阮，号雪芹。又号芹溪、芹圃、芹溪居士。

雪芹卒于壬午除夕（乾隆二十七年，公元1762年，除夕在公元1763年1月。据甲戌本脂批）；生年不详，唯敦诚的《四松堂集》稿本有挽曹雪芹诗（注甲申年），有“四十年华付杳冥”之句，今定为曹雪芹死时年四十，当生于1723年，即雍正元年。

曹氏始祖原是汉人，原籍东北。始祖曹锡远归依满洲人，随满人入关有军功。为汉军旗人，属正白旗。或云正白旗包衣（包衣，满洲话，意为奴、罪人家人、没入军中者）。入关后住河北丰润，为丰润人（或原为奉润人，清人入关后，始入伍为汉军旗者。或说为奉天人，即东北人，与丰润曹氏同族而已）。

曹锡远在顺治初年即官驻扎江南织造郎中。雪芹高祖曹振彦顺治时官山西吉州知州、大同府知府、浙江盐法道。

曾祖曹玺，驻扎江南织造郎中，赠工部尚书衔。

祖父曹寅（1658—1712），字子清，号楝亭。管理苏州、江宁织造，通政司通政使，巡视两淮盐漕监察御史，兼校理扬州书局。在康熙朝。

曹寅有文才，交际学者名流文士，如尤侗等。有诗文集，名《楝亭集》。有《虎口余生》传奇。刻书有“楝亭十二种”。是清代官僚中风雅者。年五十五卒，终江宁织造之职。曹寅卒时，雪芹尚未出生。

曹寅死后，江宁织造为其子曹颙袭职，有亏空。苏州织造由其妻兄李煦（山东人，亦占旗籍）任职。颙卒于1715年，由其弟曹頫袭职。1727年（雍正五年）李煦得罪下狱（因通于阿其那，即胤禩），而曹頫亦罢任，由满人隋赫德继任。1728年，曹氏家产没入官。

雪芹有颙之子、頫之子二说，比较起来，可能是曹頫的儿子。曹頫非曹寅的嫡子，乃是嗣子而袭官的。曹颙无嗣，死时可能有一遗腹子（李玄伯以遗腹子当雪芹。曹颙卒于公元1715年，如有遗腹子生于此年则至乾隆二十七年，公元1762年，为四十八岁，太大，与敦诚诗不合，不可能也。雪芹如非曹頫子则为曹寅之族孙矣）。

江宁织造、苏州织造之职，曹家、李家等任职时间排列如下：

江宁织造
- 1663—1684　曹玺
- 1684—1692　桑格
- 1692—1713　曹寅
- 1713—1715　曹颙
- 1715—1728　曹頫

苏州织造
- 1690—1693　曹寅
- 1693—1722　李煦

（公元1722年，康熙六十一年，即康熙末年）

曹家在康熙朝为全盛时期，曹氏三代为江宁织造。康熙六次南巡，其中四次到南京时驻驾江宁织造署，曹寅接驾四次。曹寅有一个女儿，嫁镶红旗王子为福晋。曹寅在东华门外特为置房产以居其婿。

曹寅做江宁织造时，并兼做四次两淮巡盐御史。他又为道政司职衔。

李煦做苏州织造，也兼做过两淮盐运使。

江宁织造署和苏州织造署，乃是在江南丝织业发达的区域所设立的机构，专供应朝廷及内府需要的丝织品、奢侈品，是常驻在江南的皇室采办性质。想来就在江南的赋税里提出银两，按年进献织造品到京。尚兼带其他差事，进款很多。但弄得不好，内府太监需索很多，也要赔累。

江宁织造这官，直接与内府打交道。在地方上可以密奏事件。曹家为顺治、康熙二帝所信任，在江南刺探官僚的密情，可以密奏。在江苏地方，大小事件，多有所闻，也要奏闻（观熊赐履及科场案两事可知）。康熙五十七年批曹頫折尾云：

朕安，尔虽无知小孩，但所关非细，念尔父出力年久，故特恩至此。虽不管地方之事，亦可以所闻大小事，照尔父密密奏闻，是与非朕自有洞鉴。就是笑话也罢，叫老主子笑笑也好。

似乎是江南一带的密探。因而也必然牵涉到朝廷政治上去。在康熙时，曹家及李煦家均煊赫。到雍正即位便衰败，并革职查办了。

曹寅卒时，公项亏空五十四万九千六百余两。康熙令李煦代任盐差一年，以便还清。曹颙继任，同李煦把此款还清了。多下三万两，康熙赏给曹颙，以偿私债。

据此可知，江宁织造、苏州织造供应内府的织品，系向江南织造厂家收买来的，两款项用的是两淮的盐税，所以织造官常兼盐运之职。

曹頫为雍正所不喜（雍正夺位上台后新用一批耳目），革职查办，由隋赫德继任，他的家产一齐没收，而赏给隋赫德。隋赫德奏折云：

特命管理江宁织造，于未到之先，总督范时绎已将曹頫家管事数人拿去，夹讯监禁。奴才到后，细查其房屋并家人住房十三处，计四百八十三间。地八处，共十九顷零六十七亩，家人大小男女共一百十四口。……再曹頫所有田产房屋人口等项，奴才蒙皇上浩荡天恩，特加赏赉，宠荣已极。

此为雍正六年（公元1728年）事。此时曹雪芹不过是五六岁的小孩。曹家抄家后，“蒙恩谕少留房屋，以资养赡”，而其家属不久回京住。

1735年秋，乾隆帝即位，曹頫又起官内务府员外郎。至乾隆十年，雪芹年二十余而曹家再败。此则周汝昌《红楼梦新证》所考。唯周氏实混《红楼梦》小说中事与真实史料为一。可信否，尚待稽查。

曹雪芹似乎曾经留在南京及扬州过其少年生活。敦敏诗有“燕市狂歌悲遇合，秦淮残梦忆繁华”。敦诚诗有“扬州旧梦久已绝（原稿作‘觉’），且著临邛犊鼻裈”。言其夫妇住京郊西山村，南京、扬州的少年生活不过是残梦而已。约二十余岁以后，则久居北京。三十岁以后直到他年过四十卒时，住在北京西郊外西山村中，过着其贫穷而自由的生活。

雪芹虽出身于满洲官僚家庭，而爱好文学艺术，能诗善画。生性旷达，落拓不羁，喜欢喝酒。在北京西郊住着时，与宗室敦敏、敦诚二人为友。敦敏能诗，有《懋斋诗钞》，敦诚能诗文，有《四松堂集》，又有《琵琶行传奇》一折。据敦敏、敦诚的描写，曹雪芹的性格和生活状况是：

1. 诗风似李贺。“爱君诗笔有奇气，直追昌谷披篱樊。”（敦诚《寄怀曹雪芹》）（今雪芹诗均佚，只有“白傅诗灵应喜甚，定教樊素鬼排场”二句，见《题敦诚〈琵琶行传奇〉》。）

2. 高谈雄辩，诙谐洒脱。敦诚《寄怀曹雪芹》中有“接䍦倒著容君傲，高谈雄辩虱手扪”的诗句。

3. 有傲骨，胸有块垒。喜欢画石头，见其傲骨嶙峋。敦敏《题芹圃画石》诗云：“傲骨如君世已奇，嶙峋更见此支离。醉余奋扫如椽笔，写出胸中磈磊时。”敦诚《赠曹芹圃》一诗中有“步兵白眼向人斜”，称其似阮籍。

4. 喜欢喝酒，酒渴如狂，似刘伶。“牛鬼遗文悲李贺，鹿车荷锸葬刘伶。”（敦诚《挽曹雪芹》）“满径蓬蒿老不华，举家食粥酒常赊。”（敦诚《赠曹芹圃》）敦诚又有《佩刀质酒歌》，写其“秋晓遇雪芹于槐园，风雨淋涔，朝寒袭袂，时主人未出，雪芹酒渴如狂，余因解佩刀沽酒而饮之。雪芹欢甚，作长歌以谢余，余亦作此答之”。答诗中有“曹子大笑称快哉，击石作歌声琅琅。知君诗胆昔如铁，堪与刀颖交寒光”的诗句。

5. 生活贫穷。从下面诗句中可见一斑：“至今环堵蓬蒿屯”（敦诚）。“劝君莫弹食客铗，劝君莫叩富儿门。残杯冷炙有德色，不若著书黄叶村”（敦诚）。“卖画钱来付酒家”（敦敏）。

6. 其西郊山村所居，幽静可爱。敦敏《赠芹圃》诗云：“碧水青山曲径遐，薜萝门巷足烟霞。寻诗人去留僧舍，卖画钱来付酒家。燕市哭歌悲遇合，秦淮风月忆繁华。新愁旧恨知多少，一醉毷氉白眼斜。”

7. 卒时当在壬午除夕（一说癸未年底，公元1763年或公元1764年）。敦诚挽诗有“孤儿渺漠魂应逐（自注：前数月，伊子殇，因感伤成疾），新妇飘零目岂瞑”之句，雪芹卒时有新妇作未亡人。据敦诚挽诗“四十年华付杳冥”，据张宜泉《春柳堂诗稿》：“其人素性放达，好饮，又善诗画，年未五旬而卒。”

曹雪芹在西山村居，写作《红楼梦》，“披阅十载，增删五次”，二十余岁动笔，直到死时仅完成八十回，此外，有些残稿已失。八十回本完成在近四十岁时，此后，似不曾写作。

裕瑞《枣窗闲笔》云：“‘雪芹’二字，想系其字与号耳，其名不得知。曹姓，汉军人，亦不知其隶何旗。闻前辈姻戚有与之交好者，其人身胖，头广而色黑。善谈吐，风雅游戏，触境生春，闻其奇谈，娓娓然令人终日不倦，是以其书绝妙尽致。”

又云：“余曾于程、高二人未刻《红楼梦》版之前，见抄本一部，其措词命意，与刻本前八十回多有不同。抄本中增处、减处、直截处、委婉处，较刻本总当，亦不知其为删改至第几次之本。八十回书后，惟有目录，未有书文，目录有大观园抄家诸条。与刻本后四十回四美钓鱼等目录，迥然不同。盖曹雪芹于后四十回虽久蓄志全成，甫立纲领，尚未行文，时不待人矣。又闻其尝作戏语云：若有人欲快睹我书不难，惟日以南酒烧鸭享我，即为之作书云。”

据此，曹雪芹写作《红楼梦》，实未写完，就逝世了。真可谓中国文学史上一个不可偿补的损失!

其人虽滑稽诙谐，其写作《红楼梦》的精神是认真严肃的。第一回诗云：“满纸荒唐言，一把辛酸泪！都云作者痴，谁解其中味？”

《红楼梦》一书的名称：

（1）《石头记》。女娲补天所未用的一块顽石，被一僧一道带往世间经历一番，把经历刻在石头上，故名《石头记》。

（2）《情僧录》。空空道人检阅抄录之后，改为《情僧录》，空空道人自改名为情僧。

（3）《风月宝鉴》。东鲁孔梅溪题。脂砚斋有批云：“雪芹旧有《风月宝鉴》一书，乃其弟棠村序也。”书中说，梅溪，乃棠村的影射，雪芹一号芹溪。脂本评语中亦有梅溪评。题此名说明起初计划是一部劝人脱离情欲的书。

（4）《金陵十二钗》。“曹雪芹于悼红轩中，披阅十载，增删五次，纂成目录，分出章回，又题曰《金陵十二钗》。”这是为女性立传的书。

（5）《红楼梦》。脂砚斋本有“至吴玉峰题曰《红楼梦》”一句。此从第五回中宝玉梦中听唱《红楼梦》一套曲子而来。“因此上演出这悲金悼玉的红楼梦。”金玉皆无好收场，笼括全书意旨，富贵荣华，情爱都为一梦。使人从幻境中醒悟，体味真实人生的苦味。

（6）《金玉缘》。坊间俗称。此一种最为俗气。

此书在坊间流行，用了三种名称：（1）《石头记》；（2）《红楼梦》；（3）《金玉缘》。而《石头记》实在是最好的，是自始至终的总名，含蓄。

《红楼梦》今有脂砚斋评本：

（1）甲戌脂砚斋重评本（公元1754年，雪芹年三十二岁）（残存十六回）。胡适所藏。

（2）己卯冬脂砚斋四阅评本（公元1759年，雪芹年三十七岁）（残存三十八回）。

（3）庚辰秋脂砚斋四阅评本（公元1760年，雪芹年三十八岁）（凡七十八回，缺六十四、六十七两回）。北大所藏。

（4）有正书局石印戚蓼生序抄本，年代不明，八十回。

（5）甲辰菊月，梦觉主人序本，八十回（公元1784年）。

最后一本改动较多，已近于一百二十回之前八十回。

《红楼梦》产生的时代和作者对自己创作动机的表述

《红楼梦》产生在清初乾隆年间，是封建社会从繁荣到崩溃的时期。书中所写的一个贵族家庭的没落，也反映整个时代走向没落，是封建社会的末期。在西洋，初期资本主义已经抬头；在中国，尚是清代统治国力强盛的时期，然而外强中干。乾隆的好大喜功和几次南巡，开了淫靡之风，清代统治慢慢走上下坡路。

书中写贾府常用外国东西。贾府是贵族世家，薛家是商业资本的家庭。

在这时，一般满贵族家庭，都已汉化。子弟们靠世袭官爵，不拘于科举出身，故而过着悠闲的生活。公子哥儿们的嗜好，俗一点的是声色、荒淫、赌博、禽鸟、唱戏、弄官做；雅一点的是喜欢构园亭、作诗词、刻书，讲究花木、禽鸟、古董、书画。曹雪芹生长于这种家庭，所以写出这样一部小说来描绘他自己熟悉的家庭生活。

当他终日忙忙在这热闹场中，生活享受很好的时候，是写不出深刻的文艺作品来的；乃是在他家败以后，自己穷愁潦倒，方始能够写这样一部伟大小说。冷静中回忆热闹，有留恋与幻灭的矛盾心理。

《红楼梦》产生在太平盛世，不是流离战乱的年代，书中没有战争，没有忠臣烈士，只写家庭琐碎，儿女私情。集中写一个家庭、几个女性。在《水浒传》《西游记》《三国演义》《金瓶梅》《儒林外史》以外，另树一帜。

《红楼梦》产生于古典文学和艺术成熟的时期，古典文学和艺术发展到一个新的阶段，诗词、小说、戏曲、音乐、绘画、园亭结构等为贵族和名士所欣赏。纳兰性德的词，诗歌中主神韵的王渔洋、主性灵的袁枚，音乐、戏曲包括昆曲，比如《桃花扇》《长生殿》对作者都有影响；书法、绘画，如倪云林、唐寅、文徵明、祝枝山、清初以山水画著称的四王等，都为作者所熟知。作者对这些雅事，无不精通，加之以灯谜、酒令、花草、禽鸟、烹饪，乃至医道等，也无不知晓。《红楼梦》书中有诗、词、曲、骚、赋，可谓古典文学的教本。书中也有谈庄子哲学、谈禅的话题。总之，包罗万象，内容极其丰富。

《红楼梦》是中国古典文学艺术最成熟的作品，也是最后的殿军。它孕育着反封建的、民主个人自由主义的思想。

《红楼梦》总结了上起《诗经》《楚辞》、汉乐府、六朝的宫体诗、《世说新语》，下至于唐人小说、宋元白话小说、《西厢记》《牡丹亭》乃至于书画、园亭、医道、优伶等艺术和人生的种种方面。《红楼梦》是小说中的巨擘，是整个社会的最高艺术创造，是一幅详尽的图画，包括贵族生活和平民生活。

《红楼梦》也合于中国最早小说的传统。桓谭《新论》中说："小说家合残丛小语，近取譬喻，以作短书，治身理家，有可观之辞。"

小说家需要多方面的知识，不是单写几个人物故事的。

写癞头和尚、跛足道人、甄士隐等，似《列仙传》；

写贾母、探春、李纨等，作为治家典型；

写贾雨村、贾政是官鉴；

写宝黛是言情；

写柳湘莲、尤三姐是奇仪。

作者是一洒脱人物，怀才不遇，自伤好比女娲补天未用的一块顽石，不合流俗。

一生崇拜女性，情痴，有情爱而未团圆的遗憾。

在全书开头部分，作者透露了其写作《红楼梦》的动机：

（1）本身经历过富贵家庭的生活，伤悼这个家庭由盛而衰、没落无可挽救的情况。

（2）本人流落穷困，“背父母教育之恩，负师友规训之德，以致今日一技无成，半生潦倒”，但深于感情，为性情中人，不慕热利，颇佩“闺阁中历历有人，万不可因我之不肖，自护己短，一并使其泯灭也”，故特为闺阁立传，作《金陵十二钗》一书，所写女子或有才，或有貌，一概红颜薄命，随着这个家庭的没落而没落。

（3）作者深感于向来才子佳人的书，都不真实。“开口文君，满篇子建，千部一腔，千人一面……假捏出男女二人名姓，又必旁添一小人拨乱其间，如戏中小丑一般。……大不近情，自相矛盾。”《红楼梦》作者自云所写系“半世亲见亲闻的这几个女子……其间离合悲欢，兴衰际遇，俱是按迹循踪，不敢稍加穿凿，至失其真。只愿世人当那醉余睡醒之时，或避事消愁之际，把此一玩，不但洗了旧套，换新眼目，却也省了些寿命筋力。”（第一回）作者又借贾母之口批评才子佳人书，“开口都是乡绅门第，父亲不是尚书的，就是宰相。……小姐必是通文知礼，无所不晓，竟是绝代佳人。只见了一个清俊男人，不管是亲是友，想起他的终身大事来，父母也忘了，书也忘了，鬼不成鬼，贼不成贼，那一点像个佳人。……凡有这样的事，就只小姐和紧跟的一个丫头”（第五十四回）。

《红楼梦》为反庸俗的才子佳人书而作。它的作风是现实主义的。虽然不是历史上的真实，乃是情理上的真实，真正的文艺创作，合乎典型环境、典型人物的法则。

《红楼梦》作者不借汉唐名色，无朝代年纪可考，假托作天上一块石头，被女娲氏锻炼后，已经通灵，可大可小，自来自去，被僧道携带到尘世来一番，到昌明隆盛之邦（中国），诗礼簪缨之族（官宦），花柳繁华地（京都），温柔富贵乡（贵族家庭，公子小姐们的情爱生活）经历一番，得到觉悟、忏悔。

“无才补天、幻形人世，被那茫茫大士，渺渺真人，携入红尘，引登彼岸。”这些经历，刻在石头上，空空道人见了抄录下来，就是《石头记》这部书。

作者自言此书内容是家庭琐事，闺阁闲情，无大贤大忠，有痴情故事。大旨不过谈情，绝无伤时淫秽之病。

《红楼梦》同别的小说一样有“因缘”。此书在程本中石头化为神瑛侍者（在警幻仙子处），瑛=石=宝玉，与绛珠仙草有一段灌溉之恩及在尘世以眼泪报答的一段公案。在戚本中神瑛侍者是一人，而此石变为通灵宝玉，夹带入世，成为宝玉所衔的玉。石是玉，侍者是宝玉前身。大概是修改而未定者。

此书人物所处时代，作者未说明何朝，但书中第二回谈到“近日倪云林、唐伯虎、祝枝山”。假定在明代，书中绝不述及清代。

书中提到金陵省，无此省名。大观园在京都（刘姥姥和妙玉的话里都说到长安），而实在是北京，但南北景物都有，如竹、梅、桂是南方植物。

第十五回“王凤姐弄权铁槛寺”文中有长安县、长安府、长安节度使。

凡此种种，系作者故弄狡狯，迷离其词。

八十六回，薛蝌呈子有“胞兄薛蟠，本籍南京，寄寓西京”语，坐实长安，乃续作所写，实非雪芹原意。

万里长征，辞却了五朝宫阙，暂驻足衡山湘水，又成离别。绝徼移栽桢干质，九州遍洒黎元血。尽笳吹，弦诵在山城，情弥切。

千秋耻，终当雪。中兴业，须人杰。便一成三户，壮怀难折。多难殷忧新国运，动心忍性希前哲。待驱除仇寇，复神京，还燕碣。

西南联大进行曲（部分）

罗庸、冯友兰　作

图书在版编目（CIP）数据

西南联大文学课：典藏纪念版 / 朱自清等著. —成都：天地出版社，2023.3

ISBN 978-7-5455-7555-2

Ⅰ. ①西… Ⅱ. ①朱… Ⅲ. ①中国文学—文学史 Ⅳ. ①I209

中国版本图书馆CIP数据核字（2022）第253013号

本书部分文字作品稿酬已向中国文字著作权协会提存，敬请相关著作权人联系领取。电话：010-65978917，传真：010-65978926，E-mail: wenzhuxie@126.com。

XINANLIANDA WENXUEKE：DIANCANG JINIANBAN

西南联大文学课：典藏纪念版

出品人 杨 政
作 者 朱自清 等
责任编辑 龚风光 曹志杰
封面设计 尚燕平
内文排版 麦莫瑞文化
责任印制 王学锋

出版发行 天地出版社
（成都市锦江区三色路238号 邮政编码：610023）
（北京市方庄芳群园3区3号 邮政编码：100078）
网 址 http://www.tiandiph.com
电子邮箱 tianditg@163.com
经 销 新华文轩出版传媒股份有限公司

印 刷 北京美图印务有限公司
版 次 2023年3月第1版
印 次 2023年3月第1次印刷
开 本 880mm × 1230mm 1/32
印 张 11.75
字 数 271千字
定 价 78.00元
书 号 ISBN 978-7-5455-7555-2

咨询电话：（028）86361282（总编室）
购书热线：（010）67693207（营销中心）